# Ein PAAR Ein BUCH

Süddeutsche Zeitung Edition

# Ein PAAR Ein BUCH

*Eduard Augustin*
*Philipp von Keisenberg*
*Christian Zaschke*
*mit Klaus Raab*

*„Die kleinste
gesellschaftliche Einheit
ist nicht der Mensch,
sondern zwei Menschen."*

*Bertolt Brecht, Dramatiker*

*Berlin • 1949*

*„Very, very, very different. Very!
Men and women!"*

*Dr. Nicola Galliani, Psychiater*

*Coreglia Antelminelli • 2009*

# INHALT

# VORWORT

Es war Herbst, fast noch Sommer, und dann war da die Idee, ein Paarbuch zu schreiben. Wir saßen draußen, auf einer Serviette notierten wir: *„Keine Sorge, dieses Buch erklärt nicht, wie man küsst. Und ganz ehrlich: Wenn Sie nicht wissen, wie man küsst, wird Ihnen kein Buch helfen, es herauszufinden. Dieses Buch ist kein Ratgeber, dieses Buch ist eine Reise, ein Ausflug in die Welt der Paare."*

Zugegeben: Das stand da nicht wörtlich so. Da standen Halbsätze wie: *„NIEMALS küssen erklären!"* oder *„KEIN Beziehungs-Ratgeber!"* oder *„UM HIMMELS WILLEN keine Flirttipps!"*, immer mit Ausrufezeichen. Und auch später, als wir die Notizen von der Serviette auf Schreibpapier und dann in den Computer übertrugen (und die Ausrufezeichen allmählich verschwanden), standen da immer noch viele Sätze, die sich darum drehten, wie so ein Buch auf keinen Fall sein darf: besserwisserisch *(„Sie sollten sich mehr Zeit für den Partner nehmen.")*, bevormundend *(„Stellen Sie alle Ihre Gewohnheiten um. Heute!")*, betulich *(„Wäre es nicht befreiend, nach einer guten Diskussion dem anderen einfach einmal Recht geben zu können?")*, altklug *(„Sie wissen ja wohl selber, dass Ihre Bedürfnisse nicht immer auch die des anderen sind.")*, allwissend *(„Sie wollen wissen, wie es immer perfekt läuft mit dem Partner? Hier ist die Formel.")*. Da wird einem doch gleich ganz anders.

Das führte uns zur alles entscheidenden Frage: Kann man ein Paarbuch schreiben, in dem es nicht um die ewigen Paarbuchthemen geht? In dem also Männer nicht vom Mars kommen, und in dem Frauen einparken können, aber nicht immer so wahnsinnig gut zuhören wollen? Die Antwort ist: Ja, das kann man. Und zwar, indem man ein Buch schreibt, das Benimmregeln, Tortenschlachten, philosophisches Fremdgehen, Rallyefahren, ewiges Glück, Gärtnern, Ehekrisen, Klavierspielen, Sex sowie Damengedecke, Doppelgräber und Rainer Maria Rilke in sich vereint.

Jeder ist irgendwann Teil eines Paares, und die Welt der Paare ist ganz einfach wunderbar weit, was daran liegt, dass jedes Paar so seine Vorlieben hat: Siegfried und Roy zum Beispiel hingen stets mit erstaunlich vielen Tigern rum, Bill Clinton und Monica Lewinsky hatten leidenschaftlich keinen Sex,

Madonna machte Guy Ritchie mit Lust und Wonne Vorschriften, Helmut und Loki Schmidt rauchten und rauchen befreit auf, Milli Vanilli sangen – so schien es – zweistimmig, Liz Taylor und Richard Burton heirateten öfter mal, Philemon und Baucis dagegen nur einmal – für immer.

Um es einmal ein wenig hochgestochen zu sagen: Das Paar ist das große, das größte Konstrukt, das in Natur und Kultur gleichermaßen wirkt. Oder weniger hochgestochen: Ohne Paare gäbe es keine Buddy-Movies, keine Tandems, keine Liebeslieder, keine Duelle, keine Duette, keinen Dirndlcode, keine richtig teuren Scheidungen, kein Kamasutra, keinen Eistanz, keine Arche Noah – und ohne Arche Noah: nichts.

Wie gesagt: Dieses Buch ist kein Ratgeber, dieses Buch ist eine Reise. Willkommen an Bord.

*Eduard Augustin, Philipp von Keisenberg, Christian Zaschke*

# EIN PAAR WERDEN

# 001 EINANDER ERKENNEN

*… wie*

*Adam und Eva*

01 ***Erstes Kennenlernen*** Nur auf den ersten Blick wäre es besser, ein Buch über Paare mit dem Kennenlernen der ersten beiden Schlangen zu beginnen, die einen Plan zur Verführung der Menschen ausheckten. Oder mit dem Kennenlernen der ersten beiden Flusspferde, die den Plan ausheckten, massig durch die Fluten zu gleiten und dann und wann aufs Schönste zu schnauben – was sie erfreulicherweise bis heute genauso tun. Die Tiere waren ja, gemäß der Schöpfungsgeschichte der Bibel, vor den Menschen auf der Erde. Aber die Geschichte von Adam und Eva gehört nun einmal an den Anfang, weil es die Geschichte des ersten menschlichen Paares ist, des Paares, von dem alles ausgeht – zumindest in der christlichen Schöpfungsgeschichte. Die Geschichte von Adam und Eva geht – die Bibelübersetzungen variieren – so: *„Adam ist am ersten gemacht, darnach Eva“*. Eva wurde gemacht, so steht es im ersten Buch Mose, weil es *„nicht gut (ist), dass der Mensch allein sei; ich will ihm eine Gehilfin machen, die um ihn sei.“* Und wie wurde nun die Gehilfin gemacht? Gott ließ *„einen tiefen Schlaf fallen auf den Menschen, und er schlief ein. Und er nahm seiner Rippen eine und schloss die Stätte zu mit Fleisch. Und Gott der Herr baute ein Weib aus der Rippe, die er vom Menschen nahm, und brachte sie zu ihm.“* Als Adam erwachte, lernte er also Eva kennen und nannte sie Weib, (Adam entstand übrigens aus Staub vom Erdboden), und Feministinnen ist diese Geschichte ein Dorn im Auge. Sie steht im zweiten Schöpfungsbericht im Buch Genesis. Der erste Schöpfungsbericht ist diesbezüglich weniger genau, aber im Sinne der Gleichberechtigung vorzuziehen. Dort heißt es: *„Und Gott schuf den Menschen nach seinem Bilde, nach dem*

*Bilde Gottes schuf er ihn, als Mann und Frau schuf er sie.*" Das ist der Mensch: Mann und Frau, und bei aller Liebe für gewitzte Schlangen und schnaubende Flusspferde – die Geschichte von Adam und Eva ist die Geschichte eines großen Anfangs.

02 ***Einander erkennen*** „*Und Gott der Herr nahm den Menschen und setzte ihn in den Garten Eden, dass er ihn baute und bewahrte. Und Gott der Herr gebot dem Menschen und sprach: Du sollst essen von allerlei Bäumen im Garten; aber von dem Baum der Erkenntnis des Guten und des Bösen sollst du nicht essen; denn welches Tages du davon isst, wirst du des Todes sterben.*"

So steht es im Buch Genesis. Im Grunde war das eine ziemlich deutliche Ansage, die aber wohl nicht deutlich genug war:

„*Und die Schlange war listiger denn alle Tiere auf dem Felde, die Gott der Herr gemacht hatte, und sprach zu dem Weibe: Ja, sollte Gott gesagt haben: Ihr sollt nicht essen von den Früchten der Bäume im Garten? Da sprach das Weib zu der Schlange: Wir essen von den Früchten der Bäume im Garten; aber von den Früchten des Baumes mitten im Garten hat Gott gesagt: Esst nicht davon, rührt's auch nicht an, dass ihr nicht sterbt. Da sprach die Schlange zum Weibe: Ihr werdet mitnichten des Todes sterben; sondern Gott weiß, dass, welches Tages ihr davon esst, so werden eure Augen aufgetan, und werdet sein wie Gott und wissen, was gut und böse ist. Und das Weib schaute an, dass von dem Baum gut zu essen wäre und dass er lieblich anzusehen und ein lustiger Baum wäre, weil er klug machte; und sie nahm von der Frucht und aß und gab ihrem Mann auch davon, und er aß*".

Hat Eva ein gutes Werk getan? Natürlich hat sie das. Sie war beseelt vom Willen zum Wissen, was erst einmal allerdings hieß, dass sie erkannte, dass Adam nichts am Leibe trug: „*Nun gingen beiden die Augen auf, und sie erkannten, dass sie nackt waren.*"

Gottes Zorn zum Trotz erkannten die beiden einander, erst in ihrer Nacktheit, dann allumfassend, was dazu führte, dass bald ihr Sohn Kain das Licht der Welt erblickte. Die Geschichte der Menschheit, gemäß der Bibel, konnte nun ihren Lauf nehmen. Entscheidend ist: Mit dem Ausdruck „*ein-*

*ander erkennen*“ ist in der Bibel Sex gemeint (oder, wenn Sie mögen: Liebe machen) – wie das im Detail funktioniert, wird als bekannt vorausgesetzt.

03 ***Gemeinsame Bekannte: die Schlange*** In der Bibel heißt es, Gott habe die Schlange folgendermaßen bestraft: „*Weil du solches getan hast, seist du verflucht vor allem Vieh und vor allen Tieren auf dem Felde. Auf deinem*

*« Versuchung «*

*» Verführer »*

*Bauche sollst du gehen und Erde essen dein Leben lang.*“ Was zu der Frage führt, ob die Schlange vorher Beine hatte. Aber: Diese Frage ist mit Sicherheit eine der unwichtigen der Schöpfungsgeschichte.

04 ***Zahl des Paares: 2*** Wenn irgendeinem Paar die Zwei gebührt, dann diesem, dem ersten.

05 ***Sonst so*** Adam wurde 930 Jahre alt. Ein Alter, das man ohne Übertreibung biblisch nennen kann. Dass über Evas Alter nichts bekannt ist, liegt an der männlich geprägten Überlieferung.

06 ***Was aus dem Paar wurde*** Es wurde aus dem Paradies vertrieben, hatte drei namentlich bekannte Söhne (Kain, Abel, Set) sowie eine Unzahl namentlich nicht genannter Töchter und Söhne. Es begründete die Menschheit und ist, mithin, das Paar der Paare.

07 ***Bleibende Werte*** ..........................................................................................

*Anspruch* ●●●●○ / *Gefühl* ●●○○○ / *Action* ●●●○○ / *Erotik* ●●●○○ / *Glamour* ●●○○○

# 002 INS GESPRÄCH KOMMEN

In Zeiten der unbegrenzten Kommunikation scheint es geboten, mal wieder an das simpelste Hilfsmittel für ein fernmündliches Gespräch zu erinnern: das Joghurtbecher-Telefon. Es ist besonders für sehr junge Paare geeignet, die damit aufs Schönste ins Gespräch kommen können – und zugleich etwas

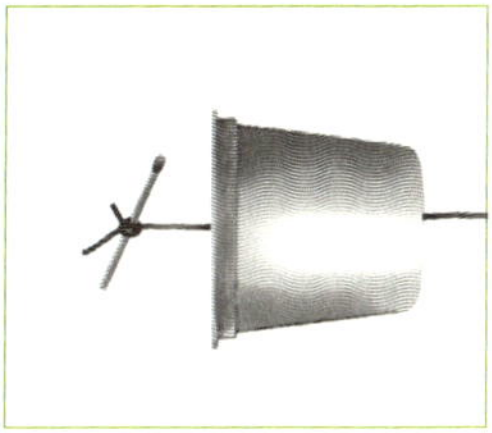

*Beidseitige Gesprächsvorbereitung*

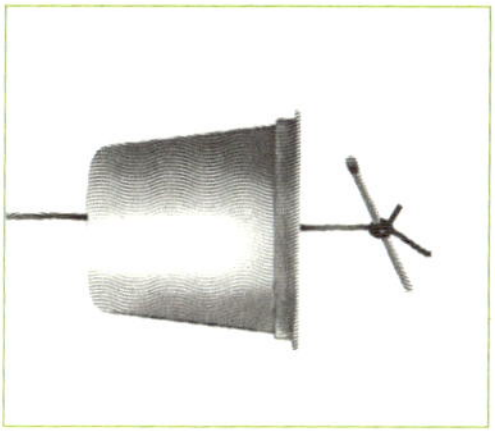

*Die Telefonanlage ist nun betriebsbereit*

lernen über die erstaunlichen Wege des Schalls. Das Joghurtbecher-Telefon besteht aus zwei leeren Joghurtbechern, die mit einer mehrere Meter langen Schnur verbunden werden. Die beiden Schnur-Enden werden jeweils durch ein Loch im Boden des Bechers geführt und mittels eines Streichholzes, das am Ende eingeknotet wird, fixiert. Der Schall wird bei gespannter Schnur als Longitudinalwelle (Längswelle) auf die andere Dose übertragen und dort wieder hörbar. Die Becher eignen sich sowohl beim Sprechen als auch beim Hören als Resonator. Faszinierenderweise funktioniert das tatsächlich, was dem in der Physik eher unbegabten Menschen immer wieder als kleines Wunder erscheint.

# 003

SICH VERLIEBEN

*... wie Schwan und Tretboot*

01 ***Erstes Kennenlernen*** Am 26. Mai 2006 um 3.35 Uhr wurde die Welt einer großen Liebe gewahr. In dieser Minute veröffentlichte die Deutsche Presse-Agentur ihre Recherchen vom Aasee in Münster.

*„Majestätisch streckt der kohlschwarze Vogel seinen langen Hals in die Höhe und gibt einen herzzerreißenden Schrei von sich. Sein Ruf bleibt jedoch ungehört, die angebetete Schwanendame schweigt. Sie kann ihn nicht hören, sie kann ihm nicht antworten: Die weiße Schwanenfrau ist aus Plastik. Als Tretboot versüßt sie bei schönem Wetter Besuchern den Aufenthalt am münsterschen Aasee.“*

Ein schwarzer Trauerschwan, nicht ganz ausgewachsen, mit rotem Schnabel, war Anfang Mai 2006 im See aufgetaucht. Wenig später hatte er sich in das Boot verguckt.

02 ***Sich verlieben*** Das Tretboot reagierte auf die Liebe des Schwans auf eine Art, die nicht jedem als Liebesbekundung genügt hätte: Das Tretboot reagierte gar nicht. Aber Petra, die zunächst Peter geheißen hatte, blieb eisern – den ganzen Sommer hindurch. Der Vogel wurde zunächst nicht nur Peter, sondern „Schwarzer Peter“ genannt – bis jemandem auffiel, dass es sich um ein Weibchen handelte. Das Tretboot gehörte einer Segelschule und wurde vermietet. Petra wich dem Boot jedoch bald nicht mehr von der Seite. Wenn sich ein Segelboot näherte, plusterte sich der Schwan auf und zeterte. Wurde das Tretboot seiner eigentlichen Bestimmung zugeführt und vermietet, schwamm Petra hinterher.

Als der Winter kam, war die Liebe nicht kleiner geworden. *„Irgendwann, spätestens wenn der Aasee friert, müssen wir das Tretboot ja mal reinnehmen“*, sagte Tretboot-Besitzer Peter Overschmidt: *„Ich weiß nicht, wie es weitergehen soll.“* Es klang grauenvoll. Manchem zerriss es das Herz.

Der Allwetterzoo Münster wusste, was zu tun war: Er nahm Tretboot und Petra im November für den Winter auf. Das Paar wohnte auf einem Tümpel, bevor es ins Pelikanhaus umzog. Gegen Ende des Zooaufenthalts versuchten gewitzte Menschen, Petra mit anderen Trauerschwänen zu verkuppeln – doch die Versuche schlugen fehl. Petra blieb treu und lebte im Zoo allein mit ihrem Tretboot auf einem Teich neben der Elefantenanlage.

Im März zogen Petra und Tretboot wieder auf den Aasee. Petra wich ihm nach wie vor nicht von der Seite.

Es kam der nächste Winter, und Petra und das Tretboot zogen am Nikolaustag wieder in den Allwetterzoo Münster. Dort tauchte ein europäischer weißer Höckerschwan namens Paul auf, und die australische Trauerschwandame Petra begann, regelmäßig mit ihm zu schnäbeln. Die „Münstersche Zeitung“ berichtete im Dezember 2007, Petra – ein monogames Tier – habe nun einen Schwan aus Fleisch und Blut. Man baue sogar schon einen gemeinsamen Nistplatz.

Diese Beziehung – im Rückblick eher eine Affäre – war nicht von Dauer: Am Osterwochenende wurde Petra von Paul, der einfach davonflog, verlassen. Das weiße Tretboot war nach der gescheiterten Liaison bereits zurück auf den Aasee gezogen. Im Frühling 2008 kehrte Petra reuig zu ihm zurück.

Dass Petra auf das Tretboot hereinfiel, ist wohl mit einem supranormalen Reiz zu erklären, den das Boot aussandte. Ein Beispiel: Ein Kuckuck lässt sich bekanntlich von Singvögeln aushalten. Der junge Kuckuck sitzt mit den jungen Singvögeln im Singvogelnest, und es gelingt ihm, dass die Singvogeleltern ihn mehr füttern als die eigenen Küken. Das liegt daran, dass der rote Schlund, der sich zeigt, wenn der Kuckuck den Schnabel aufreißt, für die Eltern der Schlüsselreiz für die Handlung „Nahrung reinstecken“ ist. Der rote Schlund des Kuckucks ist ein wenig größer als der des Singvogels – er ist supranormal, also mehr als normal groß. Ein besonders großer roter

Schlund muss stärker gefüllt werden als ein kleiner roter Schlund. Einen solchen supranormalen Reiz sandte wohl auch das Tretboot aus. Denkbar ist, dass Petra auf den großen orangefarbenen Schnabel des Boots reagierte. Das ist nicht unbedingt ungewöhnlich. Allerdings reicht ein einzelner Reiz meist nicht aus, um einen Schwan derart wuschig zu machen. Es gibt Variationen: Das eine Tier reagiert anders als ein anderes Tier derselben Art. Petra war offensichtlich empfänglicher für den optischen Reiz als andere Tiere.

Anders gesagt: Dass das Tretboot einen großen Mund hat, könnte auch anderen Schwänen positiv aufgefallen sein. Die anderen Tiere merkten aber bald, dass das Tretboot sich nicht so verhielt wie ein williger Schwan sich verhalten sollte. Petra war das egal – sie nahm das Tretboot so, wie es war. Dass Petra dem Tretboot längere Zeit treu blieb, ist weniger erstaunlich: Das liegt daran, dass Schwäne relativ partnertreue Tiere sind. Forscher fanden heraus, dass in einer Gruppe von Höckerschwänen 97 Prozent der erfolgreich brütenden Tiere im Folgejahr mit demselben Partner brüteten. Beim Zwergschwan, der eine Lebensdauer von bis zu 27 Jahren hat, wurde eine Paarbindung von wenigstens 19 Jahren festgestellt.

03 ***Gemeinsame Bekannte: Herr Adler und Herr Pfau*** Der Allwetterzoo Münster liegt am Aasee, aber zwei Kilometer von der Heimat von Petra und Tretboot entfernt, deshalb konnte man nicht sicher sein, dass Petra bereitwillig umzöge. Doch es funktionierte: Der Zoodirektor hatte mit Hilfe einer Bausparkasse *„ein Freigehege in absoluter Toplage“* organisiert und hieß die neuen Bewohner im November 2006 herzlich willkommen. Hierbei handelte es sich um Herrn Adler.

Wie eng die Freundschaft von Petra und Tretboot mit Herrn Pfau ist, lässt sich nicht genau sagen, er bekannte sich jedoch öffentlich dazu, Anhänger Petras zu sein: Die Fraktion UWG/ödp (kurz für die Fraktionsgemeinschaft aus Unabhängiger Wählergemeinschaft für Münster und Ökologisch-Demokratischer Partei), Kreisverband Münster, beantragte in der Stadtratssitzung vom 08.01.2007, verhandelt unter Tagesordnungspunkt 28 (Anträge von Ratsmitgliedern nach § 3 Abs. 2 der Geschäftsordnung des Rates), Unterpunkt 28.2, im Sinn von „Öffentlichkeitsarbeit/Tourismus/Repräsentation“ den *„Schwan ins Stadtwappen“* aufzunehmen. Die Begründung des nach kurzer Diskussion schließlich zurückgezogenen Antrags erfolgte durch Ratsherrn Pfau.

04 ***Zahl des Paares: 1.000.000*** Erstmals seit der Eröffnung des Delphinariums 1974 überquerte die Besucherzahl des Zoos die Marke von einer Million, als im November 2007 Petra und Tretboot erneut dorthin zogen.

05 ***Sonst so*** Für Menschen, die sich besonders intensiv für die Liebe zwischen Schwan Petra und dem Tretboot interessierten, bot das „Stadt Hotel Münster“ seinerzeit Unschlagbares: *„Viele Menschen kommen im Sommer an den Aasee und freuen sich, das ungleiche Liebespaar einmal zu sehen. Das Stadt Hotel Münster liegt lediglich 200 Meter vom Aasee entfernt. Buchen Sie unter dem Stichwort Schwanenliebe und Sie erhalten als Andenken einen Schlüsselanhänger ‚Schwanenliebe'.“*

06 ***Was aus dem Paar wurde*** Anfang 2009 verschwand Petra. Der „Freundeskreis Schwarze Petra“, der sich im Herbst 2008 gebildet hatte, um die Kosten für die gesundheitliche Versorgung des Trauerschwans zu organisieren, suchte mehrere Wochen nach dem Tier, auf Plakaten und Handzetteln bat er die Bevölkerung um Hilfe.

Es waren zahlreiche Hinweise eingegangen, eine heiße Spur schien nach Xanten zu führen: Am Niederrhein war mehrmals ein Trauerschwan gesichtet worden, der Petra gleiche, wie es hieß. Jedoch: *„Anhand von Fotos haben wir festgestellt, dass das Tier in Xanten nicht Petra ist.“* Die Suche wurde Ende Februar 2009 eingestellt. Wo auch immer Petra, der schwarze Schwan, sich heute aufhält: Sie lebt, wenn sie noch lebt, ohne das Tretboot vom Aasee.

07 ***Bleibende Werte*** ........................................................................

***Anspruch*** ●○○○○ / ***Gefühl*** ●●●●● / ***Action*** ●●○○○ / ***Erotik*** ○○○○○ / ***Glamour*** ●●○○○

# 004 EINE FERNBEZIEHUNG FÜHREN

Städtepartnerschaften dienen der Intensivierung wirtschaftlicher und kultureller Kontakte über die Landesgrenze hinaus. Als erste deutsche Stadt verbandelte sich das schöne Kiel, 1925 ging es mit dem dänischen Sonderburg eine Partnerschaft ein. Am aktivsten bindet sich Berlin, überall auf der Welt. Wobei das Land Berlin sich ausschließlich mit Hauptstädten einlässt (ausgenommen Los Angeles), wohingegen die Stadtbezirke auch in der tiefsten Provinz Freunde gefunden haben.

•••

***Berlin:*** Los Angeles *USA* 1967 • Paris *Frankreich* 1987 • Madrid *Spanien* 1988 • Istanbul *Türkei* 1989 • Moskau *Russland* 1990 • Budapest *Ungarn* 1991 • Warschau *Polen* 1991 • Brüssel *Belgien* 1992 • Mexiko-City *Mexiko* 1993 • Jakarta *Indonesien* 1993 • Taschkent *Usbekistan* 1993 • Tokio *Japan* 1994 • Buenos Aires *Argentinien* 1994 • Peking *China* 1994 • Prag *Tschechien* 1995 • Windhuk *Namibia* 2000 • London *England* 2000 ***Charlottenburg-Wilmersdorf:*** Linz *Österreich* 1962 • Or Yehuda *Israel* 1966 • Trento *Italien* 1966 • Gladsaxe *Dänemark* 1968 • Appeldoorn *Niederlande* 1968 • London Borough of Sutton *England* 1968 • Lewisham *England* 1968 • Split *Kroatien* 1970 • Gagny *Frankreich* 1974 • Karmi'el *Israel* 1985 • Kiew-Petschersk *Ukraine* 1991 • Miedzyrzecz *Polen* 1993 • Budapest-Belváros-Lipótváros *Ungarn* 1998 ***Friedrichshain-Kreuzberg:*** San Rafael del Sur *Nicaragua* 1966 • Kiryat Yam *Israel* 1990 • Istanbul-Kadiköy *Türkei* 1996 • Szczecin *Polen* 1997 • Sofia-Oborishte *Bulgarien* 1999 ***Lichtenberg:*** Maputo, 5. Distrikt *Mosambik* 1993 • Warschau-Bialoleka *Polen* 2000 • Kaliningrad *Russland* 2001 • Hajnowka *Polen* 2001 • Jurbarkas *Litauen* 2003 ***Marzahn-Hellersdorf:*** Budapest-Rákospalota *Ungarn* 1991 • Budapest-Újpest *Ungarn* 1992 • Tychy *Polen* 1992 • Minsk, Stadtbezirk „Oktober" *Weißrussland* 1993 • Minsk, Stadtbezirk „Partisan" *Weißrussland* 1993 • Halton *England* 1994 ***Mitte:*** Higashiōsaka *Japan* 1959 • Tourcoing *Frankreich* 1961 • Cholon *Israel* 1970 • Moskau *Russland* 1990 • Budapest-Terézváros *Ungarn* 2000 • Drøbak *Norwegen* 2000 • Tsuwano *Japan* 2000 • Tokyo-Shinjuku *Japan* 2000 ***Neukölln:*** Boulogne-Billancourt *Frankreich* 1955 • London Borough of Hammersmith and Fulham *England* 1955 • Zaanstad *Niederlande* 1955 • Anderlecht *Belgien* 1955 • Bat Jam *Israel* 1978 • Marino *Italien* 1980 • Ústí nad Orlicí *Tschechien* 1989 • St. Petersburg-Pawlowsk-Puschkin *Russland* 1991 • Prag, 5. Bezirk *Tschechien* 2005 • Izmir, Bezirk Cigli *Türkei* 2005 ***Pankow:*** Kolobrzeg *Polen* • 1994 Ashkelon *Israel* 2000 ***Reinickendorf:***

*Gute Freunde:*
*« Berliner «*
*» Pariser »*
•••

Kiryat Ata *Israel* 1966 • Antony *Frankreich* 2000 • Greenwich *England* 2000 ***Spandau:*** Luton *England* 2000 • Asnières sur Seine *Frankreich* 2000 • Ashdod *Israel* 2000 • Iznik *Türkei* 2000 ***Steglitz-Zehlendorf:*** Kirjat Bialik *Israel* 1966 • Bröndby *Dänemark* 1968 • Cassino *Italien* 1969 • Sderot *Israel* 1975 • Ronneby *Schweden* 1976 • Charkow-Ordshonikidse *Ukraine* 2000 • Kazimierz-Dolny, Poniatowa und Naleczów *Polen* 2000 • Paris, 12. Bezirk *Frankreich* 2000 • Sochos *Griechenland* 2000 • Szilvásvárad *Ungarn* 2000 ***Tempelhof-Schöneberg:*** Amstelveen *Niederlande* 1959 • Nahariya *Israel* 1970 • Koszalin *Polen* 2000 • ***Treptow-Köpenick:*** Albinea *Italien* 2000 • Cajamarca *Peru* 2000 • East Norriton Township *USA* 2000 • Mürzzuschlag *Österreich* 2000 • Subotica *Serbien* 2000 • Izola *Slowenien* 2000 • Veszprèm *Ungarn* 2000 • Olomouc *Tschechien* 2000 • Warschau-Mokotów *Polen* 2000

# 005 EINANDER ZUFÄLLIG ÜBER DEN WEG LAUFEN

*... wie*
*Robinson Crusoe*
*und*
*Freitag*

01 ***Erstes Kennenlernen*** Eines Tages, im Mai seines 24. Jahres auf der Insel, beobachtete Robinson Crusoe, der berühmteste einsame Inselbewohner der Literaturgeschichte, *„wie zwei arme Teufel aus den Booten, wo sie anscheinend gelegen hatten, herausgezerrt und zur Schlachtbank gezerrt wurden"*.

Der eine wurde umgehend *„für die Küche"* aufgeschnitten, *„während man das zweite Opfer daneben stehenließ, bis die Reihe an ihn kam"*. Das war der Mann der später Freitag heißen sollte, *„die Natur erfüllte ihn mit Hoffnung aufs Überleben, er stürzte davon und rannte mit unglaublicher Schnelligkeit das Ufer entlang gerade auf mich zu, d.h. gegen den Teil der Küste hin, wo meine Wohnung lag."*

Als Robinson nun sah, wie der Mann zunächst von drei, dann von zwei Männern verfolgt wurde, *„überkam mich heiß und ganz unwiderstehlich der Gedanke, jetzt sei die Gelegenheit gekommen, einen Diener und vielleicht einen Kameraden und Gehilfen zu erwerben"*. Robinson rettete dem Mann das Leben. *„Als erstes gab ich ihm zu verstehen, sein Name solle Freitag sein, weil ich ihm an diesem Tag das Leben gerettet hatte."* Und – der Herr Crusoe pflegte einen gewissen Dünkel – *„ebenso lehrte ich ihn das Wort ‚Herr' sagen, und bedeutete ihm, das sei mein Name"*.

02 ***Einander zufällig über den Weg laufen*** Die Wahrscheinlichkeit, dass man dem Nachbarn zufällig im Hausflur begegnet, ist relativ groß. Die Wahrscheinlichkeit, dass man auf einer einsamen Insel jemandem begegnet, ist relativ klein, sonst wäre die Insel ja nicht einsam.

Es gibt Menschen, die glauben, dass alles im Leben auf Zufällen beruht, und ebenso gibt es natürlich Menschen, die der Ansicht sind, alles beruhe auf einer Vorsehung, zum Beispiel der eines Gottes. Und dann gibt es reichlich Zwischenmeinungen zum Thema, die um die Begriffe Fügung, Schicksal, Pech, Glück und solcherlei kreisen. Welche Ansicht die richtige ist, darüber soll hier nicht geurteilt werden. Es ist jedoch unmöglich – in Analogie zu Robinson und Freitag – zu erklären, wie man heutzutage eine zufällige Begegnung herbeiführen kann, weil sie dann – nun ja – nicht mehr zufällig wäre. Wer sich zum Beispiel eine Weile vor dem Bürogebäude herumdrückt, in dem ein Mensch arbeitet, den er oder sie gern träfe, der trifft die Person vielleicht tatsächlich, aber wer dann von Zufall spricht, der lügt sich selbstverständlich in die Tasche. Der Volksmund spricht in solchen Fällen davon, dass man *„dem Zufall auf die Sprünge hilft"*. Ist nicht weiter schlimm. Ist vielleicht sogar manchmal ein probates Mittel – aber eben kein Zufall. Wenden wir uns also gleich dem wirklichen, dem großen und erstaunlichen Zufall zu. Die außerordentlich zufällige Begegnung von Robinson und Freitag wurde in einem von Daniel Defoe verfassten Roman beschrieben, der

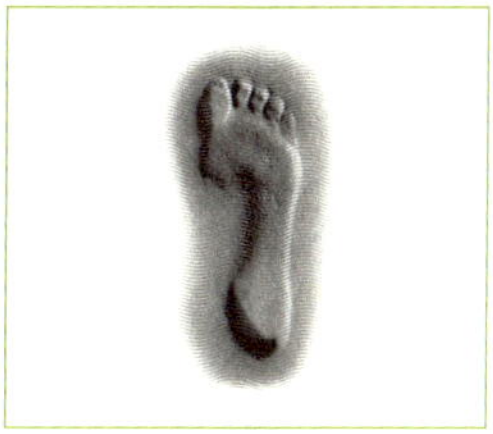

*« Freitag? «*

*» Freitag! »*

einen – passend zur Vorgeschichte der zufälligen Begegnung – etwas länglichen Titel trägt: „Das Leben und die unerhörten Abenteuer des Robinson Crusoe, eines Seemanns aus York, der achtundzwanzig Jahre lang ganz allein auf einer unbewohnten Insel vor der Küste von Amerika lebte, nahe der Mündung des großen Orinoko-Stromes, wohin er durch einen Schiffbruch verschlagen worden war, bei dem alle Mann außer ihm umkamen. Mit einem Bericht, wie er zuletzt auf ebenso merkwürdige Weise durch Piraten befreit wurde. Von ihm selbst beschrieben“.

Etwas verkürzt heißt das Buch: „Robinson Crusoe“. Auf einer der im Buch nicht so bezeichneten Juan-Fernández-Inseln vor Chile strandet, so die Geschichte, der Engländer Robinson Kreutznaer (je nach Ausgabe auch Kreuznaer). Kreutznaer, nicht Crusoe – denn sein *„Vater war ein Ausländer aus Bremen“*. Doch *„durch das gewöhnliche Verderben der Wörter in England nennt man uns jetzt und nennen wir uns selbst und schreiben uns Crusoe“*. Robinson Crusoe fuhr gegen die ausdrückliche Empfehlung seines Vaters, der bereits einen von drei Söhnen im Krieg verloren hatte, zur See. Der Vater, so lässt uns Robinson auf den ersten Seiten von Defoes Roman wissen, drang *„ernst und nachdrücklich in mich, nicht den jungen Draufgänger zu spielen, mich nicht selber in ein Elend zu stürzen, vor dem die Natur und die Lebensstellung, in die ich hineingeboren war, mich gesichert zu haben schienen“*.

Der Filius fuhr dennoch zur See und bekam bald die Quittung. Eines Tages, nachdem er schon zwei Jahre lang in maurischer Gefangenschaft gelebt hatte und entkommen war, zog – wie wohl der Zufall es wollte – vor der Küste Chiles ein Sturm auf, der sein Schiff auf eine Sandbank drückte, und *„das Schiff musste jeden Augenblick in Stücke gehen, ja einige behaupteten, es sei schon geborsten"*, also half angesichts der erbärmlichen Lage kein Disputieren, und die Besatzung, elf Mann im Ganzen, stieg ins kleine Beiboot, das von einer rasenden, berghohen Welle von hinten erfasst wurde, so *„dass das Boot sofort umschlug"*, und *„in einem Augenblick wurden wir alle vom Meer verschlungen"*.

Robinson, ein guter Schwimmer, kam beinahe in den Fluten um, erreichte aber als Einziger den Strand einer kleinen Insel. Der Grimm der rasenden See erfasste ihn mehrmals erneut, da der Strand an dieser Stelle teils felsig und teils sehr flach war. *„Beim letzten Mal wäre es beinahe um mich geschehen gewesen, denn die See, die mich herumwirbelte wie zuvor, trieb oder vielmehr schleuderte mich mit solcher Gewalt gegen eine Klippe, dass ich bewusst- und hilflos liegenblieb. Ich hatte einen so heftigen Stoß gegen Brust und Seite erhalten, dass mir der Atem gleichsam zum Hals herausfuhr; und wäre die Flut gleich wiedergekommen, ich wäre unfehlbar im Wasser erstickt."* Es kam anders.

Anschließend fand Robinson Crusoe Gesellschaft bei einem Papagei, einem alten Hund, zwei Katzen, einer Herde Ziegen und vor allem bei Gott, denn eine Bibel konnte er vom Wrack später noch retten. Kaum aber hatte er elf Jahre alleine verbracht, *„gewahrte ich zu meiner größten Bestürzung am Strand den Abdruck eines nackten menschlichen Fußes, der im Sand ganz deutlich zu sehen war"*. Zehen, Ferse, alles; *„wie der Mensch hierherkam, wusste ich nicht und konnte ich mir nicht im entferntesten vorstellen"*.

Diese Entdeckung beschäftigte ihn ein Weilchen, und keine zwei Jahre später machte Robinson die nächste Entdeckung, nämlich die Überreste eines Kannibalengelages, was er als noch ein wenig erschreckender empfand als einen Fußabdruck. In der Folge befasste er sich intensiv mit dem Gedanken, selbst einmal verspeist zu werden; er beobachtete die Kannibalen immer wieder und trug sich auch mit dem Gedanken, „*die Wilden anzugreifen*" – er hatte schließlich Munition und Gewehre vom Wrack gerettet –, verwarf diese Idee aber wieder. „*Dessenungeachtet kam ich jedoch zu dem Schluss, dass der einzige Weg, die Flucht zu wagen, für mich darin bestand, mich wenn möglich eines Wilden zu bemächtigen, am besten eines ihrer Gefangenen, den sie zu ihrer Mahlzeit bestimmt und zum Abschlachten hierhergebracht hatten.*" Und dann kam eines Tages, Zufall oder Vorsehung, Freitag in seine Richtung gerannt.

03 ***Gemeinsame Bekannte: Freitags Vater*** Als wieder einmal Kanus auf der Insel anlegten, retteten Robinson und Freitag zwei Menschen das Leben, die sonst erst in der Küche und dann in den Mägen der Kannibalen gelandet wären. Es stellte sich alsbald heraus – wiederum Zufall oder Vorsehung – dass einer der beiden Geretteten Freitags Vater war.

04 ***Zahl des Paares: 24*** Robinson Crusoe brachte 24 Jahre alleine auf seiner Insel zu, bevor Freitag zu ihm stieß. Nach 28 Jahren, zwei Monaten und 19 Tagen verließ Robinson die Insel mit Freitag am 19. Dezember 1686. Als ein englisches Schiff vor der Insel ankerte, dessen Mannschaft gemeutert hatte, eroberten Robinson und Freitag es mit dem Kapitän zurück – und der Kapitän vermachte Robinson zum Dank das Schiff. Am 11. Juni 1687 kam er nach 35-jähriger Abwesenheit in England an.

05 ***Sonst so*** Als reales Vorbild für die Figur des Robinson Crusoe gilt ein Mann namens Alexander Selkirk, der vier Jahre auf einer der Juan-Fernández-Inseln verbracht hatte – allerdings hatte er sich dort freiwillig aussetzen lassen.

06 ***Was aus dem Paar wurde*** Robinson Crusoe wurde Namensgeber von Robinson Crusoe Island vor Chile. Freitag ist bis heute ein beliebter Wochentag.

07 ***Bleibende Werte*** ..........................................................................

*Anspruch* ●●●●○ / *Gefühl* ●●○○○ / *Action* ●●●○○ / *Erotik* ○○○○○ / *Glamour* ●○○○○

# 006 EINE ZWECKGEMEINSCHAFT BILDEN

Die wohl schönste Geschichte über Zweckgemeinschaften in der Natur ist die von Krokodil und Vogel. Meist wird sie so erzählt, dass der Vogel ein glückliches Leben führt und sich hin und wieder im weit aufgesperrten Maul eines Krokodils niederlässt, um diesem eine Zahnreinigung angedeihen zu lassen. Das Krokodil wartet geduldig, und nie käme es auf die Idee, den Vogel als Frühstückshäppchen zu verspeisen. Leider ist die Geschichte ein Märchen. Der einzige Nutzen, den Krokodile aus Vögeln ziehen, ist der, dass sie sich von aufgeregten Vogelschwärmen auf Gefahren hinweisen lassen und dann gegebenenfalls abtauchen. Es gibt allerdings andere Zweckgemeinschaften in der Natur, die keine Märchen sind und die als Geschichten ebenso schön, gut oder spannend sind wie die von Krokodil und Vogel.

• • •

01 ........................ ***Putzerlippfische** und **große Meerestiere*** ........................

An so genannten Putzerstationen säubern die Kleinen die Großen und ernähren sich von den Parasiten, von Pilzen und abgestorbenem Gewebe, oft reinigen sie auch Wunden. Um beim Putzen nicht vom vielleicht hungrigen Partner gefressen zu werden, pflegen sie ein buntes Erscheinungsbild, eine auffällige Körperhaltung und praktizieren seltsame Tänze.

02 ................. ***Landleguane** und **Darwinfinke bzw. Spottdrossel*** ................

Die Vögel hüpfen auffällig vor dem Leguan hin und her und reizen ihn solange, bis er sich in die Höhe stemmt und den Bauch frei gibt. So können die Vögel seine Haut nach Zecken und anderen Parasiten absuchen und sich davon ernähren.

03 ........................... ***Pistolenkrebse** und **Wächtergrundel*** ...........................

Der blinde Pistolenkrebs nutzt den Fisch als Aufpasser: Die Wächtergrundel warnt ihn vor Gefahren. Mit seinen langen Fühlern hält der Krebs ständig Kontakt zum Fisch. Bei Gefahr bewegt die Grundel ihre Flossen heftiger und gibt damit das Zeichen zum Rückzug. In einer der zahlreichen Wohnhöhlen des Krebses sind beide sicher. Wird das Paar dennoch weiterhin angegriffen, bildet der Krebs mit Hilfe seiner Knallschere eine Gasblase, die für den Feind tödliche Folgen haben kann.

04 ..................... *Honigdachse und Schwarzkehl-Honiganzeiger* .....................

Der Honiganzeiger, ein Spechtvogel, weist dem Honigdachs durch lautes Rufen und heftige Flügelschläge den Weg zu Bienenstöcken in der Nähe. Der Dachs plündert die Stöcke, während sich sein Partner an die übrig gebliebenen Insekten und Wabenreste hält.

05 ............................. *Einsiedlerkrebse und Seeanemonen* .............................

Die Krebse schützen ihr Gehäuse durch eine Seeanemone, die mit ihren giftigen Nesselkapseln dem Feind trotzt. Als Gegenleistung darf sich die Anemone von den Beuteresten des Krebses ernähren. Zieht der Krebs in ein anderes Gehäuse, zieht er seine Anemone oft einfach mit um. Manchmal wird die Beziehung der beiden sogar so eng, dass sich die Seeanemone vom Krebs abhängig macht und sich nicht mehr selbstständig ernähren kann.

06 ....................... *Kurzschwanzkrebse und Mangrovenquallen* .......................

Am Boden lebende Kurzschwanzkrebse tragen gerne die gewaltige Last einer viel größeren Mangrovenqualle mit sich herum. Die Qualle gewinnt durch den Krebs an Mobilität, der Krebs schützt sich, indem er sich unter dem Körper der Qualle versteckt.

07 ................................ *Bitterlinge und Teichmuscheln* ................................

Die Weibchen des karpfenartigen Bitterlings legen einzelne Eier in den Kiemenkammern einer Muschel ab. Das Männchen samt danach dicht über der Atemöffnung der Muschel ab. In der Muschel kann die Brut dann gefahrlos heranreifen. Die Muschel verfährt ähnlich: ihre Brut wird in den Kiemen der Fische eingebettet, wo sich später Larven entwickeln. Diese werden solange von ihrem Fischwirt ernährt, bis sie – zur Jungmuschel gereift – die Haut durchstoßen und sich selbst entlassen.

# 007 KOLLEGIAL ZUSAMMENARBEITEN

*... wie*

*Michael Knight*

*und*

*KITT*

01 ***Erstes Kennenlernen*** Der Mensch Michael Knight und das sprechende Auto KITT lernen einander in der amerikanischen Fernsehserie „Knight Rider“ (produziert von 1982 bis 1986) kennen. Das erste Kennenlernen ist von Michaels Ablehnung geprägt, der sich von einem Auto nicht beeindrucken lassen will. KITT schaltet dann bei der ersten Probefahrt von selbst in den so genannten Turbo-Boost-Modus, um einen Truck zu überholen – und Michael ist immerhin erstaunt. Bei der nächsten Fahrt schläft Michael am Steuer ein, sein Kopf kippt an die Fensterscheibe. KITT steuert zwar selbstständig sicher um alle Kurven, doch eine Polizeistreife ist wenig begeistert, als sie sieht, dass der Fahrer des Wagens schläft. KITT weckt Michael, erklärt ihm rasch den Sachverhalt, und Michael stellt sich, als die Streife ihn anhält, halb taub und behauptet, einen verspannten Hals zu haben – genau wie KITT es ihm geraten hat. Michael hat zwar kein Wort des Dankes übrig, aber von da an verstehen die beiden sich recht gut.

02 ***Kollegial zusammenarbeiten*** KITT hat das Gehirn und David Hasselhoff die Frisur. Sie ergänzen einander mit ihren Fähigkeiten und werden zum idealen Kollegenteam.

David Hasselhoff spielt Michael Knight, einen Mann, dessen Identität erst erschaffen werden muss: Der Mann, der in der ersten Folge der Serie zu Michael Knight wird, heißt zunächst Michael Long. Er ist ein 1949 geborener Vietnamkriegsveteran und Polizist, dessen Partner bei einem Einsatz erschossen wird. 1982 bekommt Long selbst in Nevadas Wüste bei einem Einsatz eine Kugel ab. Sie prallt jedoch von der Stahlplatte in seinem Kopf ab – ein Andenken an den Krieg – und zerstört statt seines Gehirns nur sein Gesicht.

Der Millionär Wilton Knight, Gründer der „Foundation for Law And Government“ (FLAG, in der deutschen Fassung: „Foundation für Recht und Verfassung“), der daran glaubt, dass ein einzelner Mensch die Welt verbessern kann, findet ihn verletzt und lässt ihm eine gesichtschirurgische Behandlung angedeihen, nach der er aussieht wie David Hasselhoff, wozu ihm Wilton Knight *(„ein hübsches Gesicht“)* gratuliert. Er bekommt auch eine neue Identität: Michael Knight.

Der todkranke Millionär möchte, dass Michael wirksamer als die Polizei Verbrechen aufklärt und stellt ihm einen Partner in Aussicht. Michael will aber nach dem Tod seines letzten Partners alleine arbeiten: Er könne nur noch für sich selbst Verantwortung übernehmen. Doch da kennt er seinen neuen Kollegen noch nicht – es handelt sich um den „Knight Industries Two Thousand“, einen grundlegend umgebauten schwarzen Pontiac Firebird Trans Am. Kurz: KITT.

Es gibt in der Geschichte des Fernsehens das eine oder andere Zweierteam, das sich erst allmählich zu einem freundschaftlichen Verhältnis durchringt. KITT und Michael Knight sind exemplarisch, denn kaum ein anderes Zweierteam ist so unterschiedlich wie die beiden und passt dennoch so gut zusammen. In wenigen Anstellungen arbeitet man alleine, und überall, wo Kollegen aufeinander treffen, raucht es auch mal. Laut dem „Index Gute Arbeit 2009“ des Deutschen Gewerkschafts-Bunds bezeichnen nur zwölf Prozent der deutschen Arbeitnehmer ihre Arbeitssituation als positiv. Das liegt nicht nur an den Kollegen, doch Kollegen sind zumindest mitentscheidend für das Wohlbefinden: Laut einer Forsa-Studie ist für 67 Prozent aller Befragten das Klima am Arbeitsplatz ebenso wichtig wie Geld. Es ist also von großer Bedeutung, kollegial zusammenzuarbeiten.

Es ist hilfreich, wenn man einander in einer Situation zur Hand geht, in der es keine Lorbeeren zu verdienen gibt – so wie KITT Michael hilft, als der am Steuer einschläft. Dass er Michael vor der Polizeistreife warnt, kann man als kollegiale Geste um der kollegialen Geste willen verstehen.

Wer am Arbeitsplatz glücklich werden will, muss sich darüber klar werden, welche Unglücksfaktoren es gibt: Ist die Belastung zu groß? So empfinden nur 28 Prozent der Arbeitnehmer. Wird vom Arbeitgeber die Angst vor dem Arbeitsplatzverlust geschürt? Das wäre fatal, kommt aber leider häufig vor. Ist Angst im Spiel, leidet das Verhältnis zu Kollegen – da die Kollegen in ein Konkurrenzverhältnis zueinander gedrängt werden.

Prinzipiell gibt es zur Verbesserung des Verhältnisses zu Kollegen einen Trick: Perspektivwechsel. Eine falsch eingeordnete Kaffeetasse ist nicht gleich Mobbing – sondern kommt vor. Ärgert man sich also darüber, dass die eigene Kaffeetasse wieder einmal weg ist, sollte man sich fragen: Wie oft habe ich schon die Tasse des Kollegen benutzt? Ärgert man sich, dass man für gute Arbeit nicht gelobt wird, hilft die Gegenfrage: Wie viel Lob verteilt man selbst? Und mokiert man sich darüber, dass gerade der Chef nie lobt, hilft es, sich die Frage zu stellen: Wie viel hätte ein Chef zu tun, wenn er für jedes korrekt abgeheftete Papier ein Lob aussprechen wollte?

Ist ein Kollege zu laut oder vorlaut, hilft es, ihm eine Ich-Botschaft zu senden und anschließend die eigene Empfindlichkeit zu hinterfragen. Eine Ich-Botschaft ist eine Botschaft, in deren Zentrum nicht das Vergehen des Kollegen steht, sondern das eigene Empfinden. Die Botschaft *„Gacker' nicht so laut, dummes Huhn!"* ist keine Ich-Botschaft; sie ist weniger positiv für das Arbeitsklima als die Ich-Botschaft *„Ich sitze gerade an einem nicht ganz unwichtigen Dokument, könntest du mir zuliebe deine Mutter vielleicht bitten, in zwei Stunden noch einmal anzurufen?"*

Konfliktvermeidung ist also das Stichwort, wenn zwei Kollegen eng zusammenarbeiten. Wenn es dennoch zu Konflikten kommt, hilft der Versuch, konstruktiv an einer gemeinsamen Lösung zu arbeiten.

KITT ist darin perfekt. Allerdings ist er auch so programmiert. Als Michael Knight einsteigt, kommt es zu einem Streit, der darauf beruht, dass Michael es nicht gewohnt ist, ein Auto ernst zu nehmen. Als KITT sein Missfallen bekundet und sagt: *„Es gibt keinen Grund für erhöhte Lautstärke"*, antwortet Michael: *„Ich beabsichtige nicht, in einem Auto herumzufahren, das mir widerspricht."* Die ungeklärte Hierarchie zwischen beiden lässt

*« Michaels Uhr «*

•••

*» FLAGs Logo »*

Michael also hochfahren. Das ist durchaus ein verallgemeinerbares Problem der Arbeitswelt: Ein neuer Kollege kommt, und sofort stehen eingefahrene Muster und Autoritäten, die durch Gewohnheitsrecht verteilt waren, auf der Probe. Doch KITT lässt sich nicht auf einen derartigen Streit ein und antwortet: *„Leider bin ich nicht darauf programmiert, Ihre Wünsche zu übergehen."*

KITTs Frustrationstoleranz ist also außergewöhnlich hoch. Stets versucht er zudem, das eigene Handeln am Befinden des Kollegen auszurichten: Mittels Mikrosensoren interpretiert er Michaels Wünsche und Pläne. Allerdings sollte man nur von einem Auto so viel Gefügigkeit erwarten – nicht von menschlichen Kollegen.

KITT bekam die Belohnung für seine Kollegialität von der Öffentlichkeit: Nicht den Schauspieler David Hasselhoff, der Michael Knight darstellte, machte die Serie „Knight Rider" berühmt, sondern das Auto. Hasselhoff, urteilte die „Washington Post", habe man wohl deshalb für die Rolle ausgewählt, weil bei ihm nicht die Gefahr bestanden habe, dass er das Auto an die Wand spiele.

03 ***Gemeinsame Bekannte: Glen A. Larson*** Der amerikanische Autor, Produzent und Filmkomponist Glen A. Larson hat sich die Serie ausgedacht, also sowohl KITT als auch Michael Knight erschaffen. Mit Donald P. Bellisario erdachte er übrigens auch die phantastische Serie „Magnum", deren Protagonisten Thomas Magnum und Jonathan Higgins ebenfalls ein ganz wunderbares Paar sind.

04 ***Zahl des Paares: 150.000*** Für 150.000 Dollar wurde ein in der Serie benutzter Pontiac Firebird Trans Am im Jahr 2007 in die Schweiz verkauft.

05 *Sonst so* David Hasselhoff kann natürlich auch viel, aber KITTs Fähigkeiten sind außergewöhnlich. Hier sind die besten: Turbo-Boost: Damit beschleunigt das Auto und kann Hindernisse überspringen, indem es die Räder bei hoher Geschwindigkeit blockiert • Super Pursuit Mode: der Superverfolgungsmodus, in dem KITT bis zu 480 km/h erreicht • Schleudersitze • Molekularversiegelung, die ihn beinahe unzerstörbar macht. Michael Knight nennt die Versiegelung: Babyhaut • Die Verbindung zu Michaels Uhr: Wenn Michael nicht im Auto sitzt, kann er über seine Armbanduhr mit KITT kommunizieren • KITT kann sein Nummernschild wechseln

06 *Was aus dem Paar wurde* David Hasselhoff sang im Zuge des Mauerfalls das Lied „I've Been Looking For Freedom" in Berlin und hält sich daher neben den Scorpions („Wind Of Change") für einen der Musiker, die den Kalten Krieg beendet haben. Er wurde in Österreich und Deutschland in dieser Zeit ein regelrechter Weltstar. Beinahe gleichzeitig setzte er seine Schauspielkarriere als Mitch in der Serie „Baywatch" fort, in der die Lücke, die KITT hinterließ, unter anderem von Pamela Anderson gefüllt wurde; Hasselhoff produzierte auch mehrere Staffeln der Serie selbst. 2007 tauchte er nach längerer Zeit wieder in der Öffentlichkeit auf: In einem angeblich von seiner Tochter gefilmten Video sieht man ihn im Internet, wie er betrunken versucht, einen Burger zu essen.

KITT, wie gesagt ein Pontiac Firebird Trans Am, wurde in der Serie „Knight Rider" von einem Rammbock beinahe zerstört, aber wieder hergerichtet. Im April 2009 verkündete der Automobilkonzern General Motors aber das Ende der Marke Pontiac, was das Ende des originalen KITT bedeutet. In einer Neuauflage der Serie (2008 bis 2009) – sie wurde nach der ersten Staffel abgesetzt – wurde KITT von drei verschiedenen Modellen eines Ford Mustang Shelby GT 500 KR dargestellt. David Hasselhoff spielt in einem Kurzauftritt den Vater des neuen „Knight Riders".

07 *Bleibende Werte* ..........................................................................

*Anspruch* ○○○○○ / *Gefühl* ●●○○○ / *Action* ●●●●○ / *Erotik* ●○○○○ / *Glamour* ●●○○○

# 008 DEN DIRNDLCODE DECHIFFRIEREN

*« ledig «*

*» verheiratet »*

*« jungfräulich «*

*» verwitwet »*

Dem Menschen aus nördlicheren Gefilden erscheint der Mensch aus dem Süden immer ein wenig seltsam; das ist umgekehrt natürlich genauso, aber den Bayer ficht das Seltsame am Nordmenschen nicht an. Er geht unbeirrt seiner Wege, die ihn dann und wann auf Volksfeste führen, die er gern in Tracht besucht. Der Bayer trägt Lederhose, die Bayerin trägt Dirndl. Das Tragen einer Lederhose wirft in der Regel keine Fragen auf, beim Dirndl ist das etwas anders. Das Dirndl ist ein Trachtenkleid, traditionell wird es aus Baumwolle, Viskose, Seide oder Satin gearbeitet und besteht aus einem Kleid oder einem hoch sitzenden Rock, einer Bluse, manchmal auch einer Weste sowie einer Halbschürze. Die Schürze muss gebunden werden. Klingt im Prinzip einfach, doch kann da so einiges schief gehen, schließlich begegnet man beim Binden der Schleife irgendwann der Frage, wo sie zu platzieren ist. Je nachdem, wo die Schleife angebracht ist – rechts, links, vorn in der Mitte, hinten in der Mitte – sagt die Dirndlträgerin etwas über sich. Männer wie Frauen, egal ob aus Süd, Nord, Ost oder West, sollten also den Dirndlcode kennen, bevor sie sich auf ein bayerisches Volksfest begeben.

# 009 ÖFFENTLICH EINS SEIN

*... wie*

*Brangelina*

01 ***Erstes Kennenlernen*** Angeblich lernten sich Angelina Jolie und Brad Pitt 2004 bei den Vorbereitungen und Dreharbeiten zum Film „Mr. & Mrs. Smith" lieben. Angeblich ließen sie bei gemeinsamen Filmszenen, in denen sie den Geschlechtsakt spielten, die übliche Schutzunterwäsche weg. Ebenfalls nur angeblich tauschten sie in einer Drehpause wilde Küsse. So jedenfalls hat es die Klatschpresse behauptet.

Pitt war damals noch mit der Schauspielerin Jennifer Aniston verheiratet, was die Sache kompliziert machte – erst im Januar 2005 gaben sie ihre Trennung bekannt. Was nun vorher im Detail passierte, sei einmal dahingestellt. Die Legende von Brangelina, von Brad und Angelina, beginnt in jedem Fall am Set von „Mr. & Mrs. Smith", in dem beide – Zufall oder Vorsehung – ein Ehepaar spielen.

02 ***Öffentlich eins sein*** Ein US-Wirtschaftsmagazin hat 2009 ermittelt, Hollywood-Star Brangelina sei die fünftbedeutendste Berühmtheit der Welt. Das lässt sich erklären: Angelina Jolie – eine Hälfte von Brangelina – steht auf Platz 1. Brad Pitt – die zweite Hälfte von Brangelina – steht auf Platz 9. Für Brangelina ergibt das Platz 5.

Was Brangelina kann, kann in dieser Kombination sonst niemand: *1.* Sexsymbol für heterosexuelle Frauen sein, *2.* Sexsymbol für heterosexuelle Männer sein, *3.* Sexsymbol für homosexuelle Frauen sein. Fehlt zugegebenermaßen: Sexsymbol für homosexuelle Männer sein. Aber Brad Pitt ist einfach nicht das klassische Sexsymbol für viele homosexuelle Männer (für manche ist er es natürlich doch). Dafür kann Brangelina aber noch dies: Sonderbotschafterin für das UNO-Hochkommissariat für Flüchtlinge sein, alle Blicke auf sich ziehen, in Filmen mitspielen, viele Kinder adoptieren.

Hier ein kleiner Einblick in das öffentliche Leben von Brangelina: Am 7. Januar 2005 geben Brad Pitt und Jennifer Aniston, bis dahin das interessanteste Schauspielerpärchen Hollywoods, ihre Trennung bekannt. Praktisch während der Bekanntgabe der Trennung kommt das Gerücht auf, während der Dreharbeiten zu „Mr. & Mrs. Smith" habe Pitt mit Jolie angebandelt. Im April 2005 tauchen Paparazzi-Fotos auf, die Pitt und Jolie an einem kenianischen Strand zeigen. Ein US-Magazin zahlt eine halbe Million Dollar dafür.

Im Mai 2005 meldet die „Bunte" endlich Genaueres: *„Ein abgeschiedener Bungalow im luxuriösen Alfajiri Resort am Diani Beach in Kenia. Aus der Vier-Zimmer-Villa mit Blick auf den Indischen Ozean dringen laute Schreie und jammerndes Stöhnen durch die nächtliche Stille. Die Wachmänner sorgen sich um das Wohlergehen der prominenten Hotelgäste."* Brangelina aber geht es gut, sie proben nur für den nächsten Film. Der US-amerikanische Komiker Bill Maher fordert: *„Mein Gott, lasst doch die zwei schönsten Menschen der Welt einander vögeln!"*

In Äthiopien adoptiert Brangelina 2005 die kleine Yemsrach und nennt sie Zahara Marley. Mai 2006: Die gemeinsame Tochter Shiloh wird in Namibia geboren. Die Rechte am ersten Foto werden für 2,7 Millionen Euro verkauft. 2007 adoptiert Brangelina den kleinen Pham Quang Sang aus Vietnam und nennt ihn Pax Thien. Ein Magazin zahlt 1,3 Millionen Euro für das erste Foto.

Im April 2007 schreibt die „Bunte": *„Als Paar schienen sie eine solche Einheit zu bilden, dass sie nur noch mit einem Namen bezeichnet werden: ‚Brangelina'."*

2008 bewirbt sich Berlin laut einem Bericht des Satire-Magazins „Titanic" als Austragungsort der Geburt der Zwillinge von Brangelina, Knox Léon und Vivienne Marcheline, verliert aber knapp gegen Nizza. Zwei Magazine zahlen knapp neun Millionen Euro für die ersten Fotos der Zwillinge. Im Februar 2009 ist Brangelina für zwei Oscars nominiert: als Beste Haupt-

« *Begehrter* «

» *Bekannter* »

darstellerin und als Bester Hauptdarsteller. Als es dann kurz ein wenig zu still um Brangelina wird, fragt die „Bunte" im April 2009: *„Liebeskrise – Was ist wirklich dran an den Gerüchten?"* Für Blätter wie die „Bunte" ist Brangelina das größte Glück. Ob das umgekehrt auch so ist, sei dahingestellt.

03 ***Gemeinsame Bekannte: Meatloaf*** Meatloaf (dt. Fleischklops) ist ein Sänger, der beleibt genug ist, um wie Brangelina als zwei in einem durchzugehen. Nun fragt man sich: Was soll der dicke Mann mit der anmutigen Brangelina zu tun haben? Nun: Angelina Jolie spielte in einem seiner Musikvideos mit, als Musikvideos noch wichtig waren. Im Video zu „Rock'n'Roll Dreams Come Through" spielte Jolie die Dame, von der Meatloaf in seinen Rock'n' Roll Dreams träumt. Brad Pitt und Meatloaf wiederum hatten bei den Dreharbeiten zum Film „Fight Club" miteinander zu tun, wo sie zwei der Männer spielen, die sich mit Wonne ordentlich vermöbeln lassen.

04 ***Zahl des Paares: 6*** Jolie und Pitt haben, was sich allerdings täglich ändern kann, sechs Kinder, von denen drei in aller Welt zusammenadoptiert wurden, weshalb Brangelinas Familie bisweilen auch die Vereinten Nationen genannt wird. Maddox Chivan (von Jolie und ihrem damaligen Ehemann Billy Bob Thornton 2001 adoptiert) • Zahara Marley (adoptiert 2005) • Shiloh Nouvel (geboren 2006) • Pax Thien (adoptiert 2007) • die Zwillinge Knox Léon und Vivienne Marcheline (geboren 2008)

05 ***Sonst so*** Es gibt Nachahmer: Stephanie Rice und Eamon Sullivan, zwei australische Schwimmer, sind in ihrer Heimat als „Steamon" bekannt.

06 ***Was aus dem Paar wurde*** Ein Ölbild von Kate Kretz. Es zeigt Brangelina und die Kinder.

07 ***Bleibende Werte*** ...............................................................................

*Anspruch* ●○○○○ / *Gefühl* ●●●○○ / *Action* ●●●○○ / *Erotik* ●●●●○ / *Glamour* ●●●●●

# 010 EINS SEIN

*... wie Lilo Wanders und Ernie Reinhardt*

01 ***Erstes Kennenlernen*** Ernie, eigentlich Ernst-Johann, Reinhardt studierte einige Semester Bibliothekswesen. Dann wurde er Schauspieler. Für das Kabarett im 1988 gegründeten Schmidt-Theater in St. Pauli entwickelte er als Parodie auf die Schauspielerin Evelyn Künnecke die Figur Lilo Wanders.

02 ***Eins sein*** Lilo Wanders ist eine groß gewachsene Diva, die einem größeren Publikum dadurch bekannt wurde, dass sie für den Fernsehsender Vox mit ironischem Augenaufschlag ein Magazin namens „Wa(h)re Liebe" moderierte, in dem es vornehmlich um Sex ging.

Lilo Wanders zu werden, ist, so hat es Ernie Reinhardt einmal formuliert, wie einen Blaumann anzuziehen: Es ist Arbeit. In Reinhardts Privatleben ist Reinhardt einfach Reinhardt. Wenn er aber Lilo Wanders ist, wird er eins mit seiner Figur. Kaum jemand wird so überzeugend eins mit seiner Figur wie Reinhardt. Man konnte sich lange nicht ganz sicher sein, ob Lilo Wanders vielleicht doch echt ist, bis mal in irgendeiner Zeitung stand, dass sie eine Kunstfigur sei – was hinterher aber alle schon vorher gewusst hatten.

Wie wird man aber eins mit einer Figur wie der divenhaften Lilo Wanders? Eins zu werden mit einer Figur bedeutet, zu gehen, zu stehen, zu sitzen, zu rauchen, zu gestikulieren und die Augenbraue hochzuziehen wie die Figur. Natürlich auch: zu denken wie die Figur. Das Geheimnis ist, ein Gefühl für die Figur zu entwickeln, und zwar nicht nur ein Gefühl dafür, welches Weltbild sie vertritt oder welche Farbe sie am liebsten vor sich herträgt (bei Lilo Wanders ist es angeblich, einem Fragebogen zufolge, magentaviolett), sondern auch für ihren Körper. Selbstverständlich ist es auch wichtig, sich zu kleiden, zu schminken und zu frisieren wie die Figur, mit der man eins werden möchte. Aber: Es ist eben nicht alles. Sonst wäre es dasselbe, ob nun Peter Alexander in einer Klamotte, Dustin Hoffman in „Tootsie" oder Ernie Reinhardt in „Wa(h)re Liebe" sich in Frauenkleidung wirft – der Unterschied ist aber groß. In alten Verkleidungsklamottenfilmen war der Mann, der in Frauenkleidern steckte, für den Zuschauer immer als Mann erkennbar: als Mann, der ein breites Kreuz hat, in Pumps nicht gehen kann, breitbeinig sitzt und findet, dass Nylonstrumpfhosen im Schritt kratzen. Lilo Wanders ist dagegen wirklich eine Frau, und die Botschaft, die sich hinter ihr verbergen soll, ist: Frauen und Männer sind nicht so auf getrennte Rollen festgelegt, wie es den Anschein haben könnte. Eine Frau wird bekanntlich gemacht.

Dennoch beginnt die Einswerdung beim Aussehen und damit bei der Frage nach den richtigen Wimpern. Extravagant oder extra extravagant? Dünne Wimpern oder spitze Bühnenwimpern? Da muss man die Figur fragen, mit der man verschmelzen möchte, die hat ihren eigenen Geschmack. Ähnliches gilt für die Kleidung, von der Unterwäsche bis zur Applikation. Empfehlenswert ist, auch die Unterwäsche der Figur zu tragen, mit der man verschmelzen möchte, selbst wenn niemand sie je zu Gesicht bekommt – ein Tangaslip, ein Mieder, eine Baumwollunterhose und eine Boxershort garantieren ein je anderes Körpergefühl. Bei Schuhen verhält es sich etwas spezieller – da muss man zunächst einmal die eigenen Füße fragen: Denn ein breiter, langer Fuß bleibt ein breiter, langer Fuß, auch wenn die verkörperte Figur ein verhuschtes kleines Mäuschen sein sollte. High-Heels sind in Größen bis 47 gut erhältlich; sind sie für Männerfüße gedacht, sind sie häufig etwas breiter geschnitten. Es ist nun allerdings noch nicht damit getan, einen Absatzschuh zu kaufen. Denn in Absatzschuhen zu gehen, ist eher schwierig, vor allem auf Pfennigabsätzen. Breite Absätze erleichtern das Gehen, sehen allerdings aus wie, nun – breite Absätze. Eine Trittfläche von etwa zwei mal zwei Zentimetern könnte ein Kompromiss sein. Frauen fällt es, wenn man das einmal so pauschal formulieren darf, in der Regel leichter, in Männerschuhen zu gehen, als es Männern fällt, in High-Heels zu gehen.

03 ***Gemeinsame Bekannte: Charlotte Jordan*** Die Pastorenwitwe Charlotte Jordan ist eine weitere Bühnenfigur von Ernie Reinhardt: Nach dem Tode ihres Mannes installiert Charlotte im Pfarrhaus einen Piratensender und teilt der Welt mit, dass ihr Sohn schwul und trotzdem ein toller Kerl sei. Lilo Wanders kennt Charlotte Jordan wahrscheinlich aus der Garderobe.

04 ***Zahl des Paares: 545*** Ernst-Johann Reinhardt trat in zehn Jahren (1994 bis 2004) 545-mal als Moderatorin Lilo Wanders auf. Wanders wusste die Antwort auf wirklich alle Fragen zum Thema Sexualität, und ja, selbst auf die Frage, ob der Genuss von Sperma die Diät ruiniere.

05 ***Sonst so*** Ernie Reinhardt gehörte zum frühen Inventar des Schmidt-Theaters auf dem Spielbudenplatz an der Hamburger Reeperbahn. Von 1990 bis 1993 übertrug der NDR die „Schmidt-Mitternachtsshow“ mit Corny Littmann als Herrn Schmidt und Reinhardt als Lilo Wanders, 1991 wurde die Sendung mit dem Adolf-Grimme-Preis in Silber ausgezeichnet. Corny Littmann ist auch Präsident des Fußballvereins FC St. Pauli.

06 ***Was aus dem Paar wurde*** Ernst-Johann Reinhardt, Vater mehrerer Kinder, und Lilo Wanders, die beim Münchner Patentamt als Warenzeichen eingetragen ist, altern wohl gemeinsam.

07 ***Bleibende Werte*** ..........................................................................

***Anspruch*** ●●●○○ / ***Gefühl*** ●●○○○ / ***Action*** ○○○○○ / ***Erotik*** ●●○○○ / ***Glamour*** ●●●●○

# DAS PAAR IN DER NATUR

# 011 EINANDER PLATONISCH LIEBEN

*... wie*

*Maja und Willi*

01 ***Erstes Kennenlernen*** Maja und Willi kennen sich überhaupt nicht. Willi gibt es nämlich gar nicht. Das ist vielleicht etwas überraschend, denn so gut wie jedes Kind unter 35 kennt nicht nur die Biene Maja, sondern auch ihren Freund Willi, mit dem sie zahlreiche Abenteuer erlebt. Maja ist neugierig, sie büchst von zu Hause aus und schaut sich die Welt auf der Klatschmohnwiese an. Sie mag die Natur, liebt ihre Freiheit und würde, wie sich am Ende der Geschichte herausstellt, nie ihre Ideale für eine Machtposition aufgeben. Anders gesagt: Maja hätte „Die Grünen“ gründen können.

Willi dagegen ist, so die Charakterisierung auf der Internetseite der Fernsehserie, *„das genaue Gegenteil von Maja“*. Schlafen, essen und langsam sein sind seine liebsten Beschäftigungen – allerdings ist er ein unfassbar treuer Freund. Wenn Maja etwas Verbotenes tun will – Willi zieht aus Sorge um sie mit. Wenn Maja in Gefahr gerät – Willi hilft. Wenn jemand die Wiese retten muss – auf Willi kann Maja zählen.

Dennoch: Die Figur des Willi gibt es bei „Biene Maja“ nicht, jedenfalls nicht im Kinderbuch „Die Biene Maja und ihre Abenteuer“ von Waldemar Bonsels, das er für seine eigenen Kinder geschrieben hat und das 1912 erstmals veröffentlicht wurde. Willi ist eine Erfindung von Marty Murphy, der nach Bonsels Vorlage das Buch zur japanisch-österreichischen Fernsehserie „Mitsubachi Maja no boken“ geschrieben hat, die im deutschen Fernsehen unter dem Titel „Die Biene Maja“ in schöner Regelmäßigkeit wiederholt wird.

In dieser Serie lernen sie einander in der ersten Folge kennen. Sie sind einfach da. Schlüpfen aus der Wabe und, zack: Freunde.

02 ***Einander platonisch lieben*** Willi und Maja sind zunächst Kinder, die Serie begleitet sie von Geburt an. Am Ende der Serie sind sie zwar noch kein Stück gewachsen, müssten aber, den Gesetzen der Biologie folgend, längst erwachsen sein; man kann also von einer Freundschaft zwischen Erwachsenen sprechen. Am Ende der Serie soll Maja sogar die Leitung des Schulamts im Bienenstock übernehmen – keine Aufgabe, die man gemeinhin einem Kind überträgt. Die Enge der Beziehung zwischen Maja und Willi deutet sogar auf mehr hin als auf reine Freundschaft: auf Liebe.

Beispiel? Folge 58. Willi arbeitet nicht mehr, sondern interessiert sich nur noch für die Wanderflöhe, die auf der Klatschmohnwiese akrobatische Kunststücke vollführen. Maja sorgt sich sehr um Willi, sie denkt nur noch an ihn, sie ist besorgt, mehr, als eine bloße Freundin besorgt wäre – und sie lässt sich etwas einfallen, damit die Flöhe weiterziehen.

Noch ein Beispiel? Folge 8, Folge 30 und Folge 50: Da machen Maja und Willi zusammen Urlaub; erst auf dem Rücken eines Pferdes, dann in einer Limonadenflasche und schließlich auf einem Blatt. Was muss man noch wissen über ein Paar, das einen gemeinsamen Urlaub auf einem Blatt verbringt?

Übrigens: In Folge 15 und 16 nehmen Maja und Willi auch elterliche Pflichten wahr. Zunächst pflegen sie eine kleine Raupe, dann hüten sie die Brut eines Käferpaares.

Öffentlich spielt Sex zwischen Maja und Willi dabei jedoch nie eine Rolle. Es muss daher angenommen werden, dass es sich um eine besondere Liebe handelt, eine Liebe, in der körperliche Anziehung nicht im Vordergrund steht. Sie haben offensichtlich eine hohe Form der Liebe für einander gefunden – die platonische. Vielleicht haben Maja und Willi (oder ihr Schöpfer) Platons Schrift „Symposion" („Das Gastmahl") gelesen, die als wegweisend für die Entwicklung des Gedankens von der platonischen Liebe gilt. Wenn man Lust hat, ebenfalls mal platonisch zu lieben, sollte man wissen, wie das geht.

Die Ausgangslage in „Symposion" ist folgende: Bei einem Gastmahl kommen bedeutende Männer zusammen und halten Reden über Eros, was, je nach Übersetzer, als Leidenschaft oder Liebe ins Deutsche übertragen wurde. Außerdem ist der Eros, nicht zu vergessen, ein, wie es in der Schrift heißt, „*Daimon zwischen dem Sterblichen und Unsterblichen*", mit der Aufgabe, „*zu verdolmetschen und zu überbringen den Göttern, was von den Menschen, und den Menschen, was von den Göttern kommt, der einen Gebete und Opfer und der andern Befehle und Vergeltung der Opfer.*" Und weiter: „*Solcher Dämonen oder Geister gibt es viele und von vielerlei Art, einer aber von ihnen ist auch Eros.*"

Die Teilnehmer des Gelages versuchen, das Wesen der Liebe zu ergründen, und wie so oft in Platons Schriften ist es an der Figur des Sokrates, die wesentlichen Gedanken vorzubringen. Sokrates verteufelt dabei nicht die körperliche Liebe – das ist das Missverständnis in der heutigen Definition von platonischer Liebe. Die körperliche Anziehung ist bei ihm Ausgangspunkt für eine Freundschaft im Geiste. Es gibt also eine höhere Form des Verlangens: Eros ist nach Platon die Suche nach der Idee des Schönen; und das Ziel ist die Veredelung der Liebenden, und es bietet sich an, frühzeitig damit zu beginnen, damit noch etwas Ordentliches herauskommt.

„*Wer nämlich auf die rechte Art diese Sache angreifen will, der muss in der Jugend damit anfangen, schönen Gestalten nachzugehen, und wird zuerst freilich, wenn er richtig beginnt, nur einen solchen lieben (also eine schöne Gestalt) und diesen mit schönen Reden befruchten, hernach aber von selbst innewerden, dass die Schönheit in irgendeinem Leibe der in jedem andern verschwistert ist und es also, wenn er dem in der Idee Schönen nachgehen soll, großer Unverstand wäre, nicht die Schönheit aller Leiber für eine und dieselbe zu halten, und wenn er dessen innegeworden, sich als Liebhaber aller schönen Leiber darstellen und von der gewaltigen Heftigkeit für einen nachlassen, indem er dies für klein und geringfügig hält.*"

Das ist nicht direkt unkompliziert ausgedrückt – was es ungefähr heißt, ist, nun mal unplatonisch grob formuliert: Wenn man auf schöne Menschen steht, kommt man irgendwann vielleicht auch auf den Trichter, dass Schönheit allgemein schön ist. Von der Begeisterung für einzelne schöne Knaben gelangt man also zur Begeisterung für körperliche Schönheit allgemein, und das ist nur ein kleiner Schritt auf dem Weg zur vollkommenen Erkenntnis des Schönen. Von dort geht es weiter zur Leidenschaft für schönes Handeln,

*Feind: Libelle*

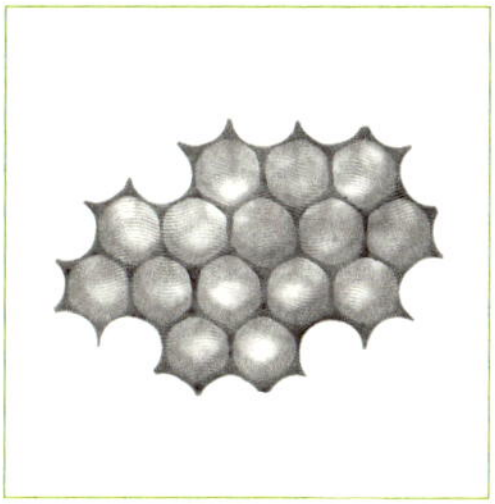

*Heimat: Honigwabe*

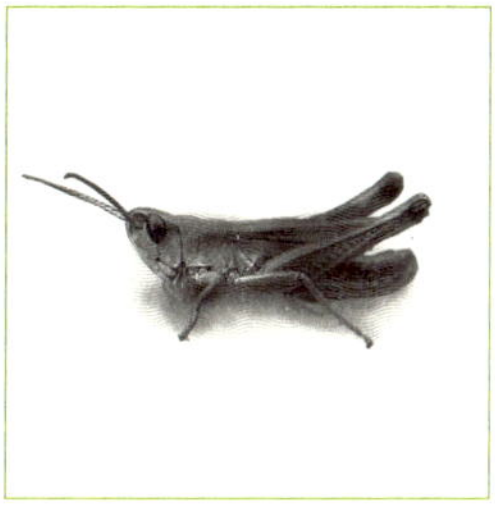

*Freund: Grashüpfer*

zur Begeisterung für schöne Erkenntnis und dann zur Idee des Schönen. Das ist der Weg des Eros nach Sokrates. Es geht Platon um das Begehren von Schönem, Wahrem und letztlich Göttlichem; er sagt aber auch, dass nur wenige diese Stufe erreichen – und diejenigen, die sie erreichen, nennt er Philosophen. Die Philosophen haben es Platon ohnehin angetan, man kann vielleicht – bei allem Respekt – sagen, dass er ein eher vergeistigter Typ war und auf manchen heute vielleicht elitär wirken würde.

Ob Maja und Willi nun in diesem engen Sinne platonische Liebhaber sind, sei einmal dahin gestellt. Willi schläft schließlich am liebsten, und man braucht doch ein wenig guten Willen, um ihm das als philosophische Tätigkeit auszulegen. Aber die beiden lassen jedenfalls den körperlichen Teil der Liebe weg oder thematisieren ihn zumindest nicht weiter, und sie eilen stets sofort herbei, wenn es um die Rettung der Wiese und ihrer Bewohner beziehungsweise des Bienenstocks geht. Das ist doch schon einmal schönes Handeln. Sollte nun der eine oder andere Experte dennoch Unterschiede zwischen platonischem Eros und Majas und Willis Liebe finden, so ist dazu zu sagen: mag sein. Aber Sokrates' Ansprüche sind sehr hoch, und für Bienen gelten mildernde Umstände. Besonders für Bienen in Zeichentrickserien.

03 ***Gemeinsame Bekannte: Flip*** Flip ist ein Grashüpfer. Dass das im Grunde eine kapitalistische Heuschrecke ist und Flip damit alle Sympathien eigentlich verspielt haben müsste, wird in Folge 26 klar, als Heuschrecken in Massen ein-

fallen und den anderen die Nahrung wegfressen. Die Heuschrecke ist negativ besetzt. Flip aber, mit Zylinder und blauen Hosen, ist ein väterlicher Freund. Bei Bonsels gibt es übrigens auch einen Grashüpfer, der Maja stets „Mamsell" nennt. Er heißt dort aber nicht Flip. Bei Bonsels verwechselt der Grashüpfer Bienen mit Wespen, sehr zu Majas Missfallen. Diese Verwechslung findet sich auch in der Fernsehserie: Maja ist zwar eine Honigbiene, ihre schwarz-gelbe Färbung lässt sie aber wie eine Wespe aussehen – Bienen sind in der Natur eher schwarz-braun gefärbt.

04 ***Zahl des Paares*: 104** – exakt so viele Folgen der Zeichentrickserie gibt es.

05 ***Sonst so*** Waldemar Bonsels benutzte in seinem Kinderbuch die Sprache, vor allem aber stellenweise die politische Metaphorik des deutschen Kaiserreichs vor dem Ersten Weltkrieg. An Majas Belehrung durch die ältere Bienendame Kassandra oder im Kapitel über die „Schlacht der Bienen und Hornissen" kann man das gut erkennen: an der Dominanz der Bienenkönigin, ihrer Gewalt über das Heer der Bienen und an ihrem Angriffsruf, als Hornissen in ihren Stock eindringen: *„Im Namen eines ewigen Rechts und im Namen der Königin, verteidigt das Reich!"* Kassandra lehrt Maja schon an ihrem ersten Lebenstag: *„Die erste Regel, die eine junge Biene sich merken muss, ist, dass jede in allem, was sie denkt und tut, den anderen gleichen und an das Wohlergehn aller denken muss. Es ist bei der Staatsordnung, die wir seit undenkbar langer Zeit als die richtige erkannt haben und die sich auf das Beste bewährt hat, die einzige Grundlage für das Wohl des Staates."*

Eine schöne Stelle ist auch diese: Als die Libelle den Brummer Hans Christoph fängt, sagt Maja: *„Lassen Sie ihn los"*, und ihre Augen füllen sich mit Tränen. *„Die Libelle lächelte. ‚Weshalb denn, Kleine?', fragte sie und machte ein interessiertes Gesicht, das aber einen Ausdruck von großer Herablassung hatte. Maja stotterte hilflos: ‚Ach, er ist doch ein so netter, sauberer Herr und hat Ihnen, soviel ich weiß, nichts zu Leide getan.' Die Libelle sah Hans Christoph nachdenklich an: ‚Ja, er ist ein lieber kleiner Kerl', antwortete sie zärtlich und biss ihm den Kopf ab."*

Platons „Symposion“ gilt dennoch im Vergleich zu Bonsels „Biene Maja“ als die bedeutendere Schrift, und besondere Berühmtheit hat darin die Rede des Komödiendichters Aristophanes erlangt, der den Mythos vom Kugelmenschen erzählt. Zusammengefasst: Früher gab es Kugelmenschen, die je vier Füße und vier Hände sowie zwei Gesichter auf einem Kopf hatten, und drei Geschlechter: das männliche, das weibliche und das aus beiden zusammengesetzte. *„An Kraft und Stärke nun waren sie gewaltig und hatten auch große Gedanken, und was Homeros von Ephialtes und Otos sagt, das ist von ihnen zu verstehen, dass sie sich einen Zugang zum Himmel bahnen wollten, um die Götter anzugreifen.“*

Göttervater Zeus aber wusste sich zu wehren und schnitt die Kugelmenschen in zwei Hälften. Jede der Hälften sieht nun aus wie ein Mensch: zwei Beine, zwei Arme, ein Gesicht. Allerdings wollen sich die Teile natürlich wieder mit ihrem anderen Teil vereinen – dieses Streben nach dem Ganzen ist Liebe. Eros, also Liebe, ist hier *„Geleiter und Rückführer in die alte Natur“*.

06 ***Was aus dem Paar wurde*** In Waldemar Bonsels Kinderbuch warnt Maja, die aus dem Stock ausgebüchst ist, die Bienenkönigin vor einem Angriff der räuberischen Hornissen. *„Großmächtige Königin“*, ruft sie, *„vergib mir, dass ich die Pflichten nicht beachte, die deine Hoheit und Würde erheischen, ich will später alles sagen, was ich getan habe und was ich von Herzen bereue. Ich bin in dieser Nacht wie durch ein Wunder der Gefangenschaft der Hornissen entronnen, und das Letzte, was ich von ihnen gehört habe, ist, dass in der Morgendämmerung dieses Tages unser Reich überfallen und ausgeraubt werden soll!“*

So rettet Maja dem Bienenvolk das Leben, und *„es wird allen verständlich sein, dass niemand der kleinen Maja ihre Flucht aus dem Stock nachtrug“*. Maja wird Assistentin der Königin – und erzählt den kleinen Bienen die Geschichten, die sie erlebt hat.

In der Fernsehserie wird Maja zur Leiterin des Schulamts ernannt, als Nachfolgerin von Kassandra. Willi übernimmt die Verantwortung für die Wiese – hat aber seine Probleme mit den Bewohnern, die Majas Rückkehr fordern. Auch Maja möchte lieber zurückkehren. Also hat die Königin ein Einsehen und lässt sie fliegen.

07 *Bleibende Werte* ..................................................................................

*Anspruch* ●●●○○ / *Gefühl* ●●●●● / *Action* ●●●●○ / *Erotik* ○○○○○ / *Glamour* ●○○○○

## 012 SICH BINDEN

Lange Zeit standen die Berge einfach in der Gegend herum, groß, massiv, geheimnisvoll, und keinem Menschen fiel es ein, sie zum Spaß zu besteigen. Warum auch? Im April 1336 erklomm der italienische Dichter Francesco Petrarca den Mont Ventoux in Frankreich, ohne dass es dafür einen Grund gegeben hätte – diese Besteigung gilt als Geburtsstunde des Alpinismus. Petrarca ging mit seinem Bruder, denn am Berg ist es gut, wenn man Hilfe hat. Sie bildeten eine Seilschaft, und die Zweier-Seilschaft, das Paar am Berg, gilt vielen als die reizvollste Verbindung. Die berühmteste Seilschaft in der Geschichte des Bergsteigens, Edmund Hillary und Tenzing Norgay, hat bis in den Tod ein Geheimnis bewahrt: Keiner der beiden verriet, wer als Erster auf dem Gipfel des Mount Everest stand.

•••

01 ***Francesco Petrarca*** *und* ***Gherardo Petrarca*** 1336 Erfindung des Alpinismus, Erstbesteigung des Mont Ventoux, Provence ..............................................

02 ***Otto Ampferer*** *und* ***Karl Berger*** 1899 Erstbesteigung des Campanile Basso, Brentagruppe, Dolomiten ..........................................................................

03 ***Luigi Rizzi*** *und* ***Angelo Dibona*** 1911 Erstdurchsteigung der Laliderer-Nordwand, Karwendel, Tirol ..........................................................................

04 ***Otto Herzog*** *und* ***Gustav Haber*** 1921 Erstbesteigung der „Ha-He-Verschneidung“ an der Dreizinkenspitze im Karwendel ..................................

# 013 EINEN GARTEN ANLEGEN

*... wie*
*Eleanor*
*und*
*Franklin D. Roosevelt*

01 ***Erstes Kennenlernen*** Es ist nicht bekannt, wann sich Eleanor und Franklin zum ersten Mal begegneten. Bekannt ist allerdings, wie sie ein Paar wurden. Mit 18 wurde Eleanor, deren Eltern früh gestorben waren, in die New Yorker Gesellschaft eingeführt, mit dem Ziel, eine gute Partie zu finden. Als der Harvard-Student Franklin um sie warb, willigte sie sofort ein. Am 7. Juli 1903 schrieb er in sein Tagebuch: *„E ist ein Engel."* Am 21. November bat er sie um ihre Hand.

02 ***Einen Garten anlegen*** 1910 kandidierte Franklin D. Roosevelt für den Senat des Bundesstaats New York, er vertrat im Wahlkampf ländliche Interessen und kündigte den Kampf *„für eine moralisch saubere Regierung"* an.

1932 gewann Roosevelt die US-Präsidentschaftswahl, am 4. März 1933 wurde er ins Amt eingeführt, und wenig später begannen Eleanor und er, die mittlerweile eine abgekühlte Beziehung führten, mit der Gartenarbeit. 1933 US-Präsident zu sein, das hieß: Es gab einiges zu tun. Da war die Weltwirtschaftskrise, dann kam der Krieg. Also legte Eleanor auf den Außenanlagen des Weißen Hauses einen so genannten „Victory Garden" an. Es handelte sich nicht um ein Ziergärtchen, die Roosevelts bauten Gemüse und Obst an, was sie nicht nur wegen des frischen Obstes taten, sondern in erster Linie, um Vorbild zu sein. Denn wer auf den Knien durch den Garten robbt und dafür wunderbare Gurken erntet, lernt, dass Arbeit sich lohnt – das sollte in den schlechten Zeiten die Moral stärken. Ein „Victory Garden", sagte Claude R. Wickard einmal, Landwirtschaftsminister im Kabinett Franklin D. Roosevelt, sei *„wie ein Anteil an einer Flugzeugfabrik. Hilft, den Krieg zu gewinnen, und wirft zudem Ertrag ab“*. Allerdings ist das Konzept „Victory Garden“ keine Rooseveltsche Idee. Die National War Garden Commission hatte bereits 1919 ein Buch herausgegeben, das Ernährungstabellen, Rezepte für Essen in Kriegszeiten und Pflanzanweisungen für wenig fruchtbare Böden enthielt. Der Beitrag des Präsidentenpaares bestand also nicht in der Erfindung, aber doch in der massenhaften Verbreitung.

Um die Bedeutung des Gartens im Krieg zu unterstreichen, befasste sich auch das Verteidigungsministerium 1944 mit dem Gartenbau. Es kursierten Handbücher und Ratgeber, in denen die Bürger nachlesen konnten, was sie warum wie und wo anbauen sollten.

Heutzutage hat nicht jeder Platz, einen großen Nutzgarten anzulegen, und ein Reihenhausgarten genügt nicht, um sich als Selbstversorger das ganze Jahr über mit Obst und Gemüse zu versorgen. Viel Platz brauchen zum Beispiel Kartoffeln. Aber es gibt ein paar Tricks, mit denen trotz wenig Platz viel herauszuholen ist:

Beerensträucher brauchen relativ wenig Fläche, bringen aber eine relativ große Ernte. • Stangenbohnen werden vertikal angelegt, weshalb sie in der Horizontalen wenig Platz wegnehmen. • Mischkulturen verhindern Leerlaufzeiten. • An vorhandenen Spalieren kann man kletternde Brombeeren oder Himbeeren ziehen. • Johannis- und Stachelbeeren, die als Stämmchen gezogen werden, können als kleine Allee dienen. • Erdbeeren kann man auch im Kübel pflanzen. • Auch Kräuter brauchen nicht viel Platz, zu beachten ist aber, dass mediterrane Kräuter wie Rosmarin, Basilikum oder Thymian einen trockenen Boden und einen vollsonnigen Platz brauchen, andere Kräuter wie Estragon aber auf einem feuchten Boden besser gedeihen.

Was die Pflanzenschutzmittel betrifft, zu denen 1944 noch geraten wurde – es gibt heute besseres als chemische Spritzmittel. Mit Ackerschachtelhalmbrühe aus 150 Gramm getrocknetem Ackerschachtelhalm aus der Apotheke kann man dem Schädlingsbefall vorbeugen: in zehn Liter Wasser einen Tag ziehen lassen, dann aufkochen, ziehen lassen, kalt filtern und verdünnen.

Zur Schädlingsabwehr hilft auch Zwiebelschalentee aus 50 Gramm frischen Zwiebelschalen, die mit einem Liter heißem Wasser überbrüht werden: ziehen lassen, kalt filtern, verdünnen.

03 ***Gemeinsame Bekannte: Theodore Roosevelt*** Der Republikaner Theodore Roosevelt war von 1901 bis 1909 US-Präsident. Eleanor Roosevelt, gebürtige

*Hecken schneiden*

*Schädlinge bekämpfen*

*Beete rechen*

Roosevelt, geboren am 11. Oktober 1884 in New York, ist eine Nichte von Theodore Roosevelt. Ihr Vater Elliott war dessen jüngerer Bruder.

Elliott Roosevelt war auch der Taufpate von Franklin Delano Roosevelt (Delano war der Nachname der Mutter), geboren am 30. Januar 1882 in Hyde Park. Er war ebenfalls mit Theodore Roosevelt verwandt. Folglich waren Eleanor und Franklin vervettert.

Es gab allerdings zwei Zweige der Familie: die „Oyster Bay Roosevelts“, zu denen Theodore (und Eleanor) gehörten, waren Republikaner; die „Hyde Park Roosevelts“, zu denen Franklin gehörte, waren Demokraten. Der gemeinsame Vorfahr Nicholas Roosevelt war 1742 gestorben. Als Eleanor und Franklin 1905 heirateten, war Präsident Theodore Roosevelt zugegen.

04 ***Zahl des Paares: 20.000.000*** Dass die Roosevelts einen Nutzgarten anlegten, mag kurios klingen, war aber in den vierziger Jahren ein ernsthafter politischer Beitrag. Mit dem Präsidentenpaar als Vorbild entstanden während des

Zweiten Weltkriegs rund 20 Millionen Gärten, die alle „Victory Garden" genannt wurden und durch die 40 Prozent des in den USA damals vorhandenen Bedarfs an Gemüse gedeckt wurden.

05 ***Sonst so*** Die am längsten laufende Gartensendung im US-Fernsehen – es geht auf drei Dutzend Staffeln zu – heißt „The Victory Garden" und wird von der auch durch staatliche Zuschüsse finanzierten Senderkette PBS ausgestrahlt.

Themen: wie man den eigenen Garten attraktiv für Vögel macht, wie man ihn ausgewogen gestaltet, aber auch – und hier sind die Roosevelts nicht weit – wie man schöne Tomaten zieht.

06 ***Was aus dem Paar wurde*** Nach Franklin D. Roosevelts Präsidentschaft passierte in der politischen Gartengeschichte der USA allerdings erst einmal lange nichts mehr von Belang, bis 2009, am ersten Frühlingstag, Michelle Obama, Gattin von Präsident Barack Obama, zur Schaufel griff. Gerade ins Weiße Haus eingezogen, begann sie, 54 Sorten Gemüse anzubauen, allerdings keine Rüben, die mag der Präsident nicht.

Mit der Unterstützung von 26 Schülern der Bancroft Elementary School in Washington entstand der erste Gemüsegarten im Weißen Haus seit dem Victory Garden der Roosevelts. Michelle Obama sagte: *„Alle in der Familie werden helfen, ob sie wollen oder nicht."* Auch die Grundschüler sollen den Garten pflegen und beim Pflanzen und Ernten helfen.

Wie die Roosevelts haben auch die Obamas dabei nicht ihr Mittagessen im Sinn, sondern in erster Linie die symbolischen Vermittlung von Politik. Fettleibigkeit ist, so schrieb die „New York Times", ein nationales Problem geworden, und gesundes Essen gehört zu Michelle Obamas Agenda.

Eleanor Roosevelt gilt heute als die „Mutter der Menschenrechte". Sie hatte die Verhandlungen zur Durchsetzung der „Allgemeinen Erklärung der Menschenrechte" vorangetrieben und sie 1948 vor der Generalversammlung der Vereinten Nationen durchgeboxt. Zudem bleiben die Roosevelts Vorbilder für alle amerikanischen Hobbygärtner.

07 *Bleibende Werte* ...........................................................................

*Anspruch* ●●●●○ / *Gefühl* ●○○○○ / *Action* ●●●○○ / *Erotik* ○○○○○ / *Glamour* ●●●●○

## 014 EINIGE PAARHUFER KENNEN

Afrikanisches Hirschferkel • Amerikanischer Bison • Alpaka • Antilope • Dickhornschaf • Dromedar • Ducker • Elch • Elenantilope • Flusspferd • Gabelbock • Gämse • Gazelle • Giraffe • Großkantschil • Guanako • Hausschwein • Hirsch • Hirschferkel • Impala • Kaffernbüffel • Kamel • Kleinkantschil • Lama • Madagassisches Flusspferd • Moschushirsch • Moschusochse • Mufflon • Nabelschwein • Netzgiraffe • Okapi • Reh • Rentier • Rindergiraffe • Springbock • Steinbock • Streifengnu • Trampeltier • Vikunja • Wasserbüffel • Wildschwein • Yak • Ziege • Zwergflusspferd

## 015 LÄNDLICH LEBEN

*... wie*

*Nicole Richie*

*und*

*Paris Hilton*

01 ***Erstes Kennenlernen*** Paris Hilton ist die Urenkelin eines recht bekannten Hotelgründers; zur Kette gehören heute rund 2800 Hotels mit rund 485.000 Zimmern. Es handelt sich also um eine etwas größere Kette, die übrigens 2007 für 26 Milliarden Dollar an Finanzinvestoren verkauft wurde.

Nicole Richie ist die Tochter eines Musikers der Band von Lionel Richie, die später von Richie adoptiert wurde, weil ihr leiblicher Vater krank war. Lionel Richie ist viermaliger Grammy-Preisträger und hat rund 100 Millionen

Platten verkauft. So wuchs auch Nicole unter reichen Leuten auf. Hilton und Richie sind beide 1981 geboren. Sie besuchten dieselbe Privatschule, was daher rührt, dass sie Nachbarn waren. Wenn Paris nicht in der Präsidentensuite des New Yorker Waldorf-Astoria-Hotels lebte, wohnte sie in Beverly Hills in der Villa ihrer Eltern. In Beverly Hills lebten auch die Richies.

02 ***Ländlich leben*** 2003 zogen Hilton und Richie für eine Weile gemeinsam aufs Land, und zwar für eine Fernsehserie des US-Senders Fox: „The Simple Life“, von der fünf Staffeln gedreht wurden. Die beiden reichen Mädchen werden darin mit einem Leben konfrontiert, das sie nicht gekannt hatten, einem Leben, das Paris Hilton an einer Stelle mit einer Frage zusammenfasst, die sie sich selbst beantwortet: *„Für was ist denn eine Quelle gut? Ach, für Wasser?“* Oder auch, im amerikanischen Original: *„What is Wal-Mart? Do they, like, sell wall stuff?“*

Unter Lebeleuten und Künstlern gehört die Beschäftigung mit dem Aufenthalt auf dem Land zum guten Ton. Theodor Fontane teilt in „Wanderungen durch die Mark Brandenburg“ die Landpartie in zwei Kategorien: *„Da sind zunächst die heiteren. Sie sind weithin kenntlich durch ihren starken Prozentsatz an Kindern; nie weniger als die Hälfte. In dem Moment der Landung, wo immer es sei, scheint die Welt aus lauter weißgekleideten kleinen Mädchen mit rosa Schleifen zu bestehen. (...) Nun geht es in die Wiese, den Wald. (...) Mit dem Eintritt in den Wald sind die weißen Kleider ihrem Verhängnis verfallen. Martha I. ist an einem Wacholderstrauch hängengeblieben, Martha II. hat sich in die Blaubeeren gesetzt – wie Schneehühner gingen sie hinein, wie Perlhühner kommen sie wieder heraus. (...)*

*Und doch sind dies die heitren Landpartien, denen wir die ernsten entgegenstellen. An diesen letzteren nehmen Kinder nie teil. (...) Man spricht in Pikanterien, in einer Art Geheimsprache, für die nur der Kreis der Eingeweihten den Schlüssel hat. Bowle und Jeu lösen sich untereinander ab; unglaubliche Toaste werden ausgebracht, und längst begrabene Gottheiten steigen triumphierend wieder auf. Sonderbar. Auf den heitren Landpartien wird immer geweint, auf den ernsten Landpartien wird immer nur gelacht.“*

Nicole Richie und Paris Hilton gebührt das Verdienst, Fontanes Typologie um die dritte Art der Landpartie ergänzt und damit quasi vervollständigt zu haben: Sie unternahmen eine heitere Landpartie, bei der immer nur gelacht wurde. Die Sendung „The Simple Life" bezieht ihren Reiz aus der Gegenüberstellung von Gegensätzen: Die urbanen Jet-Setterinnen treffen hart arbeitende, vermeintlich etwas hinterwäldlerische Rednecks vom Land. Paris und Nicole kommen in der ersten Staffel auf der Farm der Familie Leding in Altus, Arkansas, unter. Die Ledings sind Richard (76) und Curly (72), deren jüngster Sohn Albert (41) und seine Frau, Busfahrerin Janet (38), sowie deren vier Söhne, von denen drei noch zu Hause wohnen: Ryan (20) ist beim Militär, Justin (19) jobbt im Restaurant und studiert, Cayne (15) ist an der High School, und Braxton (4) ist noch sehr klein.

Hilton und Richie leben von nun an ländlich. Hier bedeutet das: ohne Handy. Mit Kühen. Mit Blaumann. Dass es zum Landleben zwangsläufig gehört, einer Kuh in den Hintern zu fassen, muss man allerdings unter Klischee verbuchen. Auch dass man Kühe melken muss (Richie: *„MOVE! Move your fat asses!")*, kann auf dem Land vorkommen, muss aber nicht.

Die Beziehung gestaltet sich bald familiär. Nicole sagt zu Justin: *„Du solltest mit uns nach L.A. oder New York kommen und ein paar heiße Frauen aufgabeln (pick up some hot bitches)."* Was ihr einen bösen Blick von Mutter Janet einbringt, weshalb Richie hinzufügt: *„War nur ein Witz."*

Der größte Vorwurf, den die Mutter den beiden Frauen macht, ist jedoch: *„Ihr habt keine Ahnung, was es bedeutet, in einer Kleinstadt zu leben."* In Wahrheit geht es in „The Simple Life" nicht ums bäuerliche Arbeiten, sondern um ein Sittenbild. Die Mutter vom Land ist das Gegenstück zu den um die Welt jettenden erwachsenen Mädchen. Ländlich zu leben heißt daher im Sinn von „The Simple Life": das eigene Leben zu erden.

03 ***Gemeinsame Bekannte: Braxton Leding*** Braxton Leding ist vier Jahre alt und der jüngste Sohn von Paris' und Nicoles Gastfamilie. Als die beiden weitergezogen sind, fragt ihn Mutter Leding: *„Wie fandest du die Mädchen?"* Braxton antwortet: *„Die waren albern."*

04 ***Zahl des Paares: 817*** Der Ort Altus in Arkansas, in dem Paris Hilton und Nicole Richie einen Monat leben, hat 817 Einwohner. Mit einem von ihnen knutscht Paris Hilton.

05 ***Sonst so*** Als Saddam Hussein gefasst wurde, gab der damalige US-Präsident George W. Bush der Journalistin Diane Sawyer ein Interview, das auf dem Sender ABC ausgestrahlt wurde. Elf Millionen Zuschauer schalteten ein. Gleichzeitig lief auf dem Sender Fox eine Folge von „The Simple Life". Zwölf Millionen Zuschauer schalteten ein.

06 ***Was aus dem Paar wurde*** Es drehte weitere Staffeln von „The Simple Life": In Staffel zwei reisten Hilton und Richie mit Hiltons Chihuahua Tinkerbell und Richies Hündchen Honey Child mit einem rosa Pick-Up-Wohnwagen

*« Tinkerbell «*

*» Honey Child »*

von Miami bis Beverly Hills. Regeln: Übernachten nur auf Campingplätzen und bei Familien, die es ihnen anbieten. In Staffel drei arbeiten sie als Praktikantinnen in der Autowerkstatt, bei einer Airline, in einer Werbeagentur oder in einem Bestattungsunternehmen. In Staffel vier sind sie Hausfrauen. Während dieser Staffel waren Paris und Nicole zerstritten. In Staffel fünf – wieder versöhnt – arbeiten sie in diversen Camps, zum Beispiel als Fitness-Beraterinnen in einem Feriencamp. Das wollten nicht mehr ganz so viele Menschen sehen, weshalb danach Schluss war.

07 ***Bleibende Werte*** ....................................................................................

***Anspruch*** ●○○○○ / ***Gefühl*** ●○○○○ / ***Action*** ●●○○○ / ***Erotik*** ●●●○○ / ***Glamour*** ●●●○○

# 016 NACH ZAHLEN SEGELN

Das Leben ist voller Regeln, die das Zusammenleben oder -arbeiten oder -wirken von Paaren organisieren, erleichtern oder erst kompliziert machen. Traditionell – und weil das eben immer schon so war – bringt die Bürokratie die wahnwitzigsten Regeln hervor. Dann kommt gleich der Sport. Ein besonders schönes Beispiel ist das Segeln im Starboot, der ältesten olympischen Klasse. Es wird stets von zwei Mann gesegelt, und es könnte im Grunde egal sein, ob ein Dicker und ein Doofer, ein Muskelmann und ein Hänfling oder zwei Gewichtheber im Superschwergewicht an Bord sind. Ist es aber nicht. Zumindest nicht bei Olympischen Spielen, Welt- und Europameisterschaften. Bei diesen Großveranstaltungen werden die Starboot-Besatzungen gewogen, und dieses Wiegen ist herrlichste Mathematik, denn es gibt eine Formel. Man nehme 100 minus des Gewichtes des Steuermanns, teile das Ergebnis durch zwei, addiere 100. Das Ergebnis ist das Höchstgewicht des Vorschoters (der Vorschoter ist der Mann, der die Segel bedient).

Ein Beispiel: Nehmen wir an, der Steuermann wiegt 86 Kilogramm. Jetzt die Formel: 100 - 86 = 14, geteilt durch zwei ergibt sieben, plus 100 gleich 107. Das ist das Höchstgewicht des Vorschoters. Unfassbar, nicht wahr?

Das Ganze hat natürlich einen Grund. In der Zeit vor der Formel gab es den Steuermann, der ziemlich normal aussah, und es gab den Vorschoter, der schwer war wie ein Motorrad. Man könnte nun meinen, dass ein Mann, der so viel wiegt wie ein Motorrad, fehl am Platz ist in diesem eleganten Boot mit der königlich-erhabenen Silhouette. Doch Gewicht ist, was man braucht.

Der Star ist ein Kielboot, die Segler versuchen, Gewicht auf die Kante zu bringen, so dass das Boot gerade bleibt, obwohl der Wind ins Segel drückt. Je gerader, desto mehr Segelfläche, desto mehr Druck, desto weniger Abtrieb. Wenn der Vorschoter nicht die Segel bedienen müsste, könnte man sich auch ein paar Säcke Zement auf die Kante legen und schnell sein. Eine Zeit lang war der ideale Vorschoter also das Pendant zu einigen Säcken Zement, die nebenbei die Segel bedienen können. Das fanden die Segel-Funktionäre allerdings unschön, und deshalb kam die Formel.

Ein bisschen traurig ist das Ganze natürlich schon, denn heutzutage sind die Starbootsegler recht athletisch. Witziger war's früher, als wirklich dicke Männer an Bord waren und – vom Wind getragen – auf dem Wasser so leicht wirkten, ganz in ihrem Element.

## 017 EIN SCHÖNES VIDEO IM SCHNEE AUFNEHMEN

*... wie*

*George Michael*

*und*

*Andrew Ridgeley*

01 ***Erstes Kennenlernen*** George Michael und Andrew Ridgeley gingen in ihrer Kindheit beide zur Schule. Wie der Zufall es wollte, war es dieselbe Schule, nämlich die Bushey Meads School in Bushey bei Watford, im Nordwesten Londons. Da sie im selben Jahr geboren wurden, 1963, gingen sie zudem zur selben Zeit zur selben Schule, weshalb man ohne Übertreibung sagen kann, dass George Michael und Andrew Ridgeley einander schon ewig kennen.

02 ***Ein schönes Video im Schnee aufnehmen*** Nach kurzem Miteinander in einer Band namens „The Executive“, gründeten Michael und Ridgeley 1981 die Gruppe „Wham!“, die zum Beispiel den bekannten Song „Wake Me Up Before You Go Go“ einspielte. Berühmt ist „Wham!“ aber vor allem, weil es sich um die Gruppe handelt, die alljährlich zu Weihnachten wieder ausgegraben wird – sie ist nämlich für den Weihnachtshit „Last Christmas“ verantwortlich. Es handelt sich um ein Lied mit einer schönen kleinen Melodie, unter die wippende Synthesizerklänge gelegt sind.

Der Song wurde 1984 veröffentlicht, in einer Zeit also, zu der es wichtig war, ein Musikvideo vorweisen zu können, damit aus einem Song ein Hit werden konnte. Was taten also Michael und Ridgeley? Sie drehten ein Musikvideo. Weil der Sänger des Songs von Weihnachten erzählt, bot es sich an, den Winter als Kulisse zu verwenden, zum Beispiel in Form von Schnee. Also begab man sich im November 1984 in die Schweiz, nach Saas-Fee – wo allerdings dummerweise gerade kein Schnee lag, als die drei Lastwagen der britischen Produktionsgesellschaft mit allem dort anrollten, was man zum Drehen brauchte. Das war erst einmal schlecht. Gut war allerdings, dass dann doch noch Schnee fiel, und zwar zum richtigen Zeitpunkt genau die richtige Menge. Die Crew checkte im Hotel „Walliserhof" ein, das heute „Ferienart" heißt, und weil das Video zu „Last Christmas" häufiger im Fernsehen gezeigt wird als alles andere aus der Schweiz, kann man sagen, dass das Hotel Schweizer Geschichte geschrieben hat.

Es bietet übrigens ein besonderes Wohlfühlpaket an, zu dem unter anderem *„ein Rundgang in Saas-Fee auf den Spuren von ‚Last Christmas' mit rustikalem Nachtessen"* gehört, sowie *„eine tibetanische Honigmassage"* und eine *„signierte CD mit Taufe vor Ort mit Champagner und köstlichen Häppchen"*. Aber dies nur nebenbei. Das Video handelt von Freunden, die gemeinsam Weihnachten im Schnee feiern. Es beginnt mit der Ankunft eines Teils der Gruppe in zwei Jeeps, wobei das Herumcruisen in Jeeps in Saas-Fee eigentlich verboten ist – aber es gab eine Sondergenehmigung.

Der andere Teil der Gruppe empfängt die Ankommenden freundlich winkend, die Fönwellen sitzen perfekt. Mit einer roten Gondel geht es auf den Berg. Man sieht die Freunde dann beim Ski- und Gepäcktragen, zudem in sehr weit geschnittenen und farblich abwechslungsreichen Winterjacken bei Schneewanderungen und beim Beisammensein im Chalet. Wobei das Beisammensein im Kulturhaus der Gemeinde gedreht wurde, nicht im Chalet, das im Video von außen zu sehen ist.

Über allem schwebt im Video jedoch das Motiv der enttäuschten Liebe. Eine Frau, die im Lied nur „you" heißt, hatte im Vorjahr noch kurz die Liebe eines jungen Mannes erwidert. Sie hatte dann jedoch nichts Besseres zu tun, als ihn zu verlassen und mit einem anderen jungen Mann aus der Gruppe zusammenzukommen. Nun sind alle drei Beteiligten persönlich anwesend.

*„Last Christmas I gave you my heart“*, singt George Michael: *„Als wir im Vorjahr das Weihnachtsfest begingen, schenkte ich dir mein Herz.“* Und weiter: *„But the very next day, you gave it away“*, also: *„Aber schon am Tag danach gabst du es fort.“*

Weshalb er beschließt: *„This year / To save me from tears / I'll give it to someone special“*, zu deutsch sinngemäß: *„In diesem Jahr werde ich es, um mich vor jeglicher Enttäuschung zu schützen, wohl besser jemandem schenken, der etwas Besonderes ist, nicht so ein hinterhältiger Zipfel wie du.“*

George Michael trug während des Drehs stets weiße Stiefel – es waren eben die Achtziger. Wenn nicht gedreht wurde, wurde er geföntf. Ridgeley und Michael, die in der Öffentlichkeit als so harmonisch galten, wohnten in zwei möglichst weit voneinander entfernten Suiten, wie die „Frankfurter Allgemeine Sonntagszeitung“ 2008 per Befragung am Ort herausfand. Im Video spielte Michael, der Sänger, den enttäuschten jungen Mann. Seinen Konkurrenten um die Frau gab – natürlich Andrew Ridgeley.

*03* ***Gemeinsame Bekannte: Simon Le Bon*** Wie der Zufall es wollte, kamen nicht nur Michael und Ridgeley aus dem Örtchen Bushey, sondern auch Simon Le Bon, der fünf Jahre ältere Sänger der Band „Duran Duran“, die zur gleichen Zeit wie „Wham!“ erfolgreich musizierte.

Dem Magazin „Stern“ erzählte George Michael 2005 von dem Tag, an dem er „Last Christmas“ geschrieben haben will, und er ließ dabei anklingen, worum es wirklich ging: besser zu sein als „Duran Duran“.

*„Ich weiß es noch, ich war kaum über 20 und wohnte noch bei meinen Eltern. Andrew Ridgeley, mein „Wham!“-Partner, war an dem Nachmittag auch da und schaute im Wohnzimmer Fußball. Ich hatte so ein altes Vier-Spur-Tonbandgerät und sang und spielte die Melodie von ‚Last Christmas' vor mich hin. Irgendwann hat es geklickt, ich bin die Treppe runter zu Andrew und rief: ‚Wir haben einen Christmas-Hit!' Sie müssen wissen, ich wollte unbedingt noch einen Nummer-Eins-Hit schreiben, drei hatten wir schon, mit dem vierten wollten wir ‚Duran Duran' schlagen. Das war das Ziel.“*

04 ***Zahl des Paares:* 2** Was den geplanten Nummer-Eins-Hit betraf: Da hatte George Michael Pech. „Last Christmas", als Doppelsingle mit dem Song „Everything She Wants" veröffentlicht, wurde nämlich zu Weihnachten 1984 nur der Nummer-Zwei-Hit. Den ersten Platz der Weihnachtshitparade belegte in Großbritannien der Song „Do They Know It's Christmas" des „Band Aid"-Projekts von Bob Geldof. Das Projekt war ein Zusammenschluss von Musikern, die Geld sammelten, weil sie hofften, auf diese Weise etwas gegen die Hungersnot in Äthiopien tun zu können. Zu dieser Gruppe gehörten, neben vielen anderen, Boy George, Sting, Bono (U2), Phil Collins, Keren Woodward (Bananarama), Paul Weller – sowie George Michael und Simon Le Bon. Von Michael ist via „Stern" das Zitat überliefert: *„Ich hab' das Lied manchmal im Auto gehört und leise ‚fuck' gesagt, obwohl ja viel Geld für Afrika zusammenkam."* „Last Christmas" wurde allerdings eine der bestverkauften Singles, die nicht den ersten Platz erreichte, rund eine Million Exemplare ging weg. Angeblich spendete die Gruppe „Wham!" den Gewinn der Hungerhilfe. Zu Weihnachten 1985 stand „Last Christmas" übrigens noch einmal auf dem sechsten Platz. Für Deutschland gilt: „Last Christmas" steht seit 1984 so gut wie immer an Weihnachten in den Verkaufs- und Downloadcharts. Dass George Michael, der „Last Christmas" geschrieben hatte, die Rechte daran Andrew Ridgeley geschenkt habe, ist eine Legende.

05 ***Sonst so*** Die „Wham!"-Heimatstadt Bushey ist seit 1989 durch eine Kultur- und Schulpartnerschaft mit Landsberg am Lech verbunden. Das ist keinesfalls zu verwechseln mit einer Städtepartnerschaft, es handelt sich eher um eine milde Form von Freundschaft. Der Unterschied zwischen Partnerschaft und Freundschaft verschwimmt auch bei Andrew Ridgeley und George Michael. George Michael hat sich als schwul geoutet, und es gibt Menschen, die glauben, Ridgeley und er seien auch privat einmal ein Paar gewesen. Es gibt aber auch sehr viele Menschen, die das aus gutem Grund nicht glauben.

06 ***Was aus dem Paar wurde*** Andrew Ridgeley scheiterte als Rennfahrer, als Schauspieler und als Solomusiker – allerdings scheiterte er nicht als Umwelt-

aktivist. Zudem ist er der langjährige Lebensparter von Keren Woodward, einer der Sängerinnen der Band Bananarama, und lebt heute übereinstimmenden Medienberichten zufolge als glücklicher Mensch.

George Michael wurde als Solokünstler noch berühmter. 1998 wurde er auf einer Parktoilette in Los Angeles von einem Polizisten angegraben, und als er dessen Werben nachgab, wurde er wegen *„unsittlichen Verhaltens"* angeklagt. Er bekannte sich danach zu seiner Homosexualität. George Michael ist nach wie vor Sänger und hat mittlerweile seinen langjährigen Freund geheiratet. „Wham!" trennte sich 1986, ein letztes Konzert im Londoner Wembley-Stadion war binnen weniger Sekunden ausverkauft; vielleicht waren es auch Minuten oder Stunden, die Angaben variieren da – auf jeden Fall war es ausverkauft.

07 ***Bleibende Werte*** ..........................................................................

***Anspruch*** ●●○○○ / ***Gefühl*** ●●●●○ / ***Action*** ●●●○○ / ***Erotik*** ●○○○○ / ***Glamour*** ●●●○○

## 018 ZU UNRECHT EINEN GUTEN RUF HABEN

Es gibt Geschichten, die man einfach glauben will. Für Menschen mit romantischer Ader ist die von den Seepferdchen so eine: Wer hätte nicht schon gehört, dass Seepferchen einander ein Leben lang treu bleiben? Sie verknoten

***Ertappt:***
***Fremdgänger***

ihre Schwänze, kopieren das Verhalten des Partners, sie wechseln sogar die Farbe – Seepferdchen gelten vielen als Inbegriff des glücklichen, monogamen

Paares und also als Vorbild. Kommen wir nun zu dem Punkt, an dem die Zyniker heiser auflachen werden: Seepferdchen sind nicht monogam. Kein bisschen. Seepferdchen sind so was von untreu, dass selbst notorische Fremdgänger staunen. Im Jahr 2006 haben neun deutsche Großaquarien die Treue von Seepferdchen untersucht und dies herausgefunden: Die Seepferdchen verknoteten die Schwänze, kopierten das Verhalten des Partners, wechselten die Farbe – aber sie taten das ungerührt sowohl mit dem eigenen wie auch mit anderen Partnern. Bisweilen sogar mit gleichgeschlechtlichen Partnern. Seepferdchen mögen possierliche Tiere sein; ihren guten Ruf als treue Wesen haben sie völlig zu Unrecht.

## 019 EINANDER NACH DEM SEX VERSPEISEN

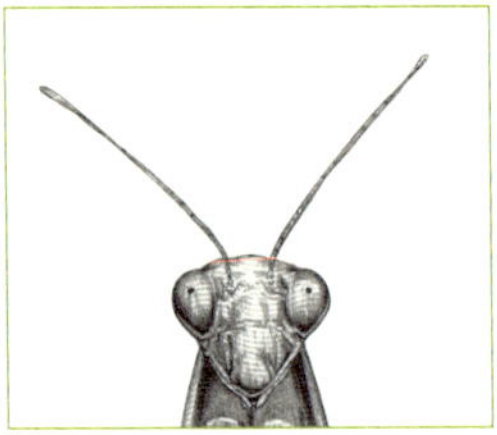

*... wie Gottesanbeterin und Männchen*

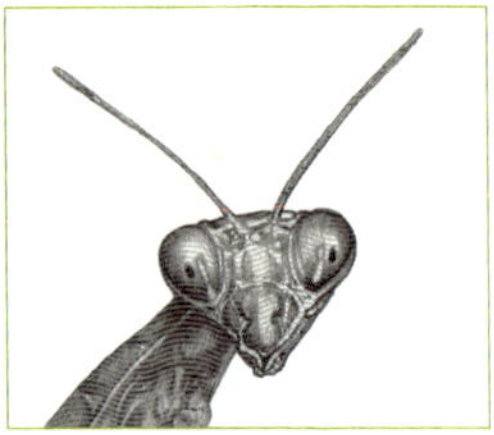

01 ***Erstes Kennenlernen*** Das Männchen nähert sich, so steht es geschrieben, in der Regel vorsichtig von hinten und bespringt den Rücken des Weibchens, das in der Regel gerade auf Nahrungssuche gewesen ist. Das kann man so pauschal sagen, weil das Weibchen eigentlich immer auf Nahrungssuche ist. Dann kann es einige Stunden dauern.

02 ***Einander nach dem Sex verspeisen*** Die erste Begegnung zwischen beiden ist allerdings häufig auch die letzte, denn das Weibchen hat die Angewohnheit, bisweilen gegen Ende der Paarung das Männchen zu verspeisen, und zwar vom Kopf her, denn durch das Fressen des Kopfes wird das für die Kopulationsbewegung zuständige Zentrum, das im Unterschlundganglion liegt,

enthemmt. Manche Dinge erlebt man eben nur einmal, und der männlichen Mantis religiosa kann es passieren, dass es sich dabei um den Vollzug des Geschlechtsakts handelt.

03 ***Gemeinsame Bekannte*** Bekanntschaft ist hier nicht im engeren Sinn zu verstehen, sondern eher im Sinn von: Man handelt ähnlich.

Ameisen zum Beispiel handeln insofern ähnlich, als auch sie ihre Männchen nicht besonders lange benötigen: Sie befruchten die Königin, allerdings nur einmal, was aber reicht für Tausende von Babyameisen. Das macht die Männchen überflüssig, was in einem Ameisenhaufen ein Todesurteil ist.

Auch einige Spinnenmänner sind für genau eine Sache gut: Der ein oder andere bringt zur Paarung Futter mit. Zum Nachtisch wird dann allerdings, wenn er nicht aufpasst, oft auch er selbst verzehrt.

04 ***Zahl des Paares: 16*** Gottesanbeterinnen können 16 Zentimeter lang werden. In Europa werden sie nur halb so lang. Männchen sind kürzer.

05 ***Sonst so*** Die weibliche Mantis religiosa ist größer als das Männchen, doch dass sie das Männchen hin und wieder einfach auffrisst, ist nicht der Grund dafür, dass Mantis religiosa zwischen Mantelschnecke und Mantispa styriaca auf der Roten Liste der bedrohten Arten steht.

Zu Beginn des Films „Die Gottesanbeterin“ (von 2001, mit Christiane Hörbiger) fällt ein Ehering in einen Kanal, wo er bald von einem Fisch verschluckt wird, den ein Hai frisst, der von Fischern gefangen und zu Haisteaks verarbeitet wird, wovon eines Diana Spencer (der späteren Lady Diana) vorgesetzt wird, die auf den Ring beißt und sich daraufhin, weil sie den Ring im Hai für dessen originelle Idee hält, mit einem gewissen Charles verlobt.

06 ***Was aus dem Paar wurde*** Die eine Hälfte des Paares wurde richtig satt.

07 ***Bleibende Werte*** ..........................................................................

***Anspruch*** ○○○○○ / ***Gefühl*** ○○○○○ / ***Action*** ●●●●● / ***Erotik*** ●●●●● / ***Glamour*** ○○○○○

# DAS PAAR IN GEFAHR

# 020 MIT ERSTAUNLICH VIELEN TIGERN RUMHÄNGEN

*... wie*

*Siegfried und Roy*

01 ***Erstes Kennenlernen*** Siegfried Fischbacher, geboren 1939 im Rosenheimer Ortsteil Kastenau, wollte einmal fünf Mark für ein Buch über das Zaubern ausgeben. Seine Mutter gab sie ihm nicht, weil fünf Mark viel Geld waren. Doch die Magie wollte es, dass er prompt fünf Mark auf der Straße fand. Später wurde er Ministrant bei Pfarrer Johann Stadler und sinnierte darüber, ob er vielleicht auch selbst Priester werden solle. Aber er überlegte es sich anders, und weil Pfarrer Johann ihn darauf aufmerksam machte, dass Zauberei, als Beruf betrieben, eine rechte Gotteslästerung sei, wurde er erst einmal Tellerwäscher in einem Kurhotel am Gardasee.

„Roy“ Uwe Ludwig Horn, geboren 1944 in der Kleinstadt Nordenham bei Bremerhaven, die in der Nacht seiner Geburt bombardiert wurde, besaß als erster Junge in seinem Ort ein Fahrrad. Er hatte zudem einen Wolfshund namens Hexe und war Neffe des Generaldirektors der Bremer Sparkassen, der den Wiederaufbau des Bremer Zoos unterstützte. Als Horn in die Welt ziehen wollte, bekam er von seiner Tante Paula den Geparden Chico geschenkt, in der Hoffnung, dass er seine schöne Heimat doch nicht verlasse. Er verließ sie aber trotzdem, und Chico blieb zunächst im Zoo. Allerdings habe er ihn sehr vermisst, gibt Horn an.

Fischbacher wurde nach seiner Zeit im Kurhotel Steward auf der MS Berlin, die von Bremerhaven nach New York fuhr, erst in der Touristenklasse, dann in der ersten Klasse. So schreibt er es in der Autobiographie der beiden. Den Kapitän vermochte er mit Zaubertricks zu erfreuen, weshalb er bald auf dem Schiff auftrat. Die Show „Talentshow der Passagiere“ wurde dafür gestrichen. Fischbacher aß zum Beispiel Rasierklingen, Tauben verschwanden, denn *„in der Magie ist alles möglich"*, wie er Horn später beibrachte.

Horn heuerte, weil er die Welt sehen und etwas lernen wollte, beim Norddeutschen Lloyd an. Zufällig waren Fischbacher und er eines Tages auf demselben Schiff – ob es sich um die MS Berlin oder die TS Bremen handelte, darüber gibt es widersprüchliche Angaben. Unter anderem widersprechen sich Siegfried und Roy selbst, da sie ihr Treffen in Buchform auf der MS Berlin stattfinden lassen, auf ihrer Internetseite aber auf der TS Bremen.

Fischbacher, der sich als Magier „Delmare" nannte („Vom Meer"), brauchte für seine Shows jeweils einen Assistenten, und in der Regel behalf er sich mit einem Steward. Eines Abends jedoch, als er mit dem Bühnenaufbau ohnehin spät dran war, *„stieß ich mit dem Jungen zusammen, dessen Kabine meiner gegenüberlag. Bis dahin hatte ich noch kein Wort mit Roy gesprochen. Anstatt mir die Zeit zu nehmen, einen der Stewards zu suchen, die ich kannte, fragte ich ihn, ob er an diesem Abend mein Assistent sein wolle."*

Selbstverständlich war Roy *„anders als alle anderen, mit denen ich bisher zusammengearbeitet hatte"*. Denn Roy lobte Fischbacher nicht, sondern er fand die Show nicht nur vorhersehbar, sondern sagte das auch. So schildert es Fischbacher. Horn schildert es so: *„In Wirklichkeit war ich höchst beeindruckt. Aber das durfte ich mir nicht anmerken lassen, denn ich hatte einen Plan."*

Und zwar diesen: Er wollte Chico zu sich holen und ihn zum Teil der Zaubershow machen. Bei der nächsten Überfahrt war Chico an Bord. In einem Wäschesack hatte Horn ihn an Bord geschmuggelt. Kapitän Rossinger soll nicht ganz so begeistert gewesen sein wie der Präsident des Norddeutschen Lloyds und dessen Frau, die zufällig an Bord waren, Mr. und Mrs. Nagle. Die Nagles sorgten der Legende nach dafür, dass Fischbacher und Horn mit ihrer Zaubershow weiterbeschäftigt wurden; als Honorar erhielten sie zunächst zusammen eine Flasche „Zeller Schwarze Katz", dann jeweils eine Flasche „Zeller Schwarze Katz" und dann, weil sie Wein gar nicht so sehr mochten, 25 Mark. Ein erstes Honorar, das ihnen sofort wieder abgenommen wurde, weil sie zwischen Bremerhaven und Nordenham auf einer unbefestigten

Straße nebeneinander Fahrrad fuhren, was ihnen einen Strafzettel über exakt 25 Mark einbrachte.

Nun mag man einwenden, dass diese Lebensgeschichten, wie sie Siegfried und Roy in ihrem Buch „Meister der Illusion“ selbst erzählen, erstaunlich unwahrscheinlich klingen. Zum Beispiel die Anekdote, wie Siegfried ausgerechnet als Tellerwäscher begann, bevor er zum Millionär wurde; oder die Geschichte, wie er zufällig genau im richtigen Augenblick fünf Mark fand; oder wie Roy einen Geparden von der Tante geschenkt bekam; oder wie er den Geparden im Wäschesack aufs Schiff schmuggelte; oder wie sie ausgerechnet „Celler Schwarze Katz“ als Honorar bekamen; oder wie sie die ersten 25 Mark pfenniggenau wieder verloren. Aber falls das tatsächlich jemand einwenden mag, so sei darauf hingewiesen, dass in der Magie nun einmal alles möglich ist.

02 ***Mit erstaunlich vielen Tigern rumhängen*** Der Gepard Chico gehorchte nur Roy. Doch Siegfried war bald überzeugt, dass Chico auch ihn *„zu etwas Besonderem“* machte: *„Ein Magier braucht ein unverwechselbares Markenzeichen. Mit dem Geparden hatte ich eines.“*

Die beiden tingelten von 1964 an als Zauberduo plus Gepard ein wenig durch die Welt und hießen zunächst „Siegfried und Partner“ (Roy hieß sogar noch Uwe), aber bald nannten sie sich „Siegfried und Roy“ und traten 1967 zum ersten Mal in Las Vegas auf, zunächst im Hotel Tropicana. Ihre Show dauerte zwölf Minuten. Sie begannen, mit weiteren Tieren zu arbeiten, und 1970 bekamen sie erneut ein Engagement in Las Vegas, im Stardust, später im Frontier-Hotel, dann im Mirage. Da ein Gepard krank war, begab sich Roy zu Beginn der Vegas-Karriere nach Südkalifornien zu Gene Holder, der Showtiger hielt, und kaufte für 10.000 Dollar die 16 Monate alte sibirische Tigerin Sahra. Sie war der erster Tiger der beiden.

Das Paar arbeitete im Lauf der Zeit mit immer mehr Großkatzen, zu nennen wären hier stellvertretend einige der frühen: ein Jaguar namens Simba, der, wie Chico, an einem Organleiden einging, ein schwarzer Panther namens Sabu, die bereits erwähnte sibirische Tigerin Sahra, der Sumatra-

Tiger Radscha, der Löwe Leo und die Leopardin Sascha. Außerdem arbeiteten sie mit Krokodilen, Pinguinen, Kängurus, Elefanten, Wasserbüffeln und Motorrädern. Richtig berühmt wurden sie aber dafür, dass sie mit erstaunlich vielen weißen Tigern herumhingen.

Das kam so: „*Ich hatte jahrelang immer wieder den Traum, meine goldene Tigerin Sahra sei reinweiß*“, schreibt Horn: „*In meinem Traum war sie kein wildes Raubtier mehr, sondern ein friedliches, harmonisches Wesen – mein Einhorn –, denn das entsprach meiner Beziehung zu ihr.*“ 1982 sah der Maharadscha von Baroda, der indische Regierungsbeauftragte für Wildtiere, eine Show und berichtete anschließend von der Familie seines Vetters, des Maharadschas von Rewa, in dessen Familienwappen sich ein weißer Tiger gefunden haben soll. 1951 soll er in den Dschungeln von Rewa einen gefunden und ihn Mohan genannt haben – und als dann im biblischen siebten Jahr „*Mohan sich zufällig mit einem Weibchen aus seiner Nachkommenschaft paarte*“, kam ein Wurf weißer Tiger zur Welt. „*Damit hatte der Maharadscha den Schlüssel gefunden – alle goldfarbenen Nachkommen waren heterozygote (gemischterbige) Träger des weißen Gens. Er brauchte nur seine scheinbar gewöhnlichen Tiger zu paaren, um weiße zu erhalten.*“ Das mag etwas seltsam klingen, aber so schildern es die beiden.

Einer der weißen Tiger sei an den Cincinnati Zoo gegangen, der weitere gezüchtet habe, schreibt Horn. Dank seiner guten Kontakte erhielt er von dort zwei weiße Tiger und nannte sie Neva und Shasadee, und schließlich auch eine dritte Tigerin, Sitarra. Nach einem etwas intensiveren Liebesakt mit Neva (28 Mal in zwei Stunden) wurde Sitarra 1986 trächtig. Ergebnis: Siegroy, Vegas und Nevada. Nach einigen Jahren waren es 23 weiße Tiger, unter ihnen Red, White, Blue, Akbar Kabul und Mantra, nach einigen weiteren Jahren waren es 63. Wer wie Siegfried und Roy mit Tigern herumhängen will, sollte natürlich wissen, wie das geht. Erstaunlicherweise hilft an dieser Stelle Magie ausnahmsweise wenig, denn Tiger fressen, was sie fressen, und sie brauchen, was sie brauchen. Von den acht ursprünglich existierenden Unterarten des Tigers gibt es noch fünf Unterarten, die alle in ihrem Bestand stark gefährdet sind und zwischen denen es Unterschiede gibt, was ihr Aussehen und ihre klimatischen Anpassungen und somit ihre Ernährung und Haltung betrifft:

1. ***Bengal- oder Königstiger,*** eine größere Unterart mit hellem orangefarbenen Fell.

2. ***Sumatratiger,*** kleinste Unterart mit dunkel-rotbraunem Fell, enger Streifenzeichnung und ausgeprägtem Backenbart

3. ***Sibirischer oder Amurtiger,*** im Winterfell mit dichter heller Unterwolle und langem hell- bis rötlich-gelben Oberhaar, größte Unterart, Männchen bis zu vier Meter lang; Vorkommen im russischen Amur-Ussuri-Gebiet an der Grenze zu Nordchina und Korea; dies ist zugleich das nördlichste Lebensgebiet des Tigers; winterharte Unterart, die ganzjährig im Freien gehalten werden kann; alle anderen Tigerunterarten sind subtropisch und tropisch verbreitet und benötigen Temperaturen über dem Gefrierpunkt, besser ab zehn Grad Celsius aufwärts, und eine beheizte Stallung.

4. ***Chinesischer Tiger,*** ist stark vom Aussterben bedroht, seit den 1970er Jahren keine Nachweise mehr aus dem Freiland, im Freiland möglicherweise ausgestorben.

5. ***Hinterindischer oder Indochinatiger,*** 1968 als eigene Unterart vom vorderindischen Bengaltiger getrennt; rotbraune Grundfarbe mit kräftiger Streifung. Java-, Bali- und Kaspitiger wurden bereits ausgerottet.

Dass Tiger und Menschen miteinander einen lockeren Umgang pflegen, ist nicht der Normalfall. Üblicherweise *„geht im Zoo kein Mensch zu den Tigern rein“*, sagt der Biologe Christian Kern vom Tierpark Berlin-Friedrichsfelde: *„Ich kenne jedenfalls keinen Zoo, in dem das anders gehandhabt wird. Das ist zu gefährlich und auch überhaupt nicht notwendig.“* Für Untersuchungen werden die Tiere betäubt, zum Reinigen der Gehege werden sie vorher in ein anderes Gehege gelassen.

Siegfried und Roy handhabten das etwas anders. Sie verstanden sich zwar auch als Botschafter bedrohter Tiere – aber sie hatten keinen Zoo, sondern eine Las-Vegas-Show. Es gibt einige Parallelen zwischen ihrer Arbeit und der Arbeit von Zoos, denn Tiger bleiben Tiger. Es gibt aber auch einige Unterschiede.

Katzen schlafen zum Beispiel gerne erhöht, sie brauchen Klettermöglichkeiten und deshalb eine Anlage, die nicht nur eine bestimmte Größe haben sollte (die Mindestgröße von Anlagen ist in Deutschland vorgegeben), sondern auch eine, die der Fachmann „strukturiert" nennt. Eine Felslandschaft und Baumstämme oder große Äste sowie Naturboden und Badebecken bieten sich an. Das Wildgehege, das Fischbacher und Horn in der Nähe des Mirage Hotels in Las Vegas errichten ließen, gilt als vorbildliche Anlage.

Großkatzen, mit Ausnahme des Löwen, sind allerdings Einzelgänger, nur zur Paarungszeit nicht. Siegfried und Roy hielten die Katzen in der Regel

*« Hauptmahlzeit «*

*» Snack »*

nicht als Einzelgänger. Raubkatzen, die keine Einzelgänger sind, wachsen meist in Jungtiergruppen auf, in festen Dressurgruppeneinheiten, in denen die Jungtiere auf den Dompteur geprägt und zu Beginn ihres Lebens, vor der Geschlechtsreife, an das Leben in der Gruppe gewöhnt werden. Erwachsene Tiere in einer Dressurgruppe zusammenzuführen ist schwierig. Noch etwas ist schwierig: Egal, wann man die Gruppen zusammenführt, sind Katzen alle drei bis sechs Wochen rollig, was die Haltung in der Gruppe erschwert. Denn rollige Katzen bedeuten, sofern Kater anwesend sind, Unruhe, weil sich die Tiere paaren wollen.

Die Ernährung von Tigern ist erstaunlich überschaubar: In der freien Natur fressen sie, was sie jagen können, zum Beispiel Hirsche oder Wildschweine, seltener Pfauen oder andere Vögel. Nicht unüblich ist, dass ein Tiger sich zum Beispiel von einem Hirschen pro Woche ernährt, also von etwa 30 bis 50 Kilogramm Fleisch. Von Menschen gehaltene Tiger bekommen dem natürlichen Verhalten weitgehend entsprechende Nahrung. Da sie nicht so viel Bewegung haben wie in freier Wildbahn, bekommen sie jedoch weniger Fleisch, je nach Alter, Geschlecht und Unterart pro Tag zirka drei bis fünf Kilogramm, je nach Knochen-Fleisch-Relation. Die großen Amurtiger bekommen etwas mehr als die vergleichsweise kleinen Sumatratiger. Außerdem gibt es in Zoos Fasttage, weil Tiger auch im Freiland nicht jeden Tag erfolgreich Beute schlagen. Vornehmlich bekommen sie Rind-, gelegentlich auch Pferdefleisch, jedenfalls rotes Fleisch. In asiatischen Zoos bekommen Tiger oft Hühnerfleisch, also weißes Fleisch. In den wenigsten Zoos – in europäischen Zoos überhaupt nicht – wird Schweinefleisch verfüttert, wegen eines Parasiten, der möglicherweise übertragen werden könnte.

Vor allem Jungtiere bekommen hin und wieder auch ein ganzes Meerschweinchen oder Kaninchen, weil die Innereien dieser kleinen Pflanzenfresser nicht nur besonders nährstoffhaltig, sondern auch gut zu fressen sind. Allerdings brechen bei jungen Tigern erst im Alter von zwei bis acht Wochen die Milchzähne durch; vorher fressen sie kein Fleisch. Bleibt die Frage, ob all das auch für die berühmten weißen Tiger gilt. Die Antwort ist: ja.

Weiße Tiger sind Tiger mit einer natürlichen Farbmutation, jedoch keine Total-Albinos – die hätten keine Streifen und rote Augen. Die weißen Tiger, die Siegfried und Roy hielten, hatten blaue Augen und Streifen. Selbst bei schwarzen Jaguaren erkennt man, wenn man ihnen nahe genug kommt, vom Grundschwarz abgehobene schwarze Flecken. So ist es auch mit den Streifen bei weißen Tigern: Bei ihnen erkennt man die Streifen, auch wenn diese im Sonderfall weiß sein können.

03 ***Gemeinsame Bekannte: Michael Jackson*** Siegfried und Roy sind mit ungefähr allen Schauspielern, Musikern und Prominenten bekannt, die es gibt, jedenfalls deuten darauf die vielen Fotos hin, die sie mit Schauspielern, Musikern und Prominenten zeigen. Zum Beispiel mit: George Bush sen., Karel Gott, Dolly Parton, Bob Hope, Arnold Schwarzenegger, Karin Dor, Fürst Rainier von Monaco und seinem Sohn Albert, Oliver Stone, Max und Gundel Schautzer, Cary Grant, Alfred Biolek, Eddie Murphy, Heidi Brühl, James Brown, Sylvester Stallone, Kirk Douglas (und Frau), Robin Williams, Eber-

hard Diepgen, Barbra Streisand, Peter Frankenfeld, Steven Spielberg, Klausjürgen Wussow, Ronald Reagan, Liz Taylor, Claudia Schiffer, Papst Johannes Paul II., Muhammad Ali, Sammy Davis Jr., Joan Rivers, Roger Moore, Willy Millowitsch, Frank Sinatra, Gregory Peck, Kevin Costner, Demi Moore, Bruce Willis, Joan Collins, Liza Minelli, König Carl Gustav von Schweden, Roberto Blanco, Leni Riefenstahl, Max Greger, Caterina Valente, Heino und Hannelore, den Bee Gees, Hannelore Elsner, Gunter Sachs, den Scorpions, Audrey Hepburn, Mireille Mathieu, Rudi Carrell, Bill Cosby, Günther („Pfitze") Pfitzmann, Günter Netzer und natürlich Thomas Gottschalk.

Aber auch: mit Michael Jackson, den man auf einem Foto sieht, wie er, in die Mitte genommen von Siegfried und Roy, ein weißes Tigerbaby hält. *„Michael Jackson hatte uns gebeten, einige Illusionen für seine World Tour auszuarbeiten. Nach unserer Ankunft in Pensacola, Florida, fuhren wir sofort ins Stadion, um ihm zu zeigen, wie sie präsentiert und gehandhabt werden müssen. Als Michael die Illusionen beherrschte, war er so erleichtert, dass er uns ein selbstgekochtes vegetarisches Essen vorsetzte."*

04 ***Zahl des Paares: 5750*** Im Oktober 2003 erfuhr die Karriere von Siegfried und Roy eine Wendung: Bei einer Show in Las Vegas griff der weiße Tiger Montecore Roy Horn an und verletzte ihn schwer. Ärzte retteten ihm in einer dreistündigen Notoperation das Leben. Seine Worte, bevor er bewusstlos wurde, sollen folgende gewesen sein: *„Bringt die Katze nicht um."* Nach dem Unfall stellten Horn und Fischbacher ihre Las-Vegas-Show ein.

Sie hatten zuvor 5749 Shows ohne nennenswerte Zwischenfälle gegeben, doch Tiger gelten nie als zahm, sondern allenfalls als dressiert: Es bleibt immer ein Risiko. Einem im Journal „Zoobiology" veröffentlichten Artikel zufolge, den die „New York Times" 2003 zitierte, wurden zwischen 1998 und 2001 in den USA sieben Menschen durch Tiger getötet – was daran liegt, dass auch Privatleute Tiger halten.

Das Tigermännchen Montecore, zirka 320 Kilo schwer, war sieben Jahre alt, als es Horn angriff. Es hatte nicht auf die Bühne kommen wollen, und Horn versetzte ihm – eine durchaus übliche Aufforderung – einige leichte Schläge mit dem Mikrofon. Montecore kam schließlich in die Bühnenmitte – dort fiel er Horn an.

05 ***Sonst so*** Bei den meisten weißen Tigern handelt es sich um Bengaltiger. Da es sich heute jedoch in der Regel um gezielte Weiterzüchtungen handele, nicht um reinblütige Bengaltiger, seien weiße Tiger – so heißt es im Tierpark Berlin-Friedrichsfelde – für den Artenschutz nicht relevant.

Tierschützer wiesen während der Karriere des Paares immer wieder darauf hin, dass sie die Tiere unterwürfen, um selbst Karriere zu machen. T-Shirts mit dem Slogan „Free Montecore" fanden Verbreitung, nachdem Montecore Roy Horn angefallen hatte. Die Methode, mit der Horn die Tiere ausbildete, war nach eigener Aussage: *„durch Zuneigung"*. Als Fischbacher und Horn ihre Karriere beendeten, forderten Mitglieder der Tierschutzorganisation PETA, auch die Tiger sollten in Rente gehen dürfen. Großkatzen – für Shows gehalten – würden an einem ihrer Natur entsprechenden Leben gehindert und in zu kleinen Käfigen gehalten. Dass Bühnenauftritte und familiäres Planschen im Swimming-Pool zum natürlichen Verhalten von Königstigern gehören, dürfte tatsächlich schwer zu beweisen sein. Es entspricht Tigern auch nicht, wie Haustiere gehalten zu werden – ein weiterer Vorwurf, der Siegfried und Roy gemacht wurde. Die Gehege und Käfige des Duos waren allerdings sicherlich nicht zu klein – was bei vielen Privatleuten, die Tiger halten, anders ist. Auch kleine Zirkusse haben oft nicht die Möglichkeit, Tiere artgerecht zu halten – allerdings sind große Tiere ein Publikumsmagnet. Besuchte niemand die Shows, hielte auch niemand die Tiere.

06 ***Was aus dem Paar wurde*** Im März 2009 gaben Siegfried und Roy ihre Abschiedsvorstellung im Hotel Bellagio in Las Vegas, eine Show, die rund zehn Minuten dauerte. Höhepunkt: Siegfried ließ sich in einen Glaskasten einschließen und tauchte in einem anderen Kasten auf – mit Montecore.

Als Horn im Dezember 2008 vom Las-Vegas-Review-Journal gefragt wurde, wie er seine Freizeit verbringe, antwortete er, er verbringe sie gern mit seinem Lebensretter – und meinte Montecore. Der Tiger habe wohl gespürt,

*« Wahrheit «*

*» Wunsch »*

dass Roy, der Medikamente einnahm, einen kleinen Schlaganfall bekomme, und ihm womöglich das Leben gerettet, indem er ihn zum Bühnenausgang brachte. In einer sich entfaltenden Debatte über diese Behauptung gab es das Argument: Tiger, die töten, gehen an die Kehle; Montecore aber ging an Horns Genick, wie eine Mutter, die ihr Junges in Sicherheit bringen will.

Im Buch „The Secret Life of Siegfried and Roy" wird die Möglichkeit, Montecore habe Horn das Leben retten wollen, allerdings als *„sehr unwahrscheinlich"* bezeichnet; auch dressierte Tiger seien schließlich Jäger. Jedoch: In der Magie ist bekanntlich alles möglich.

07 ***Bleibende Werte*** ........................................................................

***Anspruch*** ●●○○○ / ***Gefühl*** ●●●○○ / ***Action*** ●●●●○ / ***Erotik*** ●○○○○ / ***Glamour*** ●●●●●

## 021 EINIGE PAARRATGEBER MIT DANN DOCH ETWAS ZU LANGEN UND AUCH UMSTÄNDLICHEN TITELN

***Steve Harvey*** • „Act Like A Lady, Think Like a Man: What Men Really Think About Love, Relationship, Intimacy and Commitment" *(Frag einen Mann, wenn du mit Männern glücklich werden willst*/mvg 2009) ••• ***Taylor Hartman*** • „The Color Code: A New Way To See Yourself, your Relationships and Life" *(Deine Lebensfarbe – der Schlüssel zum Erfolg: Die Menschen und sich selbst verstehen, sein Leben gestalten*/Ludwig 1998) ••• ***Sherry Argov*** • „Why Men Love Bitches: From Doormat to Dreamgirl – a Woman's Guide to Holding Her Own in a Relationship" *(Warum die nettesten Männer die schrecklichsten Frauen haben und die netten Frauen leer ausgehen*/Goldmann 2004).

# 022 IM AUTO GEJAGT WERDEN

*... wie*
*Diana Spencer*
*und*
*Dodi al-Fayed*

01 ***Erstes Kennenlernen*** Nach der Scheidung von Prinz Charles reiste Diana Spencer ein wenig herum (siehe auch Kapitel *Paar schlägt sich,* Rubrik *Unglücklich verheiratet sein wie Prinzessin Diana und Prinz Charles).* Es war 1997, und eines Tages im Frühjahr wurde sie von Mohamed al-Fayed in dessen Strandhaus in St. Tropez eingeladen. Al-Fayed war seit 1985 der Besitzer von Harrods, einem großen Kaufhaus, und außerdem ein alter Freund der Familie Spencer. Diana brachte ihre Söhne mit und Mohamed seine Frau Heini und drei Kinder. Zunächst nicht anwesend war Mohameds Sohn Dodi al-Fayed, der in diesen Tagen mit einem Model namens Kelly Fisher verlobt war, doch er wurde ersucht, sich am 15. Juli auf al-Fayeds Yacht Jonikal einzufinden, also fand er sich eben ein.

Begegnet waren sich Diana und Dodi schon früher, es gibt Fotos, die beide 1988 zeigen. In jenem Urlaub im Juli 1997 lernten sie einander allerdings näher kennen. Diana trug jeden Tag ihren Leopardenbadeanzug, weil so viele Fotografen anwesend waren, die auf neue Motive warteten. Ihrem Butler soll sie – behauptet jedenfalls ihr Butler – anvertraut haben: *„Das wird sie ärgern, denn sie werden jeden Tag genau dasselbe Bild bekommen."* Und so geschah es, Leoparden-Di wurde zum Paparazzifoto des Frühsommers.

Das änderte sich, als Diana und Dodi einander näher kamen – umgehend wurden Diana und Dodi das Paparazzifoto der Saison. Auch als sie sich auf der Jonikal vor der Isola Piana bei Korsika küssten, wurden sie fotografiert, und die Zeitung „Sunday Mirror" schrieb: *„In den Armen ihres Liebhabers findet die Prinzessin endlich ihr Glück."*

02 ***Im Auto gejagt werden*** Am Nachmittag des 30. August, kurz nach dem Ende der Leopardenbadeanzugepisode, landete in Paris der Privatjet der al-Fayeds. Sie wurden von Personal des Hotels „Ritz", das Mohamed al-Fayed seit 1979 gehörte, abgeholt. Dabei war auch Henri Paul, der stellvertretende Sicherheitschef des Hotels, der später den Unfallwagen fuhr, einen schwarzen Mercedes 280 S mit der Autonummer 688 LTV 75. Vor dem Hotel warteten einige Fotografen. Später am Tag gingen Diana Spencer und Dodi al-Fayed auf den Champs Elysées shoppen, das heißt, von gehen kann nicht die Rede sein, sie blieben meist im Wagen, weil sie von Paparazzi verfolgt wurden. Gegen 22 Uhr speisten Diana und Dodi, zurück im Hotel, Seezunge (sie) und Butt (er), dazu gab es Bollinger-Champagner.

Henri Paul, der Fahrer, der noch nichts davon wusste, in Kürze als Fahrer tätig werden zu müssen, bestellte laut dem Besitzer der Brasserie Royal Vendome, in der Paul an seinem Feierabend einkehrte, eine Flasche Perrier und einen Whisky – *„White Horse, glaube ich"*. In späteren Rekapitulationsversuchen der Ereignisse ist von *„bis zu acht Pastisschnäpsen"* die Rede. Später am Abend bekam Paul den Auftrag, den Dienst doch noch einmal aufzunehmen.

Nach Mitternacht verließen Diana und Dodi das Hotel im Mercedes; die Sicherheitsgurte legten sie nicht an. Auf dem Beifahrersitz saß Trevor Rees-Jones, Dodi al-Fayeds persönlicher Leibwächter. An einer roten Ampel nahe den Champs-Elysées hielt der Wagen, Fotografen verfolgten ihn. Als die Ampel auf Grün sprang, fuhr Henri Paul mit quietschenden Reifen an und raste drei Minuten später, um kurz vor halb eins – wohl mit 180 km/h, wo 50 km/h erlaubt gewesen wären – in den Tunnel unter der Place de l'Alma. Der Wagen krachte gegen einen Betonpfeiler, der Fahrer und Dodi al-Fayed waren sofort tot. Von mehr als zehn Fotografen, die kurz darauf am Ort gewesen seien, war in der Presse die Rede. Sechs Fotografen und der Fahrer eines Fotografen wurden in Polizeigewahrsam genommen und wegen fahrlässiger Tötung und unterlassener Hilfeleistung angeklagt.

Gegen zwei Uhr wurde Diana Spencer mit inneren Blutungen ins Krankenhaus Pitié-Salpêtrière eingeliefert. Gegen 3.30 Uhr wurden die ersten

Unfallfotos angeboten. Gegen vier Uhr morgens starb Diana nach einer erfolglosen Notoperation.

03 ***Gemeinsame Bekannte: Big Brother*** Wer sich über die Fotografen empört, die versuchen, Fotos von Prominenten zu machen, muss sich die Frage ge-

*Wegzehrung*

fallen lassen, ob er sich die Fotos nicht vielleicht doch auch anschaut, wenn sie gedruckt sind. Aus Faszination oder aus Abscheu, das ist egal.

Der Philosoph Paul Virilio sagte in einem Interview nach dem Unfall: *„Alles sehen zu wollen, alles zeigen zu wollen, das ist die Gefahr. Der Paparazzo ist das Auge des Großen Bruders – Big Brother, das sind wir.“* Big Brother begleitete Diana und Dodi ständig. Einige Mitglieder von Big Brother kondolierten nach ihrem Tod. Ergebnis: 43 dicke Kondolenzbücher.

Es gab zudem Journalisten, die darauf hinwiesen, dass Diana sich für sie inszenierte und mit ihnen zusammenarbeitete. Tina Brown, die Chefredakteurin des US-Magazins „New Yorker“, sagte über ein Treffen mit der Prinzessin: *„Es war überraschend einfach, mit ihr über Dinge zu sprechen, die eigentlich vertraulich sein sollten.“* Von anderen sind ähnliche Zitate überliefert.

Auch ob die Fotos von Diana und Dodi beim Kuss auf der Yacht Jonikal nicht eigentlich einer Inszenierung Dianas folgten, wurde von Boulevardjournalisten gemutmaßt. Ein Bildredakteur wurde zitiert: *„Es war wie ein täglicher Fototermin, man musste sich nicht verstecken, und das Paar zeigte sich an Deck. Wir haben sogar angeboten, uns zurückzuziehen, aber es hieß,* *das sei nicht nötig.*" Die Vermutung, dass nicht nur Fotografen zu weit gegangen sind, sondern auch Diana, bleibt bestehen.

04 ***Zahl des Paares: 250.000*** Die Fotos, die Paparazzi von Lady Diana und Dodi auf der Yacht vor Sardinien aufgenommen hatten, kosteten 250.000 Pfund. Die Zeitung „Sunday Mirror" bezahlte. Für dieselbe Summe, 250.000 Pfund (damals ungefähr 750.000 Mark), wurde am Morgen nach dem Unfall der Zeitung „News of the World" ein Foto der sterbenden Diana angeboten. Die Zeitung lehnte ab.

05 ***Sonst so*** Der britische Formel-1-Weltmeister Damon Hill rief in Monza, wo im September, kurz nach dem Pariser Unfall, ein Rennen stattfand, zu einer Gedenkminute auf. Der schottische Formel-1-Fahrer David Coulthard, der das Rennen gewann, sagte in einem Interview: *„Während der letzten zehn Runden habe ich oft an Lady Diana gedacht – und wie ich der Princess of Wales den Sieg widmen könnte. Meine Gedanken waren trotz 320 km/h bei ihr."*

Elton John sang den Song zur Trauer: Den ursprünglich Marilyn Monroe gewidmeten Song „Candle In The Wind" widmete er nun Prinzessin Diana und trat damit bei ihrer Beerdigung auf. Die Monroe-Zeile „Goodbye, Norma Jeane" – Norma Jeane Baker war Monroes Geburtsname – wurde zu „Goodbye England's Rose". Elton John spendete die Erlöse von „Candle In The Wind" Dianas Gedächtnisfonds. Auf der CD mit dem Song fand sich allerdings auch der Song „Something About The Way You Look Tonight" vom Album „The Big Picture", das kurz darauf erschien und das man damit als günstig beworben ansehen kann. Doch sei ihm nichts Böses unterstellt: Dass Elton John und Diana einander nahe standen, war bekannt.

Ebenfalls wichtige Trauerarbeit leistete Dianas Butler Paul Burrell, der es sich nicht nehmen ließ, nach ihrem Tod ein dickes Buch zu schreiben und darin allerlei Details auszuplaudern, die sie ihm vertrauensvoll mitgeteilt hatte. Ihm ist es zu verdanken, dass die Welt von Dianas Lieblingsparfüms erfuhr: Faubourg 24 von Hermès und Heritage von Guerlain. Außerdem teilte Burrell mit, dass Diana für Dodi den Codenamen „Schwester" benutzte.

Wenn sie also ihren Butler gefragt habe: *„Hat meine Schwester angerufen?“*, dann habe sie, so Burrell, *„nicht Lady Sarah McCorquodale oder Lady Jane Fellowes“* gemeint, sondern Dodi.

2006 wurde Lady Di Thema der Installation „Kaprow City“ an der Berliner Volksbühne. Diana wurde verkörpert von Jenny Elvers-Elbertzhagen. Regisseur Christoph Schlingensief sagte der „Süddeutschen Zeitung“ damals: *„Ebenso wie Diana ist auch sie eine übermalte Figur. Frau Elvers-Elbertzhagen ist eine Projektionsfläche. Eine Figur, der man Bilder anhängt.“*

06 ***Was aus dem Paar wurde*** Es gab viele Verschwörungstheorien rund um Diana, Dodi und die Hintergründe des Unfalls. Zum Beispiel:

Diana und Dodi wollten heiraten. • Diana erwartete ein Kind von Dodi. • Das Königshaus, insbesondere Prinz Philip und Prinz Charles, wollten Diana beseitigen. • Der ums Leben gekommene Fahrer des Unfallwagens hatte mit Geheimdiensten zu tun. • Geheimdienste sind überhaupt für die Ereignisse verantwortlich. • Am Unfallwagen wurde vorher herumgeschraubt. • Der Unfallwagen wurde von einem Fiat Uno abgedrängt. • Der Fahrer wurde kurz vor dem Unfall geblendet.

Ein 832 Seiten umfassender Untersuchungsbericht mit dem Titel „The Operation Paget inquiry report into the allegation of conspiracy to murder“ erklärte all diese Theorien 2006 für falsch. Das Ergebnis der Untersuchung lautete, etwas verkürzt: Das Auto, in dem Diana und Dodi saßen, denen keine Elternschaft und keine Hochzeit ins Haus gestanden habe, sei an einen Pfosten in einem Pariser Tunnel gerast, Ende der Geschichte.

Mohamed al-Fayed nannte das Geld, das die Untersuchung gekostet hatte, *„Geldverschwendung“*. 2008 wurde der Fall erneut aufgerollt. Mohamed al-Fayed war gerne bereit, nach 250 Zeugenbefragungen vor Gericht noch einmal seine Position zu benennen: Prinz Philip, der Mann der Queen, sei ein *„Nazi“*, die Königsfamilie sei eine *„Dracula-Familie“*, und Prinz Charles habe mittlerweile eine *„Krokodilfrau geheiratet“*.

Unter dem Vorsitz von Richter Scott Baker, zugleich Leichenbeschauer des königlichen Haushalts, kam die Jury trotz dieser Argumente mit neun zu zwei Stimmen zu dem Schluss, der Unfalltod von Diana und Dodi sei von der Fahrweise des alkoholisierten Fahrers und von der Verfolgungsjagd einiger Fotografen verursacht worden, weshalb die Tötung fahrlässig erfolgt sei.

07 *Bleibende Werte* ..........................................................................

*Anspruch* ●●●○○ / *Gefühl* ●●●●● / *Action* ●●●●● / *Erotik* ●○○○○ / *Glamour* ●●●●●

## 023 ERWISCHT

01 *1848* Ludwig I., König von Bayern *Vorwurf:* eine mehrjährige Affäre mit der irischen Tänzerin Eliza Gilbert, auch bekannt als Maria de los Dolores Porrys y Montez, besser bekannt als Lola Montez *Folge:* Der König dankt ab

02 *1963* John Profumo, Tory, Kriegsminister in Englands Kabinett *Vorwurf:* die Affäre mit dem Mannequin Christine Keeler *Folge:* Rücktritt ......................

03 *1969* Edward Kennedy, US-Senator *Vorwurf:* die „Affäre Chappaquiddick" – auf der Insel Chappaquiddick stürzt Kennedy mit seinem Auto in einen Fluss, seine Beifahrerin und vermeintliche Geliebte Mary Jo Kopechne ertrinkt. Kennedy meldet sich erst zehn Stunden später bei der Polizei *Folge:* Zwei Monate Haft auf Bewährung wegen unerlaubten Entfernens vom Unfallort

04 *1998* Bill Clinton, US-Präsident *Vorwurf:* Oralsex mit einer Praktikantin *Folge:* Amtsenthebungsverfahren, gescheitert ...............................................

05 *2002* Thomas Borer, Schweizer Botschafter in Berlin *Vorwurf:* angebliche Affäre mit dem Nacktmodell Djamila Ruwe *Folge:* Abberufung ............................

06 *2005* Sven Göran Eriksson, Fußballtrainer *Vorwurf:* Affäre mit der FA-Sekretärin Faria Alam *Folge:* Alam und ihr Chef Mark Palios vom Britischen Fußballverband (FA) treten zurück .........................................................

07 *2005* Hans-Jürgen Uhl, SPD-Bundestagsabgeordneter ***Vorwurf:*** Lustreisen nach Asien und Bordellbesuche auf Kosten von VW ***Folge:*** Niederlegung des Mandats, Parteiaustritt ..........

08 *2007* Moshe Katsaw, Staatspräsident Israels ***Vorwurf:*** Sexuelle Nötigung in acht Fällen ***Folge:*** Rücktritt vom Amt ..........

09 *2008* Sieben Spieler des Fußball-Vereins FC Thun ***Vorwurf:*** Sexueller Kontakt zu einer 15-Jährigen ***Folge:*** Geldstrafe von 2450 Franken in einem Fall, Suspendierung in vier Fällen ..........

# 024 KEINEN SEX HABEN

*... wie Bill Clinton und Monica Lewinsky*

01 ***Erstes Kennenlernen*** Das erste gemeinsame Foto von Monica Lewinsky und Bill Clinton entstand am 10. August 1995 bei einer Gartenparty im Weißen Haus anlässlich Clintons 49. Geburtstag. Lewinsky trug einen Ausweis, an dessen Farbe, nämlich Pink, sie als Praktikantin zu erkennen war, und in der Hand hielt sie ein Schild, auf dem stand: „Happy Birthday, Mr. President" (siehe auch Kapitel *Das seltsame Paar,* Rubrik *Geburtstag feiern wie Marilyn Monroe und John F. Kennedy).*

Zum ersten Mal begegnet waren sie einander jedoch bereits im Juli, bei der Begrüßungszeremonie für den Präsidenten von Südkorea im Garten des Weißen Hauses. Lewinsky stand, mit einem Sommerkleid und einem Strohhut bekleidet, hinter einem Absperrband, und noch bevor die Militärband

„Hail to the chief" spielte, kam Clinton auf die Bühne. Was sie dachte, stellt Lewinsky im Nachhinein so dar: *„Ich erinnere mich, dass ich total durcheinander war. Mein Herz machte einen Satz, mein Atem ging ein wenig schneller, und ich hatte Schmetterlinge im Bauch. Er strahlte eine wahnsinnige sexuelle Energie aus."* So steht es in ihrer Biographie.

02 ***Keinen Sex haben*** Keinen Sex zu haben ist einfach. Keinen Sex zu haben wie Bill und Monica, die ein Beispiel für ein Paar sind, das kein Paar ist, ist schon etwas schwieriger. Die Geschichte: Zunächst einmal waren Bill Clinton und Paula Jones kein Paar. Jones war eine Regierungsangestellte, mit der Clinton als Gouverneur des US-Bundesstaats Arkansas am 8. Mai 1991 in einem Zimmer des Excelsior Hotels in Little Rock keinen oralen Sex hatte.

Dann wurde Clinton Präsident und Paula Jones verklagte ihn wegen sexueller Belästigung, er musste 1998 als US-Präsident vor Gericht erscheinen. Clinton schreibt in seiner Autobiographie: *„Ich saß mehrere Stunden im Zeugenstand, von denen gerade 10 bis 15 Minuten Paula Jones gewidmet waren. Die übrige Zeit wurde von zahlreichen anderen Themen in Anspruch genommen. Unter anderem stellte man mir eine Reihe von Fragen über Monica Lewinsky."*

Lewinsky war im Sommer 1995 als Praktikantin ins Weiße Haus gekommen und gehörte vorübergehend Clintons Mitarbeiterstab an, bevor sie ins Verteidigungsministerium wechselte. *„Die Anwälte fragten mich unter anderem, wie gut ich Lewinsky kenne, ob wir jemals Geschenke ausgetauscht hätten, ob wir jemals telefoniert hätten und ob ich ‚sexuelle Beziehungen' zu ihr unterhalten hätte. Ich äußerte mich zu unseren Gesprächen, bestätigte, dass ich ihr Geschenke gemacht hätte, und beantwortete die Frage nach ‚sexuellen Beziehungen' mit einem Nein."*

Die Medien interessierten sich, nachdem die Internetklatschseite „Drudge Report" die Kugel ins Rollen gebracht hatte, natürlich trotzdem brennend für die Vorgänge, schließlich wurde da einem US-Präsidenten Ehebruch vorgeworfen. Und Clinton sah sich bald genötigt, vor die Presse zu treten und der Welt mitzuteilen: *„I did not have sexual relations with that woman, Miss*

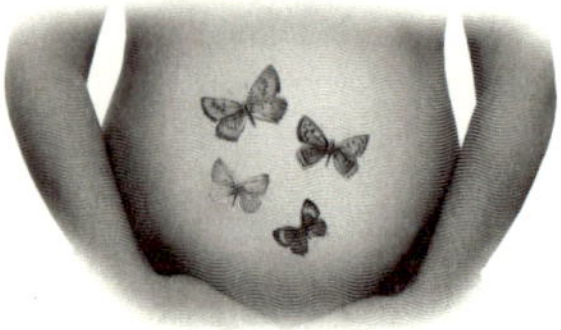

*„Kommen Sie mit in das hintere Büro."*

•••

*Lewinsky." – „Ich hatte keine sexuellen Beziehungen mit dieser Frau, Fräulein Lewinsky."* Kurz darauf kam ans Licht, dass es, wie Bill Clinton später schreibt, Ende 1995 vielleicht doch einen *„unangemessenen Kontakt"* zu Lewinsky gab, *„der sich zwischen November 1995 und April 1996 bei mehreren Gelegenheiten wiederholte"*. Nun behaupteten manche ernsthaft, der Präsident habe geflunkert.

Lewinskys Sicht der Dinge ist etwas ausführlicher. In ihrer Geschichte geht es um über dem Hosenbund ihres marineblauen Hosenanzugs hervorblitzende Unterwäscheriemchen, anerkennende Blicke des Präsidenten, und um eine erste nähere Begegnung im Büro von George Stephanopoulos, dem Chefberater für Politik und Strategie, in dem sich Clinton alleine aufgehalten habe, als sie gerade vorbeiging. Nach einem kurzen Gespräch habe sie ihm mitgeteilt, dass sie sich *„sehr"* in ihn *„verliebt"* habe. Clintons Reaktion: *„Er lachte, dann zögerte er einen Augenblick, bevor er meinte: ‚Kommen Sie mit in das hintere Büro.'"*

In Lewinskys Biographie ist von einer 18 Monate dauernden Affäre die Rede, die Clinton zwar erstmalig im Februar 1996, nachdem sie sechs Wochen später aber erneut aufgeflammt war, endgültig erst am 24. Mai 1997 beendet habe. Clinton hingegen schreibt, im Februar 1997 seien Lewinsky und er noch einmal *„eine Viertelstunde zusammen"* gewesen. *„Ich verabscheute mich selbst dafür, und als ich sie im Frühjahr wieder sah, sagte ich ihr, dass es nicht gut für mich und meine Familie und auch nicht gut für sie sei und wir damit aufhören mussten."* Soweit Clinton. Nun gibt es allerdings im Weißen Haus Besuchsprotokolle. Diesen zufolge ließ er Lewinsky 37 Mal ins Weiße Haus kommen, als sie dort gar nicht mehr arbeitete. Der Autor Andrew Morton schreibt: *„Der Präsident, der bis spät in die Nacht Saxophon gespielt hatte, um seine Einsamkeit zu vertreiben, griff jetzt stattdessen zum Hörer, um Monica Lewinsky anzurufen."*

03 ***Gemeinsame Bekannte: Kenneth Starr*** Der Staatsanwalt Kenneth Starr war die treibende Kraft im Amtsenthebungsverfahren gegen Clinton. Er versprach Lewinsky Immunität, wenn sie vor einer Grand Jury über die Beziehung aussagen würde. Starr wollte beweisen, dass Clinton gelogen hatte. Nun kommt so eine Lüge in den besten Familien vor. Wegen der Affäre selbst konnte man ihn natürlich nicht seines Amtes entheben. Nur lautete der Vorwurf, dass er unter Eid vor Gericht gelogen und die Justiz behindert habe.

Am 17. August 1998 revidierte Clinton seine Aussage leicht, und zwar dahingehend, dass er mitteilte: *„Es war falsch, es war ein persönliches Versagen, für das ich allein und komplett verantwortlich bin."* Was man, wenn man will, als Eingeständnis einer Lüge werten kann. Clinton argumentierte allerdings auch, ganz eindeutig sei ja nun nicht, dass Oralsex wirklich schon eine *„sexuelle Beziehung"* ausmache. Insofern habe er nicht gelogen, als er vor Gericht eine sexuelle Beziehung abgestritten habe. Das Verfahren scheiterte letztlich im Senat. Aber man kann wohl sagen, dass nie zuvor kein Sex so viel Wirbel verursacht hat.

04 ***Zahl des Paares: 1169*** Das ist die Seite in Bill Clintons 1450 Seiten umfassender Autobiographie „Mein Leben" (1. Auflage 2004), auf der zum ersten Mal der Name „Lewinsky, Monica" steht. Sie kommt zudem vor auf den Seiten 1170, 1171, 1172, 1173, 1177, 1179, 1180, 1207, 1212, 1214, 1225, 1229, 1255, 1256, 1264, 1267, 1273, 1275 und 1285.

Auf mehr Seiten kommen immerhin diese Namen vor: Madeleine Albright, Sandy Berger, Tony Blair, Jimmy Carter, Warren Christopher, William Fulbright, Newt Gingrich, Al Gore (er kommt auf 98 Seiten vor), Boris Jelzin, Martin Luther King, Tony Lake, George McGovern, Slobodan Milosevic, Benjamin Netanjahu, Richard Nixon, Ross Perot, Jitzhak Rabin, Ronald

Reagan, Janet Reno, Kenneth Starr und Jim Guy Tucker. Sowie Hillary Clinton, seine Ehefrau.

Seltener tauchen dagegen diese Namen auf: George H. W. Bush (den er bei der ersten Präsidentschaftswahl besiegte), Bob Dole (den er bei der zweiten Wahl besiegte), George W. Bush (sein Nachfolger als Präsident), Kofi Annan (UNO-Generalsekretär während Clintons Regierungszeit), Fidel Castro (Kubas Staatschef), Osama bin Laden (dessen Al-Qaida-Netzwerk damals schon aktiv war – es hatte bereits 1993 einen Anschlag auf das World Trade Center gegeben, für das Al-Qaida verantwortlich gemacht wurde) oder Saddam Hussein (gegen den die USA bereits unter Bush senior, also kurz vor Clintons Amtszeit, Krieg geführt hatten).

05 ***Sonst so*** Eine andere Praktikantin, die keinen Sex mit einem US-Präsidenten hatte, war Marion Fahnestock, genannt „Mimi", die 1962 als 19-jährige Praktikantin im Weißen Haus keine Affäre mit John F. Kennedy hatte, was 2003 an die Öffentlichkeit kam.

Monica Lewinsky ging mit der Schauspielerin Tori Spelling in eine Klasse, der Tochter des Hollywood-Filmmoguls Aaron Spelling, die in der Serie „Beverly Hills 90210" mitgewirkt hatte. Monica war, schreibt Lewinskys Biograph Andrew Morton, einmal die Einzige aus der Klasse, die nicht zu Toris Geburtstagsparty eingeladen wurde.

06 ***Was aus dem Paar wurde*** Bill Clinton wurde der Ehemann einer US-Außenministerin: Hillary Clinton; beinahe wäre er Ehemann einer US-Präsidentin geworden, doch anstelle von Hillary ging Barack Obama für die Demokraten in die Wahl (und gewann bekanntlich).

Monica Lewinsky vertreibt unter dem Markennamen „The Real Monica Inc." über das Internet Handtaschen. Beide haben mit ihren Büchern Lesereisen durch die halbe Welt hinter sich.

07 ***Bleibende Werte*** ..........................................................................

***Anspruch*** ○○○○○ / ***Gefühl*** ●○○○○ / ***Action*** ●○○○○ / ***Erotik*** ●●●●○ / ***Glamour*** ●●●●○

Die Arche Noah ist das Paarschiff schlechthin, und fast jeder hat ein Bild von ihr im Kopf, das mit den tatsächlichen Ausmaßen des Schiffs wenig zu tun hat – wobei „tatsächliche Ausmaße“ sich darauf bezieht, was diesbezüglich in der Bibel steht. Zeichnungen der Arche zeigen meist ein eher kleines Boot, auf dem sich zwei Giraffen, zwei Elefanten und zwei Affen eingefunden haben, dazu ein alter Mann mit weißem Bart, der in die Ferne zeigt. Was aber aus der Bibel überliefert ist, deutet eher darauf hin, dass das Schiff ziemlich groß geraten war.

Ein Kasten soll die Arche gewesen sein, *„dreihundert Ellen lang, fünfzig Ellen breit und dreißig Ellen hoch“* (Genesis 6,15). Im „Concise Bible Lexicon“ wird die Länge einer Elle mit 46 Zentimetern angegeben. Somit war die Arche 138 Meter lang, 23 Meter breit und 13,80 Meter hoch, was einem Volumen von zirka 44.000 $m^3$ entspricht. Es passte also einiges hinein ins Boot.

Was die Auswahl an Tieren angeht, die Noah vor der Sintflut rettete, macht die Bibel recht genaue Angaben. In Genesis 6,19 heißt es: *„Von allem, was lebt, von allen Wesen aus Fleisch, führe je zwei in die Arche, damit sie dir am Leben bleiben; je ein Männchen und ein Weibchen sollen es sein.“* Und in Genesis 6,20: *„Von allen Arten der Vögel, von allen Arten des Viehs, von allen Arten der Kriechtiere auf dem Erdboden sollen je zwei zu dir kommen, damit sie am Leben bleiben.“*

Die Angaben werden in Genesis 7,2 und 7,3 noch präzisiert: *„Von allen reinen Tieren nimm dir je sieben Paare mit und von allen unreinen Tieren je ein Paar, auch von den Vögeln des Himmels je sieben Männchen und Weibchen, um Nachwuchs auf der ganzen Erde am Leben zu erhalten.“*

Die genaue Zahl der mitgenommenen Tierpaare wird immer ein Rätsel bleiben, es gibt dazu allerlei Überlegungen, Theorien und Rechnungen. Insbesondere bibeltreue Gläubige stellen immer wieder Rechnungen an, die beweisen sollen, dass auf der Arche genug Platz für all die Tiere war, die es damals gab – so dass man die Geschichte wörtlich nehmen und glauben könnte. Egal, ob man die Geschichte nun wörtlich nimmt oder bildlich versteht: In keiner anderen Erzählung der Menschheit sind so viele Paare an einem Ort versammelt.

## 026 BEFREIT AUFRAUCHEN

*... wie Loki und Helmut Schmidt*

01 ***Erstes Kennenlernen*** Der ehemalige Bundeskanzler Helmut Schmidt und seine Frau Hannelore Schmidt, genannt Loki, lernten die Zigarette früh kennen. Führend auf dem Gebiet der Forschung im Fachgebiet „Unsere Schmidts" ist die Wochenzeitung „Die Zeit", zu deren Herausgebern Helmut Schmidt zählt. Führender Schmidt-Forscher der „Zeit" ist Giovanni di Lorenzo, Chefredakteur der Zeitung. In einem Interview, das im Rahmen der Serie „Auf eine Zigarette mit Helmut Schmidt" erschien, sprachen di Lorenzo und Schmidt über die ersten Zigaretten der Schmidts.

Di Lorenzo: *„Ihre Frau hat neulich erzählt, dass sie mit zehn ihre erste Zigarette geraucht hat."* • Helmut Schmidt: *„Jedenfalls hat sie früher angefangen als ich."* • Di Lorenzo: *„Wann haben Sie denn zum ersten Mal?"* • Helmut Schmidt: *„Als ich konfirmiert wurde, da war ich fünfzehn. Ein Onkel hat mir eine Schachtel Zigaretten geschenkt."*

02 ***Befreit aufrauchen*** Helmut Schmidt ist ein disziplinierter Mensch, er raucht zum Beispiel diszipliniert eine Mentholzigarette nach der anderen. Auch Loki Schmidt raucht nach wie vor, als wäre sie mit Zigarette auf die Welt gekommen.

Lange war es nicht weiter erwähnenswert, dass die Schmidts rauchen. Es wurde ohnehin überall geraucht: in Fernsehfilmen, Familienwohnzimmern, Ämtern, Eisenbahnen, Speisewagen, öffentlichen Gebäuden und in Lehrerzimmern. Die Menschen fuhren VW Käfer und rauchten. Sie kauften sich Haarteile und rauchten. Bald trugen sie Tennissocken und rauchten. Dann aber kamen ein paar Menschen auf die Idee, dass Rauchen vielleicht doch nicht so gut sei. Und so wurde das Rauchen in öffentlichen Räumen verboten.

Rauchen kam allerdings auch schon früher hier und da nicht gut an. Im 17. Jahrhundert wurde das Rauchen schon einmal untersagt. Die Häuser waren damals aus Holz und Stroh, sie brannten also leicht. Der englische König James I., ein Misocapnus, ein „Rauchfeind", vermutete zu Beginn des 17. Jahrhunderts, dass Rauchen Lunge und Gehirn schädige. In Russland wurden Rauchern einst Nase und Lippen aufgeschnitten, in Persien wurde ihnen flüssiges Blei in den Hals gegossen, in der Türkei wurden sie gepfählt, und auch im Herzogtum Lüneburg stand bis Ende des 17. Jahrhunderts auf Rauchen die Todesstrafe. Doch Helmut Schmidt wurde 1918, Loki Schmidt 1919 in eine Welt hineingeboren, in der man rauchte.

In den sechziger Jahren gab es Gesundheitskampagnen, später kamen Werbeverbote und Warnhinweise dazu. Der Kulturwissenschaftler Hasso Spode hat einmal die Geschichte der Ächtung des Rauchens aufgeschrieben und legt den Beginn der jüngeren Kampagnen gegen das Rauchen in die Zeit des US-Präsidenten Carter (regierte von 1977 bis 1981):

Seit dessen Gesundheitsminister Califano *„den blauen Dunst zum ‚Feind Nummer eins' erklärt hat, sind nicht nur die gesetzlichen Bestimmungen in vielen Ländern verschärft worden, sondern auch Raucher und Raucherinnen, eben noch Inbild von Weltläufigkeit und Eleganz, fanden sich unversehens als haltlose Tabak-Junkies ausgegrenzt."* Die Demokratisierung der Zigarette, ihre massenhafte Verbreitung also, habe nicht nur einen Anstieg der Lungenkrebsrate bewirkt, sondern auch das Prestige des Zigarettenrauchens zerstört. Zwischen 2007 und 2008 wurde das Rauchen in Deutschland, je nach Bundesland an unterschiedlichen Orten, verboten, so dass es ein Rauchverbot gab, aber niemand wusste, wo genau.

Das alles interessiert Loki und Helmut Schmidt nicht im Geringsten. Sie rauchen einfach weiter, wie sie schon immer befreit aufgeraucht hatten. Im Januar 2008 wurden sie von der Nichtraucher-Initiative Wiesbaden angezeigt, weil auf Bildern zu sehen war, wie sie beim Neujahrsempfang in der Hamburger „Komödie Winterhuder Fährhaus" rauchten.

Dazu sagte Helmut Schmidt im Interview mit Giovanni di Lorenzo: *„Die Theaterleitung hatte mir ein Tischchen vor den Stuhl gestellt mit einem Aschenbecher und einer Tasse Kaffee. Natürlich habe ich davon Gebrauch gemacht, meine Frau auch, wir haben uns überhaupt nichts dabei gedacht. Und daraus haben andere einen bewussten Verstoß gegen das Gesetz gemacht."* • Di Lorenzo: *„Nun steht Ihr schöner Satz im Raum: Ich lasse mir von niemandem das Rauchen verbieten."* • Schmidt: *„Das bleibt auch so."* • Di Lorenzo: *„Aber gegen das Gesetz verstoßen wollen Sie auch nicht?"* • Schmidt: *„Dem Gesetz muss man gehorchen. Immerhin haben es die Parlamente beschlossen."* • Di Lorenzo: *„Hat es Sie getroffen, dass Sie angezeigt wurden?"* • Schmidt: *„Nee, wir haben darüber gelacht."*

Wenn man selbst so befreit aufrauchen will wie Loki und Helmut Schmidt, gilt es, daran zu denken, dass man Altkanzlern und ihren Frauen eventuell durchgehen lässt, was sonst nicht jeder darf. Die Schmidts sind auch die letzten Talkshowraucher, was aber nicht daran liegt, dass alle anderen Talkgäste nicht rauchen wollen, sondern daran, dass allen anderen nicht so unterwürfig begegnet wird. Daher kann man als ganz normaler Mensch besonders dort befreit aufrauchen, wo man es darf. Das ändert sich allerdings laufend, weil die Gesetzgeber nicht so genau wissen, was sie wollen, beziehungsweise wie rigide sie sein wollen – sie fürchten nicht den Zorn der Schmidts, aber doch immerhin den Zorn des rauchenden Wählers.

*03* ***Gemeinsame Bekannte*** Der Fernsehmoderator Reinhold Beckmann hat sowohl Helmut als auch Loki Schmidt in seiner Talk-Sendung interviewt. Am Ende einer Sendung mit Helmut Schmidt hat er eine mitgeraucht – klar, das wirkte natürlich ziemlich anbiedernd, aber so ist's eben oft in Talk-Sendungen im Fernsehen. Rauchen erschien plötzlich wie – sich was trauen.

04 ***Zahl des Paares: 31*** Die Quersumme des Hochzeitstages von Helmut und Loki Schmidt (27.06.1942) ist: 31. Außerdem ist es ungefähr die Zahl der Zigaretten, die Helmut Schmidt jeden Tag raucht. In einem Interview sagte er einmal, es handele sich um eineinhalb bis zwei Schachteln – was ein Raucher eben so sagt, wenn er ungefähr 31 Zigaretten meint. Eine Schachtel Reyno Menthol (Schmidts Marke) enthält 17 Zigaretten.

05 ***Sonst so*** Helmut Schmidt ist auch als Genießer des einen oder anderen Gläschens Cola Light bekannt geworden.

Rauchverbot besteht auch in den Todeszellen in Texas und Kalifornien. Vermutlich, weil Rauchen, nun ja, tödlich ist.

06 ***Was aus dem Paar wurde*** Es wurde – trotz oder wegen des Rauchs – sehr alt.

07 ***Bleibende Werte*** ..........................................................................

***Anspruch*** ●●●●○ / ***Gefühl*** ●●●●○ / ***Action*** ○○○○○ / ***Erotik*** ○○○○○ / ***Glamour*** ●●●●●

## 027 FÜR PAARE EHER UNGEEIGNET

Prinzipiell können Paare alles, aber bei dem ein oder anderen Vorhaben schadet es nichts, sich ein paar Helfer zu besorgen – oder gerade nicht.

•••

Eine „ménage à trois" beginnen • Einen Tischtennisrundlauf veranstalten • In der Gruppe auftreten • Eine Unterschriftenliste als Petition einreichen • Stille Post spielen • Mit einem Autokorso den Sieg der Lieblingsmannschaft feiern • Einen Stammtisch für Alleinerziehende besuchen • Ein Eremit werden • Mit einem Flashmob für Aufsehen sorgen • Als Kelly Family eine Platte aufnehmen • Einen Single-Tarif bei den Stadtwerken beantragen • Eine Lichterkette bilden • Einhandsegeln • Als „Die drei Tenöre" Stadien füllen • Sologitarre spielen • Ein Schiedsrichtergespann beim Fußball bilden • Sich einen Kettenbrief schreiben

# 028 MIT EINER DOPPEL-NULL INS BETT GEHEN

Der Schriftsteller Roald Dahl, der 1966 den Auftrag erhielt, das Drehbuch zum James-Bond-Film „You Only Live Twice“ zu schreiben, hat in Interviews stets gerne darüber berichtet, wie ihm eine so genannte „Girl Formula“ mit auf den Weg gegeben worden sei. *„Du musst drei Mädchen einbauen“*, erzählte er, *„Mädchen Nummer eins ist Pro-Bond. Sie überlebt nur die ersten wenigen Minuten eines Films – dann stirbt sie, vom Feind erledigt, vorzugsweise in Bonds Armen. Mädchen Nummer zwei ist Anti-Bond und entführt ihn. Bond muss sich dann befreien, indem er sie mit seinem Charme und seiner gewaltigen Potenz umstrickt. Sie stirbt im weiteren Verlauf des Films – meist auf originelle, grausige Art. Das dritte Mädchen erlebt dann auch das Ende des Films – wiederum in Bonds Armen natürlich.“*

Interessanterweise hat sich außer Dahl niemand allzu genau an diese Formel gehalten. Dennoch war es für viele Frauen nicht ungefährlich, mit James Bond ein Paar zu bilden – für die mit einem Stern (*) markierten Partnerinnen war es sogar tödlich.

•••

Ursula Andress ........................................ *als* Honey Ryder *in* Dr. No • 1962
Zena Marshall ............................................ *als* Miss Taro *in* Dr. No • 1962
Eunice Gayson *als* Sylvia Trench *in* Dr. No & From Russia With Love • 1963
Daniela Bianchi .... *als* Tatiana Romanova *in* From Russia With Love • 1962
Shirley Eaton ............................... *als* Jill Masterson* *in* Goldfinger • 1964
Honor Blackman .............................. *als* Pussy Galore *in* Goldfinger • 1964
Tania Mallett ............................. *als* Tilly Masterson* *in* Goldfinger • 1964
Claudine Auger .......................... *als* Domino Durval *in* Thunderball • 1965
Molly Peters ............................... *als* Patricia Fearing *in* Thunderball • 1965
Luciana Paluzzi ............................. *als* Fiona Volpe* *in* Thunderball • 1965
Mie Hama ......................... *als* Kissy Suzuki *in* You Only Live Twice • 1967
Akiko Wakabayashi ...................... *als* Aki* *in* You Only Live Twice • 1967
Karin Dor ...................... *als* Helga Brandt* *in* You Only Live Twice • 1967
Diana Rigg ........ *als* Tracy Bond* *in* On Her Majesty's Secret Service • 1969

Jill St. John ..................... *als* Tiffany Calse *in* Diamonds Are Forever • 1971
Lana Wood ................ *als* Plenty O'Toole* *in* Diamonds Are Forever • 1971
Jane Seymour .................................. *als* Solitare *in* Live And Let Die • 1973
Madeline Smith ........................ *als* Miss Caruso *in* Live And Let Die • 1973
Gloria Hendry ....................... *als* Rosie Carver* *in* Live And Let Die • 1973
Britt Ekland *als* Mary Goodnight *in* The Man With The Golden Gun • 1974
Maud Adams *als* Andrea Anders* *in* The Man With The Golden Gun • 1974
Barbara Bach ... *als* Major Anya Amasova *in* The Spy Who Loved Me • 1977
Lois Chiles .................................. *als* Holly Goodhead *in* Moonraker • 1979
Corrine Clery ............................. *als* Corrine Dufour* *in* Moonraker • 1979
Carole Bouquet ............. *als* Melina Havelock *in* For Your Eyes Only • 1981
Lynn-Holly Johnson .................. *als* Bibi Dahl *in* For Your Eyes Only • 1981
Cassandra Harris ............ *als* Lisl von Schlaf* *in* For Your Eyes Only • 1981
Maud Adams .......................................... *als* Octopussy *in* Octopussy • 1983
Kristina Wayborn ........................................ *als* Magda *in* Octopussy • 1983
Tanya Roberts ........................ *als* Stacey Sutton *in* A View To A Kill • 1985
Grace Jones .................................. *als* May Day* *in* A View To A Kill • 1985
Maryam D'Abo .................. *als* Kara Milovy *in* The Living Daylights • 1987
Carey Lowell ............................... *als* Pam Bouvier *in* Licence To Kill • 1989
Talisa Soto ................................. *als* Lupe Lamora *in* Licence To Kill • 1989
Izabella Scorupco ...................... *als* Natalya Simonova *in* Goldeneye • 1995
Famke Janssen ............ *als* Xenia Zaragevna Onatopp* *in* Goldeneye • 1995
Michelle Yeoh .......................... *als* Wai Lin *in* Tomorrow Never Dies • 1997
Teri Hatcher ..................... *als* Paris Carver *in* Tomorrow Never Dies • 1997
Sophie Marceau ........ *als* Elektra King* *in* The World Is Not Enough • 1999
Denise Richards ..... *als* Christmas Jones *in* The World Is Not Enough • 1999
Halle Berry ............ *als* Giacinta „Jinx" Johnson *in* Die Another Day • 2002
Rosamund Pike .................. *als* Miranda Frost* *in* Die Another Day • 2002
Eva Green .................................. *als* Vesper Lynd* *in* Casino Royale • 2006
Caterina Murino ................................ *als* Solange* *in* Casino Royale • 2006
Olga Kurylenko ........................... *als* Camille *in* Quantum Of Solace • 2008
Gemma Arterton ........ *als* Strawberry Fields* *in* Quantum Of Solace • 2008

## 029 FÜR DIE REVOLUTION STERBEN

*... wie Rosa Luxemburg und Karl Liebknecht*

01 ***Erstes Kennenlernen*** Rosa Luxemburg und Karl Liebknecht wurden beide 1871 geboren und begannen unabhängig voneinander um die Jahrhundertwende für die Sozialdemokraten zu arbeiten. Sie gehörten zum linken Flügel der Partei. Wegen der Kriegspolitik der SPD vor dem und im Ersten Weltkrieg brachen sie mit der Partei und standen schließlich dem Spartakus-Bund vor, der den linken Flügel der 1917 gegründeten USPD bildete – der Unabhängigen Sozialdemokratischen Partei Deutschlands.

Wann sie einander zum ersten Mal begegneten, ist ungewiss, nach allem, was man weiß, allerdings wohl nicht vor 1914. Sie waren, wie die „taz" 2009 schrieb, Protagonisten einer *„großen politischen Tragödie, die wie keine zuvor die Gemüter der Menschen bewegt und das politische Klima in Deutschland verändert hatte"*.

02 ***Für die Revolution sterben*** Liebknecht war der Sohn des sozialdemokratischen Politikers Wilhelm Liebknecht, der neben August Bebel an der Spitze der jungen deutschen Sozialdemokratie gestanden hatte. Karl saß von 1912 an selbst im Reichstag, brach jedoch 1914, nach Kriegsbeginn, mit der Parteidisziplin und stimmte gegen die Bewilligung der Kriegskredite. Seine Parole war: *„Burgkrieg, nicht Burgfriede"*. Was er damit sagen wollte: Die Parteiführung der SPD hatte einen „Burgfrieden" mit der kaiserlichen Regierung geschlossen – die Sozialdemokraten hatten sich mit dem Regime arrangiert. Luxemburg unterstützte Liebknechts Haltung; sie sah in der Kriegspolitik die Interessen der Arbeiterschaft gefährdet.

1916 initiierte Liebknecht eine Antikriegsdemonstration in Berlin, rief *„Nieder mit der Regierung!"* und wurde verhaftet. 1918, als das Ende des Kaiserreichs nahte, kam er frei. Die Novemberrevolution führte zur Ausrufung der parlamentarisch-demokratischen Republik und zur Abdankung des Kaisers Wilhelm II. Für Liebknecht und Luxemburg war die neue Machtkonstellation allerdings ebenfalls unerträglich. Luxemburg gründete zwei Tage nach dem Ausbruch der Revolution den Spartakusbund, dessen Programm sie auch verfasst hatte; der Bund ging aus der „Gruppe Internationale" und der daraus entstandenen Spartakusgruppe hervor.

Liebknecht und Luxemburg forderten statt einer parlamentarisch-demokratischen Republik eine sozialistische Räte-Republik, um die bestehenden Klassenverhältnisse aufzubrechen. *„Parteigenossen"*, sprach Karl Liebknecht, *„ich proklamiere die freie sozialistische Republik Deutschland, die alle Stämme umfassen soll, in der es keine Knechte mehr geben wird, in der jeder ehrliche Arbeiter den ehrlichen Lohn seiner Arbeit finden wird. Die Herrschaft des Kapitalismus, der Europa in ein Leichenfeld verwandelt hat, ist gebrochen."* Allerdings vertraten die Spartakisten in der USPD eine Minderheitsposition und konnten sich nicht durchsetzen. Die Mehrheitssozialdemokraten (MSPD) unter der Führung von Friedrich Ebert dominierten; Ebert tat sich mit den alten Eliten aus Militär und Verwaltung zusammen. Der SPD-geführte Rat der Volksbeauftragten bildete die provisorische Reichsverwaltung. Am 19. Januar 1919 sollte die Nationalversammlung der neuen Republik gewählt werden.

Am 31. Dezember 1918 konstituierte sich unter Liebknechts und Luxemburgs Spartakusbund, aber auch unter Beteiligung weiterer Gruppen, die Kommunistische Partei Deutschlands (KPD). Ob die KPD zur Nationalversammlungswahl antreten sollte, war innerhalb der Partei umstritten. Im Januar rief die radikale Linke zu einer Massendemonstration gegen die Absetzung des Berliner Polizeipräsidenten durch Ebert auf, an der hunderttausende Arbeiter teilnahmen. Am 7. Januar forderte Luxemburg in der KPD-Zeitung „Rote Fahne" die *„Aufrichtung der sozialistischen Diktatur"*; die Absetzung der Reichsregierung scheiterte jedoch. Am 8. Januar heißt es in einem Aufruf der Reichsregierung: *„Gewalt kann nur mit Gewalt bekämpft werden."* Der

Aufstand sollte niedergeschlagen werden; mehr als 160 Menschen starben. Von den Mitgliedern eines rechtskonservativen Freikorps verfolgt, kamen Liebknecht und Luxemburg bei der Familie Marcussohn in Wilmersdorf

*Berliner Ansichten*

•••

unter. Am 15. Januar antwortete Liebknecht in der „Roten Fahne“ auf das Gerücht, beide seien ins Ausland geflohen: *„O gemach! Wir sind nicht geflohen, wir sind nicht geschlagen. Und wenn sie uns in Bande werfen, wir sind da, und wir bleiben da!“* Noch am selben Tag fand die Bürgerwehr Luxemburg und Liebknecht und brachte sie ins Berliner Eden-Hotel, das Stabsquartier der Gardekavallerie-Schützen-Division, die in Berlin die Aufständischen bekämpfte.

03 ***Gemeinsame Bekannte: Waldemar Pabst*** Hauptmann Waldemar Pabst, der Erste Generalstabsoffizier, führte die Geschäfte der Truppe. Er verhörte an diesem Abend Liebknecht und Luxemburg und gab den Befehl, sie ins Untersuchungsgefängnis Berlin-Moabit zu bringen. Dort kamen sie nie an. Liebknecht und Luxemburg wurden vorher erschossen, und Pabst diktierte, wie die Morde vor sich zu gehen hatten: Liebknecht solle *„auf der Flucht“*, Luxemburg *„aus einer erregten Menschenmenge heraus“* erschossen werden; anschließend seien sie, unabhängig voneinander, als *„unbekannt“* ins Leichenschauhaus zu bringen.

Es kam anders: Vor dem Hotel schlug ein Soldat Luxemburg mit einem Gewehrkolben bewusstlos; sie und Liebknecht wurden unweit des Hotels erschossen. Rosa Luxemburgs Leiche wurde in einen Spreekanal geworfen.

Am 31. Mai 1919 zogen der Tischler Otto Fritsch und ein Schleusenwärter eine Frauenleiche aus dem Landwehrkanal, die wenig später als Rosa Luxemburg identifiziert und neben Karl Liebknecht auf dem Friedhof Friedrichsfelde beigesetzt wurde, der bis 1900, als Liebknechts Vater dort begraben worden war, als Armenfriedhof gegolten hatte. Ob es wirklich ihre Leiche war, ist umstritten.

Mehr als 300 Menschen wurden zwischen 1919 und 1923 von rechtsradikalen Freikorpskämpfern ermordet. In diesem Milieu begann Adolf Hitler als Agitator gegen den *„jüdischen Bolschewismus"* seine politische Karriere.

Waldemar Pabst wurde in einem Interview später gefragt, ob er nicht nur befohlen habe, die beiden nach Moabit zu bringen, sondern auch, sie umzubringen, und er antwortete: *„Was ich mit den Herren, die sich freiwillig gemeldet hatten zu den Transporten – es war keiner kommandiert worden –, was ich mit denen besprochen habe, das geht keinen Menschen etwas an."* Pabst, später ein wohlhabender Waffenhändler und NPD-Wähler, starb 1970 im Alter von 89 Jahren.

04 ***Zahl des Paares:** 7* Im Zentralfriedhof Friedrichsfelde in Berlin-Lichtenberg gibt es eine „Gedenkstätte der Sozialisten", in der eine permanente Ausstellung zu sehen ist. Die Ausstellungstafel 7 ist Rosa Luxemburg, Karl Liebknecht und Franz Mehring gewidmet.

Mehring war Mitglied des Spartakusbundes. Er veröffentlichte 1918 eine Biographie von Karl Marx, dessen Schriften er auch herausgab. Als die KPD gegründet wurde, war er bereits krank. Er starb zwei Wochen nach der Ermordung Luxemburgs und Liebknechts. Die Rosa-Luxemburg-Stiftung sitzt heute am Franz-Mehring-Platz 1 in Kreuzberg.

05 ***Sonst so*** In ganz Deutschland gibt es heute nach Karl Liebknecht und Rosa Luxemburg benannte Straßen und Plätze, zum Beispiel in Leipzig, Cottbus, Potsdam, Ilmenau, München und Frankfurt am Main. In Berlin gibt es die Rosa-Luxemburg-Straße, den Rosa-Luxemburg-Platz, die Karl-Liebknecht-Straße, das Karl-Liebknecht-Haus, sowie mehrere Denkmäler.

06 ***Was aus dem Paar wurde*** 90 Jahre nach Luxemburgs und Liebknechts Tod gehen immer noch Tausende jährlich auf die Straße, um ihrer zu gedenken. Kenner sprechen von der „LL-Demo". Was vor allem bleibt, sind Rosa Luxemburgs bekannteste Sätze: *„Freiheit nur für die Anhänger der Regierung, nur für Mitglieder einer Partei – mögen sie noch so zahlreich sein – ist keine Freiheit. Freiheit ist immer nur Freiheit des anders Denkenden."*

07 ***Bleibende Werte*** ..........................................................................

***Anspruch*** ●●●●● / ***Gefühl*** ○○○○○ / ***Action*** ●●●●○ / ***Erotik*** ○○○○○ / ***Glamour*** ●●●○○

## 030 DEN TATORT ZU ZWEIT BEGEHEN

In fast allen Filmen der Serie „Tatort" ermitteln mittlerweile Paare, lediglich in Hamburg, Hannover und Wien sind noch Einzelgänger unterwegs. Früher war das Paar am Tatort die Ausnahme, es ermittelten fast ausschließlich Männer, und sie ermittelten allein.

•••

01 ***München*** • *Sender* **BR** *Miroslav Nemec* als Kriminalhauptkommissar (KHK) *Ivo Batic* und *Udo Wachtveitl* als KHK *Franz Leitmayr* ..............................

02 ***Frankfurt*** • *Sender* **HR** *Andrea Sawatzki* als Kriminaloberkommissarin (KOK) *Charlotte Sänger* und *Jörg Schüttauf* als KHK *Fritz Dellwo* ............

03 ***Leipzig*** • *Sender* **MDR** *Simone Thomalla* als KHK *Eva Saalfeld* und *Martin Wuttke* als KHK *Andreas Keppler* ...................................................

04 ***Kiel*** • *Sender* **NDR** *Axel Milberg* als KHK *Klaus Borowski* und *Maren Eggert* als Psychologin *Frieda Jung* ...........................................................

05 ***Bremen*** • *Sender* **RB** *Sabine Postel* als KHK *Inga Lürsen* und *Oliver Mommsen* als KHK *Nils Stedefreund* ...................................................

06 ***Berlin*** • *Sender* ***RBB*** *Dominic Raacke* als KHK *Till Ritter* und *Boris Aljinovic* als KHK *Felix Stark* ..........

07 ***Saarbrücken*** • *Sender* ***SR*** *Maximilian Brückner* als KHK *Franz Kappl* und *Gregor Weber* als KHK *Stephan Deininger* ..........

08 ***Stuttgart*** • *Sender* ***SWR*** *Richy Müller* als KHK *Thorsten Lannert* und *Felix Klare* als KHK *Sebastian Bootz* ..........

09 ***Ludwigshafen*** • *Sender* ***SWR*** *Ulrike Folkerts* als KHK *Lena Odenthal* und *Andreas Hoppe* als KHK *Mario Kopper* ..........

10 ***Konstanz*** • *Sender* ***SWR*** *Eva Mattes* als KHK *Klara Blum* und *Sebastian Bezzel* als KOK *Kai Perlmann* ..........

11 ***Münster*** • *Sender* ***WDR*** *Axel Prahl* als KHK *Frank Thiel* und *Jan Josef Liefers* als Gerichtsmediziner *Prof. Karl-Friedrich Boerne* ..........

12 ***Köln*** • *Sender* ***WDR*** *Klaus J. Behrendt* als KHK *Max Ballauf* und *Dietmar Bär* als KHK *Freddy Schenk* ..........

.......... *EINIGE EHEMALIGE* ..........

13 ***1981–1991*** **Duisburg** • *Sender* ***WDR*** *Götz George* als KHK *Horst Schimanski* und *Eberhard Feik* als KHK *Christian Thanner* ..........

14 ***1984–2001*** **Hamburg** • *Sender* ***NDR*** *Manfred Krug* als KHK *Paul Stoever* und *Charles Brauer* als KHK *Peter Brockmöller* ..........

15 ***1992–2007*** **Stuttgart** • *Sender* ***SWR/bis 1998 SDR*** *Dietz-Werner Steck* als KHK *Ernst Bienzle* und *Rüdiger Wandel* als KOK *Günter Gächter* ..........

•••

16 *1992–2007* **Dresden/Leipzig** • *Sender* **MDR** *Peter Sodann* als KHK *Bruno Ehrlicher* und *Bernd Michael Lade* als KHK *M. Kain* ........................................

17 *1993–2002* **Bern** • *Sender* **DRS** *László I. Kish* als Detektivwachtmeister *Philipp von Burg* und *Ernst C. Sigrist* als Hauptkommissar *Markus Gertsch* ............

18 *1996–1998* **Berlin** • *Sender* **SFB** *Winfried Glatzeder* als KHK *Ernst Roiter* und *Robinson Reichel* als Kriminalkommissar *Michael Zorrowski* ...................

19 *1997* **Wien** • *Sender* **ORF** *Wolfgang Hübsch* als Oberinspektor *Paul Kant* und *Johannes Nikolussi* als *Oberinspektor Jakob Varanasi* ...............................

20 *2001–2008* **Hamburg** • *Sender* **NDR** *Robert Atzorn* als KHK *Jan Casstorff* und *Tilo Prückner* als KOK *Eduard Holicek* ...................................................

# 031

## UM SICH BALLERN

*... wie*

*Bonnie und Clyde*

01 ***Erstes Kennenlernen*** Bonnie Parker, damals 20, und Clyde Chestnut Barrow, damals 21, lernten einander im Januar 1930 auf einer Party kennen. Die Umstände waren günstig, weil Bonnies Mann gerade zu 99 Jahren hinter Gittern verurteilt worden war, der Weg also frei war für die 147 Zentimeter große Bonnie und den etwas größeren Clyde. Der hatte es geschafft, von einer Schule für schwer erziehbare Jungs geworfen zu werden. Grund: Er war gar nicht erziehbar. Er nannte sich folgerichtig Clyde Champion Barrow.

02 ***Um sich ballern*** Zunächst einmal wanderte Clyde ins Gefängnis, weil er Trickbetrüger und Gelegenheitsdieb war. Bonnie aber schmuggelte ihm eine Pistole ins Gefängnis, mit deren Hilfe ihm der Ausbruch gelang. Dann ging er wieder rein. Dann kam er wieder raus. 1933 entstand die „Barrow Gang“, im Kern bestehend aus: Bonnie, Clyde, William Daniel Jones, Clydes Bruder Buck und Bucks Frau Blanche. Noch 1933 wurden nacheinander Buck erschossen, Blanche gefasst und Jones gefasst. Weshalb Bonnie und Clyde als Gangsterpärchen und nicht als Teil einer Gang in die Geschichte eingingen.

Die beiden agierten zu einer Zeit, in der einige Verbrecher am Werk waren, die in die Geschichte eingingen. Da wäre zum Beispiel Lester J. Gillis, der sich George Nelson nannte, hinter seinem Rücken aber Baby Face Nelson genannt wurde. Er klaute Autos, arbeitete als Schläger für Al Capone und entwickelte nebenbei eine Strategie, Banken zu überfallen: rein, auf alle schießen, Geld einsacken, raus.

Etwas subtiler als Baby Face Nelson ging John Dillinger vor: Er schoss nicht auf alle. Die Belohnung, die für Dillinger ausgesetzt war, war höher als die für Nelson, was Nelson natürlich wurmte. Als Dillinger im Juli 1934 von

*Handgepäck:*

*« Muss mit «*

*» Bleibt daheim »*

•••

einem FBI-Mann in Chicago erschossen wurde, war der Weg frei für Nelson: Er wollte der größte Bankräuber seiner Zeit werden. Sein Plan: jeden Tag eine Bank ausrauben. Der Plan ging nicht auf, und am 27. November 1934 wurde er in einer Schießerei mit FBI-Ermittlern von 17 Kugeln getroffen, schleppte sich noch ins Auto und fuhr davon, starb aber bald an den Verletzungen.

Bonnie und Clyde waren von den Bankräubern ihrer Zeit sicherlich die lausigsten. John Dillinger sagte über sie, sie seien *„zwei Rotznasen, die* *den Bankraub in Verruf bringen*". Die Geschichte, die sie zu einer Legende machte, ist tatsächlich schnell erzählt:

Sie überfielen in Texas, Oklahoma und Louisiana wahllos Tankstellen, Schmuckläden, Drogerien, Banken und erschossen dabei wahllos Menschen, insgesamt wohl 13, darunter einen Verkehrspolizisten, der ihnen gerade den Weg gezeigt hatte. Das FBI ermittelte allerdings nicht wegen Mordes, sondern wegen Autodiebstahls.

03 ***Gemeinsame Bekannte: Alvin Karpis*** Alvin Karpis, dem später der Beiname „Creepy" – „Unheimlich" – verliehen wurde, war einer der drei Chefs der Barker-Karpis-Gang. Die raubte Banken aus, natürlich. Karpis war der meistgesuchte Mann, eine Zeit lang der „Staatsfeind Nr. 1" auf der Fahndungsliste des FBI. 1936 wurde er geschnappt und verbrachte 33 Jahre im Gefängnis, davon 25 im Hochsicherheitsgefängnis Alcatraz, wo er als Nummer #325-AZ bekannt war. Niemand saß länger in Alcatraz. Als Alcatraz geräumt wurde, kam er ins McNeil-Island-Staatsgefängnis, Washington. Dort teilte er die Zelle eine Weile mit dem Massenmörder Charles Manson.

Einmal begegnete er Bonnie und Clyde, als er bei seinem Kumpel Herb Farmer in Joplin, Missouri, aufschlug, der gerade Besuch von den beiden hatte. Er beschrieb sie als „*Leute, die man in den ländlichen Gegenden von Texas und Oklahoma auf den Stufen vor der Haustür sitzen sieht*". In seinen Memoiren, der „Alvin Karpis Story", die er nach seiner Freilassung veröffentlichte, heißt es: „*Ich hatte von Bonnie und Clyde gehört und nichts Gutes. Barrow war ein Produkt der Sträflingskolonnen in den Südstaaten und wurde gesucht, weil er im ganzen Südwesten Polizisten umgelegt hatte. Eins war sicher: Wann auch immer Barrow und seine Freundin irgendwo auftauchten, gab es Ärger.*" Da hatte er recht.

04 ***Zahl des Paares: 1500*** Die größte Beute, die Bonnie und Clyde je machten, waren lumpige 1500 Dollar. Gut, das war in den zwanziger und dreißiger Jahren des 20. Jahrhunderts einigermaßen viel Geld – aber so viel dann auch wieder nicht.

05 ***Sonst so*** Bonnie Parker selbst hielt „The Story of Bonnie and Clyde“ in 16 Strophen fest. Da sich das Ganze etwas zieht, hier nur die letzte:

*„Some day they'll go down together; They'll bury them side by side;*
*To few it'll be grief – To the law a relief –*
*But it's death for Bonnie and Clyde.“*

Bonnie verfügte durchaus über prophetische Fähigkeiten: Genau so kam es.

*„Sie starben,*
*wie sie gelebt haben,*
*in einem Kugelhagel.“*

•••

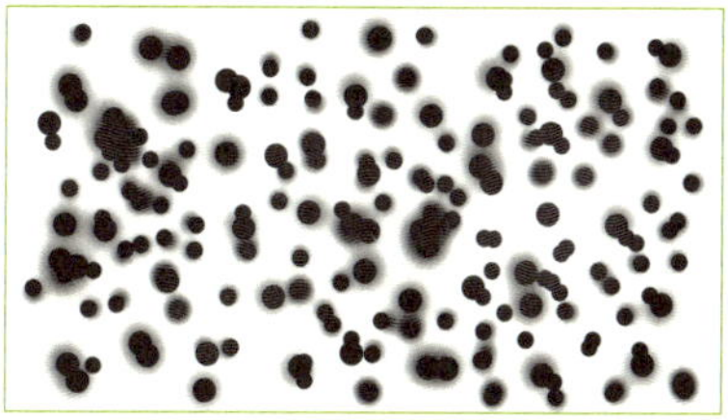

06 ***Was aus dem Paar wurde*** Ein Jahr lang waren Bonnie und Clyde auf der Flucht. Nachdem ein Suchtrupp drei Monate lang intensiv nach ihnen gefahndet hatte, spürte er das Pärchen auf. Ein Bekannter hatte sie verraten. Der Bekannte täuschte eine Wagenpanne vor, Bonnie und Clyde erkannten ihn und hielten an. Da sprangen Polizisten aus dem Gebüsch am Straßenrand und eröffneten umgehend das Feuer. Von an die 200 Kugeln durchsiebt, starben Bonnie und Clyde am Morgen des 23. Mai 1934 nahe Bienville Parish, Louisiana, in einem gestohlenen Ford, als Bonnie gerade ein belegtes Brot essen wollte. In einem FBI-Bericht steht: *„Sie starben, wie sie gelebt haben, in einem Kugelhagel.“*

33 Jahre später wurden die beiden in einem Film mit Faye Dunaway und Warren Beatty als romantische Gangster verklärt. Die realen Figuren Bonnie und Clyde waren aber ziemlich blutrünstige Idioten.

07 ***Bleibende Werte*** ..........................................................................

***Anspruch*** ○○○○○ / ***Gefühl*** ○○○○○ / ***Action*** ●●●●● / ***Erotik*** ●●●○○ / ***Glamour*** ●●●●●

# DAS PAAR IN DER GESELLSCHAFT

# 032 EINANDER UMARMEN

*... wie*

*Michelle Obama*

*und*

*die Queen*

01 ***Erstes Kennenlernen*** Die amerikanische First Lady Michelle Obama lernte die britische Königin Elizabeth II. im Frühjahr 2009 bei einem Empfang in den Gemächern der Queen kennen. Ebenfalls anwesend: Michelles Gatte Barack Obama, der während der Reise nebenbei noch am G20-Gipfel teilnahm, und der Ehemann der Queen, Prinz Philip. So weit bekannt, wurde bei diesem ersten Treffen niemand umarmt.

02 ***Einander umarmen*** Seit Michelle Obama First Lady wurde, umarmte sie viele Menschen in aller Welt, was ihr den inoffiziellen Beinamen „hugger-in-chief" einbrachte: Chefumarmerin. Einen kleinen Höhepunkt ihrer Karriere als hugger-in-chief erreichte sie im Frühjahr 2009 beim Besuch der Elizabeth-Garrett-Anderson-Mädchenschule in London, wo sie eine Unmenge an Schülerinnen herzlich umarmte. Währen dieser Londonreise legte Obama auch den Arm um Elizabeth II.

Für den Umgang mit der Queen gibt es feste Regeln; zum Beispiel sollte man ihr nie den Rücken zukehren und soll aufhören zu essen, wenn sie aufhört zu essen. Das Protokoll verbietet zudem, die Queen – außer bei einem zurückhaltenden Händedruck – anzufassen. Dagegen verstieß Michelle Obama.

Obama, Rechtsanwältin mit Abschlüssen der Princeton Universität und der Harvard Law School, trug während der Begegnung ein schwarz-weißes Isabel-Toledo-Ensemble, eine Perlenkette und eine schwarze Azzedine-Alaia-Strickjacke; ihren Jason-Wu-Mantel hatte sie abgelegt. Die Queen trug Rosa, die Männer trugen schwarze Anzüge und Krawatten. Die Obamas zeigten den Fotografen ihre Zähne, als sie lachten. Queen und Prinz gestatteten sich, die Mundwinkel leicht zu heben.

Dann das Ereignis, das um die Welt ging: Während der Präsident bei einem Empfang im Buckingham Palace für die Teilnehmer des G20-Gipfels mit Angela Merkel sprach, zeigten sich die Queen und Michelle Obama gemeinsam der Öffentlichkeit, die First Lady stand rechts der Königin. Die Queen trug weiße Handschuhe und legte ihre Rechte leicht auf Obamas Hüfte, woraufhin Obama ihre Linke ausfuhr und sie herzlich um die linke Schulter der Queen schlang. Als die Queen Obamas Herzlichkeit wahrnahm, ließ sie schnell ihre Rechte sinken; Michelle Obama zog daraufhin auch ihre Hand zurück, allerdings sehr viel langsamer, indem sie der Queen von deren linker Schulter bis beinahe zum Gesäß über den Rücken streichelte.

Der Buckingham Palace stellte, nachdem sich transkontinental Entrüstung eingestellt hatte, klar: „Es handelte sich um eine beiderseitige und spontane Demonstration der Sympathie und Wertschätzung zwischen der Queen und Michelle Obama."

03 ***Gemeinsame Bekannte: Angela Merkel*** Auch die deutsche Bundeskanzlerin war bei dem Gipfel anwesend. Wie aus Solidarität mit Michelle Obama verstieß auch sie gegen die Etikette am englischen Königshof und trug einen Hosenanzug.

04 ***Zahl des Paares: 17,145*** Der Größenunterschied zwischen Michelle Obama und Queen Elizabeth II. beträgt 17,145 Zentimeter – umgerechnet aus den angelsächsischen Maßen „foot" und „inch". Michelle Obama ist 179,705 Zentimeter groß (5' 10 ¾"), die Queen 162,56 Zentimeter (5' 4"). Allerdings trug Obama bei dem Treffen Absätze.

05 ***Sonst so*** Der australische Premierminister Paul Keating wagte es 1992, Elizabeth II. die Hand auf den Rücken zu legen. Ihn traf der Bannstrahl der englischen Boulevard-Presse, er wurde als „Lizard of Oz" verspottet (in Anlehnung an das Kinderbuch „The Wizard of Oz"). Oz ist auch der Spitzname

für Australien, was nicht böse gemeint ist, aber ein Lizard ist eine Eidechse: Die Bezeichnung war also durchaus herabwertend gemeint.

06 ***Was aus dem Paar wurde*** Niemand am britischen Hof konnte sich erinnern, dass die Queen jemals so offen Zuneigung einem Staatsgast gegenüber gezeigt hatte. Michelle Obama wurde von den Medien keineswegs verspottet (wie einst Keating), sondern gefeiert für ihre Spontaneität. Die beiden als Freundinnen zu bezeichnen wäre dennoch übertrieben.

07 ***Bleibende Werte*** ..........................................................................................

***Anspruch*** ●●○○○ / ***Gefühl*** ●●●●○ / ***Action*** ●○○○○ / ***Erotik*** ○○○○○ / ***Glamour*** ●●●●○

# 033 MÖRTEL AUF DEN BALL BEGLEITEN

Der österreichische Bauunternehmer Richard Lugner, genannt „Mörtel“, füllt die Klatschspalten, nicht zuletzt, weil seine Lebensgefährtinnen, Ehefrauen und Begleiterinnen Kosenamen tragen wie „Mausi“, „Betti-Hasi“ oder „Käfer“. Anfang der neunziger Jahre begann Lugner, Ehrengäste – bis auf eine Ausnahme weibliche – zum Wiener Opernball einzuladen. Mörtel bildet mit seinen Gästen stets ein schillerndes Paar.

•••

1992 .................................................................. Harry Belafonte
1993 .................................................................. Joan Collins
1994 .................................................................. Ivana Trump
1995 .................................................................. Sophia Loren
1996 .................................................................. Grace Jones
1997 .................................................................. Sarah Ferguson
1998 .................................................................. Raquel Welch
1999 .................................................................. Faye Dunaway
2000 ...................................... Jacqueline Bisset und Nadja Abd el Farrag
2001 .................................................................. Farrah Fawcett

2002 .................................................................. Claudia Cardinale
2003 .................................................................. Pamela Anderson
2004 .................................................................. Andie MacDowell
2005 .................................................................. Geri Halliwell
2006 .................................................................. Carmen Electra
2007 .................................................................. Paris Hilton
2008 .................................................................. Dita von Teese
2009 .................................................................. Nicollette Sheridan

# 034 POLITIK MACHEN

*... wie Caligula und sein Pferd*

01 ***Erstes Kennenlernen*** Caligula lernte Incitatus auf der Rennbahn kennen. Der Kaiser liebte Wagenrennen, und Incitatus („Heißsporn") traf er da regelmäßig.

02 ***Politik machen*** Caligula war ein römischer Kaiser, und er hatte eine kleine Vorliebe für Incitatus. Also kündigte er an, Incitatus zum Konsul zu machen.

So trieben es die alten Römer, aber so treiben es bis heute ja alle: Man nennt das Vitamin B. Als aber Caligula Incitatus zum Konsul machen wollte, nannte man das Wahnsinn. Incitatus war nämlich ein Rennpferd.

03 ***Gemeinsame Bekannte: die Senatoren*** Die berühmte Geschichte von Caligula und dem Pferd hat eine Vorgeschichte. Der Kaiser war in Rom der primus inter pares, der Erste unter Gleichen im Senat. Caligula aber brach gezielt die

Macht der Aristokratie, der Senatoren also, und er beleidigte sie, indem er nicht einen von ihnen, deren Schmeichlertum und Hinterhältigkeit er zuvor in einer Rede gegeißelt hatte, zum Konsul machte, sondern ankündigte, sein Pferd in diesen Stand erheben zu wollen. Positiv gewendet: Caligula verurteilte das Pöstchengeschachere der Senatoren. Negativ gewendet: Er verteilte die Pöstchen so, wie es ihm passte.

Caligula machte sich damit nicht allzu beliebt. Wo es ging, ließ er den primus inter pares, sagen wir einmal: heraushängen. Bei seinen Gastmahlen wurden dem Vernehmen nach aufgelöste Perlen zum Trank gereicht. Er baute laut Sueton einen marmornen Stall für Incitatus und schenkte ihm Tafelgeschirr, ein Haus und Diener, damit er seine Gäste aufs Schönste bewirten könne. Es klingt etwas irre, einem Pferd Diener und Tafelgeschirr zu schenken – aber auch damit brüskierte Caligula die Senatoren. Es war mit das Größte, den sozialen Status eines Senatoren zu erreichen, und indem Caligula diesen Status seinem Pferd verlieh, machte er sich über die Aristokratie lustig.

Caligula gab ein klares Bekenntnis zur unbeschränkten Kaiserherrschaft ab, nachdem seine Vorgänger ein System aufgebaut hatten, in dem eine Art „checks and balances", also Kontrolle, vorgesehen war: Im System des Kaisers Augustus, Caligulas Vorvorgänger, schien es immerhin so, als hätten die Senatoren Macht, und der Kaiser hatte so zu tun, als wäre er prinzipiell gleich. Caligula dagegen riss die Fassade ein. Und das Pferd Incitatus, das als sein Partner in die Geschichte einging, benutzte er als Symbol.

04 ***Zahl des Paares: 17.600*** Im Jahr 1998 wurde eine Goldmünze von Caligula für 17.600 US-Dollar versteigert.

05 ***Sonst so*** Caligula regierte von 37 bis 41 nach Christus. Dann wurde er umgebracht. Pferde dagegen greifen bis heute immer wieder in die Politik ein, in der Regel als trojanische Pferde oder als CSU-Vorsitzender und Bayerns ehemaliger Ministerpräsident Edmund Stoiber, den der CSU-Politiker Peter Ramsauer einst als *„unser stärkstes Pferd"* bezeichnete. In einem weiteren Fall griff ein Pferd gestaltend in die Politik ein, hier in die britische Mon-

archie: Es trank vor einer Parade mit Queen Elizabeth II. acht Dosen Bier und eine Flasche Rotwein und nahm dann nicht an der Parade teil. Anschließend schob das Pferd der Leibgarde der Queen die Schuld in die Schuhe und behauptete, deren Mitglieder hätten es abgefüllt. Darüber berichtete die britische Boulevardzeitung „The Sun“, was bedeutet: Vielleicht stimmt diese Geschichte auch gar nicht.

06 ***Was aus dem Paar wurde*** Es ist eine sichere Nummer zu behaupten, Caligula habe einfach nicht alle Tassen im Schrank gehabt. So charakterisierten auch die meisten Biographen des Kaisers Treiben: Caligula galt lange als Musterbeispiel für „Cäsarenwahn“. Der Geschichtsschreiber Sueton, der viele römische Kaiser porträtiert hat, beschrieb ihn als Monstrum. Ende des 19. Jahrhunderts geriet Caligula in einer „Studie über römischen Cäsarenwahnsinn“ wiederum in die Schublade des Irren. Das ist es, was aus dem Paar wurde: Es wurde für wahnsinnig erklärt.

Allerdings ist nicht jeder Despot, wie Caligula einer war, tatsächlich dumm, wahnsinnig, geisteskrank oder wie man es eben nennen mag. In jüngerer Zeit kam ein Caligula-Biograph zu einem ganz anderen Urteil, indem er dessen Despotismus in einer viel beachteten Studie als rational darstellte. Die Ernennung von Incitatus zum Konsul ist in dieser Lesart reines Mittel zur gezielten Demütigung der Senatoren. Der renommierte Althistoriker Professor Aloys Winterling schreibt: *„Aus dem vermeintlich verrückten Ungeheuer wird ein rational handelnder Zyniker der Macht.“*

07 ***Bleibende Werte*** ..........................................................................................

***Anspruch*** ●●●○○ / ***Gefühl*** ○○○○○ / ***Action*** ●○○○○ / ***Erotik*** ○○○○○ / ***Glamour*** ●●●●●

# 035 SICH BENEHMEN

Traditionell sind Verhaltensregeln für Paare eher Handlungsanweisungen für Männer: Sie sollen die Tür aufhalten, den Mantel abnehmen, den Stuhl zurückziehen, die Rechnung begleichen. Doch wie in allen Lebensbereichen werden Traditionen von den einen fortgeführt und von anderen zurückgewiesen. Die ihnen von der Etikette zugedachte Passivität stört manche Frauen. Die Zahl der Frauen, die nach wie vor gerne hofiert werden, steigt mit dem Lebensalter. Laut einer Umfrage des Markt- und Sozialforschungsinstituts Emnid schätzen es lediglich rund 40 Prozent der unter 30-jährigen Frauen, wenn der Mann ganz selbstverständlich die Rechnung begleicht, aber mehr als 70 Prozent der über 60-jährigen Frauen. Doch auch mehr als 70 Prozent der jüngeren Frauen mögen es, wenn ihnen der Mann den Mantel abnimmt. Es gibt daher keine verbindlichen Verhaltensregeln für Paare. Aber es gibt historisch gewachsene Empfehlungen.

01 ***Auf der Straße*** Als die Fuhrwerke groß waren und die Straßen besonders schmutzig, war es eine Selbstverständlichkeit, dass der Mann beim gemeinsamen Spaziergang auf der der Straße zugewandten Seite des Bürgersteigs ging, um zu verhindern, dass der Straßenschmutz die Kleidung der Frau ruinierte. Das ist überholt. Nicht überholt ist, dass Männer, die als Galane alter Schule angesehen werden wollen, die Frau auf der angenehmeren Seite gehen lassen. Das gilt nicht nur für Frau-Mann-Konstellationen, es gilt auch für alle anderen Paare. In den meisten Kulturen gilt die rechte als die bessere Seite. Daher sollte ein Mann, wenn er als Teil eines Paares unterwegs ist, die respektwürdige Person – die Frau, den Schwiegervater, die Chefin oder einfach nur den besten Freund – auf der rechten Seite gehen lassen. Allerdings ist diese Regel relativ, wie die Etikette-Trainerin Nandine Meyden sagt, denn wenn sich auf der rechten Seite eine Baugrube befindet, tut man gut daran, mit der Regel zu brechen. Die Empfehlung lautet also: Es ist eine nette Geste, die angenehmere Seite der Person anzubieten, der man Respekt erweisen möchte. Sind beide Seiten gleich angenehm, gilt die rechte als die schönere.

02 ***Beim Betreten eines Gebäudes*** Einer anderen Person die Tür aufzuhalten, ist keine an das Geschlecht gebundene Geste. So freuen sich Männer, die gerade ein Regal tragen, wenn die begleitende Frau ihnen die Tür aufhält. Das

soll nicht heißen, dass Frauen keine Regale tragen sollten. Es bietet sich lediglich an, dass die kräftigere Person das Regal trägt und die andere die Tür aufhält. Ist die Frau kräftiger – bitte sehr. Trägt gerade keine Person ein Regal, ist es dennoch nett, einer anderen Person die Tür aufzuhalten. Es handelt sich um eine Geste der Wertschätzung, und während sich einige Frauen über die tradierten Gender-Konstruktionen beschweren, wenn der Mann der Frau die Tür aufhält, denken sich andere nichts dabei. Gilt es, eine Tür aufzuziehen, ist der Vorgang simpel: Man zieht sie auf und hält sie, bis die andere Person durchgegangen ist. Muss die Tür aufgedrückt werden, ist der Vorgang etwas komplizierter: Als Mann über die Frau zu greifen, erzeugt eine Nähe, die unangenehm sein kann. Es empfiehlt sich also für den Mann, als erster an der Tür zu sein, sie zu öffnen, ein Stück mitzugehen und nicht im Türstock stehen zu bleiben, sondern erst nach dessen Durchquerung.

03 ***Im Restaurant*** Betritt ein Paar ein Restaurant, bleibt die Dame nach dem Betreten stehen, wenn der Mann ihr die Tür aufgehalten hat – es sei denn, sie ist die Einladende. Wird sie eingeladen, sollte, anders als in vielen anderen Situationen, der Mann als der Gastgeber Vortritt haben. So kann er sich an den Service wenden und zum Tisch vorgehen. Eine Besonderheit gibt es, wenn die Person am Service sagt: *„Wir haben hinten im Wintergarten einen Tisch“* und vorgeht. Dann wird die Frau in die Mitte genommen; der Mann – sofern er als Gastgeber fungiert – folgt als letzter.

Beim Bezahlen verhält es sich ähnlich wie im Regalbeispiel: Die kräftigere Person, egal welchen Geschlechts, trägt das Regal. Und die zahlungskräftigere Person begleicht die Rechnung. Miteinander zu sprechen, schafft in Zweifelsfällen Klarheit.

04 ***Einladung nach Hause*** Eine Einladung zum Abendessen erfordert anderes Verhalten als ein Abendessen im Restaurant. Prinzipiell ist zu sagen, dass ein einladendes Paar dem Paar, das es einlädt, mitteilen sollte, auf was es sich einzustellen hat. Es ist schließlich möglich, unter einer Einladung Biere und ein paar Partien „Mensch ärgere dich nicht“ zu verstehen. Es ist aber auch

möglich, groß aufzufahren. Es wäre in jedem Fall gut, wenn das eingeladene Paar grob weiß, worum es geht. Daher gibt es verschiedene Einladungsarten. Teilt die Kollegin mal eben zwischen Tür und Angel mit, dass sie sich freuen würde, wenn man mit Partner am Abend mal vorbeischneite, ist es unangemessen, im Abendkleid oder im Smoking zu erscheinen. Wird dagegen eine handgeschriebene Einladungskarte überreicht, empfiehlt es sich, den ein oder anderen zusätzlichen Gedanken auf die Einladung zu verwenden. Ist nicht explizit ein Dresscode angegeben, sollte man sich als Paar auf ein Erscheinungsbild einigen, rät Etikette-Expertin Meyden. Sie im Ballkleid, er in Jeans und Polohemd – das verrät, dass etwas mit der Paarkommunikation nicht stimmt. Partnerlook ist allerdings zu viel des Guten. Auf eine Einladung reagiert man so, wie man sie bekommen hat: Eine E-Mail-Einladung beantwortet man per E-Mail, eine handgeschriebene Karte beantwortet man mit einer handgeschriebenen Karte – es sei denn, die Einladung enthält Wünsche, zum Beispiel den Wunsch nach einer Ab- oder Zusage per E-Mail.

05 ***Das Paar auf dem Kuvert*** Es gibt veraltete Formen, Paare auf Briefen zu adressieren, und es gibt heutige Formen. Veraltet sind die Adressierungen *„Ehepaar Müller“*, *„Ehepaar Max Müller“* oder *„Herr Max Müller und Frau“*. Heute werden Briefe an Paare besser adressiert an „Herrn Karl Meyer / Frau Lisa Meyer“ (untereinander), „Herr und Frau Max Müller und Lena Müller“ oder „Frau und Herr Lena Müller und Max Müller“.

06 ***Das Paar an der Tafel*** Wird man von einem Paar zum Essen eingeladen, ist es nicht unbedingt nötig, ein Geschenk mitzubringen. Eine Flasche Wein ist ein Geschenk. Blumen sind kein Geschenk, sie sind eine Aufmerksamkeit: Man sollte der Dame des Hauses bei der Ankunft einen kleinen Strauß überreichen.

Ist man das gastgebende Paar, hat man Aufgaben. Früher griff die Dame des Hauses als Erste nach dem Besteck, um zu signalisieren: Jetzt wird gegessen. Der Herr des Hauses ergriff dagegen das Glas und hielt eine kleine Rede. Heute gilt das in dieser Form nicht mehr. Wer von den Gastgebern besser sprechen kann, spricht. Auch wer von beiden das Essen einläutet, ist egal.

Sind mehrere Gäste eingeladen, sitzt einer der Gastgeber an einem Tischende, der andere Gastgeber am anderen (das gilt nicht für die Feier der Hochzeit). Der Grund ist, dass der Platz rechts vom Gastgeber ein besonders ehrbarer ist, und es so eben zwei dieser rechten Plätze gibt.

Prinzipiell sitzt der Mann eher links, die Dame rechts. Allerdings sitzen nicht nur die Gastgeber an Tafeln getrennt, sondern auch die eingeladenen Paare. Sie sollten zwar in Reichweite zueinander sitzen, zum Beispiel einander gegenüber, so dass sie sich austauschen können, doch sie sollten nicht die Abendkonversation unter sich ausmachen. Eine Sitzordnung kann helfen. Gegen eine Sitzordnung spricht, dass ein festes Gefüge an Regeln einen Abend schnell steif werden lässt.

## 036 FREMDGEHEN

*... wie Jean-Paul Sartre und Simone de Beauvoir*

01 ***Erstes Kennenlernen*** Man schrieb das Jahr 1929, als die 21-jährige Simone de Beauvoir, katholisch erzogene „*Tochter aus gutem Hause*“ (so auch der Titel ihrer Autobiographie: „Memoiren einer Tochter aus gutem Hause“), für die Abschlussprüfung in Philosophie lernte. Es war ungewöhnlich, dass sie das tat. Erstens gab es wenige Frauen, die das Examen bestanden, denn Männer wurden im Bildungssystem der Zeit bevorzugt. Und zweitens kam sie aus so sehr katholischem Hause, dass die Mutter einige Energie dafür eingesetzt hatte, das Philosophiestudium zu verhindern. Die Philosophie war in den Augen der Mutter eine Gefahr für die bürgerliche Moral und die katholische Seele der Tochter.

Doch Simone de Beauvoir hatte ihren Willen durchgesetzt, sie studierte an der Sorbonne und zog das Studium – in dem die Männer im französischen Bildungswesen der Zeit noch sechs Jahre lang sorgfältig vorbereitet wurden – in lediglich drei Jahren durch. Am Ende, bei der Vorbereitung auf die Agrégation, die Prüfung für die obersten Posten im Schuldienst, lernte sie den 24-jährigen Jean-Paul Sartre kennen. Der bestand das Examen als Bester. Sie als Zweitbeste. Beide waren nun Philosophielehrer.

De Beauvoirs Mutter sorgte sich nicht grundlos um die bürgerlich-katholische Seele ihrer Tochter. Simone de Beauvoir *„hat die Korsettagen der Schicklichkeit gelöst"*, heißt es bei Walter von Rossum: *„Sie ist fast allen Erwartungen ihres Milieus entkommen. Sie hat die Praxis der Töchter aus gutem Hause revolutioniert. Sie hat volle Unabhängigkeit erworben."* Und dann kam der Student Sartre. Er war Stammgast im Café du Drome, in dem de Beauvoir ihn kennen lernte. Er saß dort, dachte immerzu, zog nebenbei an seiner Pfeife und verkehrte außerdem mit Frauen. Ungefähr so lebte er sein ganzes Leben.

*„Ich denke, er war der Schmutzigste, der am schlechtesten Gekleidete, und ich glaube auch vielleicht der Hässlichste"*, schrieb de Beauvoir später: *„Ich erinnere mich, dass ich ihn einmal mit einem großen Hut in den Gängen der Sorbonne sah, wie er gerade irgendeiner Studentin den Hof machte, er war immer damit beschäftigt, der einen oder der anderen jungen Philosophin den Hof zu machen."*

Im Juli 1929 diskutierten de Beauvoir und Sartre drei Stunden lang im Pariser Jardin du Luxembourg über *„die Zertrümmerung einer gemütlichen Moral"*. Und dann gingen sie es an.

02 ***Fremdgehen*** Wenn die bürgerlichen Regeln für de Beauvoir und Sartre gegolten hätten, könnte man sagen, dass sie einander fremdgegangen sind. Diese Regeln galten aber nicht für die beiden, denn statt einer Ehe schlossen sie eine Art losen Pakt: Sartre forderte zur Polygamie auf, und so gestatteten sie einander, parallel zur eigenen Liebesbeziehung weitere *„kontingente"*, also nebensächliche, zufällige Liebesbeziehungen einzugehen, und sie vereinbar-

ten zudem, einander nichts zu verheimlichen. Jean-Paul Sartre und Simone de Beauvoir brachen so mit den bürgerlichen Moralvorstellungen. Sie waren nicht nur nicht miteinander verheiratet, sie lebten auch nicht zusammen. Sie waren ein Paar *„ohne Institution, ohne Heirat, in gegenseitiger Freiheit und der Bemühung um Transparenz"*, wie es hieß. Und gerade deshalb wurden sie als Paar berühmt.

Dass die Freiheit, die das Paar einander zugestand, schmerzhaft sein konnte, spürte aber wohl auch Simone de Beauvoir selbst. So schreibt Hazel Rowley, de Beauvoir habe zunächst in Sartres Forderungen bezüglich der Polygamie eingewilligt, um ihn nicht mit ihren bürgerlichen Ansprüchen zu vergraulen. Tatsächlich gab es anfangs wohl so etwas wie Eifersucht. Doch bald nutzte auch sie die Freiheiten, die sie einander eingeräumt hatten. Sie hatte mehrere kurze Affären, auch mit Schülerinnen, die ihr Avancen gemacht hatten. Längere Beziehungen unterhielt sie aber nur mit Jacques-Laurent Bost, Claude Lanzmann, der von sich behauptete, der Einzige zu sein, mit dem de Beauvoir je in einer Wohnung zusammenlebte, und Nelson Algren, dem sie 304 Liebesbriefe schrieb, adressiert an *„meinen geliebten Nelson"* oder *„meinen geliebten Mann"*. Sartre hatte jedoch eindeutig das größere Bedürfnis, sich sexuell auszuleben. Er hatte unter anderem eine lange, intensive Beziehung mit Dolores Vanetti, die ihn so sehr in ihr Leben einspannte, dass de Beauvoir sich sorgte, er bleibe ganz bei ihr. Vor allem aber hatte er viele zum Teil parallel laufende Affären, manchmal nach eigener Aussage neun Affären gleichzeitig.

1940, im Krieg, schrieb er: *„Die große Sache für mich war es zu lieben und geliebt zu werden. Was mich vor allem reizte, war der Akt der Verführung."* Es ging jedoch nicht jede Beziehung und jede Affäre reibungslos vonstatten – zumal die Spielregeln, denen Sartre und de Beauvoir folgten, nicht für alle Liebhaberinnen und Liebhaber galten. Das Gefühl der Eifersucht hatten sie nicht ausgeschaltet – sie hatten nur selbst einen Weg gefunden, damit umzugehen. Sartre besuchte seine Freundinnen nach einem strikten Zeitplan. Simone de Beauvoir benutzte er häufig als Alibi. Hier entzündet sich auch eine Kritik an dem Pakt: Weder sie noch er erzählten all ihren Liebhabern, die bisweilen zu Spielbällen wurden, die ganze Wahrheit. Die behielten sie einander vor.

Wohl von 1939 an liebten Sartre und de Beauvoir einander zwar nur noch oberhalb des Nasenbeins. Dennoch standen sie füreinander ihr ganzes Leben hindurch an erster Stelle. Die Liebhaberinnen und Liebhaber waren *„die Kontingenten"*, also Nebensächliche. Einmal beschreibt sich Sartre als *„mittelmäßiges Schwein, eine Art akademischer Sadist und verbeamteter Don Juan"*, an anderer Stelle wird er auch zitiert mit der Selbstbeschimpfung *„Don Juan mit Beamtenstatus, bei dem man das Kotzen kriegt"*. Im Zuge dieser Selbstanalyse verbot er sich schließlich *„1. die kleinen gemeinen Geschichten"* und *„2. die großen leichtsinnigen Geschichten"*.

Weder er noch de Beauvoir bezeichneten ihre Abmachungen je als vorbildhaft für die Paarbeziehung an sich. Beide sahen darin lediglich ein Lebensmodell für sich selbst. Und doch: Die Spielregeln der Liebe, die sie definierten, wurden vielmals aufgegriffen, gerade in den linken Protestbewegungen, und für mindestens zwei Generationen als Muster wider die Bürgerlichkeit nachgelebt. Sartre und de Beauvoir hatten eine neue Form der Freiheit geschaffen und setzten sie radikal um.

Freiheit war auch das Hauptthema von Sartres philosophischem Denken, während de Beauvoirs Thema mit dem Werk „Das andere Geschlecht" die Erschaffung der Frau wurde. Mit ihren Arbeiten, Romanen und Stücken sind sie berühmt geworden. Doch ihre Abmachungen, die die Liebe betrafen, wurden, ohne dass das so vorgesehen gewesen wäre, gewissermaßen ein Teil ihres Vermächtnisses.

03 ***Gemeinsame Bekannte: Olga Kosakiewicz und Jacques-Laurent Bost*** Es kam auch zu Dreiecksbeziehungen. Sartre verehrte zum Beispiel die russische Immigrantin Olga Kosakiewicz, eine ehemalige Schülerin de Beauvoirs. Olga hatte eine Liebesbeziehung mit de Beauvoir und wies Sartre, der darüber *„mager wie ein Kuckuck"* wurde, zunächst zurück, weshalb er sich bald Olgas Schwester Wanda zuwandte, die schließlich den Platz der offiziellen Geliebten einnahm.

Hier und da ist die Rede davon, dass die Kosakiewicz-Schwestern, Jacques-Laurent Bost, de Beauvoir und Sartre zusammen eine kleine Familie bildeten, auch wenn diese natürlich nicht nach den Regeln einer bürgerlichen Familie funktionierte, weshalb das Wort „Familie" auch in allen Beschreibungen dieses Zusammenlebens in Anführungszeichen gesetzt ist.

Jacques-Laurent Bost heiratete übrigens schließlich Olga Kosakiewicz. Daneben hatte er auch eine Beziehung mit Simone de Beauvoir, was Sartre wusste – Olga aber nicht.

04 ***Zahl des Paares: 50*** Gut 50 Jahre, vom Sommer 1929 bis zu Sartres Tod im April 1980, waren de Beauvoir und Sartre ein Paar. Eine lange Zeit, so lange, dass man meinen könnte, sie hätten einander vielleicht schon geduzt – doch sie blieben beim „Sie", bis zum Tod.

05 ***Sonst so*** Trotz des Siezens: Sartre nannte de Beauvoir stets *„Castor"*, de Beauvoir nannte Sartre stets *„Sartre"*. Das kann man durchaus als vertraulichen Umgang durchgehen lassen.

Selbstverständlich blieben sie kinderlos, fanden aber Wege, ihren Nachlass den eigenen Ansprüchen gemäß zu regeln: Beide adoptierten, unabhängig voneinander, Frauen. Sartre adoptierte 1965 Arlette Elkaïm, eine in Algerien geborene Studentin jüdischer Herkunft, die ihn 1956 über eines seiner Bücher befragt hatte. Simone de Beauvoir adoptierte als Nachlassverwalterin 1980 eine langjährige Freundin, Sylvie Le Bon.

Wessen Denken wichtiger war, Sartres oder de Beauvoirs, ist eine müßige Frage – beide gehören zu den prägenden Intellektuellen des 20. Jahrhunderts.

Jean-Paul Sartres Philosophie befeuerte unter anderem die 68er, vor allem mit seinem Werk „Das Sein und das Nichts" (1943) und dem Essay „Der Existenzialismus ist ein Humanismus" (1945).

Sartres Existenzialismus war kein christlicher Existenzialismus. Er glaubte nicht an Gott, sondern er sah den Menschen ohne höheren Plan in die Welt geworfen: Der Mensch muss sich demnach seine Existenz erst schaffen, denn es gibt kein Wesen an sich, oder, wie Sartre es ausdrückte: Vor der Essenz kommt die Existenz. Dieses Weltbild hat er nicht nur in philosophischen Schriften, sondern auch literarisch aufbereitet. 1964 lehnte er den Nobelpreis für Literatur ab. Er wollte sich nicht vereinnahmen lassen, auch nicht vom Nobelpreis. Er gab bekannt, es sei etwas anderes, ob er mit *„Sartre"* unterschreibe oder mit *„Sartre, Nobelpreisträger"*.

Auch Simone de Beauvoir arbeitete literarisch, aber ebenfalls nicht ausschließlich literarisch. Für die Frauenbewegung wurde vor allem „Das andere Geschlecht" (1949) wichtig und dient bis heute als theoretisches Grundwerk. Sie las sozialhistorische Werke neu und analysierte sie aus feministischer Perspektive. Die Idee des „Ewig-Weiblichen", die sie als Vehikel der Unterdrückung darstellt, unterzog sie einer kritischen Untersuchung; sie empfahl die Überwindung von Ehe und Familie in ihren konventionellen Formen und hielt als wichtige und einflussreiche These fest: *„Man kommt nicht als Frau zur Welt, man wird es."*

Im Raum steht zudem die These, dass de Beauvoir Sartres philosophischen Existenzialismus literarisch vorbereitet haben könnte, oder dass er seine Philosophie erst in der Debatte mit ihr konkret entwickelte.

06 ***Was aus dem Paar wurde*** Jean-Paul Sartre starb am 15. April 1980. Am Abend zuvor hatte er sich von Simone de Beauvoir verabschiedet, die ihn im Krankenhaus besuchte, in das sie ihn etwa einen Monat zuvor gebracht hatte. Die Ärzte diagnostizierten ein Lungenödem, Leberzirrhose und Durchblutungsstörungen des Gehirns. Etwa fünfzigtausend Menschen folgten seinem Sarg.

Simone de Beauvoir starb genau sechs Jahre später, am 14. April 1986. Heute liegt das Paar auf dem Friedhof Montparnasse in einem gemeinsamen Grab. Was von ihnen bleibt, sind vor allem ihre Werke, aber auch die Idee der „offenen Beziehung".

07 ***Bleibende Werte*** ..........................................................................

***Anspruch*** ●●●●● / ***Gefühl*** ●○○○○ / ***Action*** ●○○○○ / ***Erotik*** ●●●●○ / ***Glamour*** ●●●●●

# 037 DIE EHE SCHLIESSEN

In westlichen Gesellschaften bedeutet eine Eheschließung in der Regel, dass ein Paar einander lebenslange Treue verspricht. Dass das mit dem „lebenslang“ in der Praxis oft nicht ganz so gut funktioniert, ist ein anderes Thema (siehe auch Kapitel *Paar schlägt sich,* Rubrik *Sich öfter mal scheiden lassen wie Richard Burton und Liz Taylor).* Die Welt besteht aber nicht nur aus westlichen Gesellschaften, sondern ist ein Ort herrlichster Vielfalt. Das drückt sich in vielem aus, unter anderem in verschiedenen Formen der Ehe.

*Schrägstrichehe*

•••

01 ............................................ ***Androgamie*** ............................................

Traditionelle eheliche Beziehung zwischen Männern • *Vorkommen:* bei den Kwakiutl in Nord-Kanada.

02 ............................................ ***Besuchsehe*** ............................................

Eheform ohne verbindliche Verpflichtungen • *Vorkommen:* China, bei den Khasi in Nord-Indien.

03 ......................................... ***Entführungsheirat*** .........................................

Eine mit Zustimmung der Frau vorgenommene Entführung mit anschließender Heirat, die dem Zweck dient, einer anderen, arrangierten Heirat zu entkommen • *Vorkommen:* Ostafrika, Nord-Sumatra, manchmal in der Türkei.

04 ............................................ ***Gruppenehe*** ............................................

Eine eheliche Verbindung zwischen mehreren Männern und Frauen, in der alle Frauen legitime Sexualpartner für alle Männer der Gruppe sind – und umgekehrt • *Vorkommen:* bei den Kaingang in Brasilien, den Tschuktschen in

Sibirien, bei den Dieri und anderen Stämmen Zentralaustraliens, in West-Tibet, bei den Todas in Südindien, auf den Marquesas-Inseln in Polynesien.

05 ............ *Gynäogamie* ............

Traditionelle eheliche Beziehung zwischen Frauen • *Vorkommen:* Ostafrika.

06 ............ *Kinderheirat* ............

Die Heirat eines Kindes, meist des Mädchens, vor Eintritt der Geschlechtsreife • *Vorkommen:* Australien und Indien.

07 ............ *Morganatische Ehe* ............

Einer der beiden Ehepartner ist von niedrigerem Stand als der andere • *Vorkommen:* früher beim europäischen Adel.

08 ............ *Mutâ-Ehe* ............

Ehe auf Zeit nach islamischem Recht, kann eine Stunde gültig sein – aber auch bis zu 99 Jahre • *Vorkommen:* bei schiitischen Muslimen.

09 ............ *Polyandrie* ............

Eine Frau ist mit mehreren Männern vermählt • *Vorkommen:* Teile Indiens, Himalayaregion, DR Kongo, bei den Paviotso in Nordamerika, auf den Marquesas-Inseln, bei den Kandyan-Singhalesen in Sri Lanka.

10 ............ *Polygynie* ............

Ein Mann ist mit mehreren Frauen vermählt • *Vorkommen:* in weiten Teilen Afrikas sowie des Nahen und Mittleren Ostens, (früher) in Indien und China, in Indonesien, Melanesien, Polynesien und bei verschiedenen Indianergruppen Nord- und Südamerikas.

11 ............ *Schrägstrichehe* ............

Eheähnliche Gemeinschaft ohne Heiratsabsicht • *Vorkommen:* auf Klingelschildern, vornehmlich in Großstädten.

*... wie*
*Petra Kelly*
*und*
*Gert Bastian*

01 ***Erstes Kennenlernen*** Petra Karin Kelly und Gert Bastian begegnen einander erstmals am 1. November 1980 bei einer Veranstaltung zum Thema „Frauen und Militär" – und sie sind sich einig: Sie finden, Frauen sollten nicht zum Militär. Allerdings findet Kelly, niemand solle zum Militär. Bastian dagegen, schrieb Alice Schwarzer in ihrer Aufarbeitung des Todes von Kelly und Bastian, habe Frauen schlicht für *„wehrungeeignet"* gehalten.

02 ***Pazifistisch sein*** Kelly und Bastian sind ein Paar, das auf den ersten Blick nicht zueinander passt. Er, 1922 geboren, ist Hitlerjunge, meldet sich freiwillig zum Kriegseinsatz, ist im Zweiten Weltkrieg an der Ostfront und in der Normandie, wird Gruppen-, Zug- und Kompanieführer. 1980 ist er Generalmajor, Kommandeur der 12. Panzerdivision und befehligt 18.000 Mann.

Sie, geboren 1947, setzt sich für Gewaltfreiheit und Frieden ein, engagiert sich in den gewaltfreien Ökologie-, Frauen- und Friedensbewegungen in den USA, wo sie auch studiert und im Büro von Senator Robert Kennedy arbeitet. Sie ist Verwaltungsreferendarin in Brüssel, bearbeitet Themen wie Bildung und Lohngerechtigkeit und demonstriert in den USA gegen den Vietnamkrieg und Atombomben. 1979 tritt sie aus der SPD aus und wird Gründungsmitglied der Grünen. 1980 ist sie ehrenamtliches Mitglied des dreiköpfigen Bundesvorstandes.

Klingt nach zwei unvereinbaren Lebensläufen – klingt aber nur so: Ende 1979 beschließt die Nato die Nachrüstung, die Stationierung von Cruise Missiles und „Pershing"-Raketen, und die SPD / FDP-Regierung zieht mit.

Das ist zugleich der Beginn der Friedensbewegung. Bastian ist Anfang 1980 der erste General in der deutschen Militärgeschichte, der mit der Begründung um seine vorzeitige Pensionierung bittet, dass zuviel gerüstet werde. Im Juni wird er vorzeitig pensioniert. Am 16. November 1980 erscheint der von ihm mit Josef Weber formulierte „Krefelder Appell", in dem es heißt:

*„Immer offensichtlicher erweist sich der Nachrüstungsbeschluss der NATO vom 12. Dezember 1979 als verhängnisvolle Fehlentscheidung. Die Erwartung, wonach Vereinbarungen zwischen den USA und der Sowjetunion zur Begrenzung der eurostrategischen Waffensysteme noch vor der Stationierung einer neuen Generation amerikanischer nuklearer Mittelstreckenraketen in Westeuropa erreicht werden könnten, scheint sich nicht zu erfüllen."*
Kelly und Bastian gehören zu den Initiatoren des „Krefelder Forums" am 15./16. November 1980, in dessen Verlauf besagter Appell fertig gestellt wird.

Von 1981 an sitzen Kelly und Bastian gemeinsam auf Podien, und sie reisen zusammen, zunächst aus beruflichen Gründen. Doch sie gehen in dieser Zeit auch eine Beziehung ein. Beide stecken in anderen Beziehungen, er ist verheiratet, sie ist liiert; am 6. März 1983 aber zieht Bastian bei Kelly ein, in der Swinemünder Straße in Bonn. Ebenfalls 1983 ziehen die Grünen erstmals in den Bundestag ein – mit Kelly und Bastian.

Kelly steht wie Bastian für alternative politische Methoden. Mit symbolischer, aktionsbezogener Politik versuchen sie mehr zu erreichen als durch stundenlange Diskussionen. *„Nur wenn man auf die Wunde drückt und schreit, wird sich etwas ändern"*, wird Kelly einmal zitiert. In Mutlangen nehmen sie, mit Literaturnobelpreisträger Heinrich Böll, an einer Blockade des Pershing-Depots teil. Mit Uta Ranke-Heinemann demonstrieren sie in München. Mit 400.000 Menschen demonstrieren sie in Bonn gegen atomare Aufrüstung. Und immer so weiter: Treffen mit dem Dalai Lama, den Kelly verehrt und den sie bei seinem gewaltfreien Widerstand gegen die chinesische Repression in Tibet unterstützt; Teilnahme an der Uran-Anhörung in Salzburg und der BMW-Medientagung in München und am Strahlenopfer-Kongress in Berlin. 1986 beteiligt sich Kelly an der Blockade der US-Raketenbasis in Hasselbach/Hunsrück. Sie setzt sich für jugoslawische Dissidenten ein und knüpft Kontakte zur Friedensbewegung der DDR. 1987 spricht sich Kelly für *„gewaltfreie Methoden des zivilen Ungehorsams"* aus.

Als Kelly Erich Honecker mit einem T-Shirt begegnet, das das in der DDR verbotene Symbol „Schwerter zu Pflugscharen" zeigt, und als sie sich wenig später auf dem Ostberliner Alexanderplatz ankettet, sind auch Parteifreunde – milde ausgedrückt – erstaunt über das rigorose Vorgehen. In der

*Harakiri-T-Shirt*

Partei läuft Kellys Selbstdarstellungsdrang unter dem Schlagwort „Petras Narzissmus". Marieluise Beck, wie Kelly und Bastian Mitglied der Grünen, sagte später der Zeitung „taz": *„Diese Aktionen hatten manchmal etwas Harakirimäßiges, die DDR war damals innenpolitisch ein waffenstarrender Staat. Es war vollkommen klar, dass sie abgeführt werden würde."*

Kelly und Bastian sind Mitglieder einer Partei, die sie als *„Antipartei-Partei"* versteht, wie Kelly 1982 dem „Spiegel" sagte. Sind sie zunächst noch „Friedensengel" und „Friedensgeneral", so sinkt ihre Bedeutung mit den Jahren. 1984 tritt Bastian im Streit mit der Partei aus der Bundestagsfraktion aus; auch Kelly gerät intern in die Kritik – noch mehr, als sie auf Distanz zu ihrer Partei geht. Kelly sagte: *„Wenn die Grünen eines Tages anfangen, Minister nach Bonn zu schicken, dann sind es nicht mehr die Grünen, die ich mit aufbauen wollte."*

1990 scheitern die Grünen an der Fünfprozenthürde und sind nicht mehr im Bundestag. 1991 will Kelly Vorstandssprecherin ihrer Partei werden, scheitert aber deutlich. Bei Sat.1 moderiert sie einige Ausgaben eines Umweltmagazins, sie kümmert sich um außenpolitische Themen, wobei ihr die Tibet-Problematik besonders am Herzen liegt, genau wie Bastian, mit dem sie 1990 ein Buch zum Thema herausgibt.

03 ***Gemeinsame Bekannte: Palden Tawo*** Palden Tawo ist ein tibetischer Arzt, den Kelly kennen lernt, als sie 1989 eine Veranstaltung zur Tibetfrage in Bonn organisiert. Tawo übernachtet oft bei Kelly und Bastian. Kelly und Tawo beginnen ein Verhältnis, von dem Bastian weiß und das er billigt. An Kellys Geburtstag 1990, so schildert es Tawo später der Polizei, habe sich Bastian auf einem Spaziergang bei ihm über Kelly beklagt. Tawo zitiert Bastian: *„Ich kann nicht mehr. Wenn es überhaupt nicht mehr geht, dann gehe ich und nehme die Petra mit. Ich erschieße sie im Schlaf und dann mich."*

Die Bonner Staatsanwaltschaft zitiert im Zug ihrer Ermittlungen später einen weiteren Freund: *„Explizit habe Gert Bastian"*, schreibt die „taz" 1992, *„schon im Jahre 1991 einem Freund mitgeteilt, ‚er sehe phasenweise keine Perspektive mehr für Petra und denke manchmal daran, Petra im Schlaf zu erschießen und dann sich selbst'."*

Auch von Petra Kelly ist ein Satz verbürgt: *„Wenn Gert nicht mehr ist, will ich auch nicht mehr sein."*

04 ***Zahl des Paares: 4.000.000*** Rund vier Millionen Bürger der Bundesrepublik schlossen sich bis 1983 dem „Krefelder Appell" an, den Bastian und Kelly mit initiiert hatten. Ihr Engagement war prägend für viele andere Mitglieder der Friedensbewegung.

05 ***Sonst so*** Petra Kelly gründete nach dem Tod ihrer Halbschwester Grace Patricia Kelly die „G. P. Kelly-Vereinigung zur Unterstützung der Krebsforschung für Kinder e.V.". Es war Kellys erste Initiative. Ihre politische Laufbahn begann im Grunde, als sie sich fragte, ob Krebs bei Kindern häufiger auftritt, wenn sie in der Umgebung atomarer oder chemischer Großanlagen aufwachsen. Ein Kapuzenpullover, den Kelly in den Siebzigern trug, trägt die Aufschrift: „lieber heute aktiv als morgen radioaktiv".

06 ***Was aus dem Paar wurde*** Es hinterlässt viele Fragen: Pazifisten, die gegen Aufrüstung kämpften und nur *„gewaltfreie Methoden des zivilen Ungehorsams"* befürworteten, die den öffentlichen Protest probten und in der sym-

bolischen Politik ihren Weg fanden, töten sich mit einer Waffe hochsymbolisch selbst – ohne die Gründe zu erklären?

Offenbar nehmen Kellys körperliche Kräfte im Laufe des Jahres 1992 ab. Bastians Motive bleiben offen. In der Öffentlichkeit ist – wie um die Mutmaßungen zu zerstreuen, es könne sich um Mord handeln – von einem „Doppelselbstmord" die Rede. Nichts deutet, anders als zunächst spekuliert wird, auf Drittverschulden hin. Ungeklärt ist allerdings, ob Petra Kelly Bastians Plan zu sterben zustimmte – oder ob er über ihr Leben verfügte.

Petra Kelly und Gert Bastian sterben im Oktober 1992, wahrscheinlich am 1. Oktober 1992, als Bastian erst Kelly und dann sich selbst mit seiner „Derringer"-Pistole erschießt. Am 19. Oktober werden die Leichen entdeckt. Bastian tötet Kelly *„mit einem aufgesetzten Schuss in die Schläfe"*, so die Staatsanwaltschaft, danach nimmt er sich selbst *„mit einem am Scheitel aufgesetzten Kopfschuss"* das Leben.

Es gibt keinen Abschiedsbrief und laut Staatsanwaltschaft *„keinerlei Hinweise auf Einnahme und Beibringung von Medikamenten"*. Es gibt nur einen unfertigen Brief, der noch in Bastians Schreibmaschine steckte, adressiert an seinen Münchner Anwalt. Der Brief bricht mitten im Wort *„müssen"* ab: *„müs"* steht da.

07 ***Bleibende Werte*** ........................................................................

*Anspruch* ●●●●○ / *Gefühl* ●●●●○ / *Action* ●●●○○ / *Erotik* ○○○○○ / *Glamour* ●○○○○

# 039 EIN HERZ VERSCHENKEN

Auf dem Schulhof, zum Beispiel in der großen Pause, waren und sind Fadenspiele die perfekte Paarbeschäftigung, meistens für zwei Mädchen, manchmal für Mädchen und Junge, selten für zwei Jungs. Die beiden Spielenden nehmen einander den Faden aus den Händen und formen Figuren. Traditionell aber wird ein Fadenspiel, das schon Aborigines und Indianer kannten, von lediglich einer Person gespielt – und dann benutzt, um ein Gespräch anzubahnen.

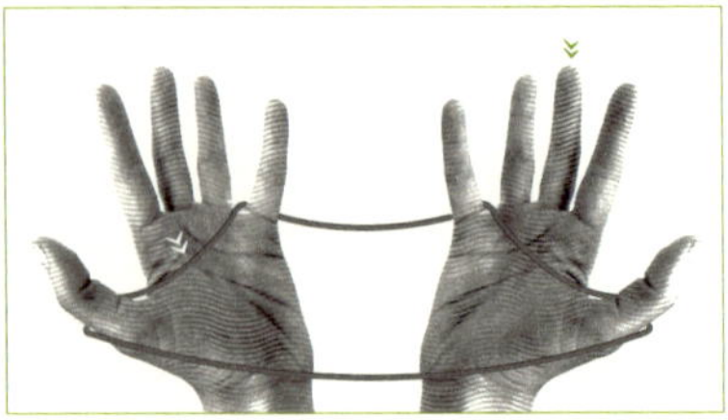

*1. Legen Sie den Faden hinter Daumen und kleinen Finger und stecken Sie den Mittelfinger unter dem Faden durch*

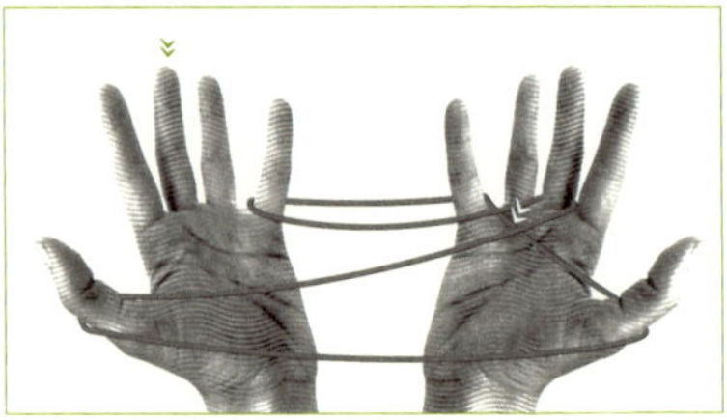

*2. Das Gleiche wiederholen Sie mit dem anderen Mittelfinger und dem gegenüberliegenden Faden*

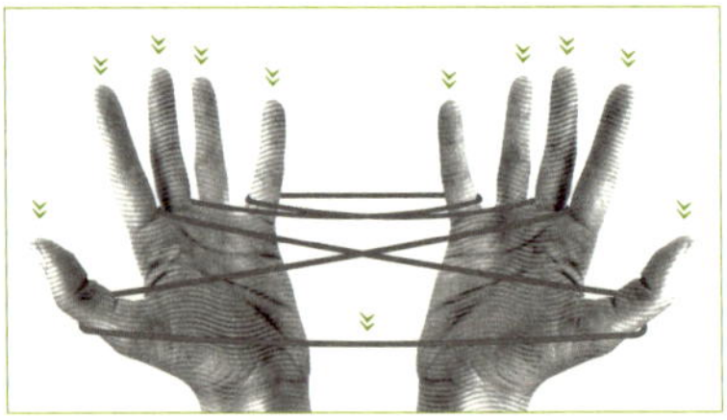

*3. Heben Sie den Faden über die vier Finger einer jeden Hand, heben Sie dabei die Schlaufe über beide Daumen*

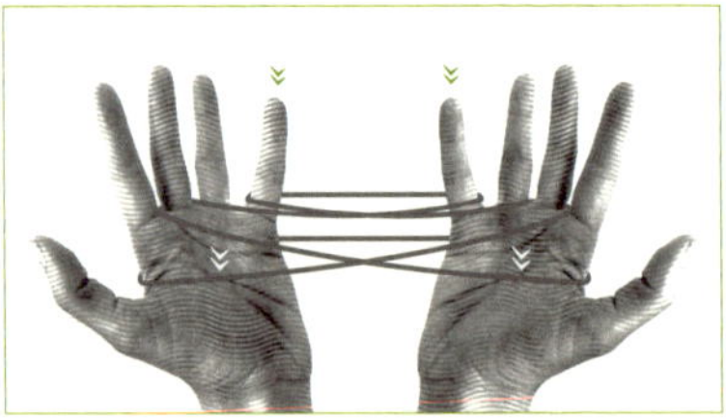

*4. Stecken Sie die kleinen Finger unter dem Faden durch*

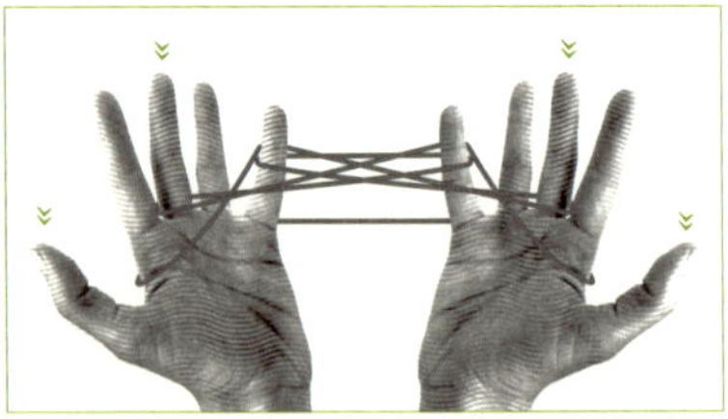

*5. Ziehen Sie die Schlaufen von beiden Mittelfingern, legen Sie diese Schlaufen über beide Daumen*

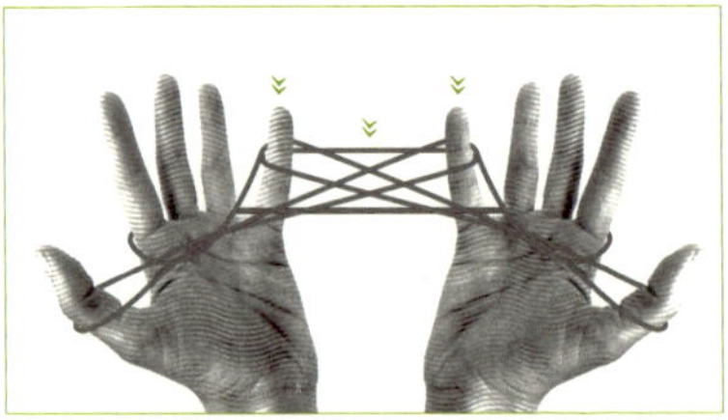

*6. Heben Sie den Faden über beide kleinen Finger*

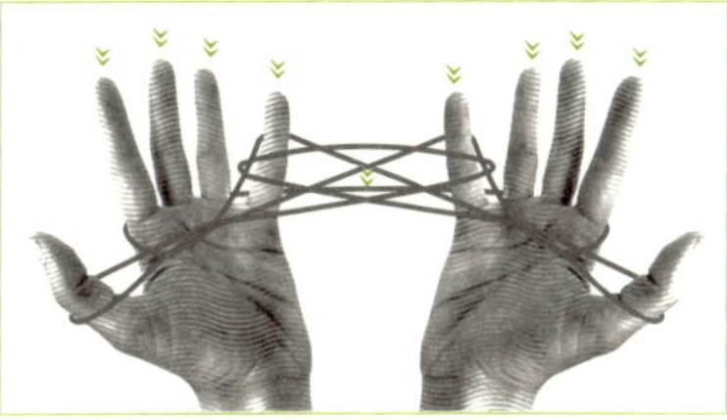

*7. Heben Sie den Faden über die vier Finger einer jeden Hand, legen Sie ihn zwischen Daumen und Zeigefinger*

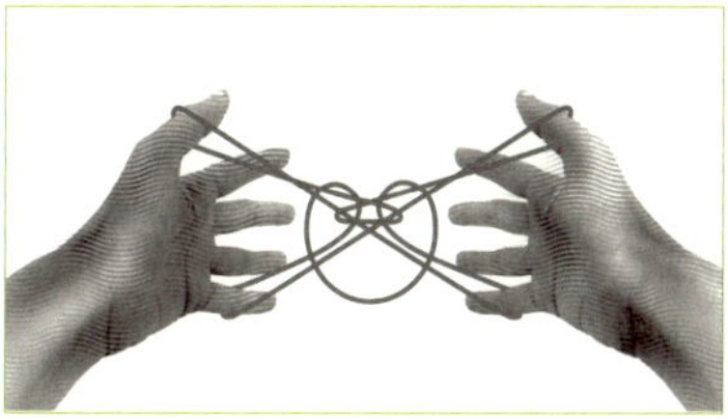

*8. Drehen Sie beide Hände nach innen und strecken Sie den Daumen nach oben, nicht zu stark ziehen*

# 040 GEBURTSTAG FEIERN

*… wie Marilyn Monroe und John F. Kennedy*

01 ***Erstes Kennenlernen*** Man geht heute davon aus, dass die erste Begegnung im Oktober 1961 stattfand. Kennedy war im Januar 1961 in sein Amt eingeführt worden, und es lässt sich relativ gut nachvollziehen, wie er und Monroe ihre Zeit von Januar bis Oktober 1961 verbrachten. In der Regel waren sie weit voneinander entfernt.

Im Oktober hatte sich Marilyn Monroe soeben für eine Illustrierte fotografieren lassen und ließ sich anschließend zum Strandhaus von John F. Kennedys Schwester Patricia Lawford fahren, wo zu Ehren des Präsidenten eine Dinnerparty stattfand, zu der sie eingeladen war. Am Ende des Abends wurde Monroe von einem Hausangestellten der Lawfords nach Hause gefahren.

Man weiß auch, dass es noch die eine oder andere weitere Begegnung gab, eine Liebesbeziehung zwischen der Schauspielerin und dem US-Präsidenten lässt sich allerdings nicht seriös belegen. Das muss nicht heißen, dass sie keine Liebesbeziehung oder Affäre hatten, aber wenn sie eine hatten, dann wurde sie nicht eindeutig für die Nachwelt festgehalten.

Die fehlende Eindeutigkeit muss aber niemanden davon abhalten, sich bei Bedarf selbst ein paar warme Gedanken zum Thema zu machen. Zur Anregung dies aus Donald Spotos Monroe-Biographie: *„Mit Sicherheit weiß man nur, dass der Präsident und die Schauspielerin sich in der Zeit zwischen Oktober 1961 und August 1962 viermal trafen und dass Marilyn während eines dieser Treffen von einem Schlafzimmer aus einen ihrer Freunde anrief“:* den Schauspieler und Masseur Ralph Roberts, am 24. März 1962. Sie habe ihn, sagte Roberts später, nach dem Solus-Muskel gefragt (womit wohl der Soleus-Muskel gemeint ist), und Roberts kombinierte, dass die Frage mit den Muskelbeschwerden zu tun haben könnte, unter denen Kennedy bekanntlich litt.

Später sagte Roberts, Monroe habe ihm erzählt, sie habe diese eine Nacht mit dem Präsidenten verbracht, diese und keine weitere. Was zwar kein Beweis ist, aber immerhin schon mal eine Aussage. Die wird allerdings dadurch relativiert, dass Pat Newcomb, Monroes Presseagentin, einmal sagte: *„Marilyn Monroe hat keinem Menschen alles erzählt.“*

02 ***Geburtstag feiern*** Die Geburtstagsparty eines US-Präsidenten ist nicht mit einer beliebigen Party zu vergleichen; es handelte sich bei der Gala am 19. Mai 1962 anlässlich von Kennedys 45. Geburtstags, der zehn Tage später anstand, im Grunde um eine öffentliche Veranstaltung, die im Madison Square Garden in New York stattfand. 15.000 Mitglieder der Demokratischen Partei waren anwesend, es traten verschiedene Stars auf, zum Beispiel Ella Fitzgerald, Maria Callas und Henry Fonda. Die Ehefrau von John F. Kennedy soll nicht gerade begeistert gewesen sein, als sie erfuhr, dass auch Marilyn Monroe kommen würde. Aber Monroe kam, es war das vierte und letzte Mal, dass sie und Kennedy einander begegneten – jedenfalls gibt es keine Belege für spätere Treffen.

*„Happy birthday,*
*Mr. Pre-si-dent*
*Happy birthday to you.“*

Monroe war eigentlich krank, sie hatte zuvor einige Drehtage abgesagt. Nach New York, zur Präsidentengala, wollte sie aber kommen. Sie trat dort, wie sich herausstellen sollte, zum letzten Mal öffentlich auf. Der Modedesigner Jean Louis entwarf für den Abend ein Kleid aus dünnem fleischfarbenem Material, das mit Strass bestickt war, so dass sie im Scheinwerferlicht glänzte. Laut Jean Louis trug sie darunter nichts.

In der Badewanne hatte sie mit Joan Greenson, der Tochter des Arztes, bei dem sie in psychiatrischer Behandlung gewesen war, für ihren Auftritt geübt: Sie wollte „Happy Birthday“ zu einem erotischen Lied machen, was ihr, wie man heute weiß, glückte. Zunächst jedoch ging sie davon aus, dass sie das nicht hinbekommen würde. Die Legende will es, dass Joan Greenson ihr ein Kinderbuch lieh, das Marilyn sicherheitshalber auch mit nach New York brachte. Es handelte sich um das Buch „The Little Engine That Could“, also „Die kleine Lokomotive, die es schaffte“, in dem es um eine kleine Lok geht, die nach mehreren Anläufen schließlich doch noch über den Berg kommt.

Im Madison Square Garden kam sie spät am Abend, nachdem der Schwager des Präsidenten, Peter Lawford, sie bereits mehrmals angekündigt hatte, in Trippelschritten – größere Schritte ließ ihr enges Kleid, in das sie eingenäht war, nicht zu – auf die Bühne. Sie stellte sich neben das Rednerpult, bog ein Mikrofon zu sich und begann, nachdem sie den ihr entgegen gebrachten Applaus mit mehrmaligem Mundwinkelzucken beantwortet hatte, zunächst zu atmen, was sich ungefähr so anhörte wie das Schnaufen einer kleinen Lokomotive, die versucht, über einen Berg zu fahren. Anschließend sang sie:

*„Happy – birthday – to you*
*Happy birthday – to you • Happy birthday, Mr. Pre-si-dent*
*Happy birthday to you.“*

Diese Passage ist in das kollektive Gedächtnis eingegangen als Paradebeispiel für ein Geburtstagsständchen, das ein Mensch einem geliebten Menschen darbringt. Ob sie einander wirklich liebten, sei dahingestellt. Es ist in jedem Fall das berühmteste Geburtstagsständchen, das je öffentlich aufgeführt wurde. Übrigens ging das Ständchen noch weiter, es gab eine Strophe, die der Komponist Richard Adler, der während der Kennedy- und der Johnson-Regierung zahlreiche Galas verantwortete, zur Melodie von „Thanks for the Memory“ geschrieben hatte. Ihr Text lautete:

*„Thanks, Mr. President*
*For all the things you've done • The Battles you've won*
*The way you deal with U.S. Steel • And our problems by the ton*
*We thank you – so much.“*

03 ***Gemeinsame Bekannte: Nikita Chruschtschow*** Nikita Sergejewitsch Chruschtschow war von 1958 bis 1964 Regierungschef der UdSSR. Er vertrat im Kalten Krieg die Idee der „friedlichen Koexistenz“ der Systeme und besuchte 1959 als erster sowjetischer Regierungschef die USA. 1962 kam es allerdings unter seiner und John F. Kennedys Führung zur Kubakrise, die Kennedy und er beilegten, bevor es zu einem Krieg – eventuell gar Atomkrieg – kommen konnte, in den womöglich große Teile der Welt verwickelt worden wären.

Amerikanische Spionageflugzeuge hatten entdeckt, dass auf Militärbasen in Kuba sowjetische Techniker Abschussrampen für Mittel- und Langstreckenraketen bauten. Im Oktober forderte Kennedy Chruschtschow zum Abzug der sowjetischen Raketen auf und drohte für den Fall, dass die USA angegriffen würden, mit einem atomaren Gegenschlag. Beigelegt wurde die Krise nach einem Geheimtreffen zwischen Kennedys Bruder Robert und dem sowjetischen Botschafter in den USA, Anatoli Fjodorowitsch Dobrynin.

Dabei ließen Präsident Kennedy und Ministerpräsident Chruschtschow einander ausrichten, dass sie auf die gegenseitigen Forderungen einzugehen bereit seien. Chruschtschow zog die Raketen aus Kuba ab, die USA erklärten im Gegenzug, nicht auf Kuba einzumarschieren und eigene Raketen aus der Türkei abzuziehen. Marilyn Monroe hatte ein ganz anderes Problem mit Chruschtschow. Als er Los Angeles besuchte, war sie zu einem Bankett zu seinen Ehren eingeladen und hielt hinterher Folgendes fest: *„Er war fett und hässlich und hatte Warzen im Gesicht und knurrte. Wer will schon Kommunist sein bei so einem Präsidenten! Ich spürte, dass Chruschtschow mich mochte. Als er mir vorgestellt wurde, lächelte er mehr als bei allen anderen auf diesem Bankett. Und es waren alle anderen da. Er drückte meine Hand so lang und fest, dass ich dachte, er würde sie brechen. Es war wahrscheinlich besser, als ihn küssen zu müssen."*

04 ***Zahl des Paares: 1.260.000*** 1,26 Millionen US-Dollar brachte das Kleid, das Marilyn Monroe bei Kennedys Geburtstagsgala trug, 1999 bei einer Auktion. In der Herstellung hatte es etwa 5000 US-Dollar gekostet.

05 ***Sonst so*** Der Soleus-Muskel, nach dem sich Marilyn Monroe bei ihrem Bekannten, dem Masseur Ralph Roberts, erkundigte, als sie ihn von einem Schlafzimmer aus anrief, das sie angeblich mit John F. Kennedy teilte, ist ein Muskel des Unterschenkels, der zu einem großen Teil vom Wadenmuskel verdeckt wird. Der Muskel zieht den Fuß nach unten, was wichtig ist, wenn sich der Mensch auf die Zehen stellt.

06 ***Was aus dem Paar wurde*** Marilyn Monroe starb unter bis heute nicht vollständig geklärten Umständen 1962. John F. Kennedy wurde unter bis heute nicht vollständig geklärten Umständen 1963 ermordet. Sie wurden durch ihre frühen Tode noch ein wenig berühmter.

07 ***Bleibende Werte*** ..........................................................................

***Anspruch*** ●○○○○ / ***Gefühl*** ●○○○○ / ***Action*** ●○○○○ / ***Erotik*** ●●●●● / ***Glamour*** ●●●●●

# DAS PAAR IN BEWEGUNG

# 041 EIN DURCHAUS SPANNENDES WETTRENNEN ZUM NORDPOL HINLEGEN

*... wie*

*Robert Edwin Peary*

*und*

*Frederick Albert Cook*

01 ***Erstes Kennenlernen*** Cook hatte sich Ende des 19. Jahrhunderts auf eine Annonce hin für eine Expedition nach Nordgrönland als Pearys Schiffsarzt beworben. Er wurde genommen. Als Peary sich den Unterschenkel brach, war Cook als Arzt recht hilfreich. Als Cook aber selbst Reisebeobachtungen von einer weiteren Expedition veröffentlichen wollte, kam es zwischen beiden zum Bruch: Peary war der Boss, und er untersagte es. So trennten sich ihre Wege, und sie wurden Konkurrenten.

02 ***Ein durchaus spannendes Wettrennen zum Nordpol hinlegen*** Heutzutage ist ein Wettrennen zum Nordpol keine große Sache. Man kann zum Beispiel derzeit einmal pro Jahr einen Rundflug über den Nordpol buchen. Start und Landung ist in Düsseldorf, es ist ein Flug von knapp 13 Stunden. Nach der Hälfte der Reise kreist das Flugzeug mehrere Runden in etwa 2000 Fuß Höhe über einer weißen Fläche, und der Kapitän erzählt währenddessen, dass das der Nordpol sei. Viel schneller geht es nicht. An Bord gibt es Tomatensaft und bei Bedarf Decken.

Ist Ihnen eher danach, ein Fähnchen in den Pol zu stecken, um zu beweisen, dass Sie da waren, müssen Sie aber wohl oder übel ein Stück übers Eis marschieren, denn direkt auf dem Pol ist bis heute keine Landebahn gebaut worden. Es gibt die Möglichkeit, mit einem Eisbrecher zum Pol zu fahren, und, so kündigt der Veranstalter an: „*Wenn die Wetter- und Eisbedingungen es zulassen, wird ein Barbecue auf dem Eis organisiert.*"

Man kann auch auf Skiern zum Pol laufen, sollte dann aber nicht den Fehler begehen, sich eine Nordpolexpedition wie eine kleine Winterwanderung vorzustellen. Solche Expeditionen, in deren Verlauf es über Packeis, Riffe und Wasserkanäle geht, kann man heute bei verschiedenen Reiseveranstaltern buchen. Zehn Tage sollten Sie sich dafür freinehmen.

Die Reise beginnt zum Beispiel im norwegischen Longyearbyen, von dort geht es zur russischen Eisstation Barneo, etwa zwischen 88° 30' und 89° 30' nördlicher Breite und 90° und 120° östlicher Länge, also zirka 100 Kilometer vom Pol entfernt. Etwa acht Tage verbringen Sie sieben bis neun Stunden täglich auf Tourenskiern, Sie schmelzen Ihr eigenes Trinkwasser und bauen Ihr Zelt selbst auf und ab. Am Nordpol werden Sie dann mit dem Hubschrauber abgeholt, zurücklaufen müssen Sie also nicht. Was man braucht: Zelt, Schlitten, Skier und Stöcke, Schlafsäcke, Isomatten, Öfchen, Kochzeug, gute Handschuhe, Gesichtsschutz, einen winddichten Anorak, winddichte Hosen, lange Unterwäsche, dicke Jacke, eine warme Mütze und Nahrung.

Solche Touren finden übrigens meist in Gruppen von acht bis zehn Personen statt. Wenn Sie als Erster am Pol sein wollen, ziehen Sie doch auf den letzten eineinhalb Kilometern einfach davon, Ihr Expeditionsführer wird begeistert sein.

1908 waren Polexpeditionen deutlich aufwendiger als heutzutage. Dennoch – oder gerade deshalb – fand damals ein spannendes Wettrennen zum Nordpol statt. Die Kontrahenten hießen Robert Edwin Peary und Frederick Albert Cook. Das Rennen hatte einige Besonderheiten: Es gab keinen Schiedsrichter, keinen gemeinsamen Startpunkt, keine Startzeit, und niemand kannte vorher das genaue Ziel.

Um es vorwegzunehmen: Es hat Nachteile, wenn kein Schiedsrichter anwesend ist. Gut, es wäre natürlich etwas widersinnig gewesen, einen Schiedsrichter zum Nordpol vorauszuschicken, um zu überprüfen, wer als erster Mensch dort ankommt (nicht zuletzt, weil dann der Schiedsrichter gewonnen hätte). Jedenfalls weiß man bis heute nicht mit Sicherheit, wer der erste Mensch am Nordpol war. Der Marineoffizier Peary und der Mediziner

Cook behaupteten es beide von sich. Beweisen konnten sie es aber beide nie. Und heute geht man davon aus, dass keiner von beiden da war.

Nachdem sich die Wege von Cook und Peary gekreuzt und wieder getrennt hatten, landete Cook auf einem Schiff, auf dem Roald Amundsen erster Offizier war – ein Mann, der bald mit einem vollkommen anderen Vorhaben berühmt werden sollte (siehe Kapitel *Das Paar in der Natur,* Rubrik *Ein durchaus spannendes Wettrennen zum Südpol hinlegen).* Peary versuchte derweil immer wieder einmal, als Erster den Nordpol zu erreichen, wobei er stets scheiterte – mal am Wetter, mal am Material.

Immerhin, er war schon so weit nach Norden vorgedrungen wie niemand vor ihm; sein Schiff jedoch, die „Roosevelt", war dabei vom Packeis stark beschädigt worden, und so dauerte es eine Weile, bis er erneut zu einer Nordpolexpedition aufbrechen konnte. Es verstrich genug Zeit, dass auch Cook eine Nordpolexpedition organisieren konnte – so kam es zu dem durchaus spannenden Wettrennen. Cook war eigentlich nur beauftragt, einen Jagdausflug nach Nordgrönland für einen wohlhabenden Mann, einem Glücksspielunternehmer namens Bradley, zu organisieren. Da kam ihm die Idee, dass er die Reise auch nutzen könnte, um Peary zuvorzukommen. Er wollte mit wenig Gewicht und nur wenigen Männern zum Pol vorstoßen. Im Februar 1908 startete Cook mit zwei Inuitjägern westlich der Ellesmere-Insel, die zum Kanadisch-Arktischen Inselarchipel gehört.

Auch Peary hatte bald Geld und Crew zusammen. Kontakte waren dafür hilfreich. 1898 hatte der Milliardär Morris Jessup, ein an Naturwissenschaften interessierter Geschäftsmann, den Peary Arctic Club gegründet, eine Organisation, die sich die finanzielle Hilfe für Pearys Arktisforschung zum Ziel machte. Jessup starb allerdings 1908, doch Jessups Nachfolger als Präsident des Peary Arctic Clubs, der Anwalt, General und Gouverneurssohn Thomas H. Hubbard, kümmerte sich um die Finanzierung. Peary trieb genug Geld ein, um aufbrechen zu können. Nebenbei wurden ihm ein Klavier und ein Billardtisch sowie viele gute Ratschläge gespendet, wie man in Pearys Biographie lesen kann: Er solle doch einen Holztunnel über das Eis bauen, oder er könne doch eine Kanone abschießen und selbst das Geschoss sein.

*« Unnütze Spende «*

*» Unnützer Ratschlag »*

Interessante Tipps, zweifellos. Peary aber wählte den konventionellen Weg über das Eis. Im Juli 1908 brach er mit seinem Team um Kapitän Bob Bartlett auf, und Präsident Theodore Roosevelt gab ihm mit auf den Weg: *„Ich glaube an Sie, Peary, und ich glaube an Ihren Erfolg. Er liegt innerhalb der menschlichen Möglichkeiten."*

Peary und Cook begegneten einander auf ihrem Weg noch einmal, zumindest indirekt: In Etah, auf Grönland, erfuhr Peary, dass Cook hier überwintert habe und mittlerweile mithilfe von Inuit-Schlittenführern über Ellesmere Island versuche, den Pol zu erreichen. Peary fand das, sagen wir, unschön – schließlich hatte er lange in Etah gelebt. Er und nicht Cook. Nachdem er in Cape Sheridan überwintert hatte, brach Peary am 1. März 1909 von Cape Columbia über das Packeis nach Norden auf. Im September 1909 gab Frederick Cook bekannt, dass er es bereits am 21. April 1908 zum Nordpol geschafft habe, und dass es dort eigentlich gar nicht so besonders gewesen sei: Es handle sich um gefrorenes Eis. Kurz darauf gab auch Peary bekannt, dass er zusammen mit fünf Helfern – seinem Assistenten Matthew Henson und vier Inuit namens Egingwah, Siglo, Ootah und Ukejah – und 40 Hunden am 6. April 1909 am Pol gewesen sei; als geographische Breite des nördlichsten Lagerplatzes (den er nach Morris Jessup benennt) werden 89° 57' gemessen, der Nordpol liegt bei 90° 00' – also praktisch um die Ecke.

Die Geschichte war damit aber längst nicht zu Ende: Weil Peary nur Zweiter war, versuchte er, Cook als Lügner zu enttarnen – was er auch schaffte. Peary warf Cook unter anderem vor, er habe auch schon behauptet, 1906 den Mount McKinley in Alaska bestiegen zu haben – Cooks damalige Begleiter allerdings würden mittlerweile leugnen, auf dem Gipfel gewesen zu sein. Cook sagte dazu, seine Begleiter hätten Geld für diese Aussage bekommen. Dennoch wurde ihm Pearys Pressekampagne – unter anderem stand die „New York Times“ auf Pearys Seite – zum Verhängnis. Noch 1997, lange nach Cooks und Pearys Tod, schrieb die Zeitung, das Foto, das Cook zum Beweis der Besteigung des Mount McKinley vorgelegt habe, sei eine Fälschung. Peary dagegen wurde vom US-Kongress für das Erreichen des Pols geehrt, und neben der National Geographic Society folgten auch die meisten Historiker zunächst Pearys Version. Peary war gut vernetzt, er bewegte sich in den wichtigsten Kreisen. Im November 1909 erreichte der Streit einen Höhepunkt, Cook floh verkleidet aus New York. Ihm blieb nur, noch auf dem Sterbebett zu versichern, dass er der Erste am Nordpol gewesen sei. Peary dagegen wurde am 22. Dezember 1909 zum Sieger am Nordpol ernannt – vom Präsidenten des Peary Arctic Club, Thomas H. Hubbard.

Nun gibt es allerdings noch ein kleines Problem mit Pearys eigener Geschichte. In seinem Expeditionstagebuch, das er sehr gewissenhaft führte, findet sich über das Erreichen des Pols kein Eintrag – es gibt darin lediglich ein loses Blatt, das auch nachträglich eingefügt worden sein könnte, und auf dem nicht viel mehr steht als: *„The pole at last!!!“ – „Endlich der Pol!!!“*

Zudem behauptete Peary, die letzten 250 Kilometer innerhalb von vier Tagen zurückgelegt zu haben, was für damalige Verhältnisse ein überaus flotter – manche sagen auch: unmöglich durchzuhaltender – Schritt gewesen wäre. Heute gibt es einige Skeptiker, die glauben, Peary habe auch die Eisdrift und die Windverhältnisse falsch berechnet, weshalb er den Pol verfehlt hätte. Und: Peary hatte lange vor dem Ziel alle Begleiter zur Umkehr bewegt, mit Ausnahme von fünf Helfern, die aber keine Erfahrung mit technischem Gerät hatten, um festzustellen, ob sie wirklich am Nordpol waren. In einem Interview sagte Pearys Assistent Henson später, er habe am betreffenden Tag *„das Gefühl“* gehabt, am Pol zu sein. Feststeht, dass keiner der Beteiligten je beweisen konnte, am Pol gewesen zu sein.

03 ***Gemeinsame Bekannte: der Hunger*** Cook kämpfte auf der Rückreise ums Überleben. Es waren minus 45 Grad, es gab Stürme und Nebel, er driftete

ab, weg von den Vorratslagern, die er für den Rückweg vorbereitet hatte, und irgendwann aßen er und die beiden Inuit, die ihn begleiteten, den Erzählungen nach vor Hunger ihre Schlittenhunde auf. Von September 1908 an überwinterten sie sieben Monate lang in einer Höhle in Kap Sparbo, westlich von Nordgrönland. Peary war da zwar noch ziemlich fidel auf seinem Schiff, notierte aber trotzdem schon in sein Tagebuch: *„Hunger, nicht Kälte heißt der Drache, der das Rheingold der Arktis bewacht.“*

04 ***Zahl des Paares: 90*** Die Position des geographischen Nordpols, also des Schnittpunkts der Erdachse mit der Erdoberfläche in Richtung der Drehachse, ist 90° 00'.

05 ***Sonst so*** Die schonendste Möglichkeit, ein spannendes Wettrennen zum Nordpol zu veranstalten: Sie spielen das Würfelspiel, das 1909 während des Pol-Streits auf den Markt kam: „The Cook-Peary North Pole Game“. Es handelt sich um ein Spiel für ein Paar; ein Spieler repräsentiert Cook, der andere Peary.

Der Streit um das Erreichen des Pols fand Eingang in das Bostoner Polar-Witzbuch von 1910. Darin stehen zwei Definitionen eines Lügners. Erstens: *„Immer der andere“*. Und zweitens: *„Jemand, der vor dir am Pol war“*. Erwiesen ist übrigens, dass Prinz Albert von Monaco 2006 als erster amtierender Staatschef der Welt am Nordpol war. Erwiesen im Sinne von: Es bestreitet niemand.

06 ***Was aus dem Paar wurde*** Frederick Cook starb 1940 im Ruf, ein Lügner zu sein – allerdings gibt es bis heute die wissenschaftliche „Frederick A. Cook Society“, die sein Andenken wahrt. Robert Peary, 1920 gestorben, ist ebenfalls umstritten – allerdings liegt er auf dem Heldenfriedhof in Arlington begraben, weil er zum Zeitpunkt seines Todes noch als Erster am Nordpol galt.

07 ***Bleibende Werte*** ......................................................................

***Anspruch*** ●●○○○ / ***Gefühl*** ●○○○○ / ***Action*** ●●●●○ / ***Erotik*** ○○○○○ / ***Glamour*** ●●○○○

# 042 INTERNATIONAL VERKEHREN

Verschiedene sexuelle Praktiken werden verschiedenen Ländern zugeordnet, was bisweilen recht unterhaltsam ist – auch wenn es zum Teil beim besten Willen nicht zu rekonstruieren ist, warum eine bestimmte Technik einem bestimmten Land zugeschrieben wird. Da die Welt der sexuellen Praktiken unendlich ist, stellt diese Auswahl nur einen kleinen Ausschnitt dar.

•••

***À la Suisse*** • Abwechselnder Vaginal- und Oralverkehr ••• ***Albanisch*** • Sex mit der Kniekehle des Partners ••• ***Arabisch*** • (auch persisch) Der Mann zieht während des Geschlechtsverkehrs seinen Penis aus der Vagina, taucht ihn in warmes Öl und dringt wieder in die Frau ein

*« Heißer Tee «*

•••

*» Warmes Öl »*

••• ***Deutsch*** • Missionarsstellung (In anderen Sprachen steht „deutsch" für sadistische oder masochistische Spiele) ••• ***Englisch*** • Rollenspiele mit sadistischen oder masochistischen Zügen (Bestrafungs-, Prügel- oder Erziehungsspiele). Auch: Bondage-Techniken wie Fesseln, Einschränkung des Tastsinns oder der Hör- und Sehfähigkeit. Gelegentlich gemeint: Sex am Nachmittag, in Anlehnung an die englische Vorliebe für den Fünf-Uhr-Tee. ••• ***Französisch*** • Orale Sextechniken wie Fellatio und Cunnilingus ••• ***Französisch beidseitig*** • Stellung, die auch als 69 bekannt ist ••• ***Griechisch*** • Analverkehr ••• ***Indisch*** • Verkehr in vielen, zum Teil komplizierten Stellungen ••• ***Italienisch*** • Sex mit der Achselhöhle des Partners ••• ***Mongolisch*** • Sex zwischen den Pobacken des Partners, ohne Penetration ••• ***Russisch*** • a) Schenkelverkehr, also das Abklemmen des Penisses zwischen den Schenkeln des Partners, b) anale Massage mit dem Finger, der vorher in Öl getaucht wurde ••• ***Thailändisch*** • Erotische Massage, bei der die Frau den gesamten Körper des Mannes mit ihrem Körper massiert.

# 043

... *wie*

*Walter Röhrl*

*und*

*Christian Geistdörfer*

01 ***Erstes Kennenlernen*** Als Christian Geistdörfer und Walter Röhrl 1980 zum ersten Mal Rallye-Weltmeister wurden, kannten sie sich seit fünf Jahren. 1975 waren sie einander bei Opel begegnet, denn Röhrl, den ein Freund 1968 überredet hatte, einfach mal an der Bavaria-Rallye teilzunehmen, fuhr seit 1973 für Opel. 1974 wurde Röhrl mit seinem Kopiloten Rolf Berger mit sechs Siegen in acht Rennen Europameister. Christian Geistdörfer gehörte in dieser Zeit noch zum Nachwuchs. Er interessierte sich für Motorsport, und nachdem er an einigen 200-Kilometer-Rallyes – also kürzeren Rallyes – teilgenommen hatte, wuchs er binnen zwei Jahren in die Rennszene hinein.

Geistdörfer, 1953 in München geboren, und Röhrl, 1947 in Regensburg geboren, verstanden einander sofort, denn: *1.* Sie fanden beide Rallyefahren ziemlich gut, und *2.* sie *„sprachen dieselbe Sprache“,* wie Geistdörfer sagt, nämlich Bayerisch. 1977 fuhren sie nach Röhrls Trennung von Opel in Italien in einem Fiat erstmals zusammen ein Rennen – Röhrl am Steuer, Geistdörfer als Beifahrer.

02 ***Gemeinsam Auto fahren*** Es gibt bekanntlich drei einfache Regeln, die man als Beifahrer gefälligst zu beachten hat, wenn man es sich nicht mit dem Fahrer verscherzen will: *1.* Wenn der Fahrer Hunger hat, reicht man ihm ein Salamibrötchen (in Bayern eine Hartwurstsemmel). *2.* Wenn der Fahrer eine Frage zur Strecke hat, dann beantwortet man sie tunlichst, und zwar korrekt. *3.* Wichtigste Regel: Beifahrer fahren nicht. Fahrer fahren. Beifahrer sorgen für Musik, für Gesprächsnachschub, Salamibrötchen (in Bayern:

Hartwurstsemmeln) und warmen Tee. Was den Fahrstil des Fahrers angeht, gilt: Schnauze halten. Diese Regeln gelten nicht für professionelle Rallyeteams. Hier gilt: Der Beifahrer sagt dem Fahrer, was er tun soll. Also: Kurve innen fahren, Kurve nicht innen fahren, weil hinter der Kurve ein Felsblock steht; Vorsicht: Eisfläche; Kuppeln jetzt – all das, wofür man als Beifahrer im gewöhnlichen Straßenverkehr vom Fahrer sofort des Wagens verwiesen wird (und zwar zu Recht).

Bei Rallyes ist dagegen nicht nur das Können des Fahrers gefragt, sondern auch das Können des Beifahrers. Ein guter Beifahrer gewinnt mit einem schlechten Fahrer natürlich kein Rennen, ein guter Fahrer mit einem schlechten Beifahrer allerdings auch nicht. Ein Kopilot trägt eine Menge zu Erfolg oder Misserfolg eines Teams bei, bei Nebel, Unwetter oder Dunkelheit bis zu 50 Prozent. Rallyefahren ist daher ein Sport für Paare.

Christian Geistdörfer hat eine Formel: Bis 75 oder 80 Prozent der möglichen Leistung erreicht sind, könne jeder Beifahrer sein, der *„Ruhe und einen guten Magen hat"*, sagt er. Wer in die erweiterte Spitze fahren wolle, müsse ein sehr gutes Einfühlungsvermögen in Auto, Strecke und den Fahrer sowie ein Gefühl für Rhythmus haben und sprachlich flexibel sein. *„Bei 93 bis 95 Prozent beginnt die Weltspitze: Da heißt es, schnell Entscheidungen zu treffen, das Gebetbuch auch bei Nebel richtig zu lesen und die Aufzeichnungen in den dreidimensionalen Raum umzusetzen."*

Das von Rallyefahrern so genannte Gebetbuch, auch Aufschrieb genannt, ist ein akribisch geführtes Routenbuch, das Fahrer und Beifahrer vor dem Rennen beim Abfahren der Rallyestrecke, also bei der Besichtigung, erstellen.

Eine Rallyestrecke kann der Kilometeranzahl nach einer Deutschlandreise entsprechen, und wenn man Geistdörfer fragt, ob er sich nicht vielleicht einfach dies und das auch merken könnte, sagt er: Nachts bei Nebel einen Baum vom anderen zu unterscheiden, sei schwierig. Noch ein wenig schwieriger sei das jedoch, wenn man durch den Wald fahre. Die Antwort sei also: Merken könne man sich die Einzelheiten einer Rallyestrecke auf gar keinen Fall.

Heute besagt das Rallye-Reglement, dass ein Team vor einem Rennen eine Strecke zweimal zum Test abfahren darf. Früher, zu Röhrls und Geistdörfers Zeiten in den achtziger Jahren, durfte jedes Team trainieren, so oft es wollte. Begrenzt wurde das Training nur dadurch, dass man 1000 Kilometer lange Strecken nicht beliebig oft abfahren kann, weil ein Rennen ja irgendwann einmal beginnt.

Vom Rallye-Veranstalter erhalten die Teams ein Streckenbuch, damit sie wissen, welche Route sie nehmen müssen. Bei einem Rennen gibt es dann nicht nur Zeitkontrollen, die dazu dienen, den organisatorischen Ablauf eines Rennens einzuhalten, sondern auch so genannte Sonderprüfungen, also Rennen auf Streckenabschnitten, die durch Start und Ziel begrenzt sind. Diese Abschnitte können sieben oder acht Kilometer, aber auch 120 Kilometer lang sein. Für diese Abschnitte gibt es das Gebetbuch. Darin stehen unter anderem Kurvenradien, Geschwindigkeiten und genaue Fahrwege: Jede Kurve, jeder Felsblock hinter einer Kurve, jede Bodenwelle wird vermerkt. Die Notizen dürfen nicht zu ausführlich sein, schließlich geht es bei einer Rallye um Geschwindigkeit, und mehr als man auf einem Wegstück von 100 Metern vorlesen kann, muss man auch nicht notieren. Aber wesentliche Details dürfen nicht fehlen: Eine „links 3“ anzusagen, also eine Kurve von zirka 90 Grad, und dabei die Eisplatte zu vergessen, die in der Kurve wartet, wäre sinnlos.

Nur schlechte Beifahrer, sagt Geistdörfer, würden sich darauf verlassen, dass sie solche Details im Rennen dann schon sähen. Ein wirklich gutes Gebetbuch enthält so viele Details, dass es möglich wäre, ein Rennen mit geschlossenen Augen zu fahren – und bei nächtlichem Nebel fährt man ein Rennen quasi mit geschlossenen Augen.

Ein Gespräch zwischen Beifahrer und Fahrer kann so klingen: *„70 Kuppel voll, 80 links voll, sofort rechts voll 30 mittellinks minus“*. Oder: *„in links 3, 40 über Kuppe Achtung bremsen, in links 2 durch Senke“*. Jedes Rallye-Team erarbeitet sich eine eigene Sprache. Worauf es ankommt, sagt Geistdörfer, sei: *„Die Kommandos müssen exakt sein. Wenn da ein Stotterer ist, kann das gleichzusetzen sein mit einem Unfall. Das erfordert ein Vertrauensverhältnis.“*

In der Regel stehen mindestens vier Informationen im Gebetbuch: Entfernungen zu einem Ereignis (zum Beispiel zu einer Kurve). Die Richtung dieses Ereignisses (Links- oder Rechtskurve). Der Radius der Kurve (oder der Gang, mit dem die Kurve zu fahren ist). Und Zusätzliches wie Bodenwellen, Streckenverschmutzung, herumliegende Felsbrocken.

Das Gebetbuch zu erstellen und vorzubeten ist aber nicht die einzige Aufgabe des Beifahrers. Es ins Rennen zu übersetzen und spontan auf Wetterverhältnisse oder technische, nicht vorhersehbare Details zu reagieren, ist der Hauptteil der Arbeit. Daneben hat der Beifahrer organisatorische Aufgaben. Er plant zum Beispiel gegebenenfalls Boxenstopps in Absprache mit dem Serviceteam. Da dieses Team nicht unendlich viele Reifensätze transportieren kann, richtet der Beifahrer bestimmte Servicepunkte ein und bestellt dorthin Reifen und Ersatzteile.

Man kann es also so zusammenfassen: Der Fahrer ist mit dem Fahren beschäftigt – bei Eis, bei Regen, bei Hitze, auf Waldboden, Straße, Pflastersteinen und Sand. Der Beifahrer, der nicht ganz zu Unrecht auch Kopilot heißt, ist Logistiker und eine Art Bordcomputer.

03 ***Gemeinsame Bekannte: Markku Alén und Illkka Kivimäki*** Markku Alén und Kopilot Illkka Kivimäki wurden Zweite bei der Rallye Portugal von 4. bis 9. März 1980, einem Weltmeisterschaftsrennen. Erste wurden Röhrl und Geistdörfer.

Und das kam so: Die beiden Teams – beide fuhren Fiat – lieferten sich eine großartige Rallye. Alén / Kivimäki hatten die Portugal-Rallye bereits drei Mal gewonnen, und sie hatten vor, einen vierten Erfolg draufzusetzen. Dass Röhrl / Geistdörfer Teamkollegen von Fiat waren – egal. Beide Teams fuhren Bestzeiten, die einen waren auf dieser, die anderen auf jener Etappe vorn. 2600 Kilometer waren zu absolvieren, beinahe 50 Sonderprüfungen. Vor der 42 Kilometer langen nächtlichen Sonderprüfung von Arganil führte Röhrl – doch Alén ließ nicht locker. Dann kam der Nebel. Es war Nebel von der Art, vor der im Fernsehen gewarnt wird: *„Dichter Nebel auf den Autobahnen, bitte bleiben Sie einfach zu Hause.“*

Geistdörfer betete das Gebetbuch vor, *„80 Meter mittel rechts“* und immer so weiter, und Röhrl fuhr einfach, ohne zu sehen, was fünf Meter vor ihm los war. Röhrl / Geistdörfer nahmen Alén / Kivimäki bei dieser Prüfung mehr als vier Minuten ab. Der Widerstand war gebrochen: Sie gewannen die Rallye und wurden am Ende der Saison erstmals Weltmeister.

1983 wurden Röhrl und Geistdörfer bei der Rallye Portugal Dritte. Ihr Gebetbuch bei dieser Rallye war ein umfassendes, eng beschriebenes DIN-A5-Ringbuch voller Abkürzungen und Anweisungen (siehe Illustration). Die Anweisungen für die 11,5 Kilometer lange Prüfung von Orbacem füllten darin zum Beispiel fünf Seiten. Diese Abkürzungen sind mit den im deutschen Sprachgebrauch gängigen 26 Buchstaben und Satzzeichen sowie Ziffern nicht darstellbar. Sie sehen ungefähr so aus: 60 RV 40 ML-i –>ML i 60 MR+l mz (! Spur~~) 50 RV 60 Ri 60 Lv 60 ∧v 60 L-i 80 ∧v 100 (Li ßß) 50 !! R-i (gl) 60 ∧v 100 (gl) ! R-i 90 !! Li-i (gl) 200 (Fels) 50 Li 250 ! ML ++i (~~)

Da auch die findigsten Codeknacker diese Passage nicht würden entschlüsseln können, hier eine Übersetzung:

***60 RV*** 60 Meter, dann RV, also *„rechts voll“*, was allerdings erstaunlicherweise keine volle, sondern nur eine minimale Lenkradbewegung nach rechts bedeutet.

***40 ML-i*** 40 Meter, dann *„mittellinks minus innen“*, nach 40 Metern kommt also eine scharfe Kurve von mehr als 90 Grad, die man am besten im 2. Gang fährt (alles andere wäre ja vollkommener Unsinn).

–> Der Pfeil ist eine Längenangabe und bedeutet: nach weniger als 20 Metern. Ab einer Strecke von 20 Metern werden Zahlen geschrieben, also 20 für 20 Meter, 40 für 40 Meter, 250 für 250 Meter; der Pfeil steht für eine extrem kurze Strecke. Dass die Zahlen für die Geschwindigkeiten stünden, ist eine beliebte Interpretation, sie ist aber falsch.

***ML i 60 MR+l mz*** *(! Spur~~)* Nach dieser kurzen Strecke von weniger als 20 Metern heißt es ML i, also *„Mittellinks innen“*, dann nach 60 Metern mittelrechts plus innen, also zu fahren im 3. Gang, mit öffnendem Radius. Die Kurve macht am Kurvenausgang zu, wofür *„mz“* steht: *„macht zu“*. Zudem gilt es, Vorsicht walten zu lassen (dafür steht das Ausrufezeichen):

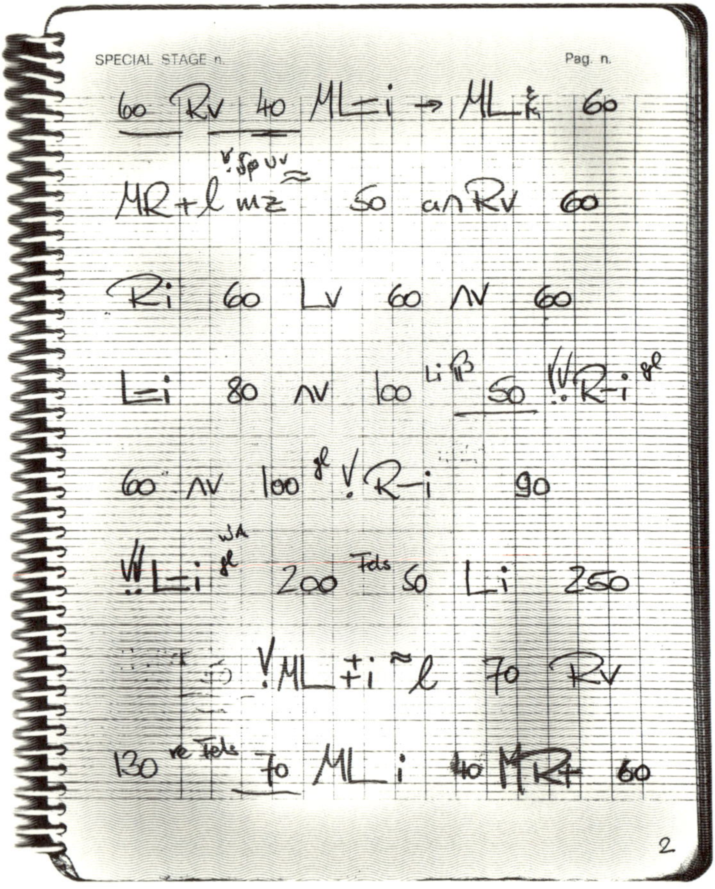


*Christian Geistdörfer*

*Rallye Portugal 1983, Prüfung Orbacem • Bleistift auf Papier, Ausbesserungen mit blauem Kugelschreiber • 210 mm auf 148 mm, aus privater Sammlung*

Die Fahrspur weist nämlich zwei ausgefahrene Rillen auf. Anders gesagt: Es rumpelt, und wenn man nicht aufpasst, verschlägt es das Auto.

*50 RV 60 Ri 60 LV* 50 Meter, dann rechts voll, dann 60 Meter, dann rechts innen (die Kurve wird also innen gefahren), dann 60 Meter links voll.

*60* ^v *60 L-i 80* ^v Nach 60 Metern macht die Strecke auf und dann zu. Dafür steht ^v, das bei Christian Geistdörfer so viel bedeutet wie: *„macht auf, macht zu"*, wobei es um die Streckenoptik geht. Dann also L-i, also *„Links minus innen"* – und wie jeder Fahrer weiß, wäre es unklug, hier zu beschleunigen, besser ist es, mit Halbgas zu fahren. Nach 80 Metern macht die Strecke dann schon wieder auf und zu.

*100 (Li ßß) 50 !! R-i (gl)* Nach 100 Metern kommt eine *„links innen"*, wobei auf zwei markante Bäume (die im Gebetbuch ungefähr aussehen wie ßß) zu achten ist. Nach 50 Metern dann eine Achtung-Achtung-Rechtsinnenkurve, die einen Gangwechsel voraussetzt. Zudem ist es glatt (worauf das *„gl"* hindeutet. Die Unterstreichung der 50 bedeutet: *„Die Geschwindigkeit ist in diesem Abschnitt so hoch, dass es gilt, diese Passage schnell vorzubeten."*

*60* ^v *100 (gl) ! R-i 90* Nach 60 Metern macht die Strecke dann wieder auf und zu. Nach weiteren 100 Metern, auf denen es stellenweise glatt ist, kommt – Achtung! – eine Rechts minus innen. Danach 90 Meter.

*!! Li-i (gl) 200 (Fels)* Und schon wieder wird es aufregend: Achtung, Achtung, eine Li-i, also eine *„Links minus innen"* (eine Achtung-Achtung-Kurve setzt einen Gangwechsel voraus). Noch dazu ist es glatt. Danach aber heißt es, Gas zu geben: Denn nun kommen 200 lange Meter, 5. Gang, richtig Tempo, 170 oder 180 km/h. Wenn möglich, jetzt nicht auf den Felsen fahren!

*50 Li 250 ! ML ++i (~~)* Nach 50 Metern kommt dann eine Linksinnen, bevor es nach 250 Metern heißt, das Tempo zu drosseln, denn, Achtung, eine Mittellinks plus plus innen, die im 3. Gang zu fahren ist – zumal die Fahrspur ausgefahren ist und es rumpelt.

Es gibt viele weitere Zeichen, die auf dieser kurzen Passage keine Verwendung fanden. So gibt es zum Beispiel nicht nur Kurven, die innen gefahren werden, sondern auch Kurven, die außen gefahren werden. Sie sind zum Beispiel mit *„-a"* gekennzeichnet. Eine *„va"* wäre eine Kurve, die von außen nach innen gefahren wird.

04 ***Zahl des Paares: 13*** Röhrl und Geistdörfer wurden zweimal zusammen Weltmeister (1980 und 1982) und einmal WM-Zweite (1983). Sie gewannen 13 WM-Rallyes, darunter vier mal die große Rallye Monte Carlo, unter Rallyefreunden „Monte" genannt: 1980, 1982, 1983 und 1984 – und zwar in vier verschiedenen Autos. Die Monte wurde vornehmlich in kurvenreichen Gebieten der Seealpen gefahren, während durch Monte Carlo selbst nur kleine Streckenabschnitte führten. Es gab Nachtfahrten und hochriskante Passagen, die die Rallye berühmt machten. Allerdings hat sich mittlerweile einiges geändert – gerade die besonders schwierigen Passagen wurden durch weniger schwierige ersetzt.

Vier Siege in Monte Carlo hatte vor Röhrl und Geistdorfer niemand geschafft – und schaffte nach altem Rallye-Reglement niemand nach ihnen. Tommi Mäkinen gewann nach neuen Regeln viermal, von 1999 bis 2002, allerdings lediglich dreimal mit Risto Mannisenmäki als Beifahrer (einmal mit Kaj Lindström).

Erst Sébastien Loeb und sein Kopilot Daniel Elena übertrumpften Röhrl und Geistdörfer mit fünf Siegen zwischen 2003 und 2008. Das wunderte Röhrl nicht im Geringsten. Er sagte einmal: *„Loeb fährt den ruhigsten Strich."* Was man eben so sagt im Rallyejargon, wenn man jemanden lobt.

05 ***Sonst so*** Für viele Fachleute ist Walter Röhrl der beste deutsche Rennfahrer, den es bislang gab. Das klingt etwas abwertend gegenüber Michael Schumacher, der zweifellos auch ganz gut Auto fährt und noch dazu bekannter ist, doch Röhrl fuhr vielseitiger. *„Walter ist der komplette Autofahrer"*, sagt Christian Geistdörfer, und der darf das sagen, er spricht ja nicht von sich. *„Wenn Sie einen Formel-1-Fahrer auf Eis und Schnee setzen, sieht er ganz schnell ganz alt aus."* Geistdörfer sagt, er schätze an Röhrl die Präzision, seine Versiertheit im Auto, und dass er für den Sport lebe – jedenfalls gelebt habe, solange er ihn professionell betrieb. Allerdings kommen solche Superlative

nicht nur von Geistdörfer, sondern auch von anderen: In Italien wurde Röhrl zum „*Rallye-Fahrer des Jahrhunderts*“ und von Motorsportexperten zum

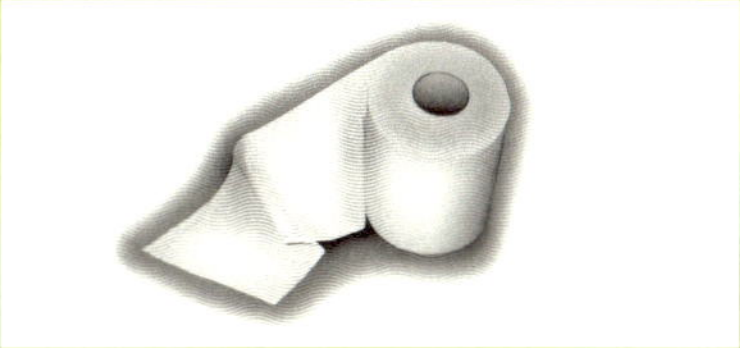

*Vorläufer des Gebetbuchs*

„*Besten Rallye-Fahrer aller Zeiten*“ gewählt. Niki Lauda nannte ihn ein Genie. Sagen wir also: Röhrl war wirklich erstaunlich gut.

In Flensburg hatte er 2005 einen Punkt wegen einer Geschwindigkeitsübertretung, wozu er dem Magazin „Spiegel“ sagte: „*Ich habe in meinem Leben schon zirka achteinhalb Millionen Kilometer im Auto zurückgelegt, und dies war bislang der einzige Fall, in dem ich einen Punkt kassiert habe. Mein erster Punkt! Das hat mich belastet, zum Teil hatte ich schlaflose Nächte deswegen.*“

Geistdörfer hat einige Innovationen in den Rennbetrieb gebracht; die lustigste handelt von der Abschaffung des Toilettenpapiers. Er schrieb das Gebetbuch nämlich einfach von links nach rechts. Das klingt jetzt nicht wahnsinnig originell – allerdings war es bis dahin unter Rallye-Kopiloten üblich, von unten nach oben zu schreiben. In den frühen sechziger Jahren kamen die Gebetbücher allmählich auf. Die ersten Teams schrieben einfach schnell ein paar Notizen auf Toilettenpapier. Toilettenpapier lässt sich tatsächlich am besten von unten nach oben beschriften, und weil die ersten damit angefangen hatten, wurde das Standard. Aus dem Toilettenpapier wurde bald DIN-A4-Papier – aber: Beschrieben wurde es von unten nach oben.

Geistdörfer machte es anders. Er sagt, man könne von links nach rechts einfach besser lesen. Wenn man durch ein Schlagloch führe, brauche man den Daumen, um nicht in der Zeile zu verrutschen. Insgesamt sei es wesentlich praktischer, unter Verwendung des Daumens von links nach rechts als von unten nach oben zu lesen.

Außerdem entwickelte Geistdörfer in Ergänzung zum Gebetbuch ein Wetterverzeichnis: blau stand für Eis, rot für Schnee, grün für trocken. In Kommunikation mit der so genannten Eisnotencrew, die bis zu zwei Stunden vor den Rennautos noch eine Rallyestrecke testen durfte, wusste er, wie sich das Wetter entwickeln würde und konnte darauf reagieren. Zusammen mit den anderen Details, die er aufzeichnete, ergab das ein erstaunlich genaues Streckenbild. Jeder Kopilot hat ein eigenes System, sich die Strecke zu merken und sie dem Fahrer zu vermitteln. Es gibt also keine beste Art und Weise, ein Gebetbuch zu erstellen. Geistdörfer gelang es mit seinem System jedoch stets, Röhrl ein Bild von den noch nicht erreichten Streckenabschnitten zu vermitteln. Röhrl wusste dank seines Beifahrers also immer, was er zu tun hatte.

06 ***Was aus dem Paar wurde*** Der Sieg bei der Drei-Städte-Rallye 1987 war Geistdörfers und Röhrls letzte gemeinsame Rallye als Profis. Röhrl ging als Testfahrer zu Audi, Geistdörfer als Koordinator zu BMW.

Röhrl fuhr noch Rundstreckenrennen, außerdem nahm er an der amerikanischen Sportwagenmeisterschaft TransAm teil und fuhr in den USA in der IMSA-Serie. Seit 1992 arbeitet er als Repräsentant und Testfahrer für Porsche.

Geistdörfer ist heute Geschäftsmann, hält sich aber hin und wieder auf Rallyepisten auf. Erst 2009 starteten Röhrl und Geistdörfer nach längerer Pause wieder einmal gemeinsam bei einer Rallye, der „Heidelberg Historic“ über 650 Kilometer.

07 ***Bleibende Werte*** ....................................................................................

***Anspruch*** ●●●○○ / ***Gefühl*** ○○○○○ / ***Action*** ●●●●● / ***Erotik*** ●○○○○ / ***Glamour*** ●○○○○

# 044 EIN TANDEM BAUEN

Einkaufsliste: 1 Fahrradkette 1/2 x 3/32“, 116 Glieder • 1 Stahlrohr, Länge zirka 25 cm, Durchmesser 1 inch (2,54 cm) • 1 Stahlrohr, Länge zirka 70 cm,

Durchmesser 1 inch (2,54 cm) • 2 Stahlrohre, Länge zirka 10 cm, Durchmesser 0,3 inch (0,76 cm) • 2 baugleiche Fahrradrahmen, vorzugsweise Rennradrahmen aus Molybdän-Stahl (das Legierungselement Molybdän verbessert die Festigkeit und die Korrosionsbeständigkeit) ••• Werkzeug: 1 Schutzgas-Schweißgerät • 3 Inbusschlüssel 8, 10, und 12 mm • 3 Flachschlüssel 10, 15 und 17 mm • 1 Schlitzschraubendreher • 1 Kettentrimmer.

01 *Arbeitsschritte* • *Schritt 1* Demontage der nicht benötigten Komponenten.

*Am vorderen Rahmen:* Die Befestigungsschraube des Fahrradständers mit dem 17-mm-Schlüssel oder einem passenden Inbusschlüssel lösen (je nach Bauart) • die Klemmschraube lösen, mit der das Bremskabel am hinteren Bremskörper befestigt ist • den Bremsgriff mit dem 8-mm-Inbusschlüssel demontieren (das Bremskabel inklusive Hülle kann nun nach vorne aus den Befestigungs-Ösen gezogen werden) • die Befestigungsschraube der Hinterbremse mit dem 8-mm-Inbusschlüssel oder dem 10-mm-Flachschlüssel lösen • die Kette mit Hilfe des Kettentrimmers abnehmen (später kann die Kette verlängert wieder eingesetzt werden) • die gesamten Schaltungskomponenten am vorderen Rahmen demontieren • die beiden Schalthebel am Unterrohr mit dem Schlitzschraubendreher demontieren • die Klemmschraube lösen, mit der der Schaltzug am vorderen Umwerfer befestigt ist • die Befestigung des Umwerfers mit dem 8-mm-Inbusschlüssel lösen • die Klemmschraube lösen, mit der der rechte Schaltzug am Schaltwerk befestigt ist • das Schaltwerk mit dem 8-mm-Inbusschlüssel demontieren • das Hinterrad ausbauen – durch Lösen der Schnellspanner an der Achse oder der Mutter mit einem 15-mm-Flachschlüssel.

*Am hinteren Rahmen:* die Klemmschraube lösen, mit der das Bremskabel am vorderen Bremskörper befestigt ist • den Bremsgriff mit dem 8-mm-Inbusschlüssel demontieren (das Bremskabel inklusive Hülle kann nun entfernt werden) • das Vorderrad ausbauen – durch Lösen der Schnellspanner an der Achse oder der Mutter mit einem 15-mm-Flachschlüssel • den linken Schalthebel am Unterrohr mit dem Schlitzschraubendreher demontieren • die Klemmschraube lösen, mit der der Schaltzug am vorderen

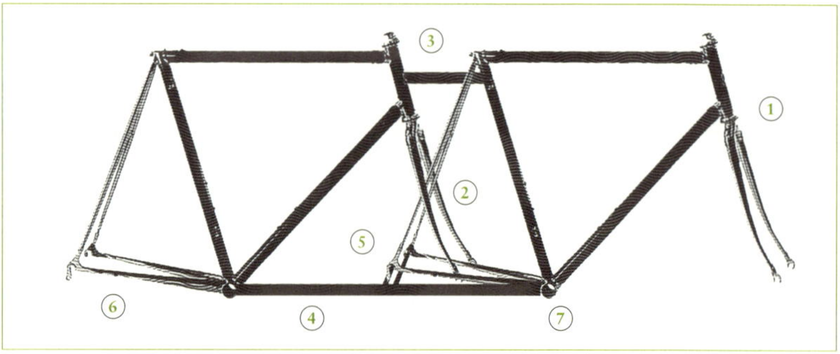


Umwerfer befestigt ist • die Befestigung des Umwerfers mit dem 8-mm-Inbusschlüssel demontieren.

02 *Schritt 2* Die beiden Gabelrohre des hinteren Rahmens an den Sattelstreben sowie an beiden Kettenstreben des vorderen Rahmens befestigen – an jeweils zwei Schweißpunkten.

03 *Schritt 3* Das 30-cm-Stahlrohr zwischen dem Steuerkopf des hinteren und der Sattelstrebe des vorderen Rahmens anschweißen.

04 *Schritt 4* Das 80-cm-Stahlrohr zwischen den Stertlagergehäusen der beiden Rahmen anschweißen – dieses Rohr wird auf Zug belastet.

05 *Schritt 5* Die Sattelstreben des vorderen Rahmens durch das Einschweißen der beiden dünnen Rohre mit dem neu eingesetzten Verbindungsrohr der Tretlagergehäuse verbinden.

06 *Schritt 6* Die Kette des hinteren Rahmens auf das äußere Kettenblatt legen.

07 *Schritt 7* Mit dem Kettentrimmer die gebrauchte und die neue Kette zusammenfügen • die verlängerte Kette zwischen den beiden inneren Kettenblättern der beiden Rahmen einsetzen.

# 045 VIERHÄNDIG KLAVIER SPIELEN

Vierhändig Klavier zu spielen ist die wohl intimste Art, miteinander zu musizieren. Auf der Klavierbank sitzt man eng beieinander, beginnt im gleichen Rhythmus zu atmen, spürt den Herzschlag des Partners. Manchmal kreuzen sich sogar die Hände, und die kleinen Finger beginnen, sich um den Platz auf der Tastatur zu streiten. Wolferl und Nannerl Mozart sind auf einer Klavierbank erzogen worden, Clara Schumann und Johannes Brahms haben dort ihre geheime Leidenschaft füreinander ausgelebt. Die schönsten Kompositionen für Klavier zu vier Händen sind die, die auch für vier Hände komponiert worden sind – Transkriptionen fehlt der Zauber.

• • •

01 ***Wolfgang Amadeus Mozart*** • Sonate für Klavier zu vier Händen in C-Dur, KV 19 d [illegible]nate für vier Hände in D-Dur, KV 381 • Sonate für vier Hände in B-Dur, KV 358 • Sonate für vier Hände in f-Moll, KV 497 • Sonate für vier Hände in g-Moll, KV 357 • Sonate für vier Hände in C-Dur, KV 521 • Sonate für zwei Pianos in D-Dur, KV 448 • Die Klavierlehrerin sagt: *„Perfekt auch für den Hausgebrauch."*

02 ***Ludwig van Beethoven*** • Variationen über ein Thema des Grafen von Waldstein in C-Dur, WoO 67 • Die Klavierlehrerin sagt: *„Wird gegen Ende immer schwerer, aber bei einem so edlen Thema beißt man sich gerne durch."*

03 ***Johannes Brahms*** • Liebeslieder-Walzer op. 52 • Ungarische Tänze Nr. 1–21 o. op. • Die Klavierlehrerin sagt: *„Beliebt, weil äußerst schwungvoll – aber nicht ganz einfach."*

04 ***Franz Schubert*** • Divertissement à la hongroise, op. 54, g-Moll • Die Klavierlehrerin sagt: *„Ein eher unbekanntes Werk, aber ein magyarisches Tonvergnügen, ein Mix aus Folklore und Klassik. Wahrscheinlich für die beiden hohen Töchter Marie und Caroline aus dem Hause Esterházy komponiert, denen der Franz Unterricht gab."*

05 ***Claude Debussy*** • Six Epigraphes Antiques • Die Klavierlehrerin sagt: *„Für besonders Anspruchsvolle, sehr schwer."*

# 046 VIELEN EINS AUF DIE GLOCKE GEBEN

*... wie*
*Terence Hill*
*und*
*Bud Spencer*

01 ***Erstes Kennenlernen*** Carlo Pedersoli, 1929 geboren, war vor seiner Karriere als Bud Spencer ein erfolgreicher Schwimmer und holte elf italienische Meistertitel im Schmetterlings-, Brust- und Freistil. Mit 27 Jahren kehrte er als Jurist dem Sport den Rücken und arbeitete fortan bei einer Straßenbaugesellschaft, die die Panamericana von Panama nach Buenos Aires baute, bevor er in Venezuela für einen britischen Autobauer arbeitete. Anfang der sechziger Jahre kehrte er nach Italien zurück, war Komponist, und wurde 1967 im Alter von 37 Jahren Schauspieler.

Mario Girotti, Italiener mit deutscher Mutter, der – 1939 geboren – zehn Jahre jünger ist als Pedersoli, hatte zu diesem Zeitpunkt bereits in mehreren Filmen mitgewirkt, unter anderem neben Burt Lancaster, Claudia Cardinale und Alain Delon in Viscontis „Der Leopard", in „Das Bildnis des Dorian Gray", „Karthago in Flammen", „Unter Geiern" oder „Winnetou II". Auch Girotti war ein guter Schwimmer, allerdings nicht von Pedersolis Format.

Sie lernten sich 1967 bei ihrem ersten gemeinsamen Film kennen, dem Western „Gott vergibt – wir beide nie". Es war nie ein Geheimnis, dass beide Italiener waren, aber in einem Western hatten nun einmal amerikanische Schauspieler mitzuspielen, also nannten sie sich Bud Spencer (Pedersoli) beziehungsweise Terence Hill (Girotti) und wurden ein ungleiches Paar.

02 ***Vielen eins auf die Glocke geben*** Spencer und Hill haben dem menschlichen Körper einen neuen Sound verpasst – sie sind mit Filmen bekannt geworden, in denen sie erstaunlich vielen Männern eins auf die Glocke geben.

Auf die Glocke geben wäre nicht der korrekte Ausdruck, wenn man beschreiben wollte, was Uma Thurman in „Kill Bill“ mit erstaunlich vielen Gegnern anstellt. Das wäre: ein Gemetzel veranstalten. Um das Handeln von Bud Spencer und Terence Hill zu beschreiben, trifft jedoch kein Ausdruck besser als: auf die Glocke geben. Denn sie verdroschen ihre Gegner nicht nur, sie schufen dabei Klangkunst. Ihr Klangrepertoire besteht unter anderem aus folgenden Tönen:

***Batsch,*** leicht scheppernd im Abgang (in manchen Filmen unterstützt von einem feinen kurzen Schlag auf das Hi-Hat-Becken eines Schlagzeugs): Bud Spencers flache Hand findet den Weg in ein Gesicht, beliebt auch in der Version „beidhändige Doppelbackpfeife“, mit beiden Händen auf beide Backen. • ***Batsch-Batsch-Batsch-Batsch:*** Bud Spencer schlägt mit der flachen Hand auf die linke Backe des Gegners, dann auf die rechte Backe, dann mit beiden Händen auf beide Backen und schließlich mit der flachen Hand frontal auf die Stirn. • ***Schlag, Pause, Batsch:*** Nicht jeder Schlag wurde synchron vertont, weshalb Bild und Ton nicht immer zusammenpassen. • ***Ssssrrr:*** Holzstange, die durch die Luft geschwungen wird. • ***Wuuuuusch:*** Holzknüppel, der durch die Luft geschwungen wird. • ***Krrrwwwmmmmm,*** vergleichbar dem Geräusch einer einstürzenden Holzhütte: Bud Spencer schlägt mit der Faust den Tisch durch. • ***Bäng-Bäng-Bäng-Bäng-Bong,*** ähnlich einer Kirchenglocke: Klang einer Pfanne, die viermal frontal und einmal seitlich gegen einen Kopf geschlagen wird. • ***Boooiiiing:*** Klang des „Fünf-Sekunden-Narkose-Hammers“, eines vertikalen Schlags mit der Faust auf den Kopf. Ähnelt dem Klang eines Paukenschlägels, der im Fortissimo auf eine Pauke trifft. • ***Wooomm:*** Bud Spencer, der von einem Dutzend Angreifer zugleich angesprungen wird, schüttelt sich und schleudert alle auf einmal von sich (Spencer verwendete für diese Technik den Fachbegriff „La Bomba“) • ***Frrrrrr:*** Klang eines abhebenden Kneipenprüglers, der von Hill oder Spencer Starthilfe bekommen hat. • ***Mmmrrrmmm:*** Laut aus dem Inneren von Bud Spencer, wenn ihm jemand blöd kommt, während er gerade Bohnen isst (er isst oft Bohnen). • ***Mm-hmm*** bzw. ***o-ho*** (Tonhöhe jeweils steigend): Terence Hill stellt fest, dass er im nächsten Moment einen weiteren Gegner vermöbeln muss. • ***Krrkks,*** das Geräusch reißenden Stoffs: Klang, wenn Bud Spencer die Hutkrempe eines Gegners von zwei Seiten zu fassen kriegt und sie ruckartig nach unten zieht.

Ohne dieses Repertoire an Geräuschen ist eine Prügelei in den meisten Filmen mit Bud Spencer und Terence Hill nicht zu haben. Ergänzt wird das

*« Boooiiiing «*

•••

*» Mmmrrrmmm »*

Klanggewitter häufig durch charakteristische Aussagen, die in der wunderbaren deutschen Synchronisation zum Beispiel so klingen:

*„Dem beiß' ich eine Beule in den Bart, dass ihm die Hose wegfliegt."* • *„Wenn du mich noch mal duzt, hau' ich dir ne Delle in die Gewürzgurke, ist das klar?"* • *„Hast du 'ne Pizza im Horchlappen?"* • *„Klingt, als wenn du 'ne Dachrinne frisst."* • *„Wenn du noch einmal mit den Augen zwinkerst, zwinker' ich mit den Fingern."* • *„Wenn du dir das Leben nehmen willst, musst du hier schön warten, bis ich wieder rauskomme."* • *„Rülps! Alles raus, was keine Miete zahlt"* • *„Da hat's Bumms gemacht, und unten isser."* • *„Hat dir eigentlich schon mal einer mit dem Vorschlaghammer einen Scheitel gezogen?"* • *„Bleib da, sonst fang ich an zu husten!"* • *„Komm' raus, dir hau' ich die Raupen aus der Nuss!"*

Für die Überzeugungskraft von Spencer und Hill war zudem die Paarkonstellation entscheidend. Egal, ob sie Polizisten in Miami, Cowboys, kleine Ganoven, die großen Ganoven Geld abknöpfen, Piraten, ungleiche Brüder oder Weltenbummler spielten: Spätestens nach dem sehr erfolgreichen Film „Vier Fäuste für ein Halleluja", 1972 gedreht, gaben sie stets Bud Spencer und Terence Hill in unterschiedlichen Kostümen – den dicken, bärbeißigen Phlegmatiker, der sich nur im Notfall prügelt, dann aber unfassbar gerne, und den kleineren Drahtigen mit den besseren Ideen, Obelix und Asterix vergleichbar. Spencer und Hill schufen eine neue Kategorie von Filmen: die Kategorie Hau-Drauf-Komödie.

Die meisten Filme, in denen Bud Spencer und Terence Hill als prügelndes Paar auftraten, wurden in den siebziger und frühen achtziger Jahren gedreht, und allen, die die sinnlose Gewalt verurteilen möchten, muss gesagt

*« Bäng-Bäng-Bäng-Bäng «*

•••

*» Bong »*

sein: Es fließt kein Blut in diesen Filmen, und die Prügelszenen sind nicht Gewaltszenen, sondern Parodien von Gewaltszenen.

Alle Filme haben auch eine Handlung, aber die Handlung ist nicht weiter wichtig (ausgenommen vielleicht bei den frühen Western). Meist ist es so, dass Bud Spencer und Terence Hill angegriffen werden (warum auch immer) und sich wehren müssen – bald schon ist eine herrlich sinnlose Schlägerei im Gange, und nur darum geht es.

*03* ***Gemeinsame Bekannte: Giuseppe Colizzi*** Der Regisseur Giuseppe Colizzi brachte Girotti und Pedersoli zusammen. Er wollte 1967 einen Western drehen und suchte dafür einen kleinen drahtigen und einen imposanten breitschultrigen – okay: dicken – Hauptdarsteller. Girotti bekam die Rolle des Kleinen, nach dem Dicken suchte Colizzi eine Weile, bevor er seinen Freund Pedersoli ansprach. Der war kein Schauspieler, verließ aber etwas widerwillig sein gut laufendes Büro für einen Monat, um mitzuspielen.

*04* ***Zahl des Paares: 2*** Auch wenn es einige Filmtitel gibt, in denen die Vier vorkommt, zum Beispiel „Vier für ein Ave Maria“, „Vier Fäuste für ein Halleluja“ und „Vier Fäuste gegen Rio“ – die Häufigkeit ihres Vorkommens spricht für die Zwei, wie in „Zwei vom Affen gebissen“, „Zwei hau’n auf den Putz“,

„Zwei Himmelhunde auf dem Weg zur Hölle“, „Zwei wie Pech und Schwefel“, „Zwei Missionare“, „Zwei außer Rand und Band“, „Zwei sind nicht zu bremsen“, „Zwei Asse trumpfen auf“ und „Zwei bärenstarke Typen“. Zudem spielen Spencer und Hill in „Zwei Himmelhunde auf dem Weg zur Hölle“ unter anderem das Spiel „Gerade oder ungerade“ und in „Zwei sind nicht zu bremsen“ spielen sie „Kopf oder Zahl“. Eindeutig Spiele für zwei.

05 ***Sonst so*** Heute hat Carlo Pedersoli alias Bud Spencer ein weiteres Geräusch im Repertoire: Seine künstliche Hüfte meldet sich beim Durchqueren einer Sicherheitsschleuse. Während über Terence Hills genaue Körpermaße wenig bekannt ist (dafür weiß man, dass er sieben Mal den „Bravo Otto“ gewann), werden Bud Spencers Körpereigenschaften in Biographien rauf- und runtergebetet. Faustumfang: 33 cm • Größe: 1,92 m • Schuhgröße: 47

Folgende Maße gelten für seine Hochgewichtszeiten zu Beginn der achtziger Jahre: Gewicht: 160 kg • Brustumfang: 146 cm • Bauchumfang: 175 cm • Bizepsumfang: 55 cm • Hemdgröße: 55

06 ***Was aus dem Paar wurde*** 1985 hatte sich der Witz des Duos etwas verbraucht. Nach „Die Miami Cops“ drehen sie erst 1994 wieder zusammen, ihren bislang letzten gemeinsamen Film „Die Troublemaker“. Beide spielten allerdings auch ohne Beteiligung des anderen in Filmen mit; Bud Spencer zum Beispiel in „Banana Joe“ (in dem er den Banana Joe gab), „Der Bomber“ (in dem er den Bomber mimte), „Bud, der Ganovenschreck“ (in dem er sich in eine Figur namens Bud verwandelte) oder „Aladin“ (er war Aladin).

Terence Hill dagegen spielte in Filmen wie „Mein Name ist Nobody“ (in dem er den Nobody gab), „Der Supercop“ (in dem er den Supercop mimte), „Keiner haut wie Don Camillo“ (in dem er sich in Don Camillo verwandelte) oder „Lucky Luke“ (er war Lucky Luke). Vor einiger Zeit kündigten Hill und Spencer einen neuen gemeinsamen Film an, eine Version von „Dr. Jekyll und Mr. Hyde“. Wenn er eines Tages tatsächlich realisiert werden sollte, darf man gespannt sein, ob die beiden irgendwie eine solide Prügelei ins Drehbuch geschmuggelt haben.

07 *Bleibende Werte* ..........................................................................

*Anspruch* ●●●●○ / *Gefühl* ●○○○○ / *Action* ●●●●● / *Erotik* ●○○○○ / *Glamour* ●●●●○

# 047 FÜNF AUTOS FÜR DAS PAAR

01 ***Jaguar E Coupe*** Mercedes SL oder SLK fahren kann jeder. Aber wer einen Jaguar E-Type bewegt, fährt den vielleicht schönsten Zweisitzer, der je gebaut wurde. Perfekt geschwungene Line, dennoch aggressiv und nicht verweichlicht. Der ideale Wagen für das verliebte Reisen.

02 ***Isetta*** Der Klassiker der fünfziger Jahre wurde als Familienmobil angeboten. Warum, weiß keiner. Die Sitzbank ist eng, das Gepäck muss aufs Dach oder aufs Heck. Die Ursprungs-Isetta hatte zwei Mängel: Mit nur einem Hinterrad ausgestattet, fiel sie ständig um. Und da sie lediglich mit einer Fronttür versehen war, konnte man sie nach Auffahrunfällen nicht mehr verlassen. Also erhielt sie hinten ein zweites Rad sowie ein Faltdach, das notfalls den Ausstieg übers Dach ermöglichte.

03 ***Smart*** Der perfekte Cityflitzer und schnelle Einparker. Ist aber erst erfolgreich, seit die Marke von allen Entgleisungen (Viersitzer, Roadster) bereinigt wurde – heute gibt es nur noch den „ForTwo“, und das ist auch gut so.

04 ***Mazda MX 5*** Er ist kein Exot und sicherlich nicht das schönste Cabrio, aber das zuverlässigste: der VW Golf unter den offenen Zweisitzern. Lässt sich so schnell öffnen, dass in Sekundenschnelle dem Sonnenbrand zu zweit kein Dach mehr im Wege steht.

05 ***Mitsubishi L 200 PickUp mit Einzelkabine*** Die Lastenkutsche gibt es mit Heck- oder Allradantrieb. Auf der extrem langen Ladefläche ist für alles Platz, was ein Paar mit Abenteuerlust benötigt: Mountainbikes, Kanus, Schlauchboote, Surfbretter – oder eine komplette neue Küche.

# 048 ZUSAMMEN KOMMEN

*... wie*

*Jane Birkin*

*und*

*Serge Gainsbourg*

01 ***Erstes Kennenlernen*** Jane Birkin, 1946 geboren, heiratete früh, nämlich mit 17, und zwar nach eigener Aussage den erstbesten Mann, der ihr begegnete. Zufällig war es John Barry. Als der ihr vorwarf, prüde zu sein – sie ziehe sich nie bei hellem Licht aus –, beschloss sie, eine Filmrolle anzunehmen, in der sie nackt auftreten musste, in „Blow Up“ von Michelangelo Antonioni. Den Schauspieler, Songwriter, Produzenten und Arrangeur Serge Gainsbourg, 1928 geboren, lernte sie kennen, als sie 22 war – bei den Dreharbeiten zum Film „Slogan“. Gainsbourg hatte soeben die Trennung von der französischen Schauspielerin Brigitte Bardot hinter sich. In „Slogan“ geht es übrigens um einen 40-jährigen verheirateten Mann, der sich in eine deutlich jüngere Frau verliebt.

02 ***Zusammen kommen*** Als Paar bekannt wurden Birkin und Gainsbourg, als sie 1969 gemeinsam das Lied „Je t'aime – moi non plus“ aufnahmen. Denn abgesehen davon, dass das Lied in die Hitparaden ging, war das Lied nicht irgendein Lied – es war skandalös.

Birkin singt nämlich kaum, meist stöhnt sie. Eine Hammondorgel spielt eine kleine Melodie, und zunächst haucht Birkin: *„Je t'aime“, „Ich liebe dich“*, bevor sie gegen Ende lustvoll zu stöhnen beginnt.

Vermutlich würde ein solches Lied auch heute noch nicht im Kinderprogramm gespielt, aber die Erregung, die es 1969 verursachte, wirkt aus heutiger Sicht doch befremdlich. 1969 hatte Elvis Presley sich schließlich schon längst rosa Anzüge angezogen (die bis dahin als Berufskleidung schwarzer

Zuhälter gegolten hatten) und heftig mit den Hüften gewackelt. Little Richard hatte über „Tutti Frutti" gesungen, und Jimi Hendrix hatte seine Gitarre mit der Zunge gespielt. Die Verbindung von Sex und Pop war jedenfalls nicht neu. Ein Fernsehkommentator bezeichnete zu Elvis Presleys Zeiten Rock'n'Roll als Mittel, *„den weißen Mann und seine Kinder auf das Niveau des Niggers zu bringen"*. Solche Kommentare hatte die Welt also zum Glück bereits hinter sich, als Birkin und Gainsbourg einen Geschlechtsakt vertonten – und doch hatte offene Sexualität eine erstaunliche gesellschaftliche Sprengkraft.

Der Vatikan nannte den Song damals eine *„beschämende Obszönität"*. In vielen Ländern wurde er von Radiostationen – nicht nur von erzkonservativen, sondern auch zum Beispiel von der BBC in England – nicht gespielt, was allerdings den bekannten Effekt hatte, dass seine Popularität noch stieg und nun auch der letzte Jugendliche versuchte, an eine Aufnahme zu gelangen.

Es gab Gründe dafür, dass „Je t'aime – moi non plus" als derart skandalös empfunden wurde. Einer war wohl, dass der Song ziemlich wenig Deutungsspielraum ließ. Als Elvis Presley rosa Anzüge trug, konnte man den Kindern theoretisch noch erzählen, dass seine weißen Klamotten nur in die Buntwäsche geraten seien. Als Little Richard „Tutti Frutti" sang, konnte man behaupten, es gehe hier um eine detaillierte Beschreibung von Obstsorten. Und dass Hendrix die Gitarre mit der Zunge spielte – nunja, ein harmloser Trick, weiter nichts.

„Je t'aime – moi non plus" war dagegen ein Lied wie ein Softporno. Birkin und Gainsbourg beförderten den Orgasmus ins leicht zugängliche Radioprogramm. Man konnte bei diesem Lied nicht auf die Idee kommen, dass Birkin vielleicht nur deshalb stöhnte, weil es sie im Hals kratzte. Sie drückte sich unmissverständlich in der Sprache des Fortpflanzungsaktes aus.

Weder sie noch Serge Gainsbourg ließen irgendeinen Zweifel daran, dass das Thema des Liedes Sex war. *„Oh, mon amour"* wurde zum Beispiel betont auf *„ooouuu"*. Über alle Textzeilen legten sie ein weiches Hauchen. Und so singt Gainsbourg zum Beispiel, er komme *„zwischen deinen Lenden"*, und er bittet auch um Erwiderung: *„Jetzt, komm'!"*, eine Aufforderung, der Birkin stöhnend nachkommt. Das ist, alles in allem, doch ziemlich unzweideutig.

03 ***Gemeinsame Bekannte: Brigitte Bardot*** Serge Gainsbourg hatte das Lied 1967 schon einmal mit Brigitte Bardot aufgenommen, mit der er eine Liebesbeziehung unterhalten hatte, bevor er Jane Birkin heiratete. Die Version mit Bardot erschien dann nicht, da sie mit Gunter Sachs verheiratet war, und der war gar nicht begeistert, denn er verstand den Song als Liebeserklärung an seine Frau. Gainsbourg verzichtete also auf die Veröffentlichung. Als Bardot später „ihr Lied" im Radio hörte, allerdings gestöhnt von Birkin, glaubte sie, *„sterben zu müssen"*, sagte sie. Mit Jane Birkin spielte sie 1973 im Film „Don Juan 73"; Bardot gab einen weiblichen Don Juan, Birkin die Clara.

04 ***Zahl des Paares: 1.000.000*** „Je t'aime – moi non plus" war Gainsbourgs erfolgreichste Single, sie verkaufte sich in den ersten Monaten mehr als eine Million Mal.

05 ***Sonst so*** Selbstverständlich brachte die Welt der Musik noch weitere Stöhnsongs hervor, zum Beispiel: „Doin' It", von Ike & Tina Turner • „Custom Made", von Lil' Kim • „Ooh Midnight", von Pete Lewis und Little Esther Phillips, 1951 (kein klassischer Stöhnsong, aber doch ein Vorläufer, nämlich eine Art Knurrsong) • „Zoom Party", vom Orchester Albert van Dam (nur Frauenstöhnen) • „Stay Together", von N.E.R.D. (nur Männerstöhnen) • „From Noon Till Midnight", von Michelle Hunziker. Die Mutter aller Stöhnsongs ist allerdings „Je t'aime – moi non plus". Es war nicht der erste Song, in dem gestöhnt wurde, aber keiner wurde bekannter.

06 ***Was aus dem Paar wurde*** Serge Gainsbourg starb 1991, nach landläufiger Meinung an seinem lasterhaften Leben; er hatte stets viele starke Zigaretten geraucht und viel Whisk(e)y getrunken. Jane Birkin wandelte sich in den achtziger Jahren vom Sexsymbol zur Charakterdarstellerin. Das Pariser Modehaus Hermès brachte 1986 eine für sie entworfene Handtasche heraus. Sie

hatte in einem Flugzeug den damaligen Vorstandsvorsitzenden von Hermès, Jean-Louis Dumas, getroffen und sich bei ihm beschwert, dass es keine schöne Tasche gebe, die nicht zu klein sei. Die Birkin-Bag ist ungefähr so bekannt wie Birkin selbst. Die gemeinsame Tochter des Paares, Charlotte Gainsbourg, ist ebenfalls Musikerin und Schauspielerin.

07 ***Bleibende Werte*** ..........................................................................

***Anspruch*** ●●●○○ / ***Gefühl*** ●●○○○ / ***Action*** ●○○○○ / ***Erotik*** ●●●●● / ***Glamour*** ●●●●●

# 049

## SPÄTER ZUSAMMEN KOMMEN

### ............. *Einige Coverversionen von „Je t'aime ... moi non plus"* .............

●●●

Giorgio Albertazzi & Anna Proclemer ....................... *„Ti amo ... e io di più" • Single (1969)*

Wolfgang Gruner & Edeltraud Elsner .......................... *„Die 10001. Nacht" • Single (1970)*

Judge Dread ............................................. *„Je t'aime" • Album „The Big Ones" (1975)*

Donna Summer ............ *„Je t'aime ... moi non plus" • Album „Thank God, It's Friday" (1978)*

Bärchen & die Milchbubis ... *„Je t'aime" • Mitschnitt Schulfest der Leibnizschule Hannover (1980)*

Einstürzende Neubauten .......................................... *„Jet'm" • Album „Kollaps" (1981)*

Heiner Lauterbach & Sabine von Maydell ..... *„Je t'aime ... ich liebe dich" • Maxi-Single (1991)*

Barry Adamson ............ *„Je t'aime ... moi non plus" • Album „The Negro Inside Me" (1993)*

Malcolm McLaren ............................ *„Je t'aime ... moi non plus" • Album „Paris" (1994)*

Anita Lane & Nick Cave ... *„I Love You ... Nor Do I" • Maxi-CD „The World's A Girl" (1995)*

Dietmar Wischmeyer ........ *„Je t'aime ... moi non plus" • Album „Hömma Sportsfreund" (1995)*

Mick Harvey & Anita Lane ........ *„I Love You ... Nor Do I" • Album „Pink Elephants" (1997)*

Original Oberkreuzberger Nasenflötenorchester *„Joch Esel Hüh" • Album „Kuschelrotz" (1998)*

Pet Shop Boys ................................... *„Je t'aime ... moi non plus" • Single, B-Seite (1999)*

Sven Väth feat. Miss Kittin ............................. *„Je t'aime ... moi non plus" • Single (2001)*

Dzihan & Kamien ..................... *„Je t'aime ... moi non plus" • Album „I Love Serge" (2001)*

Züri West & Jaël .............................. *„Schötem" • Album „Aloha From Züri West" (2004)*

Cat Power & Karen Elson *„I Love You" • Album „69 Année Érotique: The Music Of S. G." (2009)*

# 050 TRADITIONELL INDISCH GENIESSEN

Das Kamasutra ist der wohl weltweit bekannteste Text über die erotische Liebe. Dass die über 2000 Jahre alte Abhandlung in ihrem Herkunftsland Indien weit mehr ist als ein Sex-Ratgeber, wurde und wird in der westlichen Welt weitgehend ignoriert. Ende des 19. Jahrhunderts wurde der Text erstmals ins Englische übersetzt, seither spielen in der Rezeption nicht die philosophischen oder ethischen Aspekte des Kamasutras die Hauptrolle, sondern die sexuellen, was auch daran liegt, dass insbesondere die verschiedenen Darstellungen von Stellungen ziemlich selbsterklärend sind.

*Der Affe*

*Der gespaltene Bambus*

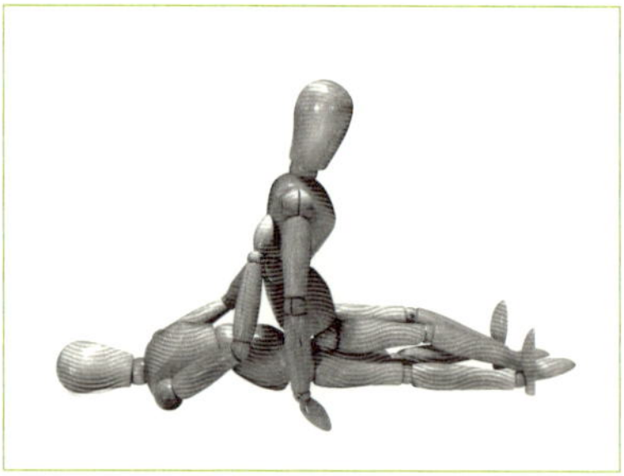

*Das Kaninchen*

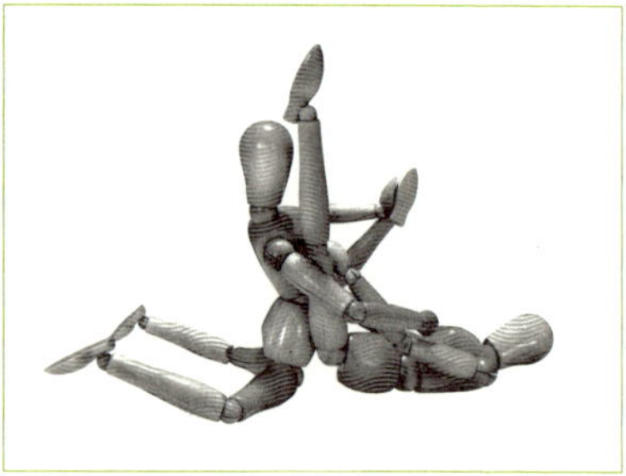

*Die Pferdestellung*

*Der Tempel*

*Der Schmetterling*

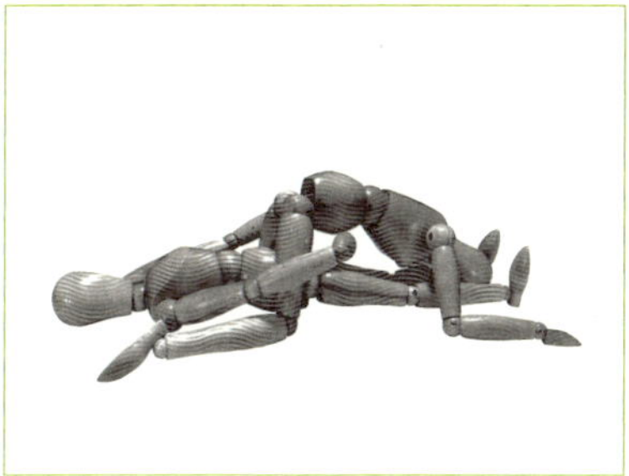

*Der Pflug*

*Der Regenbogen*

*Die Zange*

*Der Kreisel*

# 051 FÜR DIE FRIEDENSBEWEGUNG EIN BISSCHEN LÄNGER IM BETT BLEIBEN

*... wie John Lennon und Yoko Ono*

01 ***Erstes Kennenlernen*** Es war 1966, Yoko Ono war Künstlerin, und auf der Vorbesichtigung einer ihrer Ausstellungen in einer Londoner Galerie lernte sie John kennen. Von 1968 an waren sie offiziell ein Paar.

02 ***Für die Friedensbewegung ein bisschen länger im Bett bleiben*** Zwei Fragen sind entscheidend, wenn es darum geht, etwas länger im Bett zu bleiben. Die eine lautet: warum? Und die zweite: Wie ist die Matratze? Yoko Ono und John Lennon blieben im März 1969 ein bisschen länger im Bett.

Warum aber waren sie im Bett? Eine Zusammenfassung des Vorhabens ist der Text eines Songs, den sie, in einem Hotelbett liegend und von zahlreichen Journalisten beobachtet, zur Akustikgitarre sangen.

Yoko: *„Bleibt im Bett für den Bettfrieden. Für den Frieden auf der Welt, bleibt im Bett. Und lasst Eure Haare wachsen."* • John: *„Lasst eure Haare wachsen."* (...) • Yoko: *„Lasst eure Haare wachsen."* • John: *„Bettfrieden."* • Yoko: *„Haarfrieden."* • John: *„Haarfrieden, Bettfrieden. Oh yeah."*

Als Paul McCartney, wie Lennon ein Mitglied der Beatles, und Linda Eastman am 12. März 1969 heirateten, schlug John Yoko vor, ebenfalls zu heiraten. Yoko willigte ein, unter der Bedingung, dass die Hochzeit – anders als die von Linda und Paul – im privaten Rahmen stattfinden würde. Das war keine ganz leichte Aufgabe für ein Mitglied der Beatles.

Sie suchten also einen Ort, an dem man schnell und unkompliziert heiraten konnte. Erste Idee: Der Kapitän einer Fähre zwischen Southampton und dem europäischen Festland sollte sie trauen. Klappte nicht. Also flogen sie kurz darauf mal nach Paris. Zweite Idee: Ein Vertrauter der Band, der zufällig in Amsterdam war, sollte schnell etwas organisieren. Ging nicht – nach niederländischem Recht musste man zwei Wochen im Land sein, bevor man heiraten konnte. Dritte Idee: Gibraltar. Das war, wie der Vertraute herausfand, ein Ort, an dem eine Blitzhochzeit möglich war. Außerdem war es britisches Gebiet. Der Plan: Mit dem Privatjet hinfliegen, heiraten, wieder nach Paris fliegen. Das klappte.

In Paris teilten die beiden der Welt mit, dass sie nun Mann und Frau seien, worauf der Trubel doch noch losging. Es gab einen Riesenwirbel, und so kamen sie, wie John später sagte, auf die Idee, ein „Bed-In für den Frieden" zu veranstalten. Lennons Biograph Philip Norman zitierte ihn so: *„Yoko und ich gingen davon aus, dass alles, was wir taten, von den Zeitungen aufgegriffen werden würde. Wir beschlossen, den Platz, den man uns ohnehin zugestand, für eine Werbekampagne für den Frieden zu nutzen. Wir verschickten Karten mit der Aufschrift ‚Kommen Sie zu Johns und Yokos Flitterwochen ...!' Die Presse dachte vermutlich, dass wir uns in der Öffentlichkeit lieben würden, da wir ja dieses Album gemacht hatten, auf dem wir nackt zu sehen waren – also glaubte man, die machen wohl alles."*

Sie machten dann doch nicht alles, sie lagen einfach nur, mit Pyjamas bekleidet, im Bett und ließen sich – sie waren von Paris nach Amsterdam gezogen – im Amsterdamer Hilton von sehr vielen Fotografen und Reportern dabei beobachten und befragen. Sie hatten das Zimmer bis auf das Bett leer räumen lassen und Plakate gemalt, auf denen zum Beispiel die Aufforderungen zu „Bed Peace" und „Hair Peace" standen. Neben dem Bett gab es zwei kleinere Plakate, auf denen stand: *„John loves Yoko"* und *„Yoko loves John"*. John sagte: *„Auf Demonstrationen zu gehen war in der Dreißigern schick und in Ordnung. Heute muss man sich anderer Methoden bedienen – heute heißt es verkaufen, verkaufen und noch mal verkaufen. Frieden muss man so verkaufen, wie man Seife verkauft."*

Die Medien, fuhr Lennon fort, würden immer nur Krieg, Krieg, Krieg verkaufen, also habe man zusehen wollen, dass man Frieden, Frieden, Frieden in die Schlagzeilen bekäme. *„Aus Gründen, die nur sie selbst kennen, drucken die Medien alles, was ich sage. Und ich sage: Frieden."* Das sagte er allen

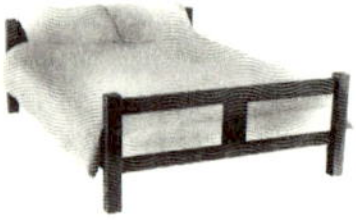

*„Haarfrieden, Bettfrieden. Oh yeah!"*

Interviewern, die es hören wollten, und das waren viele. Er sagte Sätze wie: *„Wenn Hitler und Churchill im Bett geblieben wären, wären heute noch viele Menschen am Leben."* John und Yoko blieben, wenn nicht gerade die Bettwäsche gewechselt wurde oder sie mal der Natur folgten, die ganze Zeit im Bett, sieben Tage lang, vom 25. bis zum 31. März 1969. Zwei Monate später wiederholten sie das „Bed-In" im Queen Elizabeth Hotel in Montréal, wo sie wieder rund 60 Interviews gaben. Von neun Uhr morgens bis neun Uhr abends stand ihre Hotelsuite offen, vielleicht auch von zehn Uhr bis zehn Uhr – da sind sich die Biographen nicht einig. Am 1. Juni nahmen John und Yoko dort den Song „Give Peace A Chance" auf, der Platz zwei der britischen Charts erreichte. Bis heute ist er eine Hymne der Friedensbewegung.

Man kann natürlich sagen: Was für ein Quatsch! Man kann aber auch die Gegenfrage stellen: Wo ist das Problem? Das Bed-In ist jedenfalls als Demonstration für den Frieden bis heute im kollektiven Gedächtnis geblieben.

Wer ebenfalls gerne ein bisschen länger im Bett bleibt, sollte auf seinen Körper achten – ein praktischer Aspekt des Bed-Ins, der, wie gesagt, bei Ono und Lennon vielleicht etwas zu kurz gekommen ist. Denn eine gute Matratze ist wichtig für den körperlichen Frieden, gerade bei regelmäßigem und langem Liegen.

Es ist gar nicht so leicht, eine gute Matratze zu erkennen. Die „Stiftung Warentest" testete zum Beispiel einmal Kaltschaummatratzen in der Preislage von 500 bis 1250 Euro und kam zu dem Ergebnis, dass keine davon das Prädikat „gut" verdiente. Dagegen schnitten zwei billigere Modelle (Preis:

zwischen 129 und 370 Euro) mit „gut“ ab – am Preis lässt sich Qualität also nicht erkennen. Der Testsieger kostete übrigens 299 Euro. Es gibt natürlich auch viscoelastische Matratzen, deren Härte temperaturabhängig ist, und, für Schwitzer besonders geeignet, Taschenfederkern-Matratzen.

Eine wesentliche Frage bei der Matratzenbeurteilung ist die nach der Größe der Kontaktfläche. Ist sie zu groß, sinken die Schlafenden tief ein, was dazu führt, dass die Bewegungsfreiheit eingeschränkt und der Schlaf dadurch nicht mehr so erholsam ist. Auch das Mikroklima ist von der Kontaktflächengröße betroffen – ist diese groß, schwitzt man tendenziell leichter.

Zu beachten ist, dass auch eine zu kleine Kontaktfläche nicht ideal ist, denn dann ist die Matratze so hart, dass der Druck an den aufliegenden Körperpartien steigt. Im besten Fall bildet die Matratze bei der Rückenlage die S-Form der Wirbelsäule nach. In der Seitenlage dagegen sollte die Wirbelsäule möglichst in der Waagrechten sein, wofür Schulter und Becken tief genug einsinken müssen.

Es ist bisweilen schwierig zu erkennen, wie hart eine Matratze wirklich ist, denn jeder Anbieter erfindet für seine Matratze seine eigene Qualitätsmerkmalsprache. Da steht dann zum Beispiel „soft“ oder „H3“ oder „Spitzenqualität“, aber wo „soft“ draufsteht, kann auch „hart“ drin sein. Matratzen gibt es in drei Härtegraden, und je mehr jemand wiegt, desto höher sollte auch der Härtegrad sein. Doch um den individuellen Bedarf zu erkennen, hilft nur Probeliegen – und zwar nicht nur ein fünfminütiges im Matratzenladen. Man sollte beim Kauf auf einem Umtauschrecht bestehen, damit man die Matratze zu Hause testen kann. Dasselbe Problem wie mit den Härtegraden besteht bei anderen Angaben: Eine Matratze, die „ideal für Allergiker“ genannt wird, muss das nicht wirklich sein. Gegen Allergene und Milben helfen nur spezielle Matratzenbezüge, so genannte Encasings. Empfohlen wird prinzipiell, die Matratzenbezüge – also nicht nur die Laken (die vielleicht noch ein paar Mal häufiger) – alle drei Monate zu waschen.

03 ***Gemeinsame Bekannte*** Paul McCartney, Ringo Starr, George Harrison – die anderen Beatles neben John Lennon. In erster Linie waren sie natürlich die

Bekannten von John, doch Yoko nahm Einfluss auf das Verhältnis der Bandmitglieder. 1968 gründete John mit Yoko die Plastic Ono Band und trat in der Folge verstärkt mit ihr auf. Später wurde Yoko Ono vorgeworfen, sie sei für das Ende der Beatles verantwortlich. Lennon, der mit McCartney die meisten Beatles-Songs geschrieben hatte, veränderte seinen Stil. Die Musik, die er mit Ono veröffentlichte, war anders als die der Beatles und weniger erfolgreich – es ist allerdings nicht schwer, weniger erfolgreich als die Beatles zu sein.

04 ***Zahl des Paares: 902*** Das war die Zimmernummer des Amsterdamer Hilton-Hotels, in dem Yoko Ono und John Lennon ihr erstes „Bed-In" veranstalteten. Das schreiben zumindest die Biographen Philip Norman und Anthony Fawcett. James Woodall glaubt dagegen, es sei Zimmer 1902 gewesen.

05 ***Sonst so*** Bei aller Fülle des Materials zum Thema ist bis heute leider nicht bekannt, wie die Matratzen aus den Bed-In-Hotels beschaffen waren.

06 ***Was aus dem Paar wurde*** John Lennon hatte soeben nach einiger Zeit der Stille mit Yoko das Comeback-Album „Double Fantasy" eingespielt, da wurde er im Alter von 40 Jahren am 8. Dezember 1980 in New York, wo das Paar lebte, erschossen.

Yoko Ono, die immer noch Musik macht, hat heute einen Twitter-Account, über den sie Friedensbotschaften auf weniger als 140 Zeichen in die Welt hinausschickt.

07 ***Bleibende Werte*** ........................................................................................

*Anspruch* ●●●○○ / *Gefühl* ●●●●○ / *Action* ○○○○○ / *Erotik* ○○○○○ / *Glamour* ●●●●○

## 052 ÜBERS EIS TANZEN

Der Eistanz ist die schönste Disziplin im Eiskunstlauf. Anders als der Einzel- und der Paarlauf hat er eine nachgerade zärtliche Note – auch, weil es nicht darum geht, sich gegenseitig durch die Luft zu wirbeln, große Sprünge zu wagen oder sich in Pirouetten zu verlieren, sondern darum, mit dem Rhythmus der Musik zu verschmelzen. Die britischen Eistänzer Jayne Torvill und Christopher Dean haben die Olympischen Winterspiele 1984 in Sarajewo um ein großes Erlebnis bereichert. Nach einer Komposition von Maurice Ravel, dem Boléro, ertanzten sie sich die höchste Wertung, die bis heute vergeben wurde: zwölf von 18 möglichen Idealnoten (6,0) in der sportlichen und neun von neun möglichen Idealnoten in der künstlerischen Wertung – der so genannten B-Note. Das hat es vorher nie gegeben, und das gab es nie danach. 24 Millionen Fernsehzuschauer allein in Großbritannien waren den Tränen nah, als sie die Kür verfolgten.

01 ***Am Anfang war ein Trick*** Torvill und Dean hatten sich schon eine ganze Weile vor dem Wettbewerb dazu entschieden, den Boléro zu tanzen, es gab aber ein Problem: Die Originalaufnahme des Stücks ist mehr als 17 Minuten lang. Eine Kür darf laut Reglement aber nur vier Minuten dauern, höchstens zehn Sekunden länger oder kürzer. Viele Wochen lang hatten sie versucht, einen Musikschnitt in dieser Länge zu erstellen, doch der kürzeste Schnitt, der ihnen möglich erschien, ohne das Stück zu zerstören, war mit 4:28 Minuten immer noch zu lang. Also nahmen sie das Regelbuch zur Hand und suchten nach einer Lücke. Sie stellten fest, dass die offizielle Zeitnahme erst in dem Moment begann, in dem ein Schlittschuh das Eis berührte. Also dachten sie darüber nach, ob sie sich erst ein paar Sekunden auf das Eis setzen oder legen sollten. Das aber verbot das Regelbuch. Schließlich knieten sie sich auf das Eis – das war nicht verboten – und verharrten, von Angesicht zu Angesicht, wiegten sich zu den ersten Takten langsam hin und her, bis nach exakt 18 Sekunden Jayne Torvill sich plötzlich erhob, den ersten Fuß aufs Eis setzte und die eigentliche Kür begann – die genau vier Minuten und zehn Sekunden dauern sollte.

02 ***Bleibender Zauber*** Noch heute wird die legendäre Kür von 1984 bisweilen im Fernsehen gezeigt, weil sie nichts von ihrer Faszination eingebüßt hat.

# 053 EIN DURCHAUS SPANNENDES WETTRENNEN ZUM SÜDPOL HINLEGEN

*... wie*

*Roald Amundsen*

*und*

*Robert Falcon Scott*

01 ***Erstes Kennenlernen*** Als Roald Amundsen sich zum Südpol aufmachte, schickte er dem Konkurrenten Robert Falcon Scott, der ebenfalls plante, zuerst am Pol zu sein, ein Telegramm: *„Fram auf Weg zur Antarktis"*. „Fram" war der Namen von Amundsens Schiff. Als beide 1911 in der Antarktis ankamen, um auf das richtige Wetter zum Aufbruch zu warten, besuchte Scotts Schiff „Terra Nova" Amundsens Crew in deren Basisstation, wo Scotts Männer freundlich empfangen wurden – allerdings war Scott nicht dabei. Die beiden haben einander nie getroffen, obwohl Scott mehrmals Kontakt gesucht hatte, um Erfahrungen auszutauschen. Amundsen hatte sich sogar verleugnen lassen, weil er doch nicht ganz so sehr auf einen Erfahrungsaustausch erpicht war.

02 ***Ein durchaus spannendes Wettrennen zum Südpol hinlegen*** Wer glaubt, ein Wettrennen zum Nordpol sei das spannendste Duell, das es gibt, liegt völlig richtig. Zwischen Roald Amundsen und Robert Falcon Scott ging es nur noch um den Südpol. Ja, nur noch. Vom Gewinner des Wettrennens ist folgendes Zitat überliefert: *„Ich kann nicht sagen, dass ich da vor dem Ziel meines Lebens stand. Der Nordpol hatte es mir von Kindesbeinen an angetan, und nun befand ich mich am Südpol. Kann man sich etwas Entgegengesetzteres denken?"* Klingt, als wäre der Nordpol der Mount Everest und der Südpol eine sonnige Alm, die auch jeder einbeinige Tourist im Hawaiihemd erreichen würde. Ganz so ist es natürlich nicht, aber man darf nicht vergessen, dass

Nord- und Südpol tatsächlich sehr unterschiedlich sind: Während die Region um den Nordpol ein Eismeer ist, handelt es sich bei der Antarktis im Süden um einen Kontinent, der von einer dicken Eisschicht bedeckt ist. Ist halt für den Kenner doch etwas anderes.

Das Rennen zum Südpol 1911/1912 stellte sich dann doch als recht aufreibend und am Ende sogar spannender als das zum noch begehrteren Nordpol heraus. Es geht bei diesen Rennen zum Pol, zum Mond, zum Mars und so weiter meist nicht nur um eine schöne Anstecknadel, sondern immer auch um Politik. Robert Falcon Scott sollte sicherstellen, dass das britische Empire als erste Nation am Südpol war. Nur leider hatten Scott und das britische Empire die Rechnung ohne den Norweger Roald Amundsen gemacht. Amundsen hatte zuvor, zwischen 1903 und 1906, als Erster die Nordwestpassage bezwungen und war um Nordamerika herum aus dem Atlantik in den Pazifik gelangt – ein Traum vieler Seefahrer, aber auch ein Unterfangen, bei dem vor ihm viele Menschen ums Leben gekommen waren. Es war eine imponierende Entdeckertat. Sein nächstes Ziel sollte nun der Nordpol sein, und er bekam von Norwegens König das Geld für eine Expedition. Am 9. August 1910 legte er ab. Als er aber feststellte, dass er nicht der erste am Pol sein würde, weil die Kollegen Peary und Cook (siehe Kapitel *Das Paar in der Natur,* Rubrik *Ein durchaus spannendes Wettrennen zum Nordpol hinlegen)* just in diesen Tagen dort angekommen zu sein vorgaben, drehte er kurzerhand bei und machte sich auf zum Südpol – wie Scott, der schon seit Juni unterwegs war.

Abgesehen davon, dass man ein Heidengeld braucht, um als Erster den Südpol erreichen zu können, muss man auch noch wissen, was man davon kauft. Roald Amundsen nahm 18 Mann Besatzung, 100 Huskys, einen Kanarienvogel, 3000 Bücher, ein zerlegbares Massivhaus und ein Grammofon mit an Bord seines Schiffs. Die Expedition dauerte extrem lange, schon die Fahrt auf dem Schiff gestaltete sich etwas langwierig, außerdem galt es noch, vor dem Gang über das Eis zu überwintern. Amundsen und Scott erreichten die Antarktis zwar schon Anfang 1910, doch erst gegen Ende des Jahres konnten sie auch allmählich beginnen, das Eis zu passieren. Südpol im Sommer ist schon kalt. Südpol im Winter – also im mitteleuropäischen Sommer – ist wirklich niemandem zu empfehlen.

Den Weg von der Basisstation zum Pol bestreitet man nicht mit der gesamten Crew, sondern mit einer kleinen Gruppe. Amundsen nahm das Unternehmen Pol mit fünf Männern, 54 Hunden und vier Schlitten auf. Scott dagegen versuchte, besonders schlau zu sein und nahm drei Motorschlitten, 19 mandschurische Ponys und 33 Hunde mit, von denen 31 sibirischer Herkunft waren. Von dieser Zusammenstellung muss nach Scotts Erfahrungen abgeraten werden: Erst gaben die Schlitten ihren Geist auf und bald auch die Ponys, die schon die lange Schiffsfahrt nicht ganz unbeschadet überstanden hatten. 19 Ponys machen eine Schiffsreise zur Antarktis zusätzlich kompliziert, weil man ja auch Futter mitführen muss. Und dasselbe gilt für die spätere Reise über das Eis. Das Innere des Schiffes war, so notierte Scott, *„dank der Geschicklichkeit unseres Proviantmeisters Leutnant Bowers so vollgepackt, wie es menschliche Geschicklichkeit nur ersinnen kann, und auf Deck ist's kaum anders. Unter der Großluke sind unsere Vorräte"*, es gab etwa fünf Tonnen Pferde- und fünf Tonnen Hundefutter, und im Eishaus lagerten etwa *„3 Tonnen Eis, 162 geschlachtete Hammel und 3 Rinder nebst einigen Büchsen Kalbsmilch und Nieren"*.

Heute ist es möglich, ohne größere körperliche Anstrengung im Biokraftstoff-Geländewagen zum Pol zu fahren. 2002 wurde ein Straßenprojekt in Angriff genommen, der etwa 1450 Kilometer lange McMurdo-Südpol-Highway, auf dem mit Kettenfahrzeugen Material transportiert werden kann – schlechtes Wetter hatte nämlich den einen oder anderen Flug zu den Forschungsstationen in Polnähe verhindert. Nun wurde nicht die halbe Antarktis dafür zur Autobahn umgebaut, sondern es wurden Schneemassen geglättet und Gletscherspalten ausgemerzt. Dennoch bleibt festzuhalten, dass man auf mandschurische Ponys heutzutage verzichten sollte, wenn man denn unbedingt zum Südpol muss.

Im Januar 1911 erreichte Amundsen mit seinem Schiff die Walfischbucht am Ross-Schelfeis, einer dicken Eisplatte etwa von der Größe Frankreichs, die über einen Gletscher mit dem Festland verbunden ist. Scott lagerte etwa gleichzeitig 650 Kilometer entfernt im McMurdo-Sund, in einer Meeresbucht, die er 1903 bei einer Polarexpedition bereits erforscht hatte.

Am 4. Oktober 1911 schrieb Scott in sein Tagebuch: *„Heute eine sehr ernste Neuigkeit: Pony Jehu ist zu schwach, um einen beladenen Schlitten zu ziehen. Ein schwerer Schlag! Ich fürchte von den Ponys noch viel Aufregung."* Nur die Hunde machten sich prächtig. Während Amundsen im Oktober über das Eis zum Pol aufbrach, startete Scott Anfang November. Am 4. Dezember notierte Scott, von Stürmen sowie Aussetzern von Tieren und Maschinen gebeutelt: *„Wenn Amundsen auf seinem Weg nur etwas Glück hat, wird seine Reise wohl bedeutend kürzer werden."* Gut prophezeit.

Am Dienstag, den 16. Januar 1912, entdeckte Scott, dass dieses spannende Wettrennen bereits entschieden war. Scott schrieb, so steht es in seinem Tagebuch, das unter dem Titel „Letzte Fahrt" publiziert wurde:

*„Das Furchtbare ist eingetreten – das Schlimmste, was uns widerfahren konnte! – (...) was fanden wir? Eine schwarze, an einem Schlittenständer befestigte Flagge! In der Nähe ein verlassener Lagerplatz – Schlittengleise und Schneeschuhspuren kommend und gehend – und die deutlich erkennbaren Eindrücke von Hundepfoten (...) – das sagte alles. Die Norweger sind uns zuvorgekommen – Amundsen ist der erste am Pol! (...) Alle Gedanken, die in uns aufstiegen, alle Worte, die fielen, alles endete mit dem einen Furchtbaren: Zu spät! Und als es dann still wurde im Zelt – da brüteten wir gewiß alle über der einen finstern Vorstellung: Mir graut vor dem Rückweg!"*

Amundsen hatte sein Ziel am 14. Dezember 1911 erreicht. Sein Erfolg wurde jedoch überschattet vom Tod Scotts, denn dessen Tragödie brannte sich ebenso in das kollektive Gedächtnis ein. Auf dem Rückweg kamen alle Teilnehmer der Scott-Expedition ums Leben. Scott selbst starb vermutlich am 29. März 1912, nur etwa 18 Kilometer vom nächsten Vorratslager entfernt. An diesem Tag schrieb er noch in sein Notizbuch: *„Der Tod kann nicht mehr fern sein. Um Gottes willen, sorgt für unsere Hinterbliebenen!"*

Amundsen befand sich zum selben Zeitpunkt in Tasmanien, südlich von Australien, und schrieb: *„Ich sitze im Schatten der Palmen, umgeben von einer üppigen Vegetation, und schwelge im Genuss herrlicher Früchte."*

03 ***Gemeinsame Bekannte: Sir Ernest Shackleton*** Amundsens Sehnsucht nach Heldentum gründete auf dem Vorbild von Fridtjof Nansen, der, als Amundsen noch zur Schule ging, das Grönland-Eis überquert hatte. Von Nansen ist das Zitat überliefert: *„Man muss den Pol erreichen, damit die Besessenheit aufhört!“* Er hatte den Nordpol gemeint, aber die Worte gelten ebenso für den Südpol. Und sie gelten gleichermaßen für Amundsen, Scott und Sir Ernest Shackleton, der zumindest ein Bekannter im Geiste war. Shackleton hatte 1901/02 bereits versucht, den Südpol zu erreichen – und zwar mit Robert Scott. 800 Kilometer vor dem Pol mussten sie, von Skorbut geschwächt, umkehren. 1907 rüstete Shackleton selbst eine Südpolexpedition aus – allerdings beging er einen Fehler, aus dem Scott später nichts lernte: Er setzte, um die Schlitten zu ziehen, mandschurische Ponys ein, die mit der Kälte nicht zurecht kamen und bald als Proviant dienten. Shackleton kam dem Südpol dennoch nahe, 180 Kilometer vor dem Ziel aber kehrte er um – was ihm wohl das Leben rettete; das Basislager erreichte er mit letzter Kraft. Nach seiner Heimkehr erklärte er: *„Besser ein lebender Esel als ein toter Löwe.“*

04 ***Zahl des Paares: 33*** Amundsen war 33 Tage schneller als Scott. Nicht viel, wenn man bedenkt, wie viele Jahre in einer solchen Unternehmung stecken.

05 ***Sonst so*** Es gibt nach wie vor einen Wettstreit um die Pole – einen Rohstoffstreit. Weniger umkämpft, aber doch auch mit Interessen verbunden, ist die Südpolregion: Der Klimawandel könnte auch dort unzugängliche Gebiete wirtschaftlich attraktiv machen. Artikel 76 der Seerechtskonvention der UNO gibt Staaten Ansprüche auf Bodenschätze, die bis zu 200 Seemeilen (zirka 370 Kilometer) vor ihren Landesgrenzen unter dem Meeresboden liegen.

Großbritannien hat bereits 1908, nach einer Expedition, erstmals Gebietsansprüche auf rund 1,7 Millionen Quadratkilometer auf dem Festland erhoben. Zudem will die Regierung rund eine Million Quadratkilometer Seegebiet beanspruchen – unter Berufung auf besagten Artikel 76 der Seerechtskonvention: Wenn der bereits beanspruchte Teil des antarktischen Festlands zu Großbritannien gehörte, könnte man so auch das Recht auf

Meeresgebiete vor der Küste erklären. Und wer sonst noch Ansprüche erhebt: Chile, Argentinien, Brasilien, Norwegen, Frankreich und Neuseeland.

Auch der Nordpol ist umkämpft: Dort drängen die USA, vor allem aber Russland, Kanada, Dänemark und Norwegen zu Öl- und Gasfeldern.

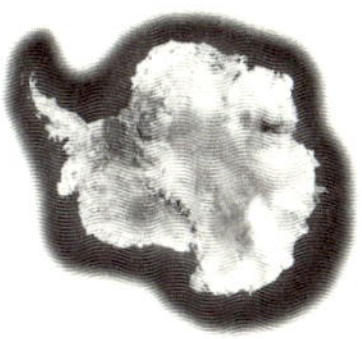

*Bei Wettrennen zum « Südpol « gilt: Besser ein » lebender Esel » als ein toter Löwe*

•••

Russische Taucher hissten am Meeresboden unter dem Nordpol die russische Flagge. Man kann also mit einigem Recht sagen, dass das Rennen zu den Polen längst nicht beendet ist.

06 ***Was aus dem Paar wurde*** Die Scott-Amundsen-Südpolstation, eine Forschungsstation am geographischen Südpol, wurde 1957 fertig. Dort wird auf den Gebieten Glaziologie, Geophysik, Meteorologie, Astronomie und Astrophysik geforscht. Die Jahresdurchschnittstemperatur an der Station beträgt minus 49 Grad Celsius, mit Schwankungen zwischen minus 13 und minus 82 Grad Celsius.

Amundsen, der nach seinem Südpol-Coup auch noch zum ersten Team gehört hatte, das zum Nordpol flog, starb 1928 bei einem Flugzeugabsturz. Seit 2008 ist unter der Federführung der norwegischen Marine in der Barentssee die Suche nach dem Flugzeug in Planung.

07 ***Bleibende Werte*** ..........................................................................................

***Anspruch*** ●●●●○ / ***Gefühl*** ●●○○○ / ***Action*** ●●●●● / ***Erotik*** ○○○○○ / ***Glamour*** ●●●●○

# DAS SELTSAME PAAR

# 054

MUTTER UND KIND SEIN

*... wie*

*Konrad Lorenz*

*und*

*Graugans Martina*

01 ***Erstes Kennenlernen*** Konrad Lorenz (1903 geboren) ist nicht nur die Mutter von Graugans Martina (1936 geschlüpft), sondern auch der Vater der Verhaltensforschung. Außerdem war Lorenz der Sohn des wohlhabenden Orthopäden und Chirurgen Adolf Lorenz, der ihn drängte, Medizin zu studieren. Vor allem aber interessierte er sich für Verhaltensbiologie. Eine erste Veröffentlichung handelte von frei lebenden Dohlen.

Nach dem Studium wurde Lorenz Doppel-Dr., erst Doktor der Medizin, dann promovierte er in seinem Lieblingsfach Zoologie und wurde Assistent am anatomischen Institut der Universität Wien. Mit seiner Frau Margarethe Gebhardt besaß er ein Boot für kleine Donaufahrten, von dem aus er Tiere beobachten konnte. Zum Beispiel: Graugänse.

1936 wurde Lorenz habilitiert. Er befasste sich vornehmlich mit Gänsen (in seiner Kindheit war er vor allem Enten recht freundschaftlich verbunden gewesen). Er schwamm mit den Gänsen durch Seen, watschelte vor ihnen her, erzog sie, schnatterte mit ihnen, aber bevor er das alles tat, hütete er die Eier, aus denen sie schlüpften.

Nachdem er 29 Tage lang Grauganseier gehütet hatte, schlüpfte als erstes Küken die kleine Martina. Sie hatte große, dunkle Augen. „*Lange, sehr lange sah mich nun das Gänsekind an. Und als ich eine Bewegung machte und ein kurzes Wort sprach, löste sich mit einem Male die gespannte Aufmerksamkeit, und die winzige Gans grüßte.*“ Man muss wissen, dass Konrad Lorenz auch ein ausgezeichneter Populärwissenschaftler war. Martina durfte fortan sogar bei ihm übernachten.

02 ***Mutter und Kind sein*** Konrad Lorenz wurde also die Mutter von Martina. Mit dem Begriff „Prägung“ beschreiben Verhaltensbiologen Lernvorgänge, die meist in der Kindheit in einer eng begrenzten, sensiblen Lebensphase stattfinden – Lorenz prägte das Gössel, also das Gänseküken, darauf, ihm wie einer Mutter zu folgen; zum Beispiel indem er einen Schlüsselreiz wie ein wiederholtes Pfeifen aussandte. Martina und ihre Geschwister folgten ihm bald, wohin er auch ging – eine damals revolutionäre Erkenntnis.

In der natürlichen Umgebung folgen Gänseküken der Muttergans, was sinnvoll ist, da sie nach dem Schlüpfen den schützenden Eltern folgen müssen, um zu überleben. Isoliert man ein Küken aber von der Mutter und setzt es in der sensiblen Phase nach dem Schlüpfen, die etwa die ersten zwei Tage umfasst, für nur einige Minuten einem Menschen aus, folgt das Küken seine ganze Kindheit hindurch dem Menschen. Setzt man das Tier einer Gans oder einem Gorilla oder einem Elefanten aus, erkennt es jeweils Gans oder Gorilla oder Elefant als Mitglied der eigenen Art.

Beliebig ausdehnbar ist diese Liste allerdings nicht, einer Schnecke folgt eine Junggans zum Beispiel nicht. Für Gänse stellte Lorenz fest, dass das Modell, dem zu folgen sie bereit waren, erstens größer sein musste als sie selbst und sich zweitens bewegen musste.

In dem Buch „Er redete mit dem Vieh, den Vögeln und den Fischen“ von 1949 schreibt Lorenz zur Veranschaulichung seines Mutter-Kind-Verhältnisses: *„Für die Nacht hatte ich meinem Gänsekind Martina eine wunderbare, elektrisch gewärmte Wiege bereitgestellt. Als ich daran war einzuschlafen, hörte ich, wie Martina ‚Wiwiwiwi‘ fragte – ‚Hier bin ich, wo bist Du?‘ – mit einer bedrohlichen Beigabe vom Pfeifen des Verlassenseins. Ich musste heraus aus dem Bett. Martina empfing mich beglückt grüßend und wollte kein Ende finden vor Erleichterung. Nach kaum einer Stunde kam aufs Neue das fragende ‚Wiwiwi‘ und der Vorgang wiederholte sich getreulich. (…) Als um halb vier wieder das fragende ‚Hier bin ich, wo bist Du?‘ kam, antwortete ich in gebrochenem Graugänsisch: ‚Gangangang‘ und klopfte ein wenig auf das Heizkissen. Und ich glaube, ich würde noch heute so antworten, wenn ich fest schlafe und jemand leise zu mir sagte: ‚Wiwiwiwiwi‘?“*

Lorenz fand, aufbauend auf den Forschungen unter anderem seines Lehrers Oskar Heinroth, Folgendes heraus:

*1.* Prägung findet nur während einer kurzen Zeit statt (Wobei man heute weiß, dass manche Tiere sich stärker prägen lassen als andere). • *2.* Prägt ein Mensch eine Gans auf sich, ist sie nicht nur auf diesen einen Menschen geprägt, sondern auf Menschen allgemein. • *3.* Prägung ist nicht rückgängig zu machen (Wobei man heute weiß, dass das manchmal, anders als Lorenz glaubte, durchaus möglich ist). • *4.* Prägung kann einen Schlüsselreiz frühzeitig verankern, obwohl er zu diesem Zeitpunkt im Leben noch gar keine Rolle spielt. Zum Beispiel kann frühzeitig ein Sexualobjekt festgelegt werden, obwohl das Tier noch gar nicht sexualreif ist.

Als beispielhaft gilt das Verhalten einer Dohle, das Lorenz untersuchte: Er zog eine Dohle, getrennt von den anderen Dohlen, unter Menschen auf. Als die Zeit reif war, für das Fliegen geprägt zu werden, setzte er sie immer wieder Krähen aus. Erst danach, als es darum ging, das Sexualverhalten zu prägen, steckte er sie zu den anderen Dohlen. Lorenz erkannte: Die Dohle frisst am liebsten mit Lorenz, schwärmt zu Flügen mit Krähen aus und paart sich mit Dohlen. Und: Ohne je ein Dohlenjunges gesehen zu haben, kümmerte sich die Dohle genauso liebevoll um ein Junges, das Lorenz ihr zusteckte, wie alle anderen Dohlen es auch taten. Es zeigte sich also, dass bestimmte Verhaltensweisen angeboren sind und andere durch Prägung gelernt werden.

03 ***Gemeinsame Bekannte: Gänserich Martin*** In autobiographischen Skizzen, unter dem Titel „Eigentlich wollte ich Wildgans werden" veröffentlicht, schreibt Lorenz: *„Als ganz junger Bub liebte ich Eulen und war fest entschlossen, eine Eule zu werden. Entscheidend bei dieser Berufswahl war die Überlegung, dass Eulen nicht so früh ins Bett mussten wie ich, sondern während der ganzen Nacht frei umherfliegen durften. Ich lernte schon frühzeitig schwimmen, und als ich begriff, dass Eulen nicht schwimmen konnten, sanken sie in meiner Wertschätzung. Noch kaum sechs Jahre alt, war ich von Selma Lagerlöfs ‚Die wunderbare Reise des kleinen Nils Holgersson*

*Alkoholisierte Katze*

*Nüchterner Rammler*

*mit den Wildgänsen' tief berührt."* Darin wird, zur Strafe für einen Streich, der 14-jährige Nils Holgersson in einen Wichtelmann verwandelt. Als der zahme Gänserich Martin mit den Wildgänsen nach Lappland fliegen will, versucht Nils ihn daran zu hindern – doch er ist zu klein, und der Gänserich fliegt mit Nils auf dem Rücken einfach los. Nach wem benannte Konrad Lorenz die Graugans Martina? Klar, nach Gänserich Martin.

04 ***Zahl des Paares: 1*** *„Die Graugans"*, sagte Lorenz einmal, *„ist mir das liebste aller Tiere."* Und Martina war die Nummer eins unter den Graugänsen. Auf dem Landsitz seines Vaters hielt er noch das eine oder andere sonstige Tier: 15 Seidenreiher • 32 Nachtreiher • 6 Weißstörche • 3 Schwarzstörche • 2 Brautenten • 9 Mäusebussarde • 1 Wespenbussard • 1 Kaiseradler • 20 Kolkraben • 7 Mönchssittiche • 4 Nebelkrähen • 1 Rabenkrähe • 7 Elstern • mehr als 100 Dohlen • 2 Eichelhäher • 2 Alpendohlen • 2 graue Kardinäle • 3 Gimpel • sowie ungezählte Stockenten • ungezählte Hochbrutenten • ungezählte Türkenenten • ungezählte Fische.

05 ***Sonst so*** Konrad Lorenz beschäftige sich nicht nur mit Graugänsen und Dohlen, sondern unter anderem auch mit: dem schwarzen Schwan • dem Verlust der Gleichgewichtsorientierung des Kaninchenrammlers • alkoholisierten Katzen • dem Sexualverhalten des Wellensittichs • dem Breitseitimponieren im Übergang zum Frontaldrohen.

06 ***Was aus dem Paar wurde*** Martina starb als eine der berühmtesten Graugänse der Welt. Konrad Lorenz, der die Ethologie, die moderne Verhaltensforschung, mitbegründet hatte, erhielt 1973 den Nobelpreis für Medizin; vom Preisgeld schaffte er sich ein Salzwasser-Aquarium an, das 32.000 Liter fasste.

Allerdings kann man heute nicht über ihn schreiben, ohne seine Nazi-Vergangenheit zu erwähnen: Der in Wien geborene Lorenz war nach dem so genannten Anschluss Österreichs an das Deutsche Reich manchen Quellen zufolge Mitglied, anderen Quellen zufolge nicht Mitglied der NSDAP. Der „Bayerische Rundfunk" zitierte in einer Radiosendung allerdings einmal aus Konrad Lorenz' Antrag auf Parteimitgliedschaft: *„Ich war als Deutschdenkender und Naturwissenschaftler selbstverständlich immer Nationalsozialist und darf wohl sagen, dass meine ganze wissenschaftliche Lebensarbeit, in der stammesgeschichtliche, rassenkundliche und sozialpsychologische Fragen im Vordergrund stehen, im Dienste des nationalsozialistischen Denkens steht."*

In jedem Fall stellte er sich also bereitwillig in den Dienst der Nationalsozialisten und wurde 1940, in einer Zeit, als jede Berufung ein Politikum war, als Professor an das Institut für Psychologie der Universität Königsberg berufen, wohin er mit Gänsen, Enten und Buntbarschen zog. Dort schrieb er den Text „Domestikationsarbeit", in dem er zum Beispiel die Forderung nach der *„Ausmerzung ethisch Minderwertiger"* zur Aufgabe *„der Rassepflege"* erhob. *„Versagt diese Auslese"*, schrieb er, *„misslingt die Ausmerzung der mit Ausfällen behafteten Elemente, so durchdringen diese den Volkskörper in biologisch ganz analoger Weise und aus ebenso analogen Ursachen wie die Zellen einer bösartigen Geschwulst."*

In diesem Text und einem 1943 erschienen Artikel rechtfertigte er die *„rassenhygienischen Maßnahmen"* der nationalsozialistischen Regierung naturwissenschaftlich, warnte vor dem *„immer von neuem möglichen Auftreten von Menschen mit Ausfällen im arteigenen sozialen Verhalten";* er teilte Menschen, auf die er seine Erkenntnisse übertrug, in *„voll- und minderwertige"* ein. Bei der Nobelpreisverleihung entschuldigte sich Lorenz für die besagten Aufsätze – oder besser: Er drückte sein Bedauern über seine *„Anpassung an den Zeitgeist"* aus. Unmissverständlich zurück nahm er das Geschriebene aber nicht – es sei, zitierte ihn „Der Spiegel“ in einem Nachruf 1989, doch alles nur eine Frage der Terminologie.

07 ***Bleibende Werte*** ..........................................................................................

***Anspruch*** ●●●○○ / ***Gefühl*** ●●●●○ / ***Action*** ●●○○○ / ***Erotik*** ○○○○○ / ***Glamour*** ○○○○○

## 055 EINE PAARBAND GRÜNDEN

Die schwedische Popgruppe ABBA, gegründet 1972 und zehn Jahre später aufgelöst, war ein zerbrechliches Konstrukt – denn sie bestand aus zwei Paaren, zeitweise sogar Ehepaaren. Björn Kristian Ulvaeus und Agnetha Fältskog waren von 1971 bis 1980 verheiratet, Benny Andersen und Anni-Frid Lyngstad von 1978 bis 1981. Der Bandname ABBA setzte sich aus den

*Sperriges Ergebnis*

ALIBABA

vier Vornamen der Mitglieder zusammen. Die Idee zu diesem international verständlichen Namen stammte vom ihrem Manager Stig Anderson, der auch vorschlug, das erste B im Namen so umzudrehen, dass ABBA zum perfekten Palindrom wurde und zu einer weltweit erfolgreichen Marke. Bevor die Band unter dem Namen ABBA auftrat, hatte sie allerdings einige Irrwege in der Namensfindung beschritten, die zu eher sperrigen Ergebnissen führte.

Verworfene Ideen: Engaged Couples • Suecos („Die Schweden“ auf spanisch) • Friends And Neighbours • Björn & Benny med svenska flicka („… mit schwedischen Mädchen“) • Festfolk • Festfolket • Björn & Benny, Agnetha & Anni-Frid • Anni-Frid, Agnetha, Benny, Björn • Björn + Benny + Agnetha + Frida • Björn + Benny + Anna + Frida • Alibaba • BABA

## 056



Die bekannteste Kreation des belgischen Comic-Autors Georges Prosper Remi, genannt Hergé, ist die Figur des Reporters Tintin (auf deutsch: Tim). Im Band „Die Zigarren des Pharao" (1932) treten erstmals die Detektive Schulze & Schultze auf, die zwar nicht verwandt sein sollen, aber selbst vom geübten Betrachter nur am Schnurrbart unterschieden werden können. Viele Länder haben ihre eigenen Namen für das Ermittlerpaar.

•••

| | |
|---|---|
| Afrikaans | Uys & Buys |
| Arabisch | Tik & Tak |
| Berndeutsch | Hueber & Grueber |
| Bretonisch | Braz & Bras |
| Tschechisch | Kadlec & Tkadlec |
| Niederländisch | Jansen & Janssen |
| Englisch | Thomson & Thompson |
| Esperanto | Citserono & Tsicerono |
| Französisch | Dupont & Dupond |
| Friesisch | Hepkema & Tjepkema |
| Griechisch | Ntupon & Ntupont |
| Persisch | Douponte & Doupone |
| Isländisch | Skapti & Skafti |
| Lateinisch | Clodius & Claudius |
| Luxemburgisch | Biver & Biwer |
| Polnisch | Tajniak & Jawniak |
| Rätoromanisch | Stupan & Stuppan |
| Russisch | Dupon & Dupan |
| Spanisch | Hernandez & Fernandez |
| Türkisch | Düpont & Düpond |
| Vietnamesisch | Van Den & Van Dên |
| Walisisch | Johns & Johnes |
| Portugiesisch | Zigue & Zague |

# 057 EIN DUALES SYSTEM NUTZEN

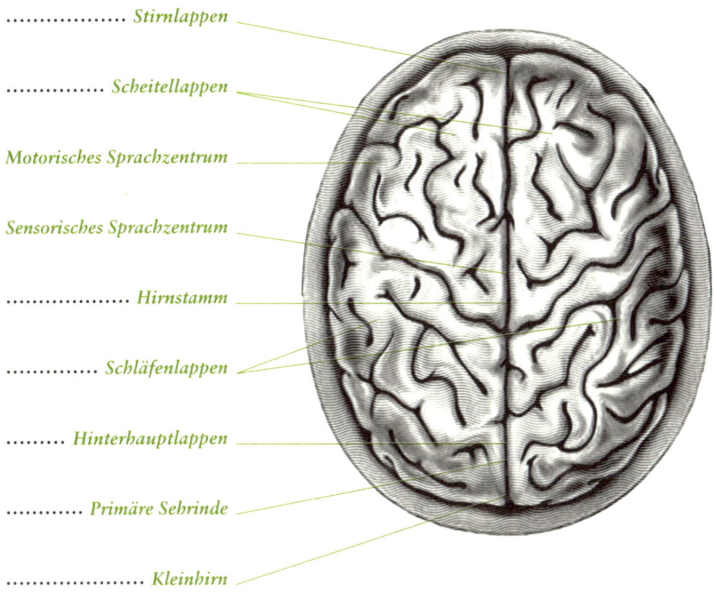


01 ***Die linke Gehirnhälfte*** arbeitet rational und nach den Gesetzen der Logik • liest und schreibt gerne • denkt mathematisch • analysiert Zusammenhänge und kontrolliert das Geschehen • erinnert sich an Details und ordnet sie • vermeidet das Risiko • verarbeitet Information linear

02 ***Die rechte Gehirnhälfte*** arbeitet nonverbal und mit Fantasie • erinnert sich an Formen und Gesichter und erfasst das Ganze • denkt intuitiv, emotional und liebt das Risiko • ist musikalisch und kreativ • denkt räumlich • verarbeitet Informationen bildhaft und zirkulär

# 058 RELATIV GUT KOOPERIEREN

*... wie Mileva Maric und Albert Einstein*

*01* ***Erstes Kennenlernen*** Mileva Maric begann im Sommer 1896 an der Universität Zürich ein Medizinstudium, wechselte aber bald ans Eidgenössische Polytechnikum, um Mathematik und Physik zu studieren. Dort traf sie Albert Einstein, der mit ihr eingeschrieben wurde. 1903 heirateten sie. Einstein war da gerade als technischer Experte III. Klasse im Eidgenössischen Amt für geistiges Eigentum in Bern tätig.

*02* ***Relativ gut kooperieren*** Die Relativitätstheorie hat definitiv einen Vater: Albert Einstein. Man kann darüber streiten, ob sie vielleicht auch eine Mutter hat – die wäre dann Mileva Maric, obwohl es von ihr keinen einzigen wissenschaftlichen Artikel gibt.

Maric hatte keinen Universitätsabschluss, denn sie fiel zweimal, 1900 und 1901, durch ihre Diplomprüfungen. Auch eine begonnene Doktorarbeit führte sie nicht zu Ende. Sie beendete ihre akademische Laufbahn, als sie von Einstein schwanger war, was aber niemand wissen durfte – ein uneheliches Kind war damals noch ein Skandal. Maric brachte das Kind im Januar 1902 heimlich in ihrer Heimat in Serbien zur Welt, bevor sie – ohne das Kind, von dem es heißt, es sei entweder zur Adoption freigegeben worden oder früh gestorben – zu Einstein zurückkehrte.

Es gibt folgende Hypothese: Maric hatte zwar keinen Abschluss, das habe aber an der Geburt gelegen, die sie verheimlichen musste. Sie hatte aber durchaus die nötigen Kenntnisse, um auf Augenhöhe mit Einstein zu arbeiten. Einstein habe die gemeinsamen Arbeiten veröffentlicht, weil er dank seines Abschlusses das nötige Renommee hatte und ernst genommen wurde. Im Jahr 1905, das als das „Wunderjahr" Einsteins gilt, waren sie ein Paar und arbeiteten auch zusammen. In diesem Jahr erschienen von Einstein mehrere Artikel, die für die Naturwissenschaften sehr bedeutend waren. Ob drei davon vielleicht von Einstein und Maric gemeinsam verfasst wurden, das ist die Frage. Die fünf Veröffentlichungen 1905:

*1.* Die Untersuchung „Über einen die Erzeugung und Verwandlung des Lichtes betreffenden heuristischen Gesichtspunkt", in der die Entstehung des Lichts durch Lichtquanten erklärt wird, abgedruckt im Band XVII der „Annalen der Physik". Die Überlegungen, die darin aufgestellt werden, brachten Einstein 1921 den Nobelpreis – *„für Leistungen auf dem Gebiet der theoretischen Physik, besonders für die Entdeckung des Gesetzes des photoelektrischen Effekts"*. • *2.* Einsteins Dissertation mit dem Titel „Eine neue Bestimmung der Moleküldimensionen", für die er 1906 Doktor der Physik wurde. • *3.* „Über die von der molekularkinetischen Theorie der Wärme geforderte Bewegung von in ruhenden Flüssigkeiten suspendierten Teilchen zur brownschen Molekularbewegung". • *4.* „Zur Elektrodynamik bewegter Körper". • *5.* „Ist die Trägheit eines Körpers von seinem Energieinhalt abhängig?" mit der Formel $E = mc^2$. Die letzten beiden Arbeiten zusammen werden heute als spezielle Relativitätstheorie bezeichnet.

Mileva Maric erhob nie den Anspruch, einen Beitrag zu Einsteins Forschung erbracht zu haben. Aber er selbst soll einmal von ihr gesagt haben: *„Ich brauche meine Frau. Sie löst alle meine mathematischen Probleme."* Maric selbst soll einer Freundin gesagt haben: *„Wir haben eine wichtige Arbeit vollendet, die meinen Mann weltberühmt machen wird."*

Auch Einstein benutzte das Wörtchen „wir", zum Beispiel in einem Brief aus dem März 1901: *„Wie glücklich und stolz werde ich sein, wenn wir beide zusammen unsere Arbeit über die Relativbewegung siegreich zu Ende geführt haben."*

Und als er 1919 seine zweite Frau heiratete, die nichts von Physik verstand, teilte er mit, das finde er zur Abwechslung mal ganz gut – *„die erste tat's nämlich!"*

Wie eng arbeiteten Einstein und Maric tatsächlich zusammen? Unbestritten ist, dass sie mit ihm über physikalische Probleme diskutierte, ihn bei Recherchen unterstützte und auch mathematische Berechnungen anstellte. Aber lieferte sie wirklich entscheidende Beiträge? Oder hörte Maric vor allem zu und kommentierte seine Ausführungen, wenn Einstein von der Arbeit erzählte?

Die serbische Professorin Desanke Trbuhovic-Gjuric schrieb in ihrer Maric-Biographie „Im Schatten Albert Einsteins": *„In seiner Arbeit war sie nicht Mitschöpferin seiner Ideen, wie auch kein anderer es hätte sein können, doch prüfte sie alle seine Ideen nach, erörterte sie mit ihm und gab seinen Vorstellungen über die Erweiterung der Quantentheorie von Max Planck und über die spezielle Relativitätstheorie den mathematischen Ausdruck."*

Drei von Einsteins wichtigen Artikeln aus dem Jahr 1905 seien im Original, schreibt Trbuhovic-Gjuric, mit „Einstein-Marity" gezeichnet gewesen (Marity ist eine Schreibweise von Marics Mädchennamen). Trbuhovic-Gjuric beruft sich auf den sowjetischen Physiker Abram Joffe, der die Originalmanuskripte aus dem Jahr 1905 als Assistent von Wilhelm Conrad Röntgen (der dem Kuratorium der Zeitschrift „Annalen" angehörte, in der sie veröffentlicht wurden) zu Gesicht bekommen habe.

Die feministische Zeitschrift „Emma" schrieb: *„Wäre ihr Name damals mitpubliziert worden, gäbe es heute gar keinen Zweifel daran, dass die Relativitätstheorie nicht nur einen Vater, sondern auch eine Mutter hat."*

Es ist allerdings nicht einmal klar, ob Joffe wirklich behauptet hat, die Manuskripte seien mit zwei Namen gezeichnet gewesen.

Es gibt ein weiteres Indiz für eine mögliche Mitarbeit Marics: Sie soll das komplette Nobelpreisgeld bekommen haben, das Einstein erhielt. Die „Emma" schrieb 1990: *„Schon 1919 hatte er (Einstein) Mileva dieses Geld im Scheidungsvertrag schriftlich zugesichert. Offensichtlich rechneten also beide damals schon mit dem Preis. Und ebenso offensichtlich blieb ihm nichts anderes übrig, als ihr zumindest dieses Zugeständnis zu machen: Er den Ruhm, sie das Geld."*

03 ***Gemeinsame Bekannte: Marcel Grossmann*** Marcel Grossmann war ein Kommilitone Albert Einsteins und Mileva Marics. Mit Grossmann erörterte Einstein Fachfragen. Grossmann war imstande *„sofort zum Kern jedes neuen Problems vorzustoßen und selbst Lösungen zu erarbeiten"*, heißt es in einem Einstein-Porträt – in dem über Mileva Maric steht: *„Sie war in Mathematik ebenso gut wie Marcel."*

04 ***Zahl des Paares: 121.572,74*** Angeblich überwies Albert Einstein sein komplettes Preisgeld in Höhe von 121.572,74 Kronen, das er für den Nobelpreis erhalten hatte, an Mileva Maric, die seit 1919 seine Ex-Frau war. Andere Quellen sagen, er überwies lediglich die Zinsen, wiederum andere Quellen sagen, er hielt Maric hin und legte Teile des Geldes in Amerika an.

05 ***Sonst so*** Die Lage ist alles andere als eindeutig. Die Originale der fraglichen Manuskripte, die Einstein (oder Einstein-Marity) veröffentlichte(n), sind verloren, so dass sich nicht nachprüfen lässt, ob die besagten Artikel wirklich von beiden gemeinsam gezeichnet waren. Die Quellenlage spricht eher dagegen – es gibt nämlich nur eine Quelle dafür, und die ist zweifelhaft. Manche Forscher bezweifeln Trbuhovic-Gjurics Angaben, die sie über Abram Joffe machte: Die „Annalen" seien etwa um 1905 von Max Planck, nicht von Röntgen begutachtet worden. Ein weiterer Autor schreibt, Joffe habe als einzigen Autor einen *„Bürokraten vom Berner Patentamt"* genannt – also Einstein.

Der Wissenschaftshistoriker Alberto Martinez kritisierte auch, die Befürworter der Hypothese, Einsteins wichtigste Arbeiten seien in Zusammenarbeit mit Maric entstanden, gäben Zitate verkürzt oder sogar falsch wieder. Das oben genannte Zitat über die gemeinsame Arbeit zur Relativbewegung *(„Wie glücklich und stolz werde ich sein, wenn wir beide zusammen unsere Arbeit über die Relativbewegung siegreich zu Ende geführt haben")* stamme zudem aus einer Zeit (1901), als Einstein noch weit von der speziellen Relativitätstheorie entfernt gewesen sei.

John Stachel, Herausgeber eines Briefwechsels zwischen Albert Einstein und Mileva Maric, moniert, dass eindeutige Belege für die Behauptung fehlten,

Marics Anteil an Einsteins Arbeiten sei so groß, dass auch ihr der Nobelpreis zugestanden hätte. *„Auch wenn die Möglichkeit nicht ausgeschlossen werden kann, dass Mileva eine bedeutendere Rolle spielte, deutet das verfügbare Material darauf hin, dass Marics Rolle die eines Resonanzbodens für Einsteins Ideen war"*, eines Resonanzbodens wie Marcel Grossmann.

Über alles andere kann man mangels zuverlässiger Quellen nur mutmaßen. Stichhaltig widerlegt ist die Hypothese, dass Maric auf Einsteins preiswürdige Arbeiten Einfluss hatte, allerdings auch nicht.

06 ***Was aus dem Paar wurde*** Aus Einstein wurde ein anerkanntes Genie. Als Marilyn Monroe gefragt wurde, wen sie auf eine einsame Insel mitnähme, antwortete sie: Einstein.

Mileva Maric dagegen starb, von der Öffentlichkeit weitgehend unbemerkt, 1948. Ganz gleich, ob sie nun großen oder kleinen Anteil an Einsteins Arbeit hatte – entscheidend ist, dass auch ihre Leistungen als Mathematikerin und – in jedem Fall – Einsteins Assistentin lange totgeschwiegen wurden. Bis einschließlich 2008 haben übrigens zwei Frauen den Physik-Nobelpreis erhalten und 181 Männer.

07 ***Bleibende Werte*** ..........................................................................

***Anspruch*** ●●●●● / ***Gefühl*** ●○○○○ / ***Action*** ○○○○○ / ***Erotik*** ○○○○○ / ***Glamour*** ●●●●○

# 059 IM WINTER HÄNDCHEN HALTEN

01 ***Einkaufsliste:*** Schurwolle in der gewünschten Farbe (100 g) / Lauflänge etwa 190 m auf 100 g • Nadelspiel Nr. 3,5 • Rundstricknadel 3,5 / Länge 40 cm

02 ***Anleitung:*** Zuerst mit dem Nadelspiel (5 Nadeln) 44 Maschen anschlagen und 45 Reihen stricken (Muster: zwei rechts, zwei links). Auf jeder Nadel sind 11 Maschen. Anschließend glatt rechts weiterarbeiten, mit folgenden Zunahmen: In der ersten Reihe nach jeder fünften und zehnten Masche auf

*Für Sie*

*Für Beide*

*Für Ihn*

jeder Nadel eine Masche zunehmen. • Eine Reihe rechts. • Nach der drittletzten Masche der ersten Nadel, der zweiten Masche der zweiten Nadel, der drittletzten Masche der dritten Nadel und der zweiten Masche der vierten Nadel jeweils eine Masche zunehmen (es gibt also zwei Stellen, an denen zugenommen wird, zwischen denen sind jeweils vier Maschen rechts).

Eine Reihe rechts. • Diese Zunahmereihe und die Reihe rechts wiederholen, bis 17 Maschen auf jeder Nadel sind.

Schließlich die letzte Reihe rechts mit der Rundstricknadel stricken und die Maschen stilllegen. • Ein Stulpenteil dieser Art nochmals stricken.

Jetzt werden die beiden Stulpenteile zu dem herzförmigen Handbeutel vereinigt. Dafür fängt man in der Mitte einer der Zunahmestellen an, rund zu stricken. Sind alle Maschen des ersten Stulpenteils verbraucht, die Maschen des zweiten Stulpenteils (ebenfalls zwischen einer Zunahmestelle) anschließen (136 Maschen). • Nun 12 Reihen glatt rechts rundstricken – bevor die Abnahmen zur Formgebung beginnen.

Dafür immer an den Stellen, wo man anfangs nach dem Bündchen zugenommen hat, nun abnehmen: 2 M rechts überzogen, 2 M rechts, 2 M rechts zusammenstricken.

Insgesamt gibt es vier dieser Abnahmestellen. Nach jeder Abnahmereihe eine Reihe rechts stricken. Wenn nur noch vier Maschen pro Nadel vorhanden sind, die Maschen zusammenziehen und die Fäden vernähen.

Seit Ende des Zweiten Weltkrieges leben die Demokratische Volksrepublik Korea (Nordkorea) und die Republik Korea (Südkorea) als unglückliches Paar durch eine undurchlässige Grenze getrennt auf einer Halbinsel nebeneinander. Sie haben sich in all den Jahren auseinander gelebt, was auch an den jeweiligen Bestsellerlisten des Landes zu sehen ist. Während in Südkorea eine natürliche Fluktuation zu beobachten ist, wird das kulturelle Leben in Nordkorea vom Diktator Kim Jong-Il bestimmt. Kim ist nicht nur ein hervorragender Sänger, ein begnadeter Autor und talentierter Filmemacher, wie das Land immer wieder lernen darf, sondern auch der beste Golfspieler der Welt. Gleich bei seinem ersten Besuch auf einem Golfplatz hat er 38 unter Par gespielt und dabei fünf Hole-In-Ones geschlagen. Das Informationsministerium des Landes teilt mit, drei bis vier Asse pro Runde seien Kims Standardergebnis, neulich hätte er aber auch mal wieder elf Asse gespielt – dass professionelle Golfspieler nicht einmal in die Nähe solcher Ergebnisse kommen, ficht das Ministerium nicht an. Vielmehr teilt es mit: Als Kim zum ersten Mal einen Abend auf einer Bowlingbahn verbrachte, spielte er eine 300-er Runde, er erzielte also 12 Strikes nacheinander – das perfekte Ergebnis. Von den Menschen in Nordkorea erwarten Kim und sein Ministerium selbstverständlich, dass sie diese Geschichten glauben.

01 ***Bestseller in Südkorea 2009***

***Buch*** „Menschen aus dem Norden. Menschen aus dem Süden" ***Autor*** *Lee Hocho* • ***CD*** „Sado e – Kodo One Earth Tour" ***Musik*** *Kodo* • ***DVD*** „Bin Jip" (Leere Häuser) ***Regie*** *Kim Ki-Duk*

02 ***Bestseller in Nordkorea 2009***

***Buch*** „Über die Weiterentwicklung der Bewegung der Koreaner in Japan auf eine neue, höhere Stufe" ***Autor*** *Kim Jong-Il* • ***CD*** „Where Are You, Dear General" ***Musik und Text*** *Kim Jong-Il* • ***DVD*** „Pulgasari" ***Regie*** Shin Sang-Ok ***Produktion und Schnitt*** *Kim Jong-Il*

*... wie*
*Stan Laurel*
*und*
*Oliver Hardy*

01 ***Erstes Kennenlernen*** Arthur Stanley Jefferson (alias Stan Laurel), geboren 1890 in England, und Oliver Norvell Hardy, geboren 1892 in den USA, waren nicht nur von unterschiedlicher Statur, sondern auch unterschiedlich kreativ. Stan Laurel, der kleine Dünne, war entschieden umtriebiger als Hardy, der große Dicke. Man muss sich ihre Zusammenarbeit ungefähr so vorstellen: Stan machte sich die Gedanken, Ollie kam zu spät zu den Dreharbeiten.

Stan hatte 1906 seinen ersten Auftritt als Komiker. In die USA kam er mit Fred Karnos englischer Komikertruppe, zu der auch Charlie Chaplin gehörte. Oliver Hardys Weg war ein anderer: Er gab den Clown, um beliebt zu sein, und wurde „Fatty" gerufen. Er arbeitete zunächst als Filmvorführer im Kino, und als er sah, dass der ebenfalls „Fatty" gerufene Roscoe Arbuckle im Kino durchaus erfolgreich war, wusste er, dass man nicht dünn sein musste, um Schauspieler zu werden. Also wurde er Schauspieler.

Zum ersten Mal standen Laurel und Hardy im Kurzfilm „The Lucky Dog" von 1919 gemeinsam vor der Kamera. Hardy spielte eine kleine Nebenrolle. Es ist ein Stummfilm, doch auch in Stummfilmen wird Konversation betrieben, weshalb es möglich ist, das erste Gespräch der beiden zu zitieren.

Oliver Hardy sagt zu Stan Laurel: *„Beide Hände hoch, Insekt, oder ich kämme dir dein Haar mit Blei."*

Die große Zeit ihrer gemeinsamen Auftritte begann erst 1926. Der Produzent Hal Roach, der beide unter Vertrag hatte, führte sie zusammen – das war eine Idee von Leo Mc Carey, der Drehbuchautor, Regisseur und Roachs Vizepräsident war und Förderer von Laurel und Hardy werden sollte.

Zunächst einmal sprang Laurel jedoch für Hardy ein. Er arbeitete als Regisseur und Gagschreiber, Hardy als Schauspieler. Hardy hatte jedoch zu Hause Lammkeule gekocht, sich dabei mit heißem Fett übergossen und Verbrennungen dritten Grades erlitten, weshalb er ausfiel. Hal Roach bat Laurel, vor die Kamera zu treten und Hardys Rolle zu übernehmen. Laurel hatte eigentlich beschlossen, seine Schauspielkarriere hinter sich zu haben; er hatte bereits in rund 90 Filmen mitgespielt, bevor sein Leben als Teil von Stan und Ollie begann (Oliver Hardy dürfte sogar noch deutlich mehr Filme gemacht haben). Doch er ließ sich überreden.

Der Film wurde ganz gut, und so bat Roach Laurel, auch im nächsten Film wieder mitzuspielen. In diesem Film konnte auch Hardy wieder mitwirken – und so kam es, dass plötzlich zwei irrsinnig komische Typen gemeinsam in einem Film auftraten. Nach einigen weiteren Filmen war klar: Diese beiden gehören zusammen.

Der erste Tonfilm von Laurel und Hardy begann mit folgenden Worten Hardys: *„Erst einmal gehen wir essen – ein großes, dickes, saftiges Steak mit Champignonsauce, Erdbeeren mit Schlagsahne, Kaffee und danach eine dicke schwarze Zigarre!“* Worauf Laurel erwiderte: *„Keine Nüsse?“*

02 ***Wirklich witzig sein*** Woher rührt der Witz des Duos? Stan ist im Vergleich zu Ollie mickrig. Ollie ist im Vergleich zu Stan elefantös. Sogar sein Schlips ist breit. Ihre Komik sei *„ein Widerspruch der Formen“*, schreibt der Filmkritiker Georg Seeßlen.

Ollie und Stan kultivierten bestimmte Gesten und eine bestimmte Mimik, die zu ihrem Markenzeichen wurde. Es gab jedoch auch Filme ohne Slapstickszenen, in denen keiner der beiden stolperte und Torten nicht zu den Requisiten gehörten – und die trotzdem ihr Publikum fanden.

„Battle of the Century“ war allerdings ein Tortenschlachtfilm – und was für einer. Tortenschlachtfilme waren nichts Neues, im Gegenteil; die große Zeit der Tortenfilme war eigentlich vorüber. „Custard Pie Comedy“, also Eiercrèmetorten-Komödie, war um 1927 ein Begriff für Slapstick von gestern. Doch Stan Laurel wollte einen letzten, unschlagbaren Film dieses

Genres drehen: einen Tortenfilm, mit dem das Kapitel Tortenfilm ein für allemal geschlossen werden sollte. Benötigt wurden dafür etwa 3000 Torten,

*Acht garantierte Lacher*

•••

bestellt bei der Los Angeles Pie Company. „Battle of the Century" wurde ein Höhepunkt des Tortenfilms.

Für die erste fliegende Torte gibt es darin noch einen Grund. Doch irgendwann fliegen die Torten nur noch grundlos wild umher. Stan und Ollie haben das Getümmel ausgelöst und stehen am Rand – sie versorgen die Werfer lediglich mit Munition. Erstaunlich ist, auf wie viele Arten Torten geworfen werden können, und erstaunlich ist auch, wie wenig sich die Tortenwerfer darum scheren, warum sie Torten werfen. Am Ende verlassen Stan und Ollie das Schlachtfeld, die letzte Torte lassen sie aufs Trottoir fallen – was für einen letzten Lacher sorgt.

Diese Nummer variierten Stan und Ollie später oft, zum Beispiel in „Two Tars" („Zwei Matrosen", 1928), in dem sie Seeleute auf Landurlaub geben, die mit zwei Mädchen zu einer Landpartie aufbrechen. Einem kleinen Unfall folgt ein Stau, dem eine handgreifliche Auseinandersetzung nach dem Prinzip „Jeder gegen jeden" folgt.

Oder in „In Big Business" („Große Geschäfte", 1929), in dem sie mitten im Juli als Weihnachtsbaumverkäufer im heißen Kalifornien bemerken, dass ihr Geschäft erstaunlich schlecht läuft. Bevor sie aber aufgeben, versuchen sie, ihrem Lieblingsfeind James Finlayson, einen Baum aufzuschwatzen. Der weigert sich beharrlich und klemmt, als er die Tür zuschlägt, einen Ast des Baumes ein. Ergebnis: Irgendwann sind das Haus des unwilligen Käufers und das Auto der Händler zerstört.

Oder in „Tit for Tat" („Wie du mir, so ich dir", 1935), einem Film, in dem ein eherner biblischer Grundsatz verkehrt wird zu folgender Regel: Wenn dich jemand auf die linke Backe schlägt, dann hau' ihm auch eine rein – und zwicke ihn noch zur Strafe. *„So"*, schreibt der Soziologe Wolf Lepenies, *„entstanden Sequenzen unendlicher, reziproker Vergeltung, die man in der Geistesgeschichte des Abendlands als ‚Nemesis humana' und in der Filmgeschichte Hollywoods als ‚tit-for-tat' bezeichnet. ‚Maß für Maß' wäre dafür eine passendere Bezeichnung als ‚Wie du mir, so ich dir'. Denn jeder Racheakt bedurfte der sorgfältigen Überlegung und hatte sein genaues Maß."*

Doch nicht nur das Spiel mit der Wiederholung von Ideen, sondern auch der Umstand, dass man als Zuschauer die Figuren zu kennen glaubte, machte in Kombination mit der Erzählhaltung den Witz aus: Als Zuschauer weiß man bereits, was gleich passieren wird, wenn der besserwisserische Ollie den ausgeglicheneren Stan belehrt: Ollie fällt auf die Schnauze.

Viele Figuren tauchten immer wieder auf. In zahlreichen Filmen hatten es Stan und Ollie mit James Finlayson (der keinen Weihnachtsbaum kaufen wollte) oder mit Charlie Hall zu tun. Der Zuschauer kannte die Gesichter und wusste, dass Schreckliches passiert, sobald sie auftauchen.

Stan und Ollie arbeiteten hochgradig professionell. Aus winzigen Regiebemerkungen machte Hardy, zum Beispiel nur im Spiel mit seiner Krawatte, an der er herumnestelte, eine ausführliche Szene.

Ihre Zusammenarbeit als Duo konnte auch deshalb so fruchtbar sein, wie Wolf Lepenies schreibt, weil *„Stan Laurel und Oliver Hardy nicht ein einziges Mal der Dauerversuchung jedes Schauspielers erlagen, dem anderen eine Szene zu stehlen"*.

*03* ***Gemeinsame Bekannte: Leo McCarey*** Der für die Karriere bedeutendste gemeinsame Bekannte dürfte Leo McCarey gewesen sein. In einem Nachtclub in New York, erzählte er Peter Bogdanovich einmal, traf er Studiochef Hal Roach und die Schauspieler Marbel Normand und Charley Chase. McCarey trug wie fast alle Fliege, und als er darauf hinwies, wie perfekt

*Erst flogen Fliegen,*
*dann flogen Torten*

die seine gebunden sei, riss Normand sie ihm herunter, was Roach sehr amüsierte. McCarey zog also an Roachs Fliege, kurz darauf zogen alle Anwesenden im Club an Fliegen. Anschließend: an Krägen. Schließlich: an Frackschößen. Die Szene – wer weiß, ob sie sich wirklich so ereignete? – inspirierte McCarey zu „Battle of the Century“.

04 ***Zahl des Paares: 20*** Laurel und Hardy ermittelten für jeden Film den „giggle factor“ – den Kicherkoeffizienten. Es musste mindestens 60 bis 70 Mal pro 20 Minuten gelacht werden. Dazu spielten sie den fertigen Film Testzuschauern vor. Kicherten die nicht genug, wurde nachgedreht. Im Film „The Battle of the Century“ erzielten sie herausragende Ergebnisse: 140 Lacher in 20 Minuten, also sieben pro Minute.

20 Minuten mögen wie eine seltsame Einheit wirken, doch Laurel und Hardy hatten den Eindruck, dass ihre Komik in 20 Minuten am besten wirkte. Das ist auch der Grund dafür, dass sie sich letztlich von ihrem Produzenten Hal Roach trennten: Roach wollte Langfilme drehen. Die letzte gemeinsame Arbeit von Laurel, Hardy und Roach war „Saps at Sea“ aus dem Jahr 1940.

05 ***Sonst so*** Die Figuren, die Arthur Stanley Jefferson und Oliver Norvell Hardy spielten, hießen wie sie, Stan und Ollie. Die Schauspieler identifizierten sich also mit ihren Filmfiguren – auch wenn diese nicht gerade schlau waren. Das kam so: Die Filmgesellschaften entwickelten damals Slapstick-Charaktere, die von verschiedenen Darstellern gespielt werden konnten. Stan Laurel spielte eine Weile den „Hyckory Hickam“, Oliver Hardy gab den „Helpful Henry“. Doch sie durften diese Namen nicht als Markenzeichen mitnehmen, wenn sie andere Filme drehten. Also wurden Stan und Ollie ihre Markennamen – sie gehörten ihnen.

In Frankreich heißen sie „Laurel et Ardi“ oder „Les Rois du Rire“ (die Könige des Lachens), in Polen „Flip & Flap“, in China „Futu & Tutu“, in Italien „Stanlio e Ollio“ oder „Crick & Crock“ und in Spanien „El gordo y el flaco“. Sie selbst stellten sich in ihren Filmen als Mr. Laurel und Mr. Hardy vor. In Deutschland werden sie „Dick und Doof“ genannt. Wer sich den Namen „Dick und Doof“ ausdachte, ist nicht mehr zu ermitteln. Auch in anderen Ländern lachte man darüber, dass Ollie dick war und Stan sich blöd anstellte, allerdings gingen im Namen „Dick und Doof“ die Grautöne verloren, die Feinheiten, die das Paar auszeichneten. *„Ollie wähnt sich nur als der schlauere: In seinen fortgesetzten Versuchen, so zu sein wie alle anderen, scheitert er, von keinem Schaden belehrbar, immer wieder“*, schreibt Georg Seeßlen: *„Stan ist, schon weil er weniger begreift, letztendlich der klügere. Wenn er sich mit langen Fingern durchs gesträubte Haar fährt, mag er zwar hilflos grinsen, einfältig aber ist er nie.“*

06 ***Was aus dem Paar wurde*** Weil Stan und Ollie ein klassisches Clownspaar sind, beziehen sich viele andere Clowns auf sie. Marcel Marceau bewunderte sie, ebenso Bud Spencer und Terence Hill. Blake Edwards widmete ihnen seinen Film „The Great Race“, einen 70-Millimeter-Farbfilm mit Tony Curtis und Jack Lemmon, in dem sich die beiden Tortenschlachten liefern. Der Autor Kurt Vonnegut widmete ihnen den Roman „Slapstick“.

Buster Keaton bewunderte vor allem Stan Laurel wegen dessen Gespürs für Rhythmus und Tempo. Er sagte einmal: *„Forget Chaplin. Stan was the greatest.“ – „Vergesst Charlie Chaplin. Stan war der Größte.“*

Oliver Hardy, der am Ende seines Lebens ein passabler Golfspieler geworden war, starb am 7. August 1957. Laurel war von Hardys Tod tief getroffen.

1961 erhielt er – sicherlich auch stellvertretend für Hardy – den Oscar für sein Lebenswerk. Stan Laurel starb am 23. Februar 1965.

07 ***Bleibende Werte*** ..........................................................................

***Anspruch*** ●●●●○ / ***Gefühl*** ●●●●○ / ***Action*** ●●●●● / ***Erotik*** ○○○○○ / ***Glamour*** ●●○○○

„Ein verrücktes Paar“ war eine Fernsehserie des ZDF, die von 1977 bis 1980 aufgezeichnet und ausgestrahlt wurde. Die 90-minütige Show mit den Schauspielern Grit Böttcher und Harald Juhnke in den Hauptrollen enthielt eine lose Abfolge von gespielten Witzen in unterschiedlicher Länge und hat, so wird zumindest oft behauptet, den deutschen Humor revolutioniert.

***Folge 8 • Sketch Nr. 72 • „An der Rezeption“***

• • •

***Rezeptionistin***

*„Guten Tag, bitte, Sie wünschen?“*

***Juhnke***

*„Ja, ich hätte gerne für meine Frau und für mich ein Doppelzimmer mit Bad.“*

***Rezeptionistin***

*„Mal schauen. Nein, wir haben nur noch ein Doppelzimmer ohne Bad.“*

***Juhnke***

*„Nein, meine Frau möchte unbedingt ein Bad haben.“*

***Rezeptionistin***

*„Ich habe noch zwei Einzelzimmer mit Bad!“*

***Juhnke***

*„Nein, in einem Hotel schläft meine Frau nicht gern allein.“*

***Rezeptionistin***

*„Dann sehe ich hier nur noch ein Doppelzimmer mit Dusche.“*

***Juhnke***

*„Mit Dusche? Kleinen Moment, dann werde ich sie mal fragen.“*

*(wendet sich zu Grit Böttcher)*

*„Liebling, wärst du auch mit einer Dusche einverstanden?“*

***Böttcher***

*„Jawohl, Herr Direktor!“*

# 063 GEFÄHRLICHE NÄHE

Das so genannte „Stalking" hat erst vor kürzerem Eingang in die Gesetzbücher gefunden. In Deutschland wurde der Straftatbestand der Nachstellung – das ist, was „Stalking" bedeutet – im Frühjahr 2007 in das Strafgesetzbuch eingeführt (§ 238 StGB). Vor rund 20 Jahren etablierte sich der Begriff in den USA, zunächst beschrieb er das Verfolgen von Prominenten. Die deutsche Polizei beschreibt Stalker als *„Personen, die einen anderen Menschen verfolgen, belästigen und terrorisieren"*. Seit Ende der achtziger Jahre erstmals Stalker in den USA ihre Opfer töteten, wird „Stalking" als überaus gefährlich angesehen.

01 ................................ ***Uma Thurman** und **Jack Jordan*** ................................

Der Stalker verfolgte Uma Thurman auf Schritt und Tritt, terrorisierte sie, ihren Freund und sogar ihre Eltern. Manchmal schickte er Postkarten, die Grabsteine zeigten, eine Braut mit abgeschlagenem Kopf oder andere schaurige Motive. Als er die Schauspielerin bei Dreharbeiten in ihrem Wohnwagen überfiel, konnte er festgenommen werden. • *Gerichtliche Folgen:* drei Jahre Haft auf Bewährung.

02 .......................... ***Steven Spielberg** und **Jonathan Norman*** ..........................

Norman hatte sich über viele Jahre von einem aufdringlichen Fan zu einer unberechenbaren und ernsthaften Gefahr entwickelt. Er drohte an, den Regisseur zu überwältigen, ihn zu vergewaltigen und seine Familie zu töten. Nur die Festnahme verhinderte die im Detail exakt geplante Tat. • *Gerichtliche Folgen:* 25 Jahre Haft.

03 ............................ ***Hillary Duff** und **Maxim Miakowski*** ............................

Miakowski drohte nicht nur öffentlich damit, alle umzubringen, die seinem Idol zu nahe kommen würden – er plante auch ein Attentat auf die Schauspielerin: für den 22.11.2006 hatte er ihren Tod angekündigt. • *Gerichtliche Folgen:* 117 Tage Haft ohne und fünf Jahre Haft mit Bewährung.

04 .......................... *Jeanette Biedermann und Eckerhardt O.* ..........................
Monsieur O. brach in die Wohnung der Sängerin ein und verbrachte dort eine Nacht, wenn auch alleine. Er aß ihre Cashewnüsse und Mandeln auf, trank ihren Champagner, legte sich in ihr Bett – hinterließ aber auch ein paar Geschenke. • *Gerichtliche Folgen:* 3600 Euro Geldstrafe.

05 .............................. *Jesse James und Marcia Valentine* ..............................
Die Stalkerin Marcia Valentine hatte eine besondere Methode entwickelt, um auf sich aufmerksam zu machen: Sie versuchte mehrmals, Jesse James, den Ehemann von Sandra Bullock, mit dem Auto zu überfahren – der sich aber stets mit einem Sprung in die Einfahrt retten konnte. • *Gerichtliche Folgen:* drei Jahre Haft, zum Teil auf Bewährung ausgesetzt.

06 .......................... *Britney Spears und Masahiko Shizawa* ..........................
Der japanische Stalker Masahiko Shizawa bedrängte die amerikanische Sängerin mit Telefonaten, Faxen und Briefen. Ein Foto von sich hatte er signiert: *„Ich jage dich“*. • *Gerichtliche Folgen:* Shizawa darf Britney Spears heute weder kontaktieren, noch darf er ihr näher als 300 Meter kommen. In die USA hat er Einreiseverbot.

07 ................................ *Mel Gibson und Zack Sinclair* ................................
Sinclair war auf besonders spirituelle Art schon seit Monaten aufdringlich: Ständig bat er den Schauspieler Mel Gibson darum, mit ihm beten zu dürfen. Dabei verfolgte er einen, wie er meinte, höheren Auftrag und behauptete, er sei *„zur Heilung Gibsons von Gott gesandt worden“*. • *Gerichtliche Folgen:* weltliche drei Monate Haft.

08 ........................... *Brad Pitt und Athena Marie Rolando* ...........................
Drei Jahre vergingen, in denen sie ihrem Idol zahlreiche Briefe und Geschenke geschickt hatte, dann beschloss die Stalkerin Rolando 1999, Brad Pitt einen Besuch abzustatten. Durch ein Fenster gelangte sie problemlos in sein Haus in den Hollywood Hills. Seine Abwesenheit nutzte Rolando, um sich ein

wenig umzusehen, die Garderobe des Schauspielers anzuprobieren und ein paar Polaroids von sich zu schießen. Schließlich genehmigte sie sich ein Päuschen in seinem Bett und schlief dort ein, wo sie später entdeckt und gefasst wurde. • *Gerichtliche Folgen:* 15 Tage gemeinnützige Arbeit, drei Jahre Haft auf Bewährung und Unterbringung in einer psychiatrischen Klinik. Der in Zukunft einzuhaltende Mindestabstand zu Brad Pitt: 100 Meter.

09 .......................... ***Michael Jackson** und **Lavon Muhammed*** ..........................

Lavon Muhammed klingelte Ende der neunziger Jahre einfach an der Pforte der Neverland Ranch und wurde von den Sicherheitsbeamten eingelassen, als sie glaubhaft machen konnte, zur Familie zu gehören. Sie streunte ein wenig durchs Haus und machte sich schließlich in der Küche etwas zu essen. Weil sie aber einen Haufen unverständliches Zeug brabbelte, wurden die vorher Arglosen doch noch misstrauisch und riefen die Polizei. Vor den Beamten und auch vor Gericht hielt Muhammed ihre Behauptungen weiter aufrecht und bestand darauf, mit Michael Jacksons verheiratet zu sein und vier Kinder mit ihm aufgezogen zu haben. • *Gerichtliche Folgen:* drei Jahre Haft auf Bewährung.

10 .......................... ***Anna Kournikowa** und **William Lepeska*** ..........................

Lepeska schwamm nackt quer durch die Biscayne Bay vor Miamis Küste, bis zu Anna Kournikowas Villa. Er stieg aus dem Wasser und rief *„Anna, rette mich!“* Der Stalker war der ehemaligen Tennisspielerin schon vorher mehrmals unangenehm aufgefallen – mit zahlreichen anzüglichen Briefen und E-Mails. Bei der Gerichtsverhandlung wurde aus Liebe Hass, plötzlich wollte der Mann, dessen rechten Oberarm ein Porträt von Kournikowa ziert, sein Opfer töten, um *„die Welt zu retten und das Böse zu bekämpfen“*. • *Gerichtliche Folgen:* William Lepeska darf sich Anna Kournikowa und ihrem Haus nicht mehr nähern – 300 Meter Mindestabstand.

11 .............................. ***Jennifer Garner** und **Steven Burky*** ..............................

Sechs Jahre lang hatte Steven Burky die amerikanische Schauspielerin mit verschrobenen Liebesbriefen genervt und sie an Drehorten und an ihrer Haustüre überrascht. *„Kein Tag vergeht, an dem ich nicht an meine Liebe zu dir denke"*, ließ der Stalker sie wissen. Da die Ehefrau von Ben Affleck seine Zuneigung nicht erwiderte, formulierte Burky plötzlich eine wirre und unverständliche Vision: *„Wegen ihres Glaubens an Jesus Christus könnte Jennifer Garner am Tag verfolgt werden"*, schrieb er, *„dabei könnte auch ein dunkles Geheimnis aufgedeckt werden – die Existenz von verbotener Hexerei und Opferungen."* • *Gerichtliche Folgen:* Steven Burky muss heute einen Abstand von mindestens hundert Metern zu Jennifer Garner, Ben Affleck und zu ihren Töchtern halten.

12 ............................... ***George Michael** und **Lucy Nowak*** ...............................

Nach einem weiteren erfolgreichen, nicht ihrem ersten, Einbruch in die Villa des englischen Sängers versteckte sich Nowak vier Tage unter den Bodendielen und lauerte ihm auf – ohne ihn zu Gesicht zu bekommen. Außerdem bombardierte sie ihn mit E-Mails – nicht anzüglich, aber regelmäßig. Wegen dieser hübschen Liste von Belästigungen sollte sie verurteilt werden, doch George Michael bekam Mitleid und setzte sich mit einer schriftlichen Einreichung bei Gericht persönlich für eine gewisse Milde ein. • *Gerichtliche Folgen:* keine Haftstrafe aufgrund der Fürsprache George Michaels – aber einige Monate in psychiatrischer Behandlung.

13 ................................. ***Madonna** und **Robert Hoskins*** .................................

Viele Tage verbrachte Hoskins vor dem Haus der amerikanischen Sängerin und opferte seine ganze Freizeit, manchmal blieb er rund um die Uhr. Irgendwann begann er, über die Mauer des Anwesens zu klettern und kleine Zettel mit verliebten Botschaften an der Eingangstür zu hinterlassen. Die Botschaften nahmen mit der Zeit einen härteren Ton an. So drohte er, Madonna die Kehle durchzuschneiden, sollte sie ihn nicht heiraten. Als er zum wiederholten Mal ums Haus schlich und sich der Tür näherte, wurde er von einem Bodyguard gestellt und angeschossen. • *Gerichtliche Folgen:* zehn Jahre Haft und sechs Monate psychiatrische Behandlung.

## 064 EIN SELTSAMES PAAR SPIELEN

Die Schauspieler Jack Lemmon und Walter Matthau, die innerhalb von 32 Jahren in zehn Filmen miteinander spielten, waren das ideale Paar für eine Komödie. Perfekt im Timing und perfekt in der Darstellung zweier gegensätzlicher Charaktere, die einander trotz allem anziehen: der ewig nörgelnde Neurotiker (Matthau) und der hibbelige, aber grundgute Pedant (Lemmon).

•••

***Der Glückspilz*** *(The Fortune Cookie)* ........ *Regie:* ***Billy Wilder • 1966***

***Ein seltsames Paar*** *(The Odd Couple)* ........ *Regie:* ***Gene Saks • 1968***

***Extrablatt*** *(The Front Page)* ........ *Regie:* ***Billy Wilder • 1974***

***Buddy, Buddy*** *(Buddy Buddy)* ........ *Regie:* ***Billy Wilder • 1981***

***JFK – Tatort Dallas*** *(JFK)* ........ *Regie:* ***Oliver Stone • 1991***

***Ein verrücktes Paar*** *(Grumpy Old Men)* ........ *Regie:* ***Donald Petrie • 1993***

***Die Grasharfe*** *(The Grass Harp)* ........ *Regie:* ***Charles Matthau • 1995***

***Der dritte Frühling*** *(Grumpier Old Men)* ........ *Regie:* ***Howard Deutch • 1995***

***Tango gefällig?*** *(Out To Sea)* ........ *Regie:* ***Martha Coolidge • 1997***

***Immer noch ein seltsames Paar*** *(The Odd Couple II)* ........ *Regie:* ***Howard Deutch • 1998***

## 065 IN ALFRED NOBEL EINEN GEMEINSAMEN NENNER HABEN

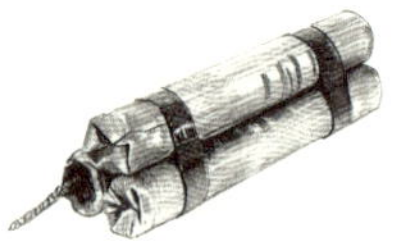

*... wie*

*Dynamit und Frieden*

01 ***Erstes Kennenlernen*** Von einem Kennenlernen im herkömmlichen Sinne kann man hier natürlich nicht sprechen. Dynamit und Frieden kommen aber

in der Person von Alfred Nobel zusammen. Der hatte das Dynamit erfunden und überlegte sich später, was er nun noch für den Frieden tun könnte. In seinem Testament setzte er einen großen Teil seines Vermögens für einen Friedenspreis ein, den man unter dem Namen Friedensnobelpreis kennt.

02 ***In Alfred Nobel einen gemeinsamen Nenner haben*** Alfred Nobel war ein an Talenten reicher Mann. Er war zudem geschäftstüchtig, ironiebegabt, nicht zynisch, patriotisch, durchaus idealistisch. Und er glaubte unerschütterlich an die Zukunft seiner Erfindungen.

Den Anstoß zu seiner wissenschaftlichen und Erfinderkarriere lieferte sein Vater Immanuel, der, als die Familie in St. Petersburg lebte, die russische Armee mit Waffen und Maschinen belieferte, was in Zeiten des Krimkriegs sehr lukrativ war. Alfred Nobel genoss eine fundierte Ausbildung in Chemie und Physik und interessierte sich zudem für Literatur, Biologie und Physiologie. Später forschte und arbeitete er auch an der Produktion künstlicher Seide und synthetischen Gummis.

Dass die Nobelpreise seinem Willen gemäß in Chemie, Physik, Medizin und Literatur vergeben werden, liegt also schlicht an den persönlichen Interessen Nobels. 1858 bewohnte Alfred mit seinem Bruder Robert eine kleine Wohnung, in der er sich ein kleines Labor eingerichtet hatte. Die ersten drei seiner insgesamt 355 Patente entstanden dort, ein Gasometer, ein Apparat zur Flüssigkeitsmessung und eine Art Barometer.

Seine Arbeit mit Nitroglyzerin, das zunächst noch Pyronitroglyzerin oder Pyroglyzerin genannt wurde und heute eher Glyzerintrinitrat genannt wird, nahm Alfred Nobel auf, als er 26 war. Ascanio Sobreros, ein ehemaliger Assistent des Chemie-Professors Théophile-Jules Pelouze, bei dem Nobel in Paris studiert hatte, hatte 1843 entdeckt, dass durch die Einwirkung von Salpeter- und Schwefelsäure auf Glyzerin das hochexplosive Pyronitroglyzerin entsteht.

Sobreros gab seine Experimente mit dem Stoff auf, nachdem er von Glassplittern im Gesicht verletzt worden war und 1853 eine weitere unkontrollierte Explosion großen Sachschaden angerichtet hatte. Nobel übernahm;

er war von dem Stoff fasziniert, seit er gesehen hatte, wie sein Lehrer einen Tropfen der Flüssigkeit auf einen Amboss gab, mit dem Hammer darauf schlug und es einen gewaltigen Wumms tat.

Sein Bruder Robert riet ihm 1864: *„Lieber Alfred, gib die verdammte Erfinderlaufbahn auf, so schnell wie möglich; sie bringt nur Unglück.“* Drei Monate später, am 3. September, ereignete sich bei Heleneborg der, wie er in Stockholm damals genannt wurde, „Nobelsche Knall“: ein Explosionsunglück, bei dem auch Alfred Nobels jüngster Bruder Emil ums Leben kam.

Tags darauf soll Nobel weitergearbeitet haben. Allerdings wurde ihm verboten, innerhalb Stockholms mit Nitroglyzerin zu experimentieren. Nitroglyzerin war gefährlich und nicht gut zu handhaben; Nobel suchte daher nach einem Weg, gezielt und kontrolliert Explosionen herbeizuführen, also die Substanz sozusagen einzusperren, ohne sie zu zähmen. Er wusste: In Zeiten, in denen unzählige Eisenbahntunnel entstanden, wäre ein solcher Stoff eine Lizenz zum Gelddrucken.

Von poröser Holzkohle absorbiertes Nitroglyzerin stellte Nobel nicht zufrieden; die Beifügung von Holzspiritus zur Verminderung der Explosivität war auch nicht ideal. Erst probierte Nobel ein wenig auf einem Boot herum, das im Mälarsee ankerte, dem drittgrößten See Schwedens, dann fand er schließlich den richtigen Ort. Es gibt vier Orte, die in Alfred Nobels Leben besonders wichtig waren: St. Petersburg, dort lebte er lange. Paris, dort studierte er, und dort fühlte er sich wohl. Stockholm, seine Heimatstadt. Und der deutsche Ort Krümmel bei Geesthacht.

Dort versuchte es Nobel mit Absorptionsmitteln wie Schwarzpulver, Schießbaumwolle und Papierpulver sowie aufsaugenden Mitteln wie porösen Silikaten, Sägespänen, Ziegelmehl, Kohle, Lehm und Gips, zudem mit Zement. 1866 hatte er die zündende Idee (hier sei das Wortspiel ausnahmsweise erlaubt): Er setzte Kieselgur, eine Substanz, die zum Beispiel in der Lüneburger Heide vorkommt, als Absorptionsmittel ein.

Es handelt sich, wie der Brockhaus berichtet, um *„ein feinkörniges, kreideartiges Sedimentgestein, das sich dort vor etwa fünf Millionen Jahren aus den Kieselsäuregerüsten von mikroskopisch kleinen Kieselalgen gebildet*

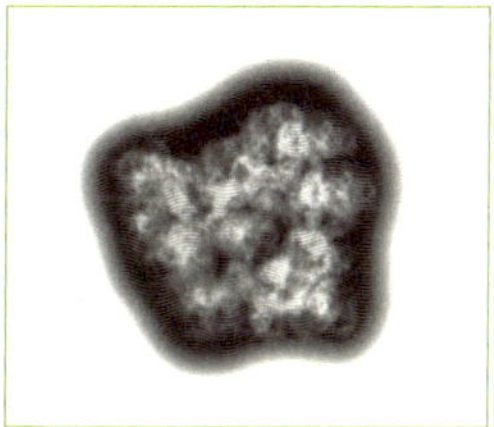

*Knall*

*Erster Effekt*

*Zweiter Effekt*

*hat*“. Beim Transport von Nitroglyzerin war der Legende nach ein wenig von der Flüssigkeit auf die als Verpackungsmaterial benutzte Kieselgur getropft – und die Substanzen explodierten nicht unkontrolliert.

Das „*Dynamit oder Nobels Sicherheits-Pulver*“, wie Nobel es taufte, war erfunden und wird seither nach folgender Rezeptur gemischt: 75 % Nitroglycerin, 24,5 % Kieselgur und 0,5 % Natriumcarbonat; auch möglich ist die Mischung zwei Drittel zu ein Drittel. Krümmel bei Geesthacht an der Elbe, unweit von Tesperhude, wurde zur Welthauptstadt des Dynamits. Ein paar Jahre später gehörten Nobel 93 Fabriken und Labors in mehr als 20 Ländern. 1887 entwickelte er auch noch Ballistit, ein nahezu rauchfrei verbrennendes Schießpulver, das die militärische Waffentechnik revolutionierte.

Man kann mit Dynamit allerlei Unsinn anstellen, Nobel betonte jedoch stets, wie sinnvoll es beim Tunnelbau sei. Einige unterstellen ihm jedoch ein schlechtes Gewissen, schließlich hatte er Dynamit nicht nur erfunden, sondern auch vermarktet und verkauft. In seinem Testament, das er am 27. November 1895, ein Jahr vor seinem Tod, schrieb, hielt er jedenfalls Folgendes fest:

Seine Neffen Hjalmar und Ludvig Nobel erhalten je 200.000 • sein Neffe Emmanuel 300.000 • und die Nichten Mina, Ingeborg und Tyra je 100.000 Kronen • 100.000 Franc erhält Fräulein Olga Boettger, wohnhaft seinerzeit bei Frau Brand, 10 Rue Saint-Florentin in Paris • Herr Alarik Liedbeck erhält 100.000 Kronen • Emmy Winkelmann in Berlin erhält 50.000 Mark • Frau Gaucher aus Paris 100.000 Francs • Alfred Hammond aus Texas 10.000 Dollar.

Eine Leibrente erhalten: Fräulein Elise Antun • Frau Sofie Kapy von Kapivar • die Diener Auguste Oswald • Alphonse Tournand • Joseph Girardot • der Gärtner Jean Lecof.

Was bis heute zählt, ist folgende Passage aus Nobels Testament: *„Über mein ganzes übriges, realisierbares Vermögen wird auf folgende Weise verfügt: Das Kapital, vom Testamentsvollstrecker in sicheren Wertpapieren realisiert, soll einen Fonds bilden, dessen jährliche Zinsen als Preise denen zuerteilt werden, die im verflossenen Jahr der Menschheit den größten Nutzen gebracht haben."* Das Vermögen bestand aus Immobilien, Wertpapieren, lagerte auf Konten sowie in Nobels Kassenschrank in der 59 Avenue Malakoff in Paris. Außerdem gab es die eine oder andere ausstehende Forderung und ihm zustehende Patentgebühren.

Bezüglich des Friedenspreises verfügte Nobel, ihn solle jährlich der erhalten, *„der am meisten oder besten für die Verbrüderung der Völker und die Abschaffung oder Verminderung der stehenden Heere sowie für die Bildung und Verbreitung von Friedenskongressen gewirkt hat"*.

03 ***Gemeinsame Bekannte: Bertha von Suttner*** Als er 43 war, suchte Alfred Nobel per Kontaktanzeige eine *„sprachgebildete Dame im reifen Alter für Sekretärinnen- und Haushaltsaufgaben"*. Eine gewisse Comtesse Bertha Kinsky meldete sich, die später den Grafen von Suttner heiratete, weshalb sie heute als Bertha von Suttner bekannt ist. Nobel war ihr gewogen, und weil von Suttner eine der bedeutendsten Friedensaktivistinnen ihrer Zeit war, kann man heute mit gutem Grund darüber spekulieren, ob sie es vielleicht war, die ihn dazu anstiftete, mit seinem Reichtum etwas für den Frieden zu tun.

Mit Bertha diskutierte Nobel lebhaft über Dynamit und Frieden, er schrieb ihr, er hoffe, dass *„meine Fabriken den Krieg eher beenden als Ihre Kongresse"*. Nobel, der sich zum Prinzip der militärischen Abschreckung bekannte, dachte – womöglich dachte er das sogar wirklich –, dass die Entwicklung der Waffentechnologie, die er vorantrieb, Kriege eher verhindern als befördern würde. Er hatte gehofft, die Vernichtungskraft der von ihm geschaffenen Waffen wäre so abschreckend, dass die Unsinnigkeit von Kriegen jedermann einleuchten müsse. Da hat er sich gründlich geirrt. Bertha von Suttner erhielt den Friedensnobelpreis übrigens 1905 und starb am 21. Juni 1914, wenige Wochen vor Ausbruch des Ersten Weltkriegs.

04 ***Zahl des Paares: 31.200.000*** Alfred Nobels Vermögen soll sich auf rund 31,2 Millionen Kronen belaufen haben – verdient mit Dynamit, ausgegeben zu guten Teilen für den Frieden.

05 ***Sonst so*** Zu Nobels fünftem Todestag im Dezember 1901 wurden die Nobelpreise erstmals verliehen. Die Königlich Schwedische Akademie der Wissenschaften vergibt die Auszeichnungen für Physik und Chemie, das Karolinska Institut den Nobelpreis für Physiologie oder Medizin und die Schwedische Akademie den Preis für Literatur. Den Friedensnobelpreis verleiht eine vom norwegischen Parlament bestimmte Kommission. Heute gibt es zusätzlich den Wirtschaftsnobelpreis, einen Preis der schwedischen Reichsbank. Er geht nicht auf Nobels Testament zurück, sondern wurde erst 1968 gestiftet, er wird aber trotzdem nach Nobel genannt.

In die Alfred-Nobel-Gedenkmedaille ist ein Spruch eingraviert: „creavit et promovit“ – er hat geschaffen und bewegt.

In Krümmel bei Geesthacht steht heute keine Sprengstofffabrik mehr. Nachdem sie im Dritten Reich zur weltgrößten Munitionsfabrik ausgebaut worden war, wurde sie 1945 von alliierten Bombern zerstört. In Krümmel steht heute ein Atomkraftwerk.

06 ***Was aus dem Paar wurde*** Versteht man Dynamit im übertragenen Sinne, also als Symbol für alles, was explodiert, dann lässt sich in Anbetracht der vielen Kriege auf der Welt sagen, dass sich Dynamit und Frieden meist unversöhnlich gegenüberstehen. Aber immerhin ermöglichte das Dynamit die Stiftung des wohl bedeutendsten Preises der Welt.

07 ***Bleibende Werte*** ..........................................................................

***Anspruch*** ●●●●○ / ***Gefühl*** ●●○○○ / ***Action*** ●●●●● / ***Erotik*** ○○○○○ / ***Glamour*** ●○○○○

# DAS PAAR UND DIE KULTUR

# 066 IM REGAL: 25 BÜCHER FÜR DAS PAAR

Lesen ist leider meist ein einsamer Akt, denn nur die wenigsten Paare lesen einander vor. Und unter dem Begriff „Paarliteratur“ werden gemeinhin Ratgeber zur Beziehungsauffrischung verstanden. Die folgende Liste enthält 25 Vorschläge des renommierten Kulturkritikers Alexander Menden, der in London lebt und arbeitet. Sie können sowohl Lese- als auch Vorlesestoff sein und sollten, mit ein paar Ausnahmen, nicht als Ratgeber, sondern als Anregung, Abschreckung und Unterhaltung dienen.

• • •

01 ***Das Einhorn im Garten*** • **James Thurber** • Ein Mann entdeckt ein Einhorn in seinem Garten. Als er seiner Frau davon berichtet, meint sie, er gehöre in die „*Klapsmühle*“ und ruft einen Psychiater. Doch nicht der Mann, der beim Verhör jede Einhornsichtung abstreitet, sondern seine Frau wird schließlich abtransportiert. Eine Fabel über pragmatische Phantasie, verstockten Realismus und darüber, was man in der Öffentlichkeit besser für sich behält.

02 ***Elegie für Iris*** • **John Bayley** • Nach vielen Jahren intellektueller Höhenflüge versinkt die Autorin Iris Murdoch am Ende ihres Lebens in der Demenz. John Bayleys liebevoller, aufrichtiger und verblüffend heiterer Bericht über das Leben mit seiner Frau Iris und deren geistigen Niedergang im Klammergriff des Alzheimer-Syndroms beweist vor allem eines: Über Jahrzehnte gewachsenes Verständnis vermag jede noch so gravierende Veränderung, auch die von Krankheit herbeigeführte, zu überdauern. Eine trotz des trostlosen Themas tröstliche Lektüre.

03 ***Gedichte*** • **Reiner Maria Rilke** • Was aber bleibet, stiften die Dichter, sagt nicht Rilke, sondern Hölderlin. Und so hätte hier zum Beispiel auch sein Name auftauchen können. Rilke soll stellvertretend für alle Poeten stehen, deren Werke je liebenden Menschen halfen, in Worte zu fassen, was aus ihren übervollen Herzen sprudelte. So zart und weltverrätselnd wie Rilke in seinen besten Werken hat das allerdings kaum einer vollbracht.

04 ***Gefahr und Begierde*** • **Eileen Chang** • Hier kann man viel über die zerstörerische Kraft widerstreitender Loyalitäten lernen: Während der japanischen Besetzung von China erwirbt sich die junge Studentin Wang Chia-chih das Vertrauen des Kollaborateurs Yee, den eine Wider-

standsgruppe ermorden will. Doch sie verliebt sich in den Feind und warnt ihn vor dem Attentat. Yee entkommt und sorgt dafür, dass die Untergrundkämpfer, unter ihnen auch seine Geliebte, hingerichtet werden.

05 ***Geschichten mit Ernie & Bert – Vom Teilen, Streiten und Versöhnen*** • **Ulrich Heiß und Vera Juchelkova** • Wer wünschte sich nicht, das Leben als Paar wäre, trotz kleiner Meinungsverschiedenheiten, immer von so einer grundlegenden Harmonie geprägt wie das der beiden Streifenhemdträger aus der Sesamstraße? Ein charmant gezeichneter Beweis, dass Gegensätze, die einander anziehen, auch sehr gut zusammen wohnen können.

06 ***Das Hohelied*** • **Altes Testament** • Wörtlich übersetzt heißt dieses Buch der Bibel *„Lied der Lieder“* und wird König Salomo zugeschrieben. Es ist eine Feier der ehelichen Liebe und auch, je nach Auslegung, eine Feier der Einheit der menschlichen Seele mit Gott. In jedem Falle ist es die poetischste Passage der Bibel und ein streckenweise hocherotisches Gedicht.

07 ***Jane Eyre*** • **Charlotte Brontë** • Die Waise Jane Eyre, eine äußerlich wenig attraktive Gouvernante, erreicht kraft ihrer Klugheit, ihres Selbstbewusstseins und ihres guten Herzens vieles, was einer Frau ihres Standes im neunzehnten Jahrhundert hätte verwehrt bleiben müssen. Zum Beispiel ein intaktes Selbstwertgefühl. Vor allem aber eine gleichberechtigte Ehe mit dem gesellschaftlich über ihr rangierenden Mr Rochester. Er ist ein komplexer, gequälter Mann, dessen zahlreiche Schwächen und Geheimnisse ihm und Jane im Laufe der Erzählung fast zum Verhängnis werden. Doch Jane steht zu sich selbst und schließlich auch zu ihm.

08 ***Die kleine Meerjungfrau*** • **Hans Christian Andersen** • Die Meerjungfrau rettet einem Prinzen das Leben, ohne dass der je davon erfährt, und gibt dann ihre Wasserexistenz und ihre Stimme auf, um bei ihm sein zu können. Um eine Seele zu erlangen, müsste sie ihn dazu bringen, sie so zu lieben, als ob sie ihm *„mehr als Vater und Mutter“* wäre. Doch der Prinz heiratet standesgemäß, und der Meerjungfrau bleibt als Trost die Existenz als Luftgeist. Die schönere, wenn auch traurigere Geschichte ergibt sich zuweilen, wenn das ideale Paar nicht zusammenfindet.

09 ***Krambambuli*** • **Marie von Ebner-Eschenbach** • Der Hund Krambambuli wird dem *„Gelben“*, einem gewalttätigen Vagabunden, vom freundlichen Jäger Hopp abgehandelt. In einem Kon-

flikt zwischen dem „*Gelben*" und Hopp entscheidet er sich später für seinen ersten Herrn. Dieser stirbt, und Krambambuli verhungert, weil er wegen seines Verrats nicht wagt, zum Jäger zurückzukehren. So wird der Hund zum Opfer seiner Treue, die, gemäß einem Aphorismus der Autorin, „*etwas so Heiliges*" ist, „*dass sie sogar einem unrechtmäßigen Verhältnisse Weihe verleiht*".

10 ***Die Liebe in den Zeiten der Cholera*** • **Gabriel Garcia Marquez** • Dass lange unerfüllte Liebe nicht sauer wird, sondern altert wie ein großer Rotwein, werden viele als Wunschtraum verwerfen. Die Geschichte von Florentino, der ein ganzes Leben darauf wartet, sich mit seiner Jugendliebe Fermina vereinen zu können, kann allerdings den härtesten Skeptiker zum willigen Träumer machen. Nachdem Ferminas Vater die sich anbahnende Beziehung seiner jungen Tochter mit Florentino unterbunden hat, heiratet sie einen Arzt. Florentino vertreibt sich die Jahre mit zahlreichen sexuellen Affären, liebt aber immer und einzig seinen Jugendschwarm. Die Erfüllung ihrer Sehnsüchte ist eine Liebe, die gerade „*mit der Nähe zum Tod an Dichte gewinnt*".

11 ***Liebesleben*** • **Zeruya Shalev** • Ja'ara verlässt ihren Ehemann für den egomanen älteren Arie. Obwohl die zerstörerische Affäre alles in Frage stellt, folgt sie fast willenlos ihren Trieben. Was ein kalkuliertes, triviales Spiel mit aufreizenden Szenarien sein könnte, entwickelt beachtliche Sogkraft durch die Darstellung zusammenbrechender zwischenmenschlicher Gewissheiten.

12 ***Männer sind anders, Frauen auch*** • **John Gray** • Mit seiner Prämisse, Männer stammten vom Mars und Frauen von der Venus, hat sich dieses Buch zu einem Schlüsselwerk der pop-psychologischen Paarberaterliteratur entwickelt. In der Welt des Familientherapeuten John Gray ziehen sich Männer in „*Höhlen*" zurück und Frauen kämpfen um „*ihr Recht sich aufzuregen*". Niemand, der in einer Paarbeziehung lebt, muss unbedingt Paarbücher lesen. Aber wenn's doch sein soll, dann findet sich bei Gray zwischen den Gemeinplätzen auch Hilfreiches.

13 ***Eine Biographie*** • **Virginia Woolf** • „*Orlando*" gilt als eine fiktionalisierte Biographie von Woolfs Geliebter Vita Sackville-West. Bedeutend ist das Werk jedoch vor allem, weil sein Protagonist nicht nur – auf Befehl von Königin Elisabeth I. – Jahrhunderte lang lebt, sondern auch mitten in der Erzählung das Geschlecht wechselt. So kann Orlando nicht nur die wechselnden Konventionen der Epochen studieren, die er (und später sie) durchlebt, sondern zugleich Paarbeziehungen aus einer genuin beidgeschlechtlichen Perspektive erleben.

14 ***Reigen*** • **Arthur Schnitzler** • Die zehn Szenen dieses virtuosen Dramas zeigen, in aufsteigender gesellschaftlicher Rangfolge, zehn Menschen vor und nach dem Sex. Von der Dirne über das *„Süße Mädel"* bis zur Schauspielerin, vom Soldaten über den Ehemann bis zum Adligen – zehn Paare in zehn Paarungen, alle gleichwertig, ganz egal wie flüchtig oder dauerhaft, denn alles läuft auf Sex hinaus. Ein früher Kommentator fasste es so zusammen: *„Schnitzler wollte uns ohne Zweifel zurufen: ‚Überhebet euch nicht, hierin seid ihr alle gleich!'"*

15 ***Romeo und Julia*** • **William Shakespeare** • Allzu oft haben Shakespeares Veroneser Teenager schon als Apotheose einer dem Untergang geweihten Liebe herhalten müssen. Daher sollte man abseits aller Klischees noch einmal daran erinnern, dass es sich hier um die vielleicht schönste und rührendste Liebesgeschichte handelt, die bisher geschrieben wurde. Niemand will so enden wie Romeo und Julia, aber glücklich jene, die gegen alle Widerstände so lieben können wie sie.

16 ***Schöne Neue Welt*** • **Aldous Huxley** • Wie sähe eine Welt aus, in der Sex nur noch dem Zeitvertreib und nicht mehr der Fortpflanzung diente, in der alle Paarbindungen als pornographisch gebrandmarkt wären und deren oberstes Credo lautete *„Alle gehören allen"?* Aldous Huxleys Dystopie, in der Menschen, die nach einem romantischen Ideal streben, als *„Wilde"* gelten, ist einer der visionärsten Zukunftsentwürfe des zwanzigsten Jahrhunderts und wirkt heute in manchem kaum noch wie Science Fiction.

17 ***Sonny Boys*** • **Neil Simon** • Al Lewis und Willy Clark haben kaum etwas miteinander gemein, außer einer mehr als vierzig Jahre währenden Karriere als Vaudeville-Team. In deren Verlauf haben sie einander herzlich zu hassen gelernt. Für eine Fernsehshow sollen die beiden noch einmal mit ihrem beliebtesten Sketch auftreten. Das führt beinahe zum Exitus eines der Streithähne. Der leichte Ton kann über viele kluge Einblicke hinwegtäuschen – unter anderem jenen, dass Menschen einander nicht unbedingt mögen müssen, um ein effektives Team zu bilden.

18 ***Der sinnreiche Junker Don Quijote von der Mancha*** • **Miguel de Cervantes** • Nicht etwa mit seiner angebeteten Dulcinea bildet der über der Lektüre von Ritterromanzen irre gewordene Landadelige Don Quijote das Traumpaar dieses ersten wahren Romans der europäischen Literaturgeschichte. Sein Knappe Sancho Panza ist es, der den Ritter von der traurigen Gestalt um jene bodenständige Schläue ergänzt, die dem Träumer Quijote so sehr abgeht.

19 ***Symposion*** • **Plato** • Man weiß ja nicht, wie ernst man das nehmen soll, was der Komödiendichter Aristophanes in Platos Gastmahl-Dialog erzählt. Aber die Idee von den „*Kugelmenschen*", die einst vom Göttervater Zeus in zwei Teile geschnitten wurden und nun nach ihrer anderen Hälfte suchen, ist so ziemlich das älteste Stück europäischer Paartheorie. Übrigens kommen die heterosexuellen Männer und Frauen in Aristophanes' Rede schlecht weg – sie sind das Ergebnis der Teilung der schwächsten, androgynen Art von Kugelmenschen, während homosexuelles Verlangen auf die starken „*rein männlichen*" und „*rein weiblichen*" Kugelmenschen zurückgeht.

20 ***Tagebuch einer Verführung*** • **Zoë Heller** • Manchmal bildet sich ein Mensch ein, Teil eines Paares zu sein, während der auserwählte Partner davon gar nichts ahnt. Die einsame Lehrerin Barbara Covett berichtet in der Rückschau über die Anbahnung einer Freundschaft mit ihrer Kollegin Sheba und deren Affäre mit einem minderjährigen Schüler. Schnell wird klar, dass Barbaras Besessenheit ihrer Freundin zum Verderben gereichen wird. Eine ungesunde Verbindung, die gleichwohl schwerer zu lösen scheint als manch glücklichere Paarbeziehung.

21 ***Tarzan*** • **Edgar Rice Burroughs** • Trotz aller biologischen und politischen Inkorrektheiten ist der erste Roman über das aristokratische Waisenkind, das sich an Lianen durch den Urwald schwingt, aus paartheoretischer Sicht eine interessante Story: Die ihn umgebende Natur macht das Alphamännchen Tarzan sich untertan. Der amerikanischen Bürgertochter Jane aber reicht das nicht. Sie entscheidet sich – anders als in vielen Filmen – für ein Leben in Wohlstand und Zivilisation. Und Tarzan, ganz alter Adel, verzichtet galant.

22 ***Tausendschön*** • **Gabrielle-Suzanne Barbot de Villeneuve** • Die Geschichte von der Schönen und dem Biest ist eine wunderbare Parabel, deren Kern die Erkenntnis bildet, dass Äußerlichkeiten nicht zählen, wenn wahre Liebe im Spiel ist. Dass sich die Bestie, auf deren Schloss das Mädchen bestens lebt, sich schließlich auch noch in einen schönen Königssohn verwandelt, sollte man allerdings nicht als Garantie für ähnliche Transformationen im wirklichen Leben ansehen.

23 ***Die Wahlverwandtschaften*** • **Johann Wolfgang Goethe** • Goethes Geschichte von Baron Eduard, seiner Frau Charlotte und ihren Besuchern Otto und Ottilie ist ein kühnes Gedankenexperiment, das die Frage stellt: Ist der Mensch den gleichen Anziehungskräften unterworfen wie die Naturelemente, oder kann er diesen Kräften mit seinem sittlichen Vermögen

begegnen und sie überwinden? Charlotte gelingt es, sich ihrer Liebe zu Otto zu erwehren, während Eduard *„entschiedene, freie Küsse"* mit Ottilie tauscht. Glücklich endet das Ganze nicht: Ein Kind ertrinkt, Ottilie hungert sich zu Tode, Eduard stirbt an Einsamkeit. Und Charlotte erkennt: *„Es sind gewisse Dinge, die sich das Schicksal hartnäckig vornimmt. Vergebens, dass Vernunft und Tugend, Pflicht und alles Heilige sich ihm in den Weg stellen."*

24 ***Wer hat Angst vor Virginia Woolf?*** • **Edward Albee** • Der Geschichtsprofessor George und seine Frau Martha laden das jüngere Paar Nick und Honey nach einer Party zu sich nach Hause ein. Dort gleitet der Abend rasch in eine hasserfüllte, alkoholgetriebene Schlammschlacht der beiden Gastgeber ab, die auch die Gäste nicht verschont. Wer nach dem ultimativen Beleg dafür sucht, dass das Eheleben in der gutsituierten Mittelklasse die Hölle auf Erden sein kann, findet ihn in Albees unerbittlichem Drama.

25 ***Wie man über Bücher spricht, die man nicht gelesen hat*** • **Pierre Bayard** • Der französische Literaturprofessor Bayard legt hier ein überraschend praktikables System für Leute vor, denen Zeit, Lust oder beides fehlt, ständig zu lesen, die aber gerne bei literarischen Gesprächen mithalten wollen. Niemandem sei empfohlen, sich allein auf diese Technik zu stützen, aber bei der Anbahnung einer Paarbeziehung könnte das Bändchen sehr nützlich sein. Man sollte dann allerdings zumindest Bayards Buch gelesen haben.

# 067 ZWEISTIMMIG SINGEN

*... wie Milli Vanilli*

01 ***Erstes Kennenlernen*** Robert Pilatus, 1965 als Sohn eines amerikanischen GIs und einer Deutschen geboren, war Tänzer und arbeitete auch als Model. In

einem Club in Los Angeles lernte er den 1966 geborenen Fabrice Morvan kennen, einen Tänzer aus Paris. Immer auf der Suche nach Arbeit, zogen sie gemeinsam nach München, wo sie mit ihrem Aussehen und ihren Fähigkeiten als Tänzer bleibenden Eindruck hinterließen, zum Beispiel bei einem Produzenten, der später Milli Vanilli aus ihnen machte.

02 ***Zweistimmig singen*** Sie konnten tanzen, und sie konnten gut aussehen. Singen konnten sie leider nicht, was aber kein Hindernis dafür war, aus ihnen ein äußerst erfolgreiches Pop-Duo zu machen.

In vielen Fällen werden professionelle Musiker gebucht, die in der Band eines Interpreten mitspielen, der sein Gesicht in die Kameras hält. Das ist nicht verwerflich, sondern normal. Irgendjemand muss die Musik machen, auch wenn auf einem Album nur, zum Beispiel, „Britney Spears" steht. Und dass sie nicht von der Triangel bis zum vierten Keyboard alles selbst spielt, leuchtet ein.

Bei „Milli Vanilli" war es allerdings so, dass Morvan und Pilatus nicht einmal sangen, obwohl das so dargestellt wurde. Ihr Produzent erklärte später, Rob Pilatus und Fab Morvan seien nur aufgrund ihres Aussehens angeheuert worden, als die Platte bereits fertig gewesen sei. Morvan bestätigte das in einem Interview mit dem Magazin „Stern", in dem er auch sagte: *„Ich war 18 Jahre alt, als ich nach München kam, hatte kaum Geld und träumte von einer Model- oder Musikkarriere. Dann trafen wir Farian* (Farian ist der Produzent, Anm.). *Der legte uns einen Künstlervertrag und 1500 Mark auf den Tisch. Da haben wir unterschrieben."*

Die ganze Blase wäre vielleicht nur halb so laut geplatzt, wenn Pilatus sich nicht 1990 mit Musikern wie Paul McCartney und Bob Dylan verglichen hätte. Als Charles Shaw, einer der Männer, die tatsächlich gesungen hatten, in einem Interview erzählte, dass er eine der Stimmen von „Milli Vanilli" sei, hatten Morvan und Pilatus ein Problem. Es hatte zuvor bereits Anzeichen dafür gegeben, dass etwas faul sein musste: Bei einem Auftritt in den USA hing einmal das Band, und da Morvan und Pilatus ja gar nicht singen konnten, blieb ihnen nur die Flucht von der Bühne. Die Geschichte – längst ein „show biz rumour“, ein Gerücht in der Showbranche, wie das „Time Magazine“ schrieb – flog schließlich auf, als ihr Produzent sich entschied, die Wahrheit zu erzählen – die einen sagen, auf Druck der echten Sänger; die anderen sagen, weil Morvan und Pilatus Forderungen stellten.

Nachdem „Milli Vanilli“ mit dem Song „Girl You Know It's True“ über Nacht zu internationalen Stars geworden waren, wurden sie über Nacht zu internationalen Witzfiguren und sogar zu geächteten Hochstaplern.

Die Gruppe ist die erste in der Geschichte der wichtigsten amerikanischen Musikpreise, der Grammys, die ihren Preis zurückgeben musste – sie hatte ihn 1990 als „Best New Artist“ erhalten. In einer Pressekonferenz rappten Morvan und Pilatus ein paar Zeilen, bevor sie schließlich sagten, der Produzent sei verantwortlich für alles, was geschehen war: Sie hätten ihre Verträge einhalten müssen; die Wahrheit zu sagen, sei in der Hand des Produzenten gewesen.

Sie schlugen noch vor, den Grammy, den sie zurückgeben mussten, den echten Sängern zu verleihen. Doch den Grammy in der Kategorie „Best New Artist“ erhielt im besagten Jahr niemand.

03 ***Gemeinsame Bekannte: Frank Farian*** Der Produzent, der Fabrice Morvan und Robert Pilatus beschäftigte, heißt Franz Reuther. Bekannt wurde er unter dem Namen Frank Farian. Bei der Kochprüfung in Saarbrücken hatte der in Kirn an der Nahe geborene Reuther Platz drei unter 87 Prüflingen belegt. Dann wurde er Musiker. 1961 spielte er nach eigener Aussage zum Beispiel bei „Franky Farian und die Schatten“. Ende der siebziger Jahre hatte er mit der Band „Boney M.“ großen Erfolg. Er schrieb, produzierte und sang. Als eine niederländische Agentur die Gruppe für Auftritte buchen wollte, stellte Farian Tänzer ein, die fortan „Boney M.“ verkörperten.

Der Fall „Boney M.“ war somit ein abgeschwächter Vorläufer des Falls „Milli Vanilli“. Die Gruppe bestand aus einem Mann und drei Frauen, die toll tanzen konnten. Singen konnten mindestens drei der vier aber nicht. Allerdings war es kein Geheimnis, dass „Boney M.“ aus Leuten bestand, die nur tanzen konnten. Und so war der Unterschied zu „Milli Vanilli“, wie

Farian später in einem Interview sagte, folgender: *„Bei Boney M. war das kein Skandal, da stand auf der Platte, dass ich das fünfte Mitglied bin. Bei Milli Vanilli haben wir es verheimlicht, das war der Fehler. Na ja, und dann nahm das Desaster seinen Lauf."*

Farian ist einer der erfolgreichsten europäischen Produzenten; erfolgreich im Sinne von: Er hat viel verkauft. Als „Boney M." bekannt geworden

*« Erstberuf «*

*» Zweitberuf »*

war, hatte Farian einen Hit nach dem nächsten. Mit „Milli Vanilli" schaffte er schließlich etwas, das auch vielen US-Künstlern nicht gelang: Eine von ihm produzierte Langspielplatte wurde Nummer eins der amerikanischen LP-Hitparade, während auch Single-Auskopplungen des Albums Platz eins der Single-Charts belegten. „Milli Vanilli" war also durchaus etwas Besonderes im Musikbetrieb. Der große Erfolg war allerdings letztlich nichtig. In Erinnerung bleibt allein der Schwindel.

04 ***Zahl des Paares: 5*** Zweistimmig singen ist in der Regel ein Vergnügen für zwei Menschen. Bei „Milli Vanilli" sangen jedoch mehr als zwei Menschen. Angeblich sind es fünf Personen gewesen, sicher ist das jedoch nicht – es gibt einige Sänger, die darauf hinweisen, sie seien ja – bitte schön – auch noch dabei gewesen. Jedenfalls sind fünf Menschen auf dem Album der Gruppe zu sehen, die als „The Real Milli Vanilli" auftraten, nachdem „Milli Vanilli" aufgeflogen waren.

05 ***Sonst so*** *„Was ‚Milli Vanilli' gemacht hat, ist kriminell. Man darf mit Teenie-Träumen nicht so umgehen. Ich war als Teenie der totale Beatles-Fan.*

*Hätte mir einer gesagt, Paul McCartney singt nicht selbst, wäre eine Welt zusammengebrochen*", sagte der Musikproduzent Dieter Bohlen, über den Frank Farian ein Buch namens „Stupid, dieser Bohlen" schrieb. Die beiden führten also das, was man einen Zickenkrieg nennt.

Im Wahlkampf Ende 1990 verglich SPD-Kanzlerkandidat Oskar Lafontaine die Bundesregierung aus CDU/CSU und FDP mit „Milli Vanilli": *„Die spitzen auch nur die Lippen und nichts kommt heraus."* Die Bürgerinnen und Bürger wollten nun endlich wissen, *„welche Mehrbelastungen wird es im nächsten Jahr geben?"*, sagte Lafontaine. Bundeskanzler Kohl hatte angekündigt, es werde wegen der deutschen Einheit keine Steuererhöhung geben. Lafontaine sagte: *„Sie sagen, es gibt keine Steuererhöhung wegen der deutschen Einheit, dann gibt es sie womöglich wegen der Karnickelplage in Australien."*

Als ein potenzieller „Milli Vanilli" der Volksmusik gilt der Trompeter Stefan Mross. Im Alter von 13 Jahren gewann er den „Grand Prix der Volksmusik" – bald jedoch meldete sich ein Studiotrompeter, der behauptete, er sei es, der da zu hören sei. Was als „Trompeterkrieg" in die Geschichte der Volksmusik einging, wurde außergerichtlich beigelegt.

06 ***Was aus dem Paar wurde*** Fabrice Morvan arbeitete als Französischlehrer und Radio-DJ in Los Angeles. 2004 nahm er zusammen mit Carsten Spengemann, Désirée Nick, Dolly Buster, Harry Wijnvoord, Heydi Nunez-Gomez, Isabell Varell, Jimmy Hartwig, Nadja abd el Farrag und Willi Herren an der zweiten Staffel der RTL-Show „Ich bin ein Star – Holt mich hier raus!" teil, auch bekannt als Dschungelcamp. Da für alle anderen Kandidaten mehr Zuschauer stimmten, durfte er als erster wieder nach Hause.

Rob Pilatus versuchte 1993 mit Fabrice Morvan ein Comeback unter dem Namen „Rob & Fab". Nachdem die Platte gefloppt war, nahm er Drogen und trank, saß vorübergehend wegen Autodiebstahls im Gefängnis und versuchte laut New York Times auch einmal, sich aus dem neunten Stock eines Hotels in Los Angeles zu stürzen. Der Selbstmordversuch misslang. Später bat er Farian um Unterstützung bei einer Rückkehr ins Showgeschäft.

1998 starb Rob Pilatus, als er eine Drogentherapie im Schwarzwald soeben hinter sich, eine Entziehungskur in Indien aber noch vor sich hatte, an einer Mischung aus Alkohol, Kokain und Tabletten in einem Hotel in Friedrichsdorf bei Frankfurt am Main.

07 *Bleibende Werte* ..........................................................................

*Anspruch* ○○○○○ / *Gefühl* ○○○○○ / *Action* ○○○○○ / *Erotik* ○○○○○ / *Glamour* ●○○○○

## 068 JEMANDEM EINE STIMME LEIHEN

Einst wurden zur Synchronisation von Zeichentrickfilmen die besten Sprecher des Landes gebucht. Heute ist es üblich, animierte Filmcharaktere von Prominenten sprechen zu lassen. Manche Paarungen funktionieren überraschend gut, weil die Prominenten in der Lage sind, sich in den Dienst der Figur zu stellen. Und manche Paarungen zeigen, dass eine Sprechausbildung beim Sprechen wirklich hilfreich gewesen wäre.

•••

01 *Boris Becker* ..........................................................................
Coach .................................................. *in* Himmel und Huhn *2005*

02 *Jeanette Biedermann* ..........................................................................
Heather .................................................. *in* Ab durch die Hecke *2006*

03 *Wigald Boning* ..........................................................................
Feuer ................ *in* Das Magische Schwert – Die Legende von Camelot *1998*

04 *Detlef Buck* ..........................................................................
Tantor .................................................................. *in* Tarzan *1999*

05 *Dolly Buster* ..........................................................................
Schwester Gollum ............... *in* South Park *Episode „Schöner wär 'ne Warze" 1997*

06 *Yvonne Catterfeld* ..........................................................................
Angie .............................................. *in* Große Haie – Kleine Fische *2004*

07 *Sarah Connor* ................................................................................
Cappy ................................................................................ *in* Robots *2004*

08 *Nino De Angelo* ............................................................................
Titelsong-Fuzzy ................................... *in* Ein Königreich für ein Lama *2000*

09 *Jan Delay* ........................................................................................
Japeth, die singende Ziege ............ *in* Die Rotkäppchen-Verschwörung *2006*

10 *Olli Dittrich* ..................................................................................
Flamme ............ *in* Das Magische Schwert – Die Legende von Camelot *1998*

11 *Jürgen Drews* ...................................................................................
Dodger ........................................................................ *in* Oliver & Co. *1988*

12 *Anke Engelke* ..................................................................................
Mutter Eisbär ................................................... *in* Der Kleine Eisbär *2001*
Dory ............................................................................ *in* Findet Nemo *2003*
Marge Simpson ....................................... *in* Die Simpsons – Der Film *2007*
Kangaroo ................................................... *in* Horton hört ein Hu! *2008*

13 *Jenny Elvers* ....................................................................................
Winona Ryder *in* South Park: Der Film – Größer, länger & ungeschnitten *1999*

14 *Thomas Gottschalk* ..........................................................................
Garfield ...................................................... *in* Garfield – Der Film *2004*

15 *Nina Hagen* ......................................................................................
Sally ............................................... *in* Nightmare Before Christmas *1993*

16 *Mika Häkkinen* ........................................................................
Mika Häkkinen ........................................................ *in* Cars *2006*

17 *Gildo Horn* ........................................................................
Obdachloser .... *in* South Park: Der Film – Größer, länger & ungeschnitten *1999*

18 *Valérien Ismaël* ........................................................................
Numérodix (Zinédine Zidane) ... *in* Asterix bei den Olympischen Spielen *2008*

19 *Günther Jauch* ........................................................................
Stripes ........................................... *in* Im Rennstall ist das Zebra los! *2005*

20 *Niki Lauda* ........................................................................
The King ........................................................ *in* Cars *2006*

21 *Tim Mälzer* ........................................................................
Horst ........................................................ *in* Ratatouille *2007*

22 *Xavier Naidoo* ........................................................................
Buscapé – Rocket ............................................... *in* City of God *2002*

23 *Nena* ........................................................................
Saphira ..................... *in* Eragon – Das Vermächtnis der Drachenreiter *2006*

24 *Kai Pflaume* ........................................................................
Lucius Best / Frozone ...................................... *in* Die Unglaublichen *2004*

25 *Verona Pooth* ........................................................................
Susi Schnatter ............................................. *in* Himmel und Huhn *2005*

26 *Smudo* ........................................................................
Grautvornix ........................................... *in* Asterix und die Wikinger *2006*

27 *Michael Schumacher* ...........................................................................

Ferrari ........................................................................... *in* Cars *2006*

Schumix ................................ *in* Asterix bei den Olympischen Spielen *2008*

28 *Franziska van Almsick* .........................................................................

Kori Turbowitz ............................................................... *in* Cars *2006*

# 069 WIRKLICH ZWEISTIMMIG SINGEN

*... wie Simon und Garfunkel*

01 ***Erstes Kennenlernen*** Paul Simon und Arthur Garfunkel, beide Ende 1941 in New York geboren, lernten einander im Wunderland kennen, und zwar in ihren Rollen als Kaninchen (Paul) und Grinsekatze (Arthur) – in einer Schulaufführung von „Alice im Wunderland“ im Jahr 1953. Das erzählte Paul Simon, als sie 2004 mal wieder gemeinsam auftraten, und zwar nicht ohne darauf hinzuweisen, dass das Kaninchen eine Haupt- und die Grinsekatze eine Nebenrolle gewesen sei.

Das war ein bemerkenswerter oder gar lustiger Hinweis, denn das Duo hatte immer wieder einmal darüber gestritten, wer wichtiger sei: Simon, der die meisten erfolgreichen Songs komponiert hatte? Oder Garfunkel, der meist die Leadstimme gesungen hatte? Als sie einander kennen lernten, waren beide elf Jahre alt. Und wo sie einander schon einmal kannten, begannen sie im Alter von 13 Jahren auch gleich, zusammen ein bisschen zu musizieren. Als sie 16 Jahre alt waren, wurde unter anderem der Song „Hey Schoolgirl“ veröffentlicht, der einigermaßen erfolgreich war.

02 ***Wirklich zweistimmig singen*** Simon and Garfunkel sangen früh zweistimmig (zum Beispiel im erwähnten „Hey Schoolgirl"), aber den harmonischen Popgesang machten sie erst später zu ihrem Markenzeichen (siehe auch Kapitel *Das Paar und die Kultur,* Rubrik *Zweistimmig singen wie Milli Vanilli).* Zum Beispiel, als sie den Titelsong des Films „Die Reifeprüfung" aufnahmen: „Mrs Robinson".

Noch imposanter ist der zweistimmige Gesang in „The Boxer", „The Sound of Silence" oder „Bridge Over Troubled Water".

Um zweistimmig zu singen wie Simon and Garfunkel, genügt es nicht, in einem Fußballstadion beim Mitsingen bzw. -gröhlen der diversen Gesänge nicht negativ aufzufallen. Man sollte nämlich nicht nur eine Melodie mitsingen, sondern sie auch halten können, wenn man sie als Einziger singt – während die zweite Person etwas anderes singt. Das Singen eines Kanons ist eine schöne erste Übung: Jeder muss seine Stimme sicher beherrschen; der Erste muss die Melodie weitersingen, wenn der Zweite später einsetzt und seine Melodie singt.

Das zweistimmige Singen, wie Simon und Garfunkel es betrieben und betreiben, funktioniert allerdings etwas anders. Während beim Kanon alle Sänger die Führungsmelodie singen – lediglich zeitlich versetzt –, muss beim zweistimmigen Singen der eine Sänger die Führungsmelodie singen, der andere eine Begleitmelodie. Die Begleitmelodie klingt, alleine gesungen, unter Umständen ein wenig komisch. Aber sie muss ja nur im harmonischen Doppel mit der Führungsmelodie gut klingen. Wenn man nicht geübt ist und keine Noten lesen kann, muss man die Begleitmelodie so lange üben, bis man sie so sehr verinnerlicht hat, dass man nicht mehr von der Führungsmelodie abgelenkt wird. Denn die geht besser ins Ohr und verleitet dazu, sie mitzusingen.

Grundsätzlich ist zu sagen, dass es polyphone und homophone Arrangements gibt. Polyphon wäre es, wenn Art Garfunkel die Zeile *„The Sooooouuuuund of Silence"* sänge, während Paul Simon gleichzeitig etwas wie *„Hum-di-dum-di-dum"* oder *„Yeah, yeah, yeah, this is rock'n'roll"* beiträge, also einen anderen Rhythmus und/oder einen anderen Text. Da Simon und Garfunkel – zumindest in der Regel – beide denselben Text im weitgehend gleichen Rhythmus, aber mit verschiedenen Melodien singen, kann man sagen, dass sie ihre Lieder homophon arrangieren. Wenn Garfunkel also *„The Soooouuuuund of Silence"* singt, singt Simon das auch, nur etwas höher oder tiefer oder schneller oder langsamer.

Die Begleitmelodie ist die Crux. Zunächst sollte man natürlich eine Hauptmelodie haben, wenn möglich, eine verdammt gute. Die Begleitmelodie entsteht passend dazu. Die Grundfrage lautet: In welcher Tonart steht die Hauptmelodie? Dazu ein Beispiel, und der Einfachheit halber steht die Hauptmelodie in diesem Beispiel in C-Dur.

Man kann aufs Schönste mit der ersten, der vierten und der fünften Stufe einer Tonart arbeiten – der Fachmann spricht von Tonika, Subdominante und Dominante. In C-Dur sind das: C, F, G. Zu diesen drei Tönen kann man Akkorde bilden. Ein C-Dur-Akkord besteht aus C, E und G. Zu F lautet der Akkord F, A und C. Und zu G lautet er G, H und D. Will man ein wenig traurig klingen, kann man eine C-Dur-Melodie auch wunderbar mit der parallelen Molltonart begleiten, das wäre zum Beispiel a-Moll mit den Tönen a, c, und e (die Moll-Töne werden klein geschrieben).

Schon diese Basisausstattung liefert ein großes Reservoir an Tönen, mit denen man eine Begleitmelodie schreiben kann, Ton für Ton, Takt für Takt, oder, wenn man es kann: Passage für Passage. Das Schöne ist, dass man sich an keine Regel halten muss. Es ist allerdings in der Regel gut, ein paar Regeln zu kennen – dann kann man sie gezielt missachten. Das gilt in der Musik, das gilt immer.

Das mag kompliziert klingen, aber Simon and Garfunkel fingen nicht mit „Bridge Over Troubled Water" an, sondern – wie gesagt – mit „Hey Schoolgirl" (und das ist, für alle die es nicht kennen, so lala).

*03* ***Gemeinsame Bekannte: Everly Brothers*** Don und Phil Everly sind zwei beziehungsweise vier Jahre älter als Simon und Garfunkel. Wenn man so jung ist, wie Simon und Garfunkel es waren, als sie ihre ersten Songs aufnahmen, sind zwei beziehungsweise vier Jahre eine Menge. Don und Phil Everly – die Everly Brothers – hatten 1957 mit „Bye Bye Love" ihren ersten Hit. Es ist ein Song, den heute noch jedes Kind kennt, zumindest jedes etwas ältere Kind. Ähnlich verhält es sich mit anderen Songs der Everly Brothers, zum Beispiel „Wake Up Little Suzie“, „All I Have To Do Is Dream“ oder „Be Bop A Lula“.

Simon und Garfunkel ließen sich 1957 von den Everly Brothers inspirieren, als sie „Hey Schoolgirl“ aufnahmen. Die Everly Brothers sind Pioniere des harmonischen Gesangs in der Popmusik, und nicht nur Simon und Garfunkel, sondern auch die Beatles wären wohl nicht so gut geworden ohne die vorherige Arbeit der Everly Brothers.

Als Simon und Garfunkel 2004 wieder zusammen auf der Bühne standen, erwiesen sie den Brüdern die Ehre und holten sie zu sich auf die Bühne. Nachdem Simon und Garfunkel „Hey Schoolgirl“ gespielt hatten, sagte Paul Simon: *„Es ist eine Ehre für mich, nun anzukündigen …“*, und bevor er fertig war mit seiner Ankündigung, standen die Everly Brothers auf der Bühne und spielten „Wake Up Little Suzie“. Anschließend sangen sie mit Simon und Garfunkel „Bye Bye Love“. Vierstimmig.

04 ***Zahl des Paares: 38.500.000*** Es war nun wirklich nicht so, dass Simon und Garfunkel alle Tage miteinander verbrachten. Aber hin und wieder trafen sie einander, zum Beispiel 1964, als sie ihr Album „Wednesday Morning, 3 AM“ aufnahmen, das den späteren Hit „The Sound of Silence“ enthielt. Zunächst merkte allerdings niemand, dass es ein Hit war, das Album verkaufte sich schlecht. Also trennten sie sich.

1965 erschien der Song zum zweiten Mal. Der Produzent hatte ein wenig daran herumgedoktert, und: Diesmal schoss er in die Hitparade. Das war der Durchbruch für Simon and Garfunkel. Sie verkauften bis heute rund 38,5 Millionen Alben.

05 ***Sonst so*** Paul Simon und Art Garfunkel nannten sich zu Beginn ihrer Karriere „Tom und Jerry“ – nach dem Kater und der Maus, die seit 1940 für das Kino gezeichnet wurden. Bisweilen verhielten sie sich auch wie Katz und Maus. Anfangs hatte Garfunkel noch Songs geschrieben, bald aber war klar,

dass Simon besser für die Musik zuständig sein sollte und Garfunkel für den Leadgesang. Wenn einer schreibt und einer die Leadstimme singt, mutet das erst einmal wie eine gute Arbeitsteilung an, allerdings gab es zwei Probleme.

Erstens: Wenn man singt, steht man im Rampenlicht, weshalb Garfunkel stets den Applaus einsackte, den Simon selbst gern gehabt hätte – schließlich hatte er ja geschrieben, was Garfunkel da sang. Zweitens: Der Komponist und Texter hält die Rechte an den Songs, während es sein kann, dass der Sänger, wenn er nicht aufpasst, nicht viel mehr als einen feuchten Händedruck bekommt.

Die Zusammenarbeit wurde mal von dem einen und mal von dem anderen beanstandet, vor allem, als Simon und Garfunkel ihr letztes Album aufnahmen, „Bridge Over Troubled Water", das im Februar 1970 erschien. Das war zum einen das letzte Album mit neuen Songs, weil Paul Simon der Meinung war, einen Song wie „Bridge Over Troubled Water" könne er nicht mehr übertreffen. Zum anderen gab es Spannungen. Aus dieser Zeit ist der Satz überliefert: *„Wir funktionierten nicht mehr als die Einheit, die unsere vorigen Alben ausgezeichnet hatte, und wir kamen nicht besonders gut miteinander aus."*

Es gab übrigens immer wieder einmal Musiker, die sich auf die Spuren von Simon and Garfunkel begaben. Zu nennen wären zuerst die Norweger Erlend Øye und Eirik Glambek Bøe, die als „Kings of Convenience" zweistimmig gesungene Songs einspielten, wie sie die Welt seit Simon and Garfunkel nicht gehört hatte. Erstaunlicherweise kennen Øye und Bøe einander seit ihrem elften Lebensjahr. Ebenfalls erstaunlicherweise spielt der eine in weiteren Bands und ist ziemlich umtriebig im internationalen Musikgeschäft, während der andere zu Hause (in Norwegen) sitzt und darauf wartet, dass der eine zurückkommt, um ein weiteres Album mit ihm einzuspielen. Und: Der eine ist rot-, der andere braunhaarig. Wie Simon und Garfunkel.

06 ***Was aus dem Paar wurde*** Die Musikgruppe Simon and Garfunkel löste sich auf. Allerdings im Sinne von: Sie kam immer wieder zusammen, zum Beispiel, um ein Best-Of-Album zu veröffentlichen, noch einmal eine Single auf-

« Hit «

•••

» Shit »

zunehmen, um bei Benefizkonzerten oder hier und da im Fernsehen und auch noch einmal bei Konzerten live aufzutreten, außerdem um einen weiteren Grammy entgegenzunehmen, für das Lebenswerk.

Paul Simon heiratete mal diese, bald jene Frau, unter anderem Carrie Fisher, die Tochter der Schauspielerin Debbie Reynolds und des Sängers Eddie Fisher, der später mit Elizabeth Taylor verheiratet war, die auch hin und wieder verheiratet war (siehe Kapitel *Paar verträgt sich,* Rubrik *Öfter mal heiraten wie Richard Burton und Elizabeth Taylor).*

Simon profilierte sich als Solomusiker vor allem mit dem Album „Graceland“, das 1986 erschien. Er beschäftigte sich dafür intensiv mit südafrikanischen Musikstilen und öffnete während einer besonders finsteren Phase der Apartheid südafrikanischen Musikern eine Tür zum internationalen Musikmarkt. Ihm wurde vorgeworfen, den Kulturboykott zu verletzen, der eine entscheidende Komponente des UN-Sanktionsprogramms gegen Südafrika darstellte – ein Vorwurf, den der UN-Apartheidsausschuss als Missverständnis bezeichnete: Das Album repräsentiere gerade das Talent schwarzer Künstler. Simon zahlte den Künstlern angeblich deutlich mehr, als in den USA üblich war – um nicht in die Kritik zu geraten, er bediene sich ihrer, um seine Karriere in Schwung zu bringen. In diese Kritik geriet er trotzdem, weil seine Karriere in Schwung kam.

Art Garfunkel hat sich nach der Trennung der Schauspielerei gewidmet. Schon während der Aufnahmen zu „Bridge Over Troubled Water“ war er mehr damit beschäftigt, einen Film zu drehen. Außerdem wanderte er mehrere Jahre lang durch Amerika. Er las nach eigener Aussage in 30 Jahren mehr als 750 Bücher, schrieb auch selbst ein wenig, spielte ein paar Soloalben ein, rauchte Marihuana und wurde mit 63 noch einmal Vater.

07 *Bleibende Werte* ............................................................................

*Anspruch* ●●○○○ / *Gefühl* ●●●●○ / *Action* ○○○○○ / *Erotik* ○○○○○ / *Glamour* ●●●○○

## 070 IM REGAL: 25 LIEBESLIEDER

Weil es ihm durchaus sinnvoll erschien, eine Liste der schönsten Liebeslieder zu zweit zu erstellen, hat sich der renommierte Musikkritiker und Buchautor Ralf Niemczyk Hilfe besorgt: Mit Rolf Witteler, dem Betreiber des French-pop-Labels „Le Pop", hat er sich durch viele hundert Songs gehört, bis sich beide einig waren. Dann trafen sie den Musiker Detlef Diederichsen, der sofort mitdiskutierte und eindringlich die wunderbaren Walker Brothers forderte – selbstverständlich wurde diesem Wunsch entsprochen. So ist eine Momentaufnahme entstanden, die über den Moment hinausweist.

•••

01 *Ain't No Sunshine* • **Bill Withers** • **Sussex Records** • **1971** • Man sollte ein Verbots-Gesetz erlassen, noch weitere Coverversionen von diesem Klassiker aufzunehmen und es bei Casting-Shows zu verhunzen. Allein durch die existierenden Bearbeitungen (u.v.a. Sting, Joe Cocker, DMX, American Idol, DSDS) ist dem Song schon so viel Gewalt angetan worden, dass man glatt vergessen könnte, welch' umwerfende Qualität das Original hat. Nur hier entfaltet sich der perfekte Songaufbau durch die gefühlvolle Interpretation in voller Schönheit.

02 *Ain't Too Proud To Beg* • **The Temptations** • **Gordy** • **1966** • Mehr als nur ein Soulklassiker. Erhältlich als Ska- oder Rocksteady-Version vom großen Slim Smith, als brutal-billiger Schnulzenpop von Rick Astley und Westlife sowie von den Stones. Womit mal wieder bewiesen wäre – und das gilt nicht nur für Liebeslieder –, dass ein guter Popsong in allen Genres funktioniert. Das Temptations-Original ist jedoch unschlagbar.

03 *All The World Loves Lovers* • **Prefab Sprout** • **Epic** • **1992** • Der große BritPop-Fürst Paddy McAloon aus Langley Park bei Newcastle mit einem seiner zahlreichen Meisterwerke. Im Zentrum dieser perfekt arrangierten Harmonien stehen wieder einmal die Liebe und die Liebenden. Alle können gar nicht anders, als diese zu lieben.

04 ***Back For Good*** • **Take That** • **Polydor** • **1995** • Vor allem diesem Stück haben es Take That zu verdanken, dass sie sich auch außerhalb der Teenie-Gazetten Respekt verdienten. Im Unterschied zu so vielen Boybands gab es zumindest einen wirklichen Musiker in der Band: Gary Barlow, der neben „Back for Good" den Großteil ihrer Hits schrieb. Wer schon mal in einem britischen Pub miterleben durfte, wie angetrunkene Lads diesen Text mitsingen, der weiß, dass dieser Song zum ewigen Popkanon gehört.

05 ***Das Glück kam zu mir wie ein Traum*** • **Alexandra** • **Philips** • **1969** • „Musik aus dem endlosen Raum": Die deutsche Version des brasilianischen Bossa-Nova-Klassikers „Manhã De Carnaval". Hier zeigt sich Alexandras kongeniales Latin-Gefühl jenseits der von ihr ungeliebten Taiga-Melancholie mit Russen-Weltschmerz. Gleichwohl latent traurig.

06 ***Do You Love Me (Now That I Can Dance)?*** • **The Contours** • **Motown** • **1962** • Euphorische Uptempo-Nummer aus der Feder von Motown-Gründer Berry Gordy Jr. Das Stück stammt aus den frühen Sechzigern, einer Zeit, als Soul noch Rhythm & Blues hieß. Die Band war wild, kompromisslos und risikofreudig. Zu heftig für den Zeitgeschmack.

07 ***Fever*** • **Elvis Presley** • **RCA Victor** • **1960** • Der berühmteste Ex-Lastwagen-Fahrer der Welt bekommt eine Hitze-Wallung nach der anderen. Im Gegensatz zu seinen romantischen Schmonzetten wird hier der hüftstarken Liebe gehuldigt und gleichzeitig gezeigt, dass der weiße Mann sehr wohl zu tiefen Blues-Phrasierungen fähig ist. Natürlich in der entschärften Hitparaden-Variante. Damals jedoch ein lasziver Schocker.

08 ***Healing*** • **Lady Saw & Beenie Man** • **VP Records** • **1996** • Ist es nur Sex oder schon Liebe? Wir wissen es nicht genau und müssten eigentlich einen Experten für das jamaikanische Patois-Idiom befragen. Doch Schwamm drüber – die Art und Weise, wie sich die beiden Superstars des Dancehall-Reggae hier ansingen, ist klar Liebes-Duo-tauglich. Egal, wie versaut die Nummer ist und wer wen *„wuckt"*. Warum ist dieses Stück nicht schon längst ein Welthit?

09 ***If You Leave Me Now*** • **Chicago** • **Columbia** • **1976** • Dank einer endlosen Abfolge von Schmuse-Rock-Balladen haben sie Abermillionen von Tonträgern verkauft. Doch unter Kitschbergen findet sich dann doch ein Stück, das beweist, dass sie nicht alles falsch gemacht haben.

Wer zweifelt, sollte den fantastischen Remix von Lemon Jelly hören. Dieser hilft, Chicago wirklich zu verstehen. Eine unwiderstehliche Hookline.

10 ***Make It Easy On Yourself*** • **The Walker Brothers • Philips / Smash Records • 1965 •** Stellvertretend für das Lovesong-Großmeister-Team Burt Bacharach (Musik) und Hal David (Text) schlechthin, hier eine Schmerzens-Mann-Version der Walker Brothers. Unter der genialen Ägide von Sänger Scott Walker wurde das US-amerikanische Trio von der Westcoast zu einer Ikone des „Swinging London". Hier lautet das Fazit: Sich trennen ist schwierig.

11 ***Native New Yorker*** • **Odyssey • RCA Records • 1977 •** Afro-Frisuren, bunte Kirmes-Hosenanzüge, Plateauschuhe. Die nicht sonderlich renommierte Disco-Soul-Truppe Odyssey schafft es hier, einen der besten New-York-Songs zu kredenzen. Dabei ist die Stadt noch kein Drogen- und Gewalt-Monster, sondern eine beswingte Weltmetropole. Liebe und ein optimistisches Metropolen-Gefühl verschmelzen zu einer grandiosen Prae-House-Music-Einheit.

12 ***Pearl*** • **The New Folk Implosion • Domino Records • 2003 •** Wie so viele besonders unsterbliche Liebeslieder, handelt „Pearl" von der unerfüllten Liebe. Der Verzweifelte muss sogar sein Haus abfackeln, um darüber hinweg zu kommen. Das ehemalige Dinosaur-Jr.-Mitglied Lou Barlow verwandelte sich für diesen einen Song in einen Folksänger. Ein Song, der so klingt, als wäre er immer schon da gewesen.

13 ***Pure*** • **Lightning Seeds • Virgin • 1996 •** Die Welt ist ungerecht. Sonst würde man die Band nicht wegen ihrer Fußballhymne „Three Lions" kennen, sondern wegen dieses nahezu perfekten Popsongs. Sänger und Songschreiber Ian Browdie lässt hier Text und Musik zu einer unvergleichlichen Einheit verschmelzen. So *„pure and simple"*, wie es im Refrain heißt, ist auch die Melodie. Wie hat er das bloß hingekriegt?

14 ***Ready Or Not Here I Come (Can't Hide From Love)*** • **The Delfonics • Philly Groove • 1968 •** Dieser Slow- bis Midtempo-Song aus dem Jahre 1969 kam durch den Film „Jackie Brown" und die Coverversion der Fugees 30 Jahre später zu höchsten Mainstream-Ehren. Der soulige Männerstimmen-Chor gehört zu den Juwelen der großen Liebesbibliothek im Rhythm'n'Blues.

15 ***Something Stupid*** • **Frank & Nancy Sinatra • Reprise Records • 1967** • Clarence Carson Parks kennen nur wenige Experten. Seine Komposition „Something Stupid" dafür die Welt. Dass das so ist, haben wir und er seinem weitaus bekannteren Bruder Van Dyke zu verdanken, der das Stück Frank Sinatra vorspielte, der wiederum keine Skrupel hatte, ein Liebes-Duett mit seiner Tochter einzusingen. Kunst darf alles.

16 ***Sur Ma Vie*** • **Charles Aznavour • EMI • 1955** • Der Großmeister des französischen Chansons, Abteilung Alte Vorkriegs-Schule mit Anzug und Einstecktuch, räsoniert im pompösen Saint-Germain-Style über ein mehr oder weniger verpfuschtes Leben. Schuld sind, man ahnt es schon: Die Frauen. Im Speziellen und Allgemeinen.

17 ***Tainted Love*** • **Gloria Jones • Champion Records • 1964** • Das britische Laszivo-Duo Soft Cell machte das schwer erhältliche Original zur Ikone des Achtziger-Pop. Dass im Wigan Casino schon die Fans des Northern Soul darauf tanzten, ist eher was für Kenner. Wie bei den meisten Liebesliedern geht's eher darum, wie man die/den Verflossene(n) aus dem Kopf kriegt. Siehe auch Folk Implosion.

18 ***There Is A Light That Never Goes Out*** • **The Smiths • WEA • 1992** • Als die Smiths 1986 den Klassiker „The queen is dead" aufnahmen, war Morrissey als Sänger und Texter in der Form seines Lebens. Seine genialsten Zeilen stammen aus diesem Lied, wo das Privileg besungen wird, gemeinsam entweder von einem Doppeldecker-Bus oder einem Zehn-Tonnen-Laster überfahren zu werden. Liebe und Tod vereint, wie bei Romeo und Julia, zu einer sterbensschönen Melodie von Gitarrist Johnny Marr.

19 ***Viel zu früh und immer wieder, Liebeslieder*** • **Blumfeld • Zick-Zack • 1992** • Wer glaubt, Intellektuelle hätten Schwierigkeiten über Gefühle zu reden, kann sich hier bestätigt fühlen. Und gerade deswegen ist es so schön, wie Jochen Distelmeyer darüber räsoniert, dass die einzige Möglichkeit, seiner Liebsten nahe zu kommen, darin besteht, ihr ein Liebeslied zu schreiben. Ein frühes Fundstück des rauen, ungeschliffenen Diskursrocks.

20 ***What Do You Think Of Love?*** • **Shrimp Boat • Bomba Records • 1992** • Schade, aber toll. Ein alter Kolumnen-Titel, der hier ganz wunderbar passt: Denn schade ist, dass diese

Band sich kurz nach ihrem zweiten Album auflöste. Toll dafür dieses Indie-Liebeslied, weil es das Thema zugleich lässig, lakonisch und elegant entdramatisiert. Toll auch, dass Sänger und Songwriter Sam Prekop bald danach die wunderbaren „The Sea And Cake" gründete. Also eigentlich schade, aber doppelt toll.

21 ***Wonderwall*** • **Oasis • Creation Records • 1995** • Kaum zu glauben, aber Noel Gallagher behauptet steif und fest, dass er „Wonderwall" nicht für seine Ex-Freundin Meg Matthews geschrieben hat. Die eigentliche Inspirationsquelle sei ein Groupie gewesen, mit der er einen One-Night-Stand hatte. Die hymnische Melodie und die herzzerreißende Poesie lassen jedoch vermuten, dass hier echte Gefühle im Spiel waren. Und wer will in so einem Fall eigentlich die Wahrheit wissen?

22 ***Wouldn't It Be Nice*** • **Beach Boys • Capitol • 1966** • Die Strandjungs schwelgen in komplexen Brian-Wilson-Harmonien. Ein echter Segen nach ihrer sonnigen happy-go-lucky-Phase mit „Surfin' USA" und zwei Minuten 14 Sekunden Single-Kloppern. Hier wünschen sich Liebende, dass sie endlich alt genug werden, um sich lieben zu dürfen. Auch im Alter zeitlos schön.

23 ***You Are My Angel*** • **Horace Andy • Soul Sound • 1973** • Wie schön, Reggae geht auch ohne Jah, Rasta und Ganja. Horace Andy singt so herzerweichend seinen angebeteten Engel an, dass man nur zu gut versteht, warum Massive Attack den jamaikanischen Crooner einst als Gastsänger engagierten. Eine Perle von einem Song.

24 ***You Are, You Are*** • **Linda Clifford • Curtom • 1978** • Es pluckert der Beat, es perlt der Bass und eine geigenselige Melodie schraubt sich in die Höhe: *„Du bist, du bist ... der Größte, Schönste, Herrlichste."* Helden der Nacht werden beschworen, die auch tagsüber ihren Mann stehen. Eines der besten, weniger bekannten Uptempo-Disco-Stücke aller Zeiten.

25 ***You Don't Have To Say You Love Me*** • **Dusty Springfield • Philips Records • 1967** • Die tragische britische Heroine im Hip-Hausfrauen-Look der Sixties zieht allen Süßholzrasplern den Zahn: *„Erzähl mir kein' Quatsch, Alter"*, lässt sie schmachtend einen falschen Verehrer abfahren. Ihre tiefe Stimme bringt die Arrangements zum Beben. Kein Wunder, dass die Pet Shop Boys die späte Dusty durch eine gemeinsame Single ehrten.

*... wie Zelda und Scott Fitzgerald*

01 ***Erstes Kennenlernen*** Zelda Sayre, Tochter eines Richters, wird im Jahr 1900 in Montgomery, Alabama, geboren. Im Juli 1918 lernt sie dort den vier Jahre älteren Francis Scott Fitzgerald kennen, der kurz vor dem Ende des Ersten Weltkriegs im dritten Ausbildungscamp Sheridan bei Montgomery dient, etwa 1400 Kilometer entfernt von seiner Heimatstadt. Scott ist geboren in St. Paul, Minnesota, nahe der kanadischen Grenze. 1919 verloben sich Zelda und Scott, 1920 heiraten sie.

02 ***Ausschweifend leben*** Zelda und Scott Fitzgerald sind eines der berühmtesten Schriftstellerpaare der jüngeren Geschichte. Um sie und ihre Ausschweifungen zu verstehen, ist es notwendig, die Zeit zu verstehen, in der die beiden ausschweifen: Es handelt sich vor allem um die frühen 1920er Jahre. Die Weltwirtschaftskrise und die ihr folgenden trüben dreißiger Jahre sind noch weit, die Kriegsjahre liegen hinter beziehungsweise noch vor ihnen.

Scott Fitzgerald studiert an der Prestigeuniversität in Princeton, weil Princeton *„der vergnüglichste Country Club in Amerika"* sei, wie er glaubt. Finanziell machbar wird das durch das Erbe seiner Großmutter. Er studiert dann allerdings nicht sonderlich eifrig und schreibt stattdessen. Zudem wirkte er in einer Theatergruppe, dem „Triangle Club". Es kommt der Tag, an dem er vorübergehend von der Universität fliegt, bevor er wieder zurückkehrt, um sie dann doch ohne Abschluss zu verlassen – er geht zum Militär. *„Für jemanden, der das Leben tief pessimistisch sieht, hat der Gedanke an Gefahr nichts Niederdrückendes"*, schreibt er seiner Mutter: *„Ich war noch* *nie so ausgeglichen.*" Zelda, wie Scott mit einem großen schriftstellerischen Talent gesegnet, ist eine bemerkenswert schöne Frau mit blondem Haar und dunklen Augen. Sie ist eine Draufgängerin, sportlich, witzig, sprachbegabt, beobachtet gut; vor allem aber kann sie *„tanzen wie die Pawlowa"*, wie ein Kritiker im Lokalblatt „Montgomery Advertiser" festhält.

Anna Pawlowna Pawlowa (1881 bis 1931) war eine Meistertänzerin des klassischen Balletts, der sterbende Schwan wurde gewissermaßen für sie erfunden. Wenn man es nun ganz genau nimmt, schreibt der Lokalkritiker allerdings nicht, dass Zelda so tanzen kann wie die Pawlowa, sondern dass sie so tanzen könnte. Zelda tanzt jedoch ganz anders. Es sei bedauerlich, schreibt der Kritiker, dass *„ihre zierlichen Füße, statt sich professionell zu bewegen, ihre Fähigkeiten mit zahlreichen Tänzern in endlosen Ballnächten vergeuden"*.

Zelda lebt das Leben eines so genannten Flappers. In den 1920er Jahren gab es – wie in den Neunzigern das Girlie – den Flapper: eine emanzipierte Frau, im Prototyp mit Bubikopf, kurzem Kleid und Zigarette, dem Alkohol, vielleicht auch Drogen zugewandt: eine Frau, die ausging, die unmoralische Geschichten moralischen vorzog und die auf das überlieferte gute Benehmen pfiff. Zelda beeindruckt die New Yorker Gesellschaft bald durch ihre Rutschpartien auf dem Treppengeländer. Sie ist eine unabhängige Frau, nur dass sie eben – in dieser Hinsicht ist sie kein idealtypischer Flapper – heiratet.

1920 wird Scotts Debütroman „This Side of Paradise" veröffentlicht – „Diesseits vom Paradies". Er verkauft sich blendend, nach vier Tagen ist die erste Auflage weg, wenige Tage später heiraten Scott und Zelda, einigermaßen spontan, in der New Yorker St. Patrick's Cathedral. Das ausschweifende Leben kann beginnen, das Leben, über das Scott auch schreibt. Die Fitzgeralds werden ein Glamour-Paar. Über Zelda sagt Scott einmal: *„Ich habe in der Tat die Heldin meiner Romane geheiratet."*

Sie steht bald Modell für viele Frauen, über die er schreibt. Am intensivsten scheint ihr Charakter in der Figur der Nicole Diver durch, in Fitzgeralds viertem Roman „Zärtlich ist die Nacht" von 1934. Da hat das Paar die Zeit der schönsten Ausschweifungen bereits hinter sich. Zelda ist psychisch krank, Scott schreibt, um ihre Klinikaufenthalte zu bezahlen, ist aber nicht mehr so erfolgreich wie zehn Jahre zuvor. Das Geld geht aus.

Zuvor, in den zwanziger Jahren, zündet sich Scott mit Fünfdollarnoten die Zigaretten an, sein Geld trägt er in der Brusttasche offen spazieren. Dabei ist er nicht unsympathisch, er ist einnehmend, klug und ein blendender Analytiker seiner Zeit – nur eben ein ziemlicher Angeber. Seinen Lektor bittet er immer wieder um größere Vorschüsse, die er zum Beispiel für Pelzmäntel und Weihnachtsgeschenke ausgibt.

Frances Fitzgerald, die Tochter des Paars, legt 1960 eine Liste der damaligen Monatsausgaben ihrer Eltern vor. Darin finden sich, in einer kleinen Auswahl: Bücher: 14,50 Dollar • Zeitungen und Zeitschriften: 5 Dollar • Miete: 300 Dollar • Essen: 200 Dollar • Alkohol für den Hausgebrauch: 80 Dollar • Partys: 100 Dollar • Sonstiges (ohne nähere Definition): 276 Dollar • Kleider für Zelda: 100 Dollar • Anzüge für Scott: 33 Dollar

Das Paar gibt allerdings noch deutlich mehr Geld aus: Im Jahr 1923, schreibt Kyra Stromberg in einer Doppelbiographie der Fitzgeralds, waren es monatlich 2396 Dollar, bei Jahreseinnahmen von maximal 20.000 bis 25.000 Dollar (was damals ein außerordentlich hohes Einkommen war) – sie führen ein Leben am finanziellen Limit.

Doch die Fitzgeralds prägen mit diesem Leben am Limit auch den Stil ihrer Zeit. Zelda ist eine Mode-Ikone, Scott ein Seismograph seiner Generation und ein Stil-Pionier. Auf Reisen geben sie das Geld mit vollen Händen aus, sie randalieren in Hotels, streiten sich, sind laut und doch ausgesprochen gute Gastgeber.

*„Überhaupt“*, sagte Scott und Zelda Fitzgeralds Enkelin Eleanor Lanahan einmal, *„werden Scott und Zelda für ihren Stil bewundert, dafür, wie sie das Geld aus dem Fenster warfen. Ich habe mir die Häuser angesehen, die sie in Europa gemietet hatten – alles super de luxe.“*

*03* ***Gemeinsame Bekannte: Ernest Hemingway*** Einmal in Paris, es ist schon spät, bereitet Scott seinem Kollegen und Freund Ernest Hemingway ein Problem: Er verrichtet nämlich sein – wie man so sagt – Geschäft in dessen Hausflur.

Hemingway gehört zu den Leuten, mit denen sich die Fitzgeralds umgeben. Im 2007 erschienenen Roman „Alabama Song" des französischen Schriftstellers Gilles Leroys beschimpft Zelda, deren Leben Leroy zum Ausgangspunkt seiner Geschichte macht, den Kollegen Hemingway (der im Roman allerdings

*Rutschpartie*

*Haarpartie*

*Saufpartie*

nicht so heißt) als *„fette stolze Schwuchtel"*. Auch im wirklichen Leben mag Zelda Hemingway nicht, sie hält sein Machotum für aufgesetzt; zudem unterstellt sie, Hemingway und ihr Mann Scott hätten Sex miteinander gehabt.

Leroy vertritt übrigens die These, Zelda Fitzgerald – die er freilich als Figur seiner Fiktion versteht – sei von Scott daran gehindert worden, ihr eigenes schriftstellerisches Talent auszuleben. Es bleibt allerdings bei der literarischen These – Fitzgeralds Enkelin bestreitet sie. Die Familie habe von Scotts Werken gelebt, Zelda dagegen *„schrieb vor allem, um sich eine eigene Identität zu verschaffen"*.

04 ***Zahl des Paares: 20*** Zelda und Scott Fitzgerald sind eng mit den zwanziger Jahren verwoben: Zu Beginn der zwanziger Jahre heiraten sie, und das Leben, für das sie heute stehen, beginnt. Am Ende der zwanziger Jahre steht die Weltwirtschaftskrise, und sie beendet gewissermaßen auch dieses Leben. Zelda wird 1930 krank und erholt sich nie wieder vollständig. Scott kann nicht mehr an seinen Erfolg anknüpfen. Die Zwanziger sind gut zu ihnen. Die Dreißiger sind es nicht.

05 ***Sonst so*** Scott Fitzgerald schreibt fünf große Romane und viele Novellen; besonders bekannt sind heute der Roman „Der Große Gatsby“ und die Kurzgeschichte „Der seltsame Fall des Benjamin Button“.

„Diesseits vom Paradies“, mit dem er den Durchbruch schafft, erzählt die Geschichte des Princeton-Studenten Amory Blaine, der sich nach Liebe sehnt, der aber nicht ankommt gegen die Sinnlosigkeit des Seins, wie er sie empfindet. Der Roman ist eine Auseinandersetzung mit seiner eigenen Generation, die bald „lost“ genannt wird, „verloren“. Es ist eine desillusionierte Generation, die sich in Hedonismus flüchtet und das wilde Leben dem braven vorzieht.

Die Figuren in „Zärtlich ist die Nacht“ heißen Nicole und Dick Diver. Nicole lebt mit Ehemann Dick an der Côte d’Azur, sie führen ein Leben voller Alkoholexzesse. Vor allem aber ist Nicole Patientin; Dick ist ihr Psychiater, als sie sich ineinander verlieben. Ort des Geschehens ist die südfranzösische Küste, wo ein luxuriöses und doch langweiliges Partyleben nicht nur möglich, sondern üblich ist – gelegentlich reist man nach Italien, eine Art Flucht. Genauso halten es die Fitzgeralds im wirklichen Leben: Sie verbringen, wenn sie nicht in Paris sind, den Sommer an der Côte d’Azur, liegen am Strand, genießen besten Champagner und feiern Feste.

Dick und Nicole Diver unterschreiben ihre Briefe übrigens mit dem Namen „Dicole“. Das erinnert doch stark an ein berühmtes Paar des 21. Jahrhunderts (siehe Kapitel *Ein Paar werden,* Rubrik *Öffentlich eins sein wie Brangelina).*

06 ***Was aus dem Paar wurde*** Scott stirbt 1940 – seit einigen Misserfolgen dem Alkohol vollends verfallen – nach zwei Herzinfarkten. Nachdem Zelda bereits 1930 einen ersten Nervenzusammenbruch erlitten hat, stirbt sie 1948 im Highland Mental Hospital in Asheville, North Carolina, als es dort brennt.

Was vom Paar bleibt, abgesehen von ihren Werken, weiß am besten Eleanor Lanahan, die Enkelin Zelda und Scott Fitzgeralds: *„Sie starben jung, deswegen bleiben sie jung“*, sagt sie in einem Interview mit dem Magazin „Spiegel“: *„Ich bin sicher, dass sich meine Mutter geschämt hat, vor allem* *wenn sie Besuch von ihren Freunden hatte und er (Scott) betrunken war. Aber jeder wusste sowieso, dass er trank. Als ich ins College ging, war mein Großvater fester Teil des Lehrplans – das ist ein großer Unterschied.*“ Sie sei „*die Enkeltochter des vielleicht berühmtesten Trinkers der Welt*“. Und das beschäme sie nicht.

07 ***Bleibende Werte*** ........................................................................................

***Anspruch*** ●●●●○ / ***Gefühl*** ●●○○○ / ***Action*** ●●●○○ / ***Erotik*** ●●●○○ / ***Glamour*** ●●●●●

# 072 DAS ANDERE ICH

Christian Anders .................. *geboren als* Antonio Augusto Schinzel-Tenicolo
Thomas Anders .................................................. *geboren als* Bernd Weidung
Richard Burton ................................................ *geboren als* Richard Jenkins
Dolly Buster ......................................... *geboren als* Katja-Nora Bochníčková
Tony Curtis ..................................................... *geboren als* Bernard Schwartz
Doris Day .................................................. *geboren als* Doris von Kappelhof
Nino de Angelo ........................ *geboren als* Domenico Gerhard Gorgoglione
Katja Ebstein ............................................... *geboren als* Karin Witkiewicz
Joy Fleming .............................................................. *geboren als* Erna Strube
Rex Gildo ..................................... *geboren als* Alexander Ludwig Hirtreiter
Mata Hari ...................................... *geboren als* Margaretha Geertruida Zelle
Guildo Horn ........................................................... *geboren als* Horst Köhler
Klaus Kinski ................................ *geboren als* Nikolaus Günther Nakszynski
Walter Matthau ................................ *geboren als* Walter Matuschanskavsky
Nicki ..................................................................................... *geboren als* Doris Hrda
Freddy Quinn ............. *geboren als* Franz Eugen Helmut Manfred Niedl-Petz
Rudolph Valentino .......... *geboren als* Rodolpho di Valentina d'Antonguolla
Vangelis ............................ *geboren als* Evangelos Odysseas Papathanassiou
Oskar Werner ............................................ *geboren als* Josef Bschließmayer
Oscar Wilde ......................................... *geboren als* Fingal O'Flahertie Wills

# 073 IM REGAL: 22 LIEBESFILME

Das größte Thema des Kinos? Natürlich die Liebe. Die folgende Liste von 22 wunderbaren Liebesfilmen (und einer Zugabe) wurde erstellt von Milan Pavlovic, einem großen Kenner des Kinos, der seit 1982 die renommierte Filmzeitschrift „Steadycam" herausgibt.

Selbstverständlich könnte man eine endlose Liste von Liebesfilmen erstellen, in dieser fehlen zum Beispiel „American Gigolo", „Lúcia y el sexo", „New York, New York", „Out of Sight", „Bull Durham" und „Brokeback Mountain" – weil sie allesamt bereits in „Ein Mann – Ein Buch" aufgetaucht sind. Statt für eine endlose Liste haben wir uns für diese, natürlich definitive, entschieden.

•••

01 ***Sunrise*** • **Friedrich Wilhelm Murnau, USA 1927** • Ein Mann vom Land wird von einer Großstadt-Hexe verführt und droht, seine Frau aus dem Auge zu verlieren. Als er sie wieder für sich entdeckt, haben sie nur noch einander im Blick. Das führt zu der legendären Szene, wie sie Arm in Arm durch die Welt gehen – und den Straßenverkehr zum Erliegen bringen.

02 ***The Graduate*** • ***Die Reifeprüfung*** • **Mike Nichols, USA 1967** • Benjamin (Dustin Hoffman) verliebt sich in Elaine (Katharine Ross) – aber leider hat er vorher, als er noch ein zielloser Schnösel war, mit ihrer Mutter (Anne Bancroft) geschlafen. Dem aufputschenden Happy-End folgt im Linienbus ein unerhörter, unübertroffener Moment des Zweifels.

03 ***Before Sunset*** • **Richard Linklater, USA 2004** • Jesse und Celine waren einen Tag und eine Nacht lang in Wien ein Paar. Neun Jahre später treffen sie sich in Paris, reifer und um seelische Narben reicher. Sie gehen spazieren und reden unentwegt. Als sie aufhören und Julie Delpy tänzelt, folgt eine der schönsten Abblenden der Filmgeschichte.

04 ***Nelly & Monsieur Arnaud*** • **Claude Sautet, Frankreich 1995** • Ein pensionierter Anwalt (Michel Serrault) und eine ungestüme junge Frau (Emmanuelle Béart), das kann als Paar nicht gut gehen, das weiß jeder, und doch funkt es ständig in diesem eleganten Werk, das wie eine Antwort wirkt auf Sautets vorheriges Melo, das eisige „Herz im Winter" (1992).

05 ***Love In The Afternoon*** • *Ariane – Liebe am Nachmittag* • **Billy Wilder, USA 1955** • Audrey Hepburn ist die Mutter der romantischen Liebeskomödie, und mit ihren besten Filmen könnte man einen großen Teil dieser Liste bestreiten. „Funny Face“, „Sabrina“, „Zwei auf gleichem Weg“, „Ein Herz und eine Krone“, „My Fair Lady“, „Robin und Marian“ und natürlich „Frühstück bei Tiffany“. „Ariane“ ist weniger berühmt, aber genauso vollkommen. Immerhin gelingt es glaubhaft, Audrey mit Gary Cooper zu verkuppeln, obwohl der beinahe ihr Großvater sein könnte.

06 ***An Affair To Remember*** • *Die große Liebe meines Lebens* • **Leo McCarey, USA 1957** • Deborah Kerr trifft Cary Grant und erobert sein Herz. Sie trauen ihren Gefühlen aber nicht und vertagen sich. Ein halbes Jahr später taucht sie nicht auf. Er ist empört – und beschämt, als er den Grund herausfindet. Das übertrifft sogar David Leans Melo „Begegnung“ (1945).

07 ***Serendipity*** • *Weil es Dich gibt* • **Peter Chelsom, USA 2001** • Das Schicksal spielt Lotterie in dieser romantischen Spielerei: Ein New Yorker und eine Frau aus Seattle, die Jahre nach ihrer Zufallsbegegnung kurz vor der Heirat mit dem falschen Partner stehen, versuchen noch einmal, einander zu finden. Detektivisch, komödiantisch, unwahrscheinlich. Himmlisch.

08 ***Breaking The Waves*** • **Lars von Trier, Dänemark 1996** • Wo die Liebe hinfällt, ist die Besessenheit nicht weit. Nach dem Arbeitsunfall ihres Mannes glaubt Bess (Emily Watson), ihn heilen zu können, indem sie sich opfert. Der dänische Regisseur Lars von Trier arbeitet oft wie ein Scharlatan, aber hier verliert er die Kontrolle und erzeugt echte Emotionen.

09 ***Hable Con Ella*** • *Sprich mit ihr* • **Pedro Almodóvar, Spanien 2002** • Ein spanischer Film muss natürlich dabei sein, hier einer, in dem zwei Männer über zwei Frauen wachen, die im Koma liegen. Wegen seiner fächerartigen Struktur entwickelt der Film seine ganze Kraft erst in den letzten Bildern.

10 ***L’Ultimo Tango A Parigi*** • *Der letzte Tango in Paris* • **Bernardo Bertolucci, Italien/Frankreich 1972** • Ein junge Pariserin (Maria Schrader) und ein reifer Amerikaner (Marlon Brando) verabreden sich zu anonymem Sex in einem leeren Apartment. Wer kann die Abmachung als Erster nicht mehr einhalten?

11 ***Vertigo*** • **Alfred Hitchcock, USA 1958** • Höhepunkt der obsessiven Liebe. Scottie (James Stewart) hat eine Blondine (Kim Novak) tragisch verloren. Jetzt formt er eine Brünette (Kim Novak) nach dem Vorbild der Verstorbenen. Einen makabren Moment lang glaubt man an ein Happy-End. Aber dies ist ein Hitchcock-Krimi. Also dauert es wirklich nur einen Moment.

12 ***La Femme d'à Coté*** • ***Die Frau nebenan*** • **François Truffaut, Frankreich 1981** • Das berühmteste Beispiel für *„Nicht miteinander, aber erst recht nicht ohne einander"* ist wohl der japanische Schocker „Im Reich der Sinne". Dezenter, französischer, aber genauso fatal ist François Truffauts Version. In seinem vorletzten Film begegnen sich zwei ehemalige Partner (Gérard Depardieu und Fanny Ardant) als Eheleute wieder. Ohnmacht, Begierde, Betrug, Hoffnung, Verzweiflung, Eifersucht, Hoffnungslosigkeit. Das Bouquet der ausweglosen Liebe. Unwiderstehlich.

13 ***Green Card*** • **Peter Weir, Australien / USA 1990** • Eine arrangierte Zweckehe soll einem elefantösen Franzosen (Gérard Depardieu) eine Aufenthaltsgenehmigung und einer New Yorkerin (Andie MacDowell) eine Wohnung einbringen. Aber dann zwingt das Schicksal (und ein lustiges Drehbuch) die beiden, ein gemeinsames Leben zu erfinden bzw. zu führen.

14 ***Im Juli*** • **Fatih Akin, Deutschland 2000** • Der Hamburger Türke Fatih Akin hat gleich zwei tolle Liebesfilme gedreht: „Gegen die Wand" (2004) ist der bekanntere und objektiv wohl auch der bessere. Aber „Im Juli", die Geschichte eines braven Hamburgers (Moritz Bleibtreu), der auf der langen Suche nach einer Türkin die wahre Traumfrau (Christiane Paul) zu übersehen droht, ist beschwingter – und der Beweis, dass Liebe auch mal lässig sein kann.

15 ***Bound*** • ***Gefesselt*** • **Andy & Larry Wachowski, USA 1996** • Jenseits von Sexfilmen wird die lesbische Liebe im Kino meist ignoriert. John Sayles' „Lianna" (1983) war arg ernsthaft. „Bound" erzählt von der sexuellen Erweckung einer Mob-Braut (Jennifer Tilly) durch die neue Nachbarin (Gina Gershon). Als Krimi. Das ist gerecht, denn alles geht zu Lasten der Mafia.

16 ***Happy Together*** • **Wong Kar-wai, Hongkong 1997** • Ang Lee gilt wegen „Brokeback Mountain" als Meister des schwulen Liebesfilms. Ähnlich ergreifend ist ein gelassenes Werk von Wong Kar-wai, durch „In the Mood for Love" und „2046" selbst Spezialist in diesem Genre: „Happy Together" folgt einem Paar aus Hongkong auf einer Reise durch Argentinien.

17 ***Lawrence Of Arabia*** • ***Lawrence von Arabien*** • **David Lean, England 1962** • T. E. Lawrence mag als Eroberer und Vereiniger arabischer Völker legendär geworden sein, aber dieses Epos zeichnet ihn als Unvollkommenen. Peter O'Toole vibriert vor Verlangen nach Omar Sharif, doch sein Begehren ist hoffnungslos.

18 ***The Bridges Of Madison County*** • ***Die Brücken am Fluss*** • **Clint Eastwood, USA 1995** • Clint Eastwood wartete jahrelang, bis er in die Rolle des Fotografen gealtert war, der sich in Iowa in eine fast verkrustete Italo-Amerikanerin verliebt. Natürlich ist Francesca (mit hinreißendem Akzent: Meryl Streep) verheiratet. Aber ihre vier Tage sind unvergesslich.

19 ***Out Of Africa*** • ***Jenseits von Afrika*** • **Sydney Pollack, USA 1985** • Eine Etepetete-Dänin (Meryl Streep) reift in Afrika zur Frau – auch dank der komplexen Liaison zu einem ungebundenen Jäger (Robert Redford). Die Liebe als Abenteuerfilm, das gab es nur einmal genauso vollendet, nämlich in Michael Manns „Der letzte Mohikaner" (1992).

20 ***King Kong*** • **Ernest B. Schoedsack / Merian Cooper, USA 1932** • Die Schöne und das Biest, das gab es so oft, ob in Cocteaus „La belle et la bête" (1946) oder in Coppolas „Dracula" (1992), dass man den filmischen Ursprung dieses Subgenres oft vergisst: Es ist der Moment, in dem der große Affe Kong seine blonde Liebe (Fay Wray) schützt – und sie ihn versteht.

21 ***Senso*** • ***Sehnsucht*** • **Luchino Visconti, Italien 1954** • Venedig 1866: die verzwickte Liebe zwischen einer Italienerin (Alida Valli) und einem Besatzer aus Österreich (Farley Granger). Zum Schmachten schön, aber: Italien ist auch das Land der Tragödie – siehe Vittorio de Sicas „Stazione Termini" mit Montgomery Clift und Jennifer Jones (1953).

22 ***When Harry Met Sally ...*** • ***Harry und Sally*** • **Rob Reiner, USA 1989** • Zweimal konnten Harry und Sally nichts miteinander anfangen. Als sie endlich Freunde geworden sind, müssen sie die Frage beantworten: Gibt es Liebe nach dem Sex? Ein Film voller zeitloser Wahrheiten.

23 **Zugabe: *True*** • **Tom Tykwer, Deutschland 2004** • In elf furiose Minuten rafft Tom Tykwer die Beziehung zwischen einem blinden Franzosen und einer amerikanischen Nachwuchsschauspielerin (Natalie Portman). Und trifft alles, was Liebe ausmacht.

# 074 KARTEN LESEN

Nachdem 2003 der Hobby-Spieler Chris Moneymaker (der Name ist kein Pseudonym) das Hauptturnier der „World Series of Poker“ in Las Vegas gewonnen und ein Preisgeld von 2,5 Millionen Dollar kassiert hatte, setzte weltweit ein Poker-Boom ein. Poker ist kein klassisches Paar-Spiel – obwohl am Ende immer zwei Spieler übrig bleiben. Doch es ist ein Spiel, in dem das Paar eine bedeutende Rolle spielt.

• • •

| | |
|---|---|
| *Pair* | Zwei Karten des gleichen Wertes |
| *Bottom Pair* | Ein Paar, das aus einer Karte des Spielers und der niedrigsten Gemeinschaftskarte besteht |
| *Middle Pair* | Ein Paar aus einer eigenen und einer Gemeinschaftskarte mittleren Wertes (zum Beispiel eine „8“) |
| *Top Pair* | Ein Paar aus einer eigenen und der höchsten Gemeinschaftskarte |
| *TPMK* | (Top Pair / Medium Kicker) Ein Paar aus einer eigenen und der höchsten Gemeinschaftskarte in Kombination mit einer Beikarte (also der zweiten Karte der eigenen Hand) mittleren Wertes (zum Beispiel eine „8“) |
| *TPTK* | (Top Pair / Top Kicker) Ein Paar aus einer eigenen und der höchsten Gemeinschaftskarte in Kombination mit einer Beikarte des höchsten Wertes (dem „Ass“) |
| *Two Pair* | Zwei Paare – also zweimal zwei Karten des je gleichen Wertes |
| *Pocket Pair* | Ein Paar, das ein Spieler nur mit seinen eigenen Karten hält – hält er zum Beispiel zwei Damen, nennt man sein Blatt „Pocket Queens“ |
| *Underpair* | Ein Paar, das ein Spieler nur mit seinen eigenen Karten hält – und das von jedem anderen Paar, das mit den Gemeinschaftskarten gebildet werden kann, geschlagen wird |
| *Overpair* | Ein Paar, das ein Spieler nur mit seinen eigenen Karten hält – und das von keinem anderen Paar, das mit den Gemeinschaftskarten gebildet werden könnte, geschlagen werden kann (idealerweise: zwei Asse) |
| *Paired Flop* | Enthalten die Gemeinschaftskarten ein Paar, spricht man von einem „Paired Flop“ |
| *Wired Pair* | Im Texas Hold’em das Gleiche wie das „Pocket Pair“, das Paar auf der eigenen Hand |

# 075 SICH SELBST ZUR MARKE MACHEN

*… wie Gilbert und George*

01 ***Erstes Kennenlernen*** Gilbert Prousch, 1943 in Italien geboren, und George Passmore, 1942 in Großbritannien geboren, trafen sich 1967 in London, als sie gemeinsam eine Skulpturenklasse der damaligen St. Martins School of Art belegten. Nach eigener Aussage freundeten sie sich an, da George der Einzige gewesen sei, der Gilberts schlechtes Englisch verstanden habe.

Da die beiden nicht unbedingt die Wahrheit erzählen, sondern vor allem Dinge, die dazu dienen, sich selbst zur Marke zu machen, weiß man nicht genau, ob das stimmt. Man weiß nie so genau, was von dem zu halten ist, was die beiden erzählen, denn mit allem, was sie tun und sagen, erheben sie den Anspruch, Kunst zu schaffen. Auf der Kunstschule haben sie übrigens nichts gelernt, das ihnen später als Künstler weitergeholfen hätte. Sagen sie.

02 ***Sich selbst zur Marke machen*** Eine Marke muss wiedererkennbar sein. Gilbert & George tragen daher britische Anzüge und aufeinander abgestimmte Krawatten; das sind ihre äußerlichen Markenzeichen. Der Maler David Hockney sagte aber bereits vor vielen Jahren, Gilbert & George versuchten zudem die Idee zu verbreiten, *„dass alles, was sie sagen und tun, Kunst ist"*. Also das ganze Leben – von dem allerdings nur das öffentlich wird, was sie öffentlich machen möchten. Selbstverständlich ist auch diese Kontrolle des öffentlichen Bildes wiederum Teil des gemeinsamen Konzepts, also, wenn man denn will, ebenfalls Kunst.

Gilbert & George sind stets leicht zu erkennen. Einer beendet zum Beispiel die Sätze, die der Andere beginnt. Sie geben Interviews, als würden sie mit verteilten Rollen Gedichte rezitieren. Bereits als Studenten entwickelten sie die Vorstellung von Künstlern als Kunstwerk. Die Gesichter bronzefarben geschminkt und in Anzügen traten sie als „Living Sculpture", „Singing Sculpture" oder „Drinking Sculpture" auf und filmten sich dabei. Seitdem sind sie lebende Skulpturen.

Sie schufen auch bleibende Werke, zunächst Kohlezeichnungen, gern großformatig, später Fotocollagen, gern sehr großformatig. Ihre Motive, abgesehen von sich selbst, sind zum Beispiel Alkohol, Religion oder Körperflüssigkeiten wie Blut, Urin oder Sperma. Das Konzept ist im Grunde ein simples: Der Künstler schafft das Kunstwerk und ist auch selbst Kunst. Mithin: eine Marke.

03 ***Zahl des Paares: 1.889.250*** Gilbert & George schafften es in so ziemlich alle wichtigen Museen der Welt. 1986 wurden sie mit dem renommierten Turner-Prize ausgezeichnet. 2005 gestalteten sie den britischen Pavillon der Biennale in Venedig. Im Auktionshaus Christie's erzielte ihr 37-teiliges Fotowerk „To Her Majesty" (145 x 350cm) aus dem Jahr 1973 im Jahr 2008 den Preis von 1.889.250 britischen Pfund, damals 3.765.276 US-Dollar.

04 ***Sonst so*** Gilbert & George behaupten, sie hätten seit mehr als 30 Jahren keine Ausstellungen anderer Künstler mehr besucht: *„Es ist nicht so, dass wir etwas gegen andere Künstler hätten, sie sind uns einfach egal. Wir wollen den Kopf frei haben für unsere eigenen Gedanken."* Ob das stimmt, weiß man wieder einmal nicht, aber das ist ja auch egal – es bereichert jedenfalls die selbstbezogene Markengeschichte von Gilbert & George um eine weitere Anekdote.

Gilbert & George leben angeblich nach strengen Regeln und Ritualen. Sie behaupten zum Beispiel gern, dass sie jeden Abend ins selbe Restaurant gingen und dort stets, immer und jedesmal Koteletts bestellten – aber jeder gehe einen anderen Weg zum Lokal. Gelegentlich behaupten sie, dass sie auch zum Frühstück und zum Lunch in dieses Restaurant gingen. Das behaupten sie aber tatsächlich nur gelegentlich.

05 ***Gemeinsame Bekannte: Filzläuse*** Zu Beginn ihrer Karriere setzten Gilbert & George neben ihre Signaturen noch das Wappen der englischen Krone. Das ist eigentlich verboten. Mittlerweile haben sie ein eigenes Wappen. Als Wappentier erwählten die beiden die Filzlaus, mit der interessanten Begründung, dass man Filzläuse beim Sex bekomme – was ihnen eine moralische Dimension verleihe, die Kopfläusen fehle.

06 ***Was aus dem Paar wurde*** Gilbert & George wurden, was sie sind und was sie bleiben, nämlich eine Marke. Durchaus auch im Sinne der umgangssprachlichen Redewendung: *„Du bist mir so 'ne Marke."*

07 ***Bleibende Werte*** ..........................................................................

***Anspruch*** ●●●●○ / ***Gefühl*** ○○○○○ / ***Action*** ●○○○○ / ***Erotik*** ○○○○○ / ***Glamour*** ●●●●●

## 076 EINIGE MUSEN

In der antiken Mythologie sind die Musen die Schutzgöttinnen der Künste. Heutzutage bezeichnet man mit dem Begriff „Muse" eine reale, meist weibliche Person, die einen Künstler inspiriert. Den Ruhm erntet in der Regel der Künstler, doch bisweilen strahlt er erfreulicherweise auch auf die Muse.

•••

Lou Andreas-Salomé .......................................... Friedrich Nietzsche
Camille Claudel .......................................... Auguste Rodin
Amanda Lear .......................................... Salvador Dalí
Dora Maar .......................................... Pablo Picasso
Alma Mahler-Werfel .......................................... Gustav Mahler
Marietta di Monaco .......................................... Joachim Ringelnatz
Yoko Ono .......................................... John Lennon
Anita Pallenberg .......................................... Keith Richards • Mick Jagger
Claudia Schiffer .......................................... Karl Lagerfeld
Charlotte von Stein .......................................... Johann Wolfgang Goethe

# 077 EINSTIMMIG

Seit über dreißig Jahren sind der Synchronsprecher Christian Brückner und der Schauspieler Robert De Niro in deutschen Kinos ein Paar – der eine hat den Körper, der andere die Stimme. Als 1974 für „The Godfather, Part II" eine deutsche Stimme für De Niro gesucht wurde, die zu seiner Rolle – dem Mafiapaten Don Vito Corleone – passte, entschied sich der Filmverleih für den damals 31 Jahre alten Brückner. Seitdem hat er De Niro in nahezu all seinen Filmen gesprochen. Da ihn das nicht völlig ausfüllte, hat Brückner eine Zeit lang auch fast alle anderen männlichen Schauspieler synchronisiert.

•••

Alan Arkin ........ *im Film* „Siebenmal lockt das Weib" • 1967
Warren Beatty ........ *u.a. im Film* „Bonnie And Clyde" • 1967
Helmut Berger ........ *im Film* „Die Gefräßigen" • 1975
Pierre Brice ........ *in der TV-Serie* „Mein Freund Winnetou" • 1979
James Caan ........ *im Film* „Spieler ohne Skrupel" • 1975
John Cleese ........ *im Film* „Hausfreunde sind auch Menschen" • 1968
Joe Dallessandro ........ *u.a. im Film* „Flesh" • 1970
Alain Delon ........ *u.a. im Film* „Endstation Schaffot" • 1975
Robert De Niro ........ *u.a. im Film* „Taxi Driver" • 1974
Gerard Depardieu ........ *u.a. im Film* „Die Ausgebufften" • 1974
Bruce Dern ........ *u.a. im Film* „Familiengrab" • 1976
Peter Fonda ........ *u.a. im Film* „Future World" • 1977
Giuliano Gemma ........ *u.a. im Film* „Ein achtbarer Mann" • 1972
Dennis Hopper ........ *im Film* „Easy Rider" • 1969
Mick Jagger ........ *u.a. im Film* „Performance" • 1970
Harvey Keitel ........ *u.a. im Film* „Pulp Fiction" • 1996
Udo Kier ........ *im Film* „Ein Concierge zum Verlieben" • 1993
Klaus Kinski ........ *im Film* „Mit Django kam der Tod" • 1967
Bruce Lee ........ *im Film* „Der Dritte im Hinterhalt" • 1968
Anthony Perkins ........ *u.a. im Film* „Das war Roy Bean" • 1975
Robert Redford ........ *u.a. im Film* „Die Brücke von Arnheim" • 1977

Burt Reynolds .................. *u.a. im Film* „Ein ausgekochtes Schlitzohr" • 1977
Martin Sheen .................................................. *u.a. im Film* „Incident" • 1967
Donald Sutherland ..................... *u.a. im Film* „Das dreckige Dutzend" • 1967
Jon Voight .................................................... *u.a. im Film* „Catch 22" • 1970
Michael York .................................... *u.a. im Film* „Romeo und Julia" • 1967

# 078 WETTEN

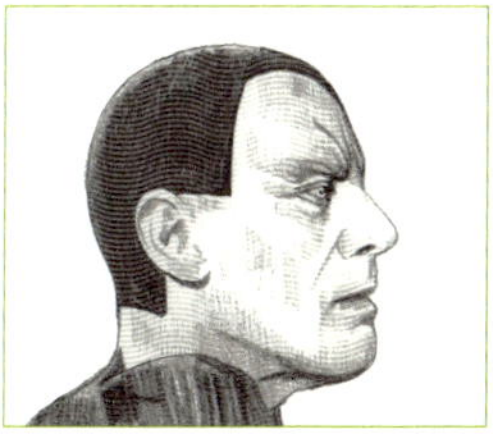

*... wie*
*Mephisto und Faust*

01 ***Erste Begegnung*** Bei Faust handelt es sich um die wichtigste Figur in Johann Wolfgang Goethes Drama „Faust", genauer: um Dr. Heinrich Faust, einen belesenen Mann, der durchaus dies und das studiert hat, wie man aus seinen ziemlich berühmten ersten Sätzen weiß:

*„Habe nun, ach! Philosophie,*
*Juristerei und Medizin,*
*Und leider auch Theologie*
*Durchaus studiert, mit heißem Bemühn.*
*Da steh' ich nun, ich armer Tor!*
*Und bin so klug als wie zuvor."*

Mephisto stellt sich vor als *„der Geist, der stets verneint! Und das mit Recht, denn alles, was entsteht, ist wert, dass es zugrunde geht; Drum besser wär's, dass nichts entstünde. So ist denn alles, was ihr Sünde, Zerstörung, kurz, das Böse nennt, mein eigentliches Element"*.

Er tritt aber zunächst in Gestalt eines schwarzen Pudels auf, der Faust bei Spaziergängen folgt. Als Mephisto schließlich sein wahres Wesen offenbart, spricht Faust einen ebenfalls durchaus berühmten Satz: *„Das also war des Pudels Kern!"*

02 ***Wetten • Wette I*** Es gibt im Werk zwei Wetten: eine Wette der Rahmenhandlung und eine Wette der Binnenhandlung. Die Rahmenwette schließen

*« Pudel «*

*» Kern »*

die Teufelsfigur Mephisto und der Herr, also Gott, im „Prolog im Himmel", und es geht um die Frage, ob Mephisto recht hat mit seiner Schelte des Menschen, der „Krone der Schöpfung". Der Herr fragt: *„Ist auf der Erde ewig dir nichts recht?"* Und Mephisto erwidert: *„Nein Herr! ich find' es dort, wie immer, herzlich schlecht."*

Mephisto zweifelt also am göttlichen Menschenbild, während Gott auf Faust verweist, um Mephisto zu widerlegen. Er schlägt eine Art Wette vor, und Mephisto schlägt sofort ein: Wenn es Mephisto gelingt, die *„Tätigkeit"* beziehungsweise das *„Streben"* des exemplarischen Menschen Faust lahmzulegen, hat er die Wette gegen Gott gewonnen. Mephisto verkörpert zwar eine Art teuflisches Prinzip, Goethe ist aber ein wenig zu gewitzt, um ein simples religiöses Weltmodell von Gut und Böse, Himmel und Hölle, Gott und Teufel zu zeichnen. Mephisto ist für Goethe ein Element des Negativen in einer positiven Welt, aber er ist kein Gegenspieler, sondern ein Werkzeug Gottes – er kann dessen Weltenplan nicht durchkreuzen. Mephistos Aufgabengebiet ist das menschliche Leben, und sein Job ist es, *„des Menschen Tätigkeit"* aufzureizen – eine in Gottes Weltenplan produktive Tätigkeit. Er sei, sagt Mephisto, *„ein Teil von jener Kraft, die stets das Böse will und stets das Gute schafft"*.

Somit handelt es sich bei ihrer Wette um eine Scheinwette: Gott sagt voraus, Mephisto werde am Ende *„beschämt"* dastehen, und kraft seiner Allwissenheit kann man das von vornherein als sicher erachten.

***Wette II*** Die Binnenwette zwischen Mephisto und Faust schließt hier an. Die Frage, wer von beiden die Wette gewinnt, wird damit allerdings zweitrangig. Es geht in erster Linie um die Qualität von Gottes Schöpfung, nicht in erster Linie um Fausts Seele. Faust ist nur das Beispiel.

Der „Faust" ist wohl das berühmteste Beispiel einer literarischen Figur, die dem Teufel ihre Seele verkauft. Wichtig für das Verständnis des Handels ist aber dies: Faust leidet an der Welt; und wenn er noch dreimal so viel studiert hätte – er fragt sich am Ende doch: Was kann ich eigentlich wissen? Er leidet darunter, dass es ihm als Mensch an tiefer Einsicht fehlt. Es gelingt ihm auch nicht, sein Leben zu genießen. Die Hölle ist für ihn eine Fantasie, keine reale Bedrohung.

Kurz vor dem Treffen mit Mephisto hat er sogar überlegt, Selbstmord zu begehen. Faust ist insofern ein beispielhafter Mensch für Gott, weil das Negative in ihm ebenfalls angelegt ist. Er ist ein Zweifler, und er geht davon aus, dass er nie im Leben Erfüllung finden wird. Mephisto schlägt ihm einen Pakt vor:

*„Ich will mich hier zu deinem Dienst verbinden,*
*Auf deinen Wink nicht rasten und nicht ruhn,*
*Wenn wir uns drüben wieder finden,*
*So sollst du mir das gleiche tun."*

Das gesamte Vertragswerk wurde einmal folgendermaßen zusammengefasst: *§ 1:* Mephisto dient Faust 24 Jahre lang auf der Erde. Faust dient Mephisto anschließend im Jenseits. *§ 2:* Mephistos Dienst besteht darin, Faust das *„Wohl und Weh"* der Menschheit erfahren zu lassen. Worin Fausts Dienst besteht, ist unbestimmt. *§ 3:* Findet Faust jemals Befriedigung im Genuss, dann ist Fausts irdisches Leben sogleich zu Ende, und er dient fortan nach § 1 Mephisto.

Die Wette wird im Anschluss an den Pakt geschlossen und besteht darin, dass Faust behauptet, § 3 werde nie eintreten. Mephisto hält dagegen. Fausts Einsatz ist die Verkürzung von Mephistos Dienstzeit. Die Wettformel, in der sich auch Fausts Lebenseinstellung zeigt, lautet:

*„Werd' ich zum Augenblicke sagen:*
*Verweile doch! du bist so schön!*
*Dann magst du mich in Fesseln schlagen,*
*Dann will ich gern zugrunde gehn!*
*Dann mag die Totenglocke schallen,*
*Dann bist du deines Dienstes frei,*
*Die Uhr mag stehn, der Zeiger fallen,*
*Es sei die Zeit für mich vorbei!"*

Die Wette zwischen Faust und Mephisto ist, wie gesagt, die Binnenwette. Die Rahmenwette wird geschlossen zwischen Mephisto und Gott. Der Ausgang der Rahmenwette ist aber von vorneherein klar: Mephisto kann nicht gewinnen. Insofern ist auch das Ergebnis der Binnenwette wenig bedeutend – am Ende liegt es, wenn man das ausnahmsweise einmal so verkürzen darf, ja doch in Gottes Hand, was mit Faust geschieht – und er hat im Prolog eine Heilsgarantie gegeben. Die Paktszene zwischen Mephisto und Faust ist, wie es in der Sekundärliteratur so hübsch heißt, *„ein Wortgeplänkel unter Unbefugten"*.

Um 1900 stritten sich die Experten über die Frage, wie die Wette zwischen Faust und Mephisto ausgegangen sei, und in den dreißiger Jahren wurde dieser Streit einmal folgendermaßen zusammengefasst:

Etwa zwei Drittel der „Faust"-Interpreten waren der Meinung, Faust gewinne „im höheren Sinn". Einige meinten auch: „im Wortsinn". Das restliche Drittel der Interpreten schwankte zwischen „fifty-fifty" und „Wette war ungültig". Heute empfindet mancher Kenner die bereits in der Frage angelegte Ergebnisorientierung – Sieg oder Niederlage, Schwarz oder Weiß – als zu wenig komplex.

03 ***Gemeinsame Bekannte: Gretchen*** Während Faust und Mephisto über Himmel und Hölle debattieren, führt das sehr christliche Gretchen ein überschaubares, einfaches Leben. Gretchen ist Mephistos eigentliche Gegenspielerin – in seiner Gegenwart fühlt sie sich unwohl, sie überläuft ein *„heimlich Grauen“*, wenn er in der Nähe ist. Sie stellt Faust einmal die berühmte Frage: *„Nun sag', wie hast du's mit der Religion?“* – die Gretchenfrage.

04 ***Zahl des Paares: 790*** Faust oder Mephisto kommen in „Faust I“ und „Faust II“ 790 Mal zu Wort, Mephisto davon 442 Mal, Faust 348 Mal, davon in „Faust I“ Mephisto 254 Mal und Faust 222 Mal.

05 ***Sonst so*** Thomas Mann schrieb sein Werk „Doktor Faustus“ 1943 in Anlehnung an den Teufelspakt. Bei Mann ist es ein Pakt zwischen dem deutschen Volk und den Nationalsozialisten.

Der „Faust“-Stoff selbst wurde ebenfalls vielmals aufgegriffen, zum Beispiel im 16. Jahrhundert in Christopher Marlowes „Tragical History of Doctor Faustus“, Nicolaus Lenaus „Faust“ (1836) oder Heinrich Heines „Doktor Faust“ (1846).

Falls sich nun jemand darüber wundert, dass Christopher Marlowe bereits rund 200 Jahre vor Goethe an seiner Faust-Adaption arbeitete: Der „Faust“-Stoff basiert auf einer Sage, die von dem im 15. und 16. Jahrhundert lebenden Georg (manchmal auch: Johann) Faust handelt, der dem Teufel seine Seele verkauft haben soll. Erstmals wurden die Faust-Geschichten von Johann Spieß im Jahr 1587 unter dem Titel „Historia von D. Johann Fausten“ verlegt. Goethe dürfte schon als Kind eine Fassung von 1725 gekannt haben.

06 ***Was aus dem Paar wurde*** Es wurde eines der berühmtesten und vor allem einflussreichsten Paare der Literaturgeschichte.

07 ***Bleibende Werte*** ..........................................................................

***Anspruch*** ●●●●● / ***Gefühl*** ●○○○○ / ***Action*** ●●●○○ / ***Erotik*** ●●○○○ / ***Glamour*** ●●●●●

# 079 IM REGAL: 22 BUDDY-MOVIES

Es sind nicht nur die Liebespaare, die das Kino zu allen Zeiten geprägt haben. Eines der wunderbarsten Genres ist der so genannte Buddy-Movie, frei übersetzt: der Kumpelfilm. Oft sind es die Umstände, die die meist ungleichen Paare zusammenführen – und die müssen dann sehen, wie sie mit der Situation klarkommen. Die folgende Liste von 22 exzellenten Buddy-Movies wurde zusammengestellt von Milan Pavlovic, einem großen Kenner des Kinos, der seit 1982 die renommierte Filmzeitschrift „Steadycam" herausgibt. Warum in dieser Liste Klassiker wie „Le Doulos" (Der Teufel mit der weißen Weste; 1962) und „Bull Durham" (Annies Männer; 1988) fehlen? Nun, sie haben bereits in „Ein Mann – Ein Buch" Erwähnung gefunden, als Filme, die ein Mann gesehen haben sollte. Das gilt auch für „Les Aventuriers" (Die Abenteurer, 1967) – aber der darf auch hier nicht fehlen.

•••

01 ***Midnight Run*** • ***Fünf Tage bis Mitternacht*** • **Martin Brest, USA 1988** • Der grummelnde Kopfgeldjäger Jack Walsh (Robert De Niro) spürt in New York den Buchhalter Jonathan Mardukas (Charles Grodin) auf. Der ist kreuzbrav und ehrlich und hat, nachdem er herausfand, dass er für den Mob arbeitet, mehrere Millionen Dollar von der Mafia entwendet und gestiftet. Deshalb wird er nun vom Mob, dem FBI und anderen Kopfgeldjägern gesucht. Auf ihrem langen Trip nach L.A. – ähnlich wie in „Planes, Trains and Automobiles" (Ein Ticket für zwei; 1987) mit allen möglichen Verkehrsmitteln – kommen Walsh und Mardukas einander und uns näher. „The Odd Couple" (Ein seltsames Paar; 1968) mag der Großvater aller Kumpelfilme sein, aber dieses ebenso lustige wie berührende Meisterwerk ist der Höhepunkt des Genres.

02 ***48 HRS.*** • ***Nur 48 Stunden*** • **Walter Hill, USA 1982** • Schwarz und weiß sind fürs Genrekino seit „Flucht in Ketten" ein magischer Kontrast, wie auch „In der Hitze der Nacht" und „Lethal Weapon" bewiesen. „Nur 48 Stunden" gab Eddie Murphy (als schicker Knacki im Dauerzoff mit dem abgewrackten Cop Nick Nolte) die Gelegenheit, die Action mit Humor aufzuladen.

03 ***The Blues Brothers*** • **John Landis, USA 1980** • Jake und Elwood sagen, sie seien *„im Auftrag des Herren"* unterwegs, um das Chaos zu rechtfertigen, das sie hinterlassen. Es ist wohl

der Blues-Gott, der die beiden verhinderten Schwarzen losgeschickt hat. Als Wiedergutmachung für ihre weiße Haut tragen sie schwarze Anzüge und undurchdringliche Sonnenbrillen.

04 ***White Men Can't Jump*** • ***Weiße Männer bringen's nicht*** • **Ron Shelton, USA 1992** • Sidney und Billy (Wesley Snipes und Woody Harrelson), zwei Zocker von den öffentlichen Basketball-Plätzen in L.A., kapieren, dass ihre Gegensätze (schwarz und weiß, smart und unbeholfen) noch bessere Geschäfte versprechen. Dafür muss sogar die Liebe leiden.

05 ***California Split*** • **Robert Altman, USA 1974** • Es gibt wenig Gefährlicheres als Zocker, die sich nicht bremsen können. Zum Beispiel der geschwätzige Charlie (Elliot Gould). Er kann gar nicht begreifen, warum sich sein ruhiger Partner Billy (George Segal) am Ende seiner irren Glückssträhne so leer fühlt. Es ist das Ende einer unmöglichen Freundschaft.

06 ***Les Aventuriers*** • ***Die Abenteurer*** • **Robert Enrico, Frankreich / Italien 1967** • Alain Delon und Lino Ventura spielen meistens unnahbare Einzelgänger. Doch hier, als moderne Schatzsucher Manu (Delon) und Roland (Ventura), gehen die beiden mit einer Herzlichkeit aufeinander ein, die man ihnen nicht zugetraut hatte.

07 ***Un Flic*** • ***Der Chef*** • **Jean-Pierre Melville, Frankreich/Italien 1972** • Freunde, die Gegner sein müssen: Simon (Richard Crenna) und Edouard (Alain Delon) sind Gefährten ohne Zukunft, weil der eine Gangster ist und der andere Kommissar. Melvilles kältester Freundschaftsfilm, mit einem Delon, der reglosere Augen hat als eine Leiche.

08 ***Butch Cassidy and the Sundance Kid*** • ***Zwei Banditen*** • **George Roy Hill, USA 1969** • Robert Redford dürfte der größte Kino-Kumpel sein. Am erfolgreichsten mit Paul Newman – in diesem Western sind sie liebenswerte Bankräuber; vier Jahre später, in „Der Clou", noch liebenswertere Gauner.

09 ***All the President's Men*** • ***Die Unbestechlichen*** • **Alan J. Pakula, USA 1976** • Noch einmal Redford, diesmal an der Seite von Dustin Hoffman. Als Watergate-Schnüffler Woodward und Bernstein bilden die beiden ein derart starkes Team, dass man beim Zusehen den Glauben an die Menschheit und den Journalismus zurückgewinnen kann.

10 *Vera Cruz* • **Robert Aldrich, USA 1954** • Die strahlenden Zähne von Burt Lancaster blenden so sehr, dass man blind dafür werden kann, dass er wesentlich unsteter ist als sein Partner: der edle, große Gary Cooper. Schade, dass es zum Duell der Ungleichen kommen muss.

11 *Pat Garret & Billy the Kid* • ***Pat Garrett jagt Billy the Kid*** • **Sam Peckinpah, USA 1973** • Verratene Freundschaften bilden den Nährboden vieler unvergesslicher Kumpelfilme. Es ist ein unbequemer Schritt für Pat Garrett (James Coburn), sich gegen den lebenslustigen Billy (Kris Kristofferson) zu wenden. Aber irgendjemand hätte ihn ohnehin erwischt.

12 *The three Burials of Melquiades Estrada* • **Tommy Lee Jones, USA 2005** • Ein Spätwestern, ungerechterweise weiterhin fast unbekannt: Der störrische Rancher Pete (Jones) zwingt einen jungen Schnösel (Barry Pepper), die Leiche eines Mexikaners in dessen Heimat zu transportieren. Es ist ein langer, schmerzlicher, lehrreicher, beglückender Trip.

13 *Red River* • **Howard Hawks, USA 1948** • Ein Hawks muss dabei sein, schließlich hat dieser Regisseur lauter Freundschaftsfilme gedreht (u.a. „Rio Bravo"). Hier können Montgomery Clift und John Wayne ihre gegenseitige Zuneigung nicht zeigen – also bekämpfen sie einander. Bis eine Frau (Joanne Dru) sie mit vorgehaltener Waffe zu Geständnissen zwingt.

14 *Thelma & Louise* • **Ridley Scott, USA 1991** • Ein moderner Western mit Frauen in den Hauptrollen – und das macht den Entfesselungstrip dieser ungeahnten Emanzen, die sich durch das Terrain von John Wayne, Howard Hawks und John Ford bewegen, noch wertvoller.

15 *Im Lauf der Zeit* • **Wim Wenders, BRD 1976** • Deutsche Kumpel? Vielleicht Winnetou und Old Shatterhand in „Der Schatz im Silbersee". Oder die Schauspielschüler in „Kleine Haie" – das sind aber drei. Dann eben doch Bruno und Robert (Rüdiger Vogler und Hanns Zischler), die heimatlos durch ein schwarz-weißes Deutschland vor der Wende driften.

16 *Wedding Crashers* • ***Die Hochzeits-Crasher*** • **David Dobkin, USA 2005** • Vince Vaughn und Owen Wilson sind in dieser Komödie die würdigen Nachfolger legendärer Paare wie Dean Martin und Jerry Lewis oder Bing Crosby und Bob Hope. Wie sie fremde Hochzeiten aufmischen, bis sie selbst zwei Frauen verfallen, ist deftig, urkomisch und inspirierend.

17 ***I Love You, Man*** • ***Trauzeuge gesucht*** • **John Hamburg, USA 2009** • Die angehende Gattin ist irritiert: Warum hat Peter (Paul Rudd) keinen Kumpel, den er als Trauzeugen einsetzen kann? Dann trifft er den wilden Sydney (Jason Segal), und bald ist die Hochzeit in Gefahr. Die homosexuellen Untertöne von Männerfreundschaften werden hier laut. Mitunter sehr laut.

18 ***Pulp Fiction*** • **Quentin Tarantino, USA 1994** • John Travolta ist am liebsten Kumpel oder Lieblingsfeind, so wie in „Face/Off" (1997), wo er mit Nicolas Cage die Rolle und das Gesicht tauscht. Noch ergiebiger ist nur seine Beziehung zum Gangster-Kollegen Jules (Samuel L. Jackson), mit dem er sich über alles unterhalten kann, sogar über Hamburger und Fußmassagen.

19 ***Collateral*** • **Michael Mann, USA 2004** • Michael Mann liebt Duelle, sein Werk „Heat" ist einer der besten Filme des Genres, aber das muss man niemandem mehr sagen. „Collateral", die Geschichte eines Taxifahrers (Jamie Foxx), der es in einer langen Nacht in L.A. mit einem Kunden aufnimmt, der als Profikiller arbeitet (Tom Cruise), ist hingegen noch nicht anerkannt genug.

20 ***Donnie Brasco*** • **Mike Newell, USA 1997** • Einmal lässt sich Al Pacino auf einen Freund ein – und dann das! Donnie (Johnny Depp) ist ein verdeckter Ermittler, der den Mafia-Handlanger Lefty Ruggiero (Pacino) als Schwachstelle einer Organisation ausgemacht hat, die hier ausgehebelt werden kann. Das erspart Donnie aber nicht die Schmerzen des Verrats.

21 ***Dead Ringers*** • ***Die Unzertrennlichen*** • **David Cronenberg, Kanada 1988** • Kumpelfilme handeln oft vom Leben mit einem Ersatzbruder. Dieses Psychodrama mit Jeremy Irons handelt von einem echten Brüderpaar und zeigt, wie schwer es Zwillinge haben können.

22 ***Once upon a Time in America*** • ***Es war einmal in Amerika*** • **Sergio Leone, USA 1984** • Trotz „Midnight Run" ist Robert De Niro als Kumpelfigur das Gegenteil von Robert Redford: Bei ihm geht so gut wie nie etwas gut. Siehe „1900" (neben Gérard Depardieu), „Heat" (Al Pacino), „Wie ein wilder Stier" und „Casino" (jeweils Joe Pesci) oder „Die durch die Hölle gehen" (Christopher Walken). Das ist alles nichts im Vergleich zu Sergio Leones Gangster-Epos, in dem David (De Niro) der beste Freund ist, den man sich wünschen kann. Das nutzt Max (James Woods) schamlos aus. Davids Rache: Beim Wiedersehen 30 Jahre später weigert er sich, Max wiederzuerkennen – sein bester Freund, sagt David, sei vor 30 Jahren gestorben.

# PAAR SCHLÄGT SICH

# 080 UNGLÜCKLICH VERHEIRATET SEIN

*... wie*

*Prinzessin Diana*

*und*

*Prinz Charles*

01 ***Erstes Kennenlernen*** Diana Spencer und ihre Geschwister wuchsen in der Nachbarschaft von Schloss Sandringham auf, einem Landsitz der königlichen Familie. Es gibt verschiedene Angaben über die erste Begegnung mit Charles, und man kann als sicher annehmen, dass es außer den beiden hier genannten noch eine weitere Version gibt. ***Version 1:*** Charles brachte Diana das Schwimmen bei, als sie sechs war. ***Version 2:*** Die beiden lernten einander 1977 bei einer Jagdgesellschaft auf dem Familiensitz der Spencers kennen.

02 ***Unglücklich verheiratet sein*** Die Kindergärtnerin Diana Frances Spencer, geboren am 1. Juli 1961 in Sandringham, und der Königssohn Charles Mountbatten-Windsor, Prince of Wales und Thronfolger, geboren am 14. November 1948 im Buckingham Palace, heirateten nach der Verlobung im Februar am 29. Juli 1981 in der St. Paul's Cathedral.

Nach der Hochzeit wirkte das Königtum – dessen Sinn in Großbritannien immer wieder einmal leise hinterfragt wird – wie frisch poliert. Die scheue Diana wurde das beliebteste Mitglied der Königsfamilie. Während die Regierung unter Margaret Thatcher allerlei unpopuläre Maßnahmen verkündete, stand die Hochzeit von Diana und Charles bildlich für eine Verlobung der Royals mit dem Volk.

Leider setzte sich in den folgenden Jahren die Erkenntnis durch, dass die Beschreibung der Ehe als „Lügengebilde" der Wahrheit näher kam als jede andere. Laut dem Autor Andrew Morton – der auch andere Klassiker der Weltliteratur geschrieben hat, zum Beispiel über Monica Lewinsky, Madonna und die Beckhams – habe Diana fünf Selbstmordversuche unternommen, die Charles kalt gelassen hätten. Als Hauptquellen nannte er Vertraute Dianas. Nach Dianas Tod behauptete Morton, sie selbst habe ihm viel erzählt. Er veröffentlichte also rasch einen weiteren Diana-Bestseller, in dessen Klappentext es unbescheiden heißt: *„Einfühlsam schildert Morton eine junge Frau, die alle Kraft versammeln muss, um sich aus dem Netz der Intrigen bei Hof zu befreien und ihren eigenen Weg zu gehen."*

Nun denn, der eigene Weg. Das Jahr 1992 ist ein besonders interessantes in der Geschichte der Monarchie. 1992 ließen sich Prinz Charles' Schwester, Prinzessin Anne, und ihr Mann, der Wurstfabrik-Erbe Mark Phillips, scheiden. Prinz Charles' Bruder Prinz Andrew und seine Frau Sarah Ferguson trennten sich, nachdem eine Zeitung Ferguson barbusig mit dem Amerikaner John Bryan gezeigt hatte. Zudem tauchte die Abschrift eines Telefongesprächs auf, das Diana mit ihrem Freund James Gilbey 1989 geführt hatte. Gilbey nannte sie darin *„Tintenfischchen"*.

1995 gab Diana der BBC ein ausführliches Interview, in dem sie, als die Ehe mit Charles längst gescheitert war, die Welt wissen ließ, wie es dazu kam. Diana erzählte, dass ihr die *„Instinkte einer Frau"* verraten hätten, dass ihr Ehemann eine andere liebe. *„Und zu dritt war die Ehe etwas überfüllt."* Dass Charles mit seiner alten Freundin Camilla Parker Bowles (von der Diana als *„Rottweiler"* sprach) die Zweisamkeit suchte, war eigentlich bekannt, aber offiziell bestätigt hatte das der Palast nicht, weshalb Diana dies nun gerne nachholte. Charles war, als er Diana 1981 heiratete, tatsächlich verliebt – allerdings wohl auch damals schon in Camilla. Heute ist Camilla Charles' Ehefrau, und man ist geneigt zu fragen: Warum nicht gleich so? Die Antwort liegt in den Untiefen der Logik einer Monarchie.

Zurück zu Dianas Interview: Zu dritt war die Ehe also überfüllt, zu viert war sie allerdings noch etwas voller, denn Diana räumte nicht nur ein, dass das Telefonat mit Gilbey echt gewesen sei, sondern sie gestand auch eine Liebesaffäre mit ihrem Reitlehrer James Hewitt.

Weiterhin führte sie aus, dass sie an Bulimie und unter Depressionen gelitten habe, mittlerweile aber eine starke Frau sei, was dazu geführt habe, dass das *„Lager des Feindes"* – gemeint ist das Lager ihres Gatten – sie öffentlich diffamiere. Charles, sagte sie, halte sie nicht unbedingt für geeignet, König zu werden. Außerdem werde ihre Post zurückgehalten.

Königin Elisabeth II. forderte das Paar nach der Ausstrahlung des Interviews zur Scheidung auf. Schriftlich. Ob der Brief Diana erreicht hat, ist

*« Camilla «*

•••

*» Diana »*

ungewiss, der Wunsch der Queen ging jedenfalls in Erfüllung. Nachdem der damalige Premierminister John Major bereits am 9. Dezember 1992 im britischen Unterhaus die Trennung von Diana und Charles verkündet hatte, wurde die Ehe am 28. August 1996 geschieden.

03 ***Gemeinsame Bekannte: William und Harry*** Das Paar hatte trotz aller Querelen Kinder: Am 21. Juni 1982 wurde Prinz William geboren, am 15. September 1984 Prinz Henry, besser bekannt als Harry.

04 ***Zahl des Paares: 750.000.000*** Als Diana und Charles heirateten, schauten rund 750 Millionen Menschen am Fernseher zu.

05 ***Sonst so*** Camilla Parker-Bowles' Urgroßmutter, Alice Keppel, war die Mätresse von König Edward VII., dem Ururgroßvater von Prinz Charles. Überliefert ist von Keppel eine bemerkenswerte Zusammenfassung ihrer beruflichen Tätigkeiten: *„Ein Hofknicks, und dann ab ins Bett."* Dianas Großmutter, Lady Fermoy, war eine ehemalige Hofdame und Freundin der Queen Mum. Angeblich brachten die beiden das Paar zusammen.

06 ***Was aus dem Paar wurde*** Diana, die nach der Scheidung den Titel „Prinzessin von Wales" behielt, da sie die Mutter des künftigen Thronfolgers war, wandte sich anderen Männern zu und starb 1997 bei einem Autounfall (siehe Kapitel *Das Paar in Gefahr*, Rubrik *Im Auto gejagt werden wie Diana Spencer und Dodi al-Fayed).*

Charles lebt seine grüne Seite: Er tankt Bio-Ethanol in seinen Aston Martin und hat den seinem Landgut Highgrove angeschlossenen Bauernhof zu einem Bio-Musterbetrieb umgebaut. Sollte er König werden, sagte er, wolle er sich nicht Charles nennen, sondern George, denn Charles III. und Charles IV. waren keine offiziellen Könige, was die Zählung problematisch macht. Und die anderen Könige, die Charles hießen, agierten nicht immer ruhmreich: Charles I. (17. Jahrhundert) versuchte, gegen das Parlament zu regieren, was im Englischen Bürgerkrieg und mit seiner Hinrichtung endete. Sein Sohn Charles II. (ebenfalls 17. Jahrhundert) hinterließ keinen legitimen Nachfolger, dafür aber eine große Zahl außerehelicher Kinder, die er alle adelte. Zu seinen bekannten Nachkommen zählen eine gewisse Diana Frances Spencer und eine gewisse Camilla Parker Bowles.

07 ***Bleibende Werte*** ................................................................................

***Anspruch*** ●●○○○ / ***Gefühl*** ●●○○○ / ***Action*** ○○○○○ / ***Erotik*** ●○○○○ / ***Glamour*** ●●●●●

# 081 SICH VON DER TEUERSTEN TRENNEN

Der Schauspieler und Komiker Eddy Murphy hat sich einmal in einem seiner Bühnenprogramme darüber erregt, wie viel Geld eine Ehefrau nach der Scheidung erhält. *„Half!"*, rief er immer wieder, *„die Hälfte!"*, dazu lief er aufgeregt über die Bühne – und trug dabei einen Lederanzug. Das *„Half!"* wurde so etwas wie die Melodie der Show, immer wieder stieß er es unvermittelt hervor. Das war recht witzig, und wer weiß, vielleicht haben Teile des Publikums sich später daran erinnert, als sie selbst vor der Scheidung standen: *„Half!"*

In Wahrheit ist es natürlich nicht zwangsläufig die Hälfte, die einer der beiden Ehepartner nach der Scheidung erhält. Aber bisweilen ist es doch eine Menge. Als zum Beispiel der österreichische Industrielle und Geschäftsmann Martin Schlaff sich 2007 von seiner Frau Andrea Schlaff scheiden

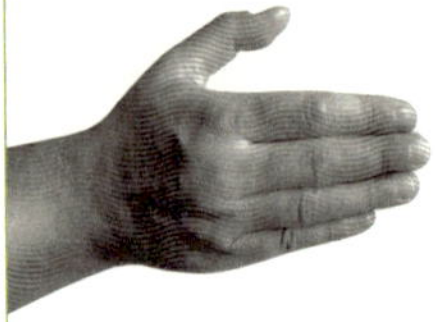

*Goldene Handschlag*

•••

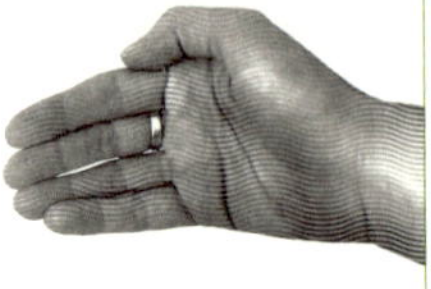

lassen wollte, lehnte diese das Angebot der Zahlung von 100 Millionen Euro ab – so berichtete es die österreichische Boulevardpresse. Demzufolge verhandelte Frau Schlaff nach und ließ sich ihre Unterschrift unter die Scheidungspapiere etwas besser – nämlich mit der doppelten Summe – bezahlen. Auch andere Scheidungen waren nicht eben billig.

•••

190 Mio Euro ........... soll Irina von Roman Abramowitsch erhalten haben
150 Mio Euro ............ soll Nicole Kidman von Tom Cruise erhalten haben
111 Mio Euro ......... soll Juanita Vanoy von Michael Jordan erhalten haben
95 Mio Euro ........ soll Marcia Murphey von Neil Diamond erhalten haben
63 Mio Euro ............. soll Amy Irving von Steven Spielberg erhalten haben
53 Mio Euro ....... soll Melissa Mathison von Harrison Ford erhalten haben
50 Mio Euro ................ soll Cindy Silva von Kevin Costner erhalten haben
32 Mio Euro .......... soll Heather Mills von Paul McCartney erhalten haben
32 Mio Euro ....... soll Linda Hamilton von James Cameron erhalten haben
32 Mio Euro ............... soll Orianne Cevey von Phil Collins erhalten haben
29 Mio Euro ................ soll Diandra von Michael Douglas erhalten haben
16 Mio Euro ...................... soll Jerry Hall von Mick Jagger erhalten haben
0,25 Mio Euro ..... soll Verona Feldbusch von Dieter Bohlen erhalten haben

# 082 EINANDER VERLASSEN

*... wie*

*John McEnroe*

*und*

*Björn Borg*

01 ***Erste Begegnung*** John McEnroe und Björn Borg trafen zum ersten Mal bei einem Tennisturnier aufeinander. Das mag nicht erstaunen, sind doch beide als ehemalige Tennisprofis bekannt. Allerdings begegneten die beiden einander nicht auf Augenhöhe: Bei den US Open 1971 war der Amerikaner McEnroe Balljunge, der 15-jährige Schwede Borg aber bereits Spieler, obwohl er nur drei Jahre älter ist als McEnroe. Während Borg also bereits die ersten Matches auf großer Bühne bestritt, flitzte McEnroe noch gebückt hin und her, sammelte Bälle auf und warf sie den Tennisgrößen zu. Laut Tim Adams, der „Being John McEnroe" geschrieben hat, eine aufschlussreiche Biografie, hing in McEnroes Zimmer damals ein Poster von Björn Borg. Er schwärmte für seinen späteren Kontrahenten: *„Die Fila-Klamotten, die engen Shirts und die knappen Shorts (...) das fand ich klasse."*

02 ***Einander verlassen*** Sieben Jahre nach der ersten Begegnung besiegte John McEnroe bei einem Turnier in dessen Heimatland Schweden, in Stockholm, den Weltranglistenersten Björn Borg 6:3 und 6:4. Es war das erste Match, das sie gegeneinander bestritten; es sollten noch weitere 13 folgen. Borg hatte zu diesem Zeitpunkt bereits drei Mal Wimbledon gewonnen, und McEnroe sagte rückblickend: *„Ich wusste, wenn ich Borg schlagen konnte, dann konnte ich auch alle anderen schlagen."* Es war der Beginn einer außergewöhnlichen sportlichen Konkurrenz – die nach kurzer Zeit schon wieder beendet war.

Am Ende der Saison des Jahres 1981, nur drei Jahre nach ihrem ersten Aufeinandertreffen, verkündete Borg, eine Pause einlegen zu wollen. Er hatte sowohl das Wimbledonfinale als auch das Endspiel der US Open gegen McEnroe verloren. Durch die Niederlage in Wimbledon riss eine Rekordserie, fünf Mal hintereinander hatte Borg das Turnier gewonnen. Er trat danach lediglich noch zwei Mal beim Turnier in Monte Carlo an, 1983 beendete er seine Karriere im Alter von 26 Jahren.

Für seinen Widersacher McEnroe brach eine Welt zusammen, wie er seinem Biografen Tim Adams erklärte: *„1981 hatte ich Borg im Finale von Wimbledon geschlagen und anschließend bei den US Open, und plötzlich hörte er auf, einfach so. Ich war quasi am Boden zerstört. (…) Ich fühlte mich anschließend vollkommen leer, weil es bis dahin so spannend gewesen war. Natürlich gab es noch andere große Gegner, Lendl und Connors, aber mit Borg war es selbstverständlich. Wir waren so anders, haben so unterschiedlich gespielt, wir brauchten kein Wort zu sagen.“*

McEnroe war für seine sehr menschlichen Wutausbrüche auf dem Platz berühmt, aber in diesem Moment wurde er noch ein wenig menschlicher: Ein gewohntes Konstrukt brach auseinander, etwas Vertrautes war zu Ende – McEnroe war verlassen worden. Eigentlich setzt der Schmerz des Verlassenwerdens eine innige, liebevolle oder gar liebende Beziehung voraus. Bei John McEnroe und Björn Borg war es eher so, dass zwei Pole, die einander angezogen hatten, plötzlich ihren Gegenpart verloren.

Die Verschiedenartigkeit von Athleten macht die Faszination aus, die großen Sportler-Zweikämpfen innewohnt: George Forman vs. Muhammad Ali (im Boxen), Jan Ullrich vs. Lance Armstrong (im Dopingsport Radfahren), Martina Navratilova vs. Chris Evert (im Tennis), Rafael Nadal vs. Roger Federer (ebenfalls im Tennis) – stets trafen und treffen ganz unterschiedliche Typen aufeinander. Ein Duell wie das der tennisspielenden Schwestern Venus und Serena Williams ist auf andere Art reizvoll: Dort sind zwei einander so nah und müssen Gegner werden. Borg und McEnroe waren dagegen Gegner und bauten darüber Nähe auf.

Was die Unterschiede und Gemeinsamkeiten von McEnroe und Borg betrifft: Beide trugen Stirnbänder, die zu ihren Markenzeichen wurden. McEnroe aber war für den Tennissport, was die Sex Pistols für die britische

Gesellschaft waren: ein zorniger Rebell mit wilden Locken, der Schiedsrichter, Gegner und Zuschauer beschimpfte. Borg dagegen war kühl, ein Stoiker auf dem Platz und im Leben. Ihre Temperamente spiegelten sich auch in ihren

*Yin und Yang des Tennissports*

Spielweisen wider: McEnroe zelebrierte geniales, aber auch ungestümes Angriffstennis, Borg bot taktisch raffiniertes Grundlinienspiel. McEnroe ist Links-, Borg Rechtshänder.

Sie waren Rivalen, die *„im jeweils anderen die sportlichen und menschlichen Qualitäten, die sie selbst nicht besaßen"*, erkannten, schreibt Tim Adams: *„Für Borg besaß McEnroe Spontaneität und Instinkt und war für immer neue Überraschungen gut. (...) Borg dagegen zeichnete sich durch Geduld und Ruhe und Eleganz aus. Vor allem gefiel McEnroe die ‚Ordentlichkeit' seines Gegners, die sich so sehr von seinem eigenen Chaos unterschied."*

Die beiden waren im Grunde das Yin und Yang des Tennissports, sie ergänzten und bekämpften einander. So lässt sich nachvollziehen, warum McEnroe über den Rücktritt Borgs derart zerknirscht war: Ihm fehlte seine bessere (manchmal auch schlechtere) Hälfte. Ihm fehlte sein liebster Feind, sein ebenbürtiges Gegenüber auf der anderen Seite des Netzes. Er erkannte, dass ihm durch die fehlende Konkurrenz etwas genommen wurde. Nicht nur der Rivale, sondern auch die Möglichkeit sich weiter zu entwickeln, wie er Tim Adams erklärte: McEnroe dachte, dass sie *„vermutlich immer besser geworden wären, als Spieler und als Menschen, und das wäre doch was gewesen. (...) Naja, ich fühlte mich ein bisschen verloren. Ich habe mich zusammengerissen und 1984 vermutlich mein bestes Tennis gespielt, aber selbst am Ende dieses Jahres war ich nicht wirklich glücklich. Ich hatte diese Leere in mir, und ich wusste, dass ich mir diese Intensität ganz allein verschaffen muss."*

John McEnroe konnte sich lange mit dem Rücktritt Borgs nicht abfinden, angeblich versuchte er, jedes Mal wenn sie zusammentrafen, ihn zu einer Rückkehr zu überreden. Vergeblich. Borg war nach eigener Auskunft die Motivation, das Interesse, der Spaß verloren gegangen. Im Gegensatz zu McEnroe – der zwei Jahre *„in einem eigentümlichen Zustand der Trauer um Borg"* verbracht hatte – war für Borg der Zweikampf auf dem Tennisplatz offenbar nicht so existenziell.

03 ***Gemeinsame Bekannte: Vitas Gerulaitis*** Kritiker nannten ihn *„La dolce Vitas"*, er galt als Playboy des Tenniszirkus und war sowohl mit Borg als auch mit McEnroe befreundet: der amerikanische Profi Vitas Gerulaitis. Gerulaitis, Gewinner der Australian Open 1977 und sieben Jahre lang unter den Top Ten der Weltrangliste, interpretierte Tennis als „weißen Sport" auf seine Weise: Er kokste und machte nie einen Hehl daraus. Trotzdem spielte er großes Tennis. Nach einem seiner 27 Turniersiege, dem Gewinn des Turniers in Rom, sagte er: *„Da habe ich keine Nacht länger als zwei Stunden geschlafen, die Nacht vor dem Finale mal ausgenommen."*

Seine Einstellung, nach eigener Auskunft: *„Solange du jeden Tag deine fünf, sechs Stunden trainierst, kannst du anschließend auch deinen Spaß haben."* Mit John McEnroe und Björn Borg verbrachte Gerulaitis die eine oder andere wilde Nacht – doch die beiden waren etwas weniger ehrgeizig, was den Konsum von Drogen oder das Abschleppen von Frauen betraf; sie konzentrierten sich auf das Sportliche. Björn Borg sagte einmal in einem TV-Interview: *„Mit Kokain hätte ich nie fünfmal Wimbledon gewonnen, erst als es sportlich bergab ging, habe ich das verdammte Zeug probiert."*

Bei Gerulaitis war es umgekehrt: Nach dem Ende seiner Karriere im Jahr 1984 nahm er den Kampf gegen die Sucht auf. Er arbeitete als Fernsehkommentator und engagierte sich für benachteiligte Kinder. 1994 starb Vitas Gerulaitis im Alter von 40 Jahren. Sein Tod war auf eine Kohlenmonoxydvergiftung zurückzuführen. Eine fehlerhaft installierte Propanheizung im Haus eines Freundes führte offenbar dazu, dass giftige Dämpfe über die Klimaanlage in das Zimmer gelangten, in dem Gerulaitis schlief.

04 ***Zahl des Paares: 16.207.883*** 16.207.883 US-Dollar Preisgeld spielten sie zusammen in ihren Karrieren ein (McEnroe: 12.552.132; Borg: 3.655.751)

05 ***Sonst so*** Als Sinnbild für den Zweikampf zwischen den beiden berühmtesten Stirnbandträgern kann das Wimbledon-Endspiel 1980 gelten – ein Finale, das die so inflationär gebrauchte Bezeichnung „legendär" wahrlich verdient. Es war ein klassisches Drama in fünf Akten, das Borg 1:6, 7:5, 6:3, 6:7 (16:18), 8:6 für sich entschied. Vor allem der 34-Punkte-Tiebreak im vierten Satz ist ein Höhepunkt der Tennisgeschichte. Borg vergab darin fünf Matchbälle und wehrte sechs Satzbälle McEnroes ab. McEnroe gab später zu, dass er nach dem Gewinn des vierten Satzes sicher gewesen sei, das Match zu gewinnen. Doch Borg, ausgestattet mit einer unglaublichen Kondition und schnellen Beinen, ließ sich nicht aus der Ruhe bringen und siegte knapp im fünften Satz. Das Match bestand aus unglaublichen Ballwechseln mit brillanten Volleys, wie an der Schnur gezogenen Passierbällen, Stops und Lobs, platzierten Aufschlägen, es bestand aus Hoffnung und Verzweiflung, Geschrei und Konzentration. Es war der fünfte Wimbledon-Titel für Borg in Serie; im Jahr darauf wurde er von McEnroe entthront.

Das 1980er-Finale ist aber nicht nur wegen seines sportlichen Verlaufs ein äußerst bekanntes Match geworden. Nelson Mandela hatte damals um ein Radio gebeten, damit er das Match in seiner Gefängniszelle verfolgen konnte. Borg sprach einmal in einem Zeitungsinterview von einer späteren Begegnung mit dem Anti-Apartheid-Kämpfer: *„Als wir in Johannesburg ein Seniorenturnier spielten, John und ich, waren wir bei Mandela zu Hause eingeladen, und er sagte uns, wie er damals im Gefängnis vor dem Radio gesessen hatte. Da bekommt man Gänsehaut."*

06 ***Was aus dem Paar wurde*** Heute sind Björn Borg und John McEnroe Freunde. In einem Interview erklärt Borg, dass sie einander regelmäßig anrufen und sich öfter treffen. *„Allerdings reden wir kaum je über Tennis. Aber wenn John und ich erst einmal anfangen, erinnern wir uns an jeden einzelnen Punkt unserer gemeinsamen Matches. Und manchmal – falls wir über Tennis reden – fragen*

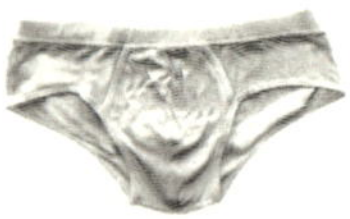

*Geschäftsmodell*

•••

*wir dann: ‚Wieso hast du den bloß so serviert? Und das da war doch ein Passierschlag – obwohl du 40 zu 30 geführt hast!' Aber im Grunde sind uns heute andere Dinge wichtiger als Tennis.*" Beide treffen sich regelmäßig auf der Senior Tour, auf der die Tennisgrößen der achtziger und neunziger Jahre gegeneinander antreten – in der Regel in ausverkauften Hallen. Björn Borg ist mittlerweile ein erfolgreicher Geschäftsmann und verkauft unter anderem Unterhosen. Kurz nach seinem Karriereende hatte er allerdings zunächst einige wirtschaftliche Projekte in den Sand gesetzt. 2006 hat er fast alle seine gewonnenen Pokale verkauft, „*einfach weil sie im Keller rumlagen*", erzählte er: „*Aber dann rief John bei mir an: ‚Was zum Teufel machst du da, Mann? Du kannst doch nicht deine Wimbledon-Pokale verkaufen.' Zwei-, dreimal hat er angerufen deshalb. Also hab ich sie zurückgekauft.*"

John McEnroe wurde nach seiner Karriere Kapitän des amerikanischen Davis-Cup-Teams und Fernsehkommentator, als der er eine Nominierung für den Emmy bekam, den bedeutendsten amerikanischen Fernsehpreis. Auch außerhalb des Tennisplatzes sorgt er für mehr Wirbel als Borg. „Big Mac" hatte Auftritte als Filmschauspieler und Musiker und machte sich als Galerist einen Namen. Galerist gegen Unterhosenhändler – es handelt sich eben wirklich um zwei sehr unterschiedliche Typen. In einem Werbespot für eine britische Lebensmittelkette traten die beiden noch einmal gegeneinander an: nicht um Punkte auf dem Court, sondern um einen Platz an der Kasse im Supermarkt – Borg hatte die Nase vorn. Im Tennis war die Sache ausgeglichener: Die beiden standen sich vierzehn Mal gegenüber, jeder gewann sieben Mal.

07 ***Bleibende Werte*** ..........................................................

***Anspruch*** ●●●○○ / ***Gefühl*** ●●●●○ / ***Action*** ●●●●● / ***Erotik*** ●●●○○ / ***Glamour*** ●●●●○

## 083 KURZ NACHRICHT GEBEN

Im April 1993 verschickte Riku Pihkonen, ein Werksstudent bei Nokia, die erste Kurznachricht in der Geschichte der Mobiltelefonie. Der Technik wurde damals keine besondere Bedeutung beigemessen. Der Short Message Service (SMS) war ursprünglich zur Vermittlung netzinterner Botschaften gedacht, zum Beispiel zur Weitergabe von Störungsmeldungen. Zunächst wurde er umsonst angeboten; heute hat er sich zur wichtigsten Einnahmequelle der Mobilfunkanbieter entwickelt. Die zu übertragende Datenmenge beträgt im Durchschnitt nur 0,1% eines einminütigen Telefonats, muss aber in der Regel wesentlich teurer bezahlt werden als die Gesprächsminute – bei allein in Deutschland rund 22 Milliarden verschickten SMS pro Jahr ist das ein lukratives Geschäft. Allein in der Silvesternacht werden in Deutschland rund 500 Millionen SMS verschickt. Manchmal, wenn eine dieser Nachrichten auf verschlungenen Pfaden an die Öffentlichkeit gelangt, erzählt sie trotz der gebotenen Kürze überraschend viel über ein Paar.

•••

01 2001 ***Inhalt:*** *„Ich habe dich gern. Aber ich habe es mir noch mal überlegt. Es geht nicht. Ich wünsche dir alles Gute.“* ***Empfänger:*** Ralph Siegel ***Absender:*** Nadja Ab Del Farrag ***Folgen:*** Das Ende einer Affäre ....................................

02 2002 ***Inhalt:*** *„Es war eine tolle Nacht. Es war wunderschön. Stefan.“* ***Empfänger:*** Claudia Strunz ***Absender:*** Stefan Effenberg ***Folgen:*** Thomas Strunz lässt sich von Claudia scheiden ....................................

03 2004 ***Inhalt:*** *„Du kleine schwule Ratte!“* ***Empfänger:*** Thomas Anders, Modern Talking ***Absender:*** Sein ehemaliger Manager ***Folgen:*** Ein Ordnungsgeld in Höhe von 1000 Euro, verhängt vom Oberlandesgericht Frankfurt ....................................

04 2004 ***Inhalt:*** *„Ich will dich schreien hören.“* ***Empfänger:*** Rebecca Loos ***Absender:*** David Beckham ***Folgen:*** Ernsthafte Eheprobleme zwischen David und Victoria Beckham ....................................

# 084 EINANDER VORSCHRIFTEN MACHEN

*... wie Madonna und Guy Ritchie*

01 ***Erstes Kennenlernen*** Leute wie Madonna Louise Ciccone und der zehn Jahre jüngere Guy Stuart Ritchie treffen einander nicht an Bushaltestellen oder an der Käsetheke. Sie treffen einander bei Leuten wie Sting. Dessen Frau Trudie Styler machte Madonna und Guy 1998 bei einer sommerlichen Lunchparty in Stings Lake House miteinander bekannt. Trudie Styler war die Produzentin von Guy Ritchies Film „Bube, Dame, König GrAs", der soeben fertig geworden war. Zwei Jahre später, im Jahr 2000, als Madonna von Guy Ritchie schwanger war, heirateten die beiden.

02 ***Einander Vorschriften machen*** Nach einer Weile begannen Madonna und Guy Ritchie zu streiten. Im Oktober 2008 gab das Paar nach mehr als sieben Jahren Ehe die Trennung bekannt. Gründe, laut Fachpresse: Ritchies Faul- und Kleinkariertheit. Madonnas Kontrollwahn und ihre religiöse Besessenheit. Weitere Gründe, laut Fachpresse: Sie hatte Erfolg mit drei Alben. Er wurde für seinen Film „Swept Sway" (Hauptrolle: Madonna) eher ausgelacht. Madonna wurde zudem eine Affäre mit dem Baseballspieler Alex Rodriguez nachgesagt. Und es gab Streit über die Frage, ob das Paar nach der Geburt des gemeinsamen Sohnes Rocco und der Adoption des Halbwaisen David aus Malawi noch ein weiteres Kind adoptieren solle. Madonna wollte, Ritchie nicht.

Die wahren Gründe sind natürlich, wie immer, wenn es um eine Prominentenscheidung geht, nicht bekannt. Allerdings interessieren sich, wie immer, wenn es um eine Prominentenscheidung geht, besonders viele Menschen für die Gründe. Kommen wir also zu den Details: Vor der Trennung (es kriselte bereits) hing in der New Yorker Wohnung des Paars, nachdem es einen Eheberater konsultiert hatte, ein Vertrag. Das ergaben die Recherchen des stets fantasievollen britischen Blattes „The Sun“. Danach enthielt das Papier im Groben folgende Vorschriften:

*1. Es ist Guy Ritchie nicht gestattet, Madonna anzuschreien. • 2. Es ist ihm nicht gestattet, keine Zeit für Geschlechtsverkehr freizuräumen. • 3. Ihr allerdings auch nicht. • 4. Sex ist nicht dazu da, den anderen zu verletzen. • 5. Es ist die Pflicht des Ehemanns, das emotionale und spirituelle Wohlbefinden seiner Frau zu steigern. • 6. Konflikte gilt es, konstruktiv zu lösen. • 7. Im Streitfall gilt es, ruhig zu bleiben. Der Ehemann hat der Ehefrau in die Augen zu schauen und zu sagen: „Offensichtlich hat dich mein Handeln wütend gemacht. Bitte arbeite mit mir an einer Lösung des Konflikts.“ • 8. Der Ehemann soll täglich mehrere Stunden mit seiner Frau Kabbala-Texte lesen. • 9. Bricht der Ehemann eine Regel, ist es das gute Recht der Ehefrau, ihn mit den Worten „Vertrag, Vertrag“ zurechtzuweisen. Seine Pflicht ist es dann zu wissen, was gemeint ist* (In anderen Quellen ist die Rede davon, dass Madonna keineswegs nur *„Vertrag, Vertrag“* sagte, sondern: *„Vertrag, Guy, Vertrag“.)*

Andere Insiderquellen berichten, welche Regeln Madonna darüber hinaus auch noch aufstellte:

*1. Nur makrobiotisches Essen ist gutes Essen. • 2. Zucker ist böse. • 3. Milch ist böse. • 4. Reismilch ist aber gut. • 5. Fleisch und Milch* (im Sinne von böser Milch) *gibt es nur auf dem Landsitz in Wiltshire. Und nur, wenn Madonna sich mit Misosuppe zurückziehen darf.*

Die Zeitung „Daily Mail“ berichtete schließlich von den Regeln, die Madonna nach der Trennung von Guy Ritchie für einen Besuch der Kinder bei ihm aufstellte. Als Quellen wurden hierfür „Quellen“ genannt.

*1. Sie dürfen nur makrobiotische, vegetarische Nahrung zu sich nehmen. • 2. Trinkwasser muss Kabbala-Wasser sein, also gesegneten Quellen entspringen. • 3. Die Kinder tragen die Kleidung, die Madonna mitschickt. Sollten sie etwas Neues brauchen, sind künstliche Fasern untersagt. • 4. Kinderhände müssen regelmäßig desinfiziert werden, besonders wenn sich die Kinder im öffentlichen Raum bewegen.* • *5. Jegliches Spielzeug muss spirituell und ethisch in Ordnung sein.* (Was man sich darunter vorstellen muss, ist nicht näher definiert. Anzunehmen ist aber, dass Ballerspiele bei Madonna eher schlecht angesehen sind.) • *6. Die Scheidung darf nicht mit den Kindern diskutiert werden.* • *7. Madonna darf die Kinder mehrmals täglich anrufen, zu von ihr vorgegebenen Zeiten.* • *8. Guy Ritchies neue Freunde, insbesondere seine neuen Freundinnen, sind kein guter Umgang für die Kinder.* • *9. Die Kinder dürfen nicht fotografiert werden. Guy Ritchie ist verantwortlich dafür.* • *10. Als Gute-Nacht-Geschichten werden dringend die von Madonna selbst verfassten Kinder-Geschichten empfohlen. Empfohlen im Sinne von: „Ist das klar!?"* • *11. Unter keinen Umständen dürfen die Kinder Zeitungen oder Zeitschriften anschauen und fernsehen oder DVDs schauen.* (Punkt elf erscheint durchaus vernünftig angesichts der Tatsache, dass die Kinder sonst aus den Medien erfahren hätten, dass sie nicht lesen und fernsehen dürfen).

03 ***Gemeinsame Bekannte: Gwyneth Paltrow*** Die Schauspielerin Gwyneth Paltrow umschrieb die Ehe der beiden einmal so: *„Die beiden sind perfekt zusammen, gerade weil sie so unterschiedlich sind."*

04 ***Zahl des Paares: 56.000.000*** Madonna soll rund 275 Millionen britische Pfund besitzen, Ritchie 30 Millionen. Ritchie ist damit der deutlich ärmere. Über die Summe, die nach der Scheidung von ihrem Konto auf seines wanderte, wurde Schweigen vereinbart. Quellen zufolge handelt es sich um 56 Millionen Pfund.

05 ***Sonst so*** Für die Klatschzeitschrift „Bunte" befragte einmal der Interviewer Paul Sahner den Schriftsteller Martin Walser. Sahner: *„Können wir auch über Madonna und ihre Adoptivsucht reden?"* Walser: *„Darüber nicht. Aber ihr neuer Freund Jesus ist jung, hübsch und gefällt mir besser als ihr Ex-Mann Guy Ritchie."* Wann die Ehekrise begann, ist eine Frage, die Quellen natürlich beantworten können, und „The Sun" weiß von ihnen,

dass sie mit einem Sturz Madonnas vom Pferd begonnen habe, bei dem sie sich 2005 mehrere Knochen brach, was Guy Ritchie mit den Worten kommentiert haben soll: *„Das wird schon wieder."* Guy Ritchies Mutter wusste übrigens gleich, dass ihr Sohn und Madonna nicht zusammenpassen würden und sagte zu ihm: *„Wenn du dich nur am Ende vom Markt herumtreibst, ist es das, was du bekommst."* Das behaupten jedenfalls – Quellen.

06 ***Was aus dem Paar wurde*** Es ließ sich scheiden. Madonna wurde vertreten von Fiona Shackleton, Spitzname: „Stahlmagnolie", die zuvor die Scheidungen der Prinzen Andrew und Charles sowie die Paul McCartneys von Heather Mills über die Bühne gebracht hatte. Fiona Shackletons Ehemann Ian ist übrigens ein Nachfahre des Polarforschers Ernest Shackleton (siehe auch Kapitel *Das Paar in der Natur,* Rubrik *Ein durchaus spannendes Wettrennen zum Südpol hinlegen wie Roald Amundsen und Robert Falcon Scott).* Madonna und Ritchie teilen sich das Sorgerecht für die Söhne Rocco und David, die damit zwischen London und New York zu pendeln haben.

07 ***Bleibende Werte*** ..........................................................................

***Anspruch*** ●○○○○ / ***Gefühl*** ○○○○○ / ***Action*** ●●●●○ / ***Erotik*** ●○○○○ / ***Glamour*** ●●●●●

# 085 FRAUEN BOXEN

Weibliche Paare begegnen einander schon länger im Ring. Auf Anerkennung mussten sie lange warten: Frauenboxen wurde nicht ernst genommen. Das hat sich geändert, 2012 boxen Frauen erstmals um olympisches Gold.

• • •

01 ***1722*** • Elisabeth Wilkinson *vs.* Martha Jones *Boarded House/London* • ***Der erste Frauenboxkampf der Welt*** ..........................................................................

02 ***1876*** • Nell Saunders *vs.* Rose Harland *Hills Theater/New York City* • ***Der erste Boxkampf in den USA*** ..........................................................................

03 *1957* • Barbara Buttrick *vs.* Phyllis Kugler *San Antonio / Texas* • ***Der erste Kampf, bei dem ein WM-Titel vergeben wurde*** ........................................................................

04 *1959* • Barbara Buttrick *vs.* Gloria Adams *North Miami Armory / Florida* • ***Der erste Frauenkampf im Boxmekka Florida*** ..................................................................

05 *1993* • Dallas Malloy *vs.* Heather Poyner *Edmonds Community College / Washington* • ***Der erste offizielle Amateurkampf in den USA*** ..............................................................

06 *1996* • Christy Martin *vs.* Deirdre Gogarty *Las Vegas / Nevada* • ***Der erste große Kampf, der live im Bezahlfernsehen übertragen wurde*** ...............................................

07 *2001* • Laila „She-Bee-Stingin'" Ali *vs.* Jackie Frazier-Lyde *Verona / New York* • ***Der Kampf, den man in Erinnerung an die Väter der Beiden „Ali / Frazier IV" nannte*** ..........

08 *2005* • Ina Menzer *vs.* Silke Weickenmeier *Halle (Saale)* • ***Ina Menzer, genannt „die schöne Boxerin", holte sich die WM im Fliegengewicht*** ...............................................

09 *2007* • Susi Kentikian *vs.* Carolina Alvarez *Köln* • ***Kentikian gewann einen weiteren WM-Titel im Fliegengewicht*** .........................................................................

10 *2007* • Regina Halmich *vs.* Hagar Shmoulefeld Finer *Karlsruhe* • ***Halmichs letzter Kampf: Von 1995 bis 2007 war sie ungeschlagene Weltmeisterin*** ...................................

## 086 MIT DEN DAUMEN RINGEN

Daumenwrestling ist ein ebenso simples wie faszinierendes Spiel. Mit je vier Fingern umklammern die Kombattanten vier Finger des Gegners, die Daumen stehen aufrecht (siehe Illustration). Alles, worum es in dem Spiel geht, ist, den Daumen des Gegners unter dem eigenen zu begraben. Gespielt werden maximal drei Runden, es gewinnt derjenige, der zwei für sich entscheiden

*Linke Ecke*

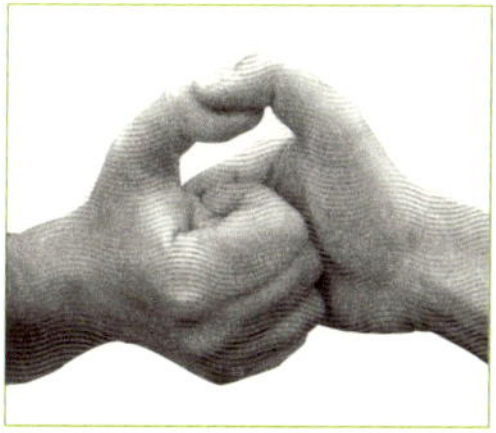

*Kampf*

*Rechte Ecke*

kann. Das klingt zunächst nicht besonders aufregend, das Spiel kann jedoch süchtig machen. In Amerika, wo das Spiel „Thumbwrestling" oder auch „thumb-a-war" heißt, gibt es tatsächlich eine „Thumb Wrestling Federation".

Man kann dort einen Kampfring kaufen, durch den man von unten die Daumen steckt – nicht unüblich ist es auch, dass die Wrestler Gesichter auf ihre Daumen malen. Übertriebenes Daumenwrestling kann zu neurologischen Störungen führen, die in einer Zwangshandlung, also dem stereotypen Wiederholen der immergleichen Bewegung, münden können.

## 087 EINEN ZICKENKRIEG FÜHREN

Mit dem etwas unfeinen Begriff „Zickenkrieg" werden gemeinhin verbale (selten auch körperliche) Auseinandersetzungen zwischen zwei Frauen bezeichnet, die keinerlei taktischen Zwängen unterliegen – was nicht selten zur Eskalation führt. Zickenkriege werden von Teilen der Medien gern transportiert und von Teilen der Öffentlichkeit eifrig verfolgt.

• • •

01 ***Nina Hagen** vs. **Jutta Ditfurth*** Die beiden geraten in einer Fernsehdebatte aneinander. Ditfurth bezeichnet Hagen *„als esoterisch ein bisschen durchgeknallt"* und wird dafür als *„blöde, blöde Kuh"* beschimpft. Bei der Moderatorin Sandra Maischberger beschwert sich Nina Hagen, es sei *„einfach furchtbar, was die dicke Frau da mit mir macht"*. ......................................

02 ***Pamela Anderson** vs. **Katie Price*** Beide nutzen ihre eigenen Real-Life-TV-Shows („Pam Anderson: Girl On The Loose" und „Peter And Katie: The Next Chapter Down Under") dazu, die andere als „*armselig*" zu bezeichnen, ohne das genauer begründen zu können. ............................................................

03 ***Anni Friesinger** vs. **Claudia Pechstein*** Woher der Streit eigentlich kam – daran erinnert sich heute keiner mehr. Nur daran, dass ständig eine der beiden Rivalinnen ein „*Ende des Zickenzoffs*" ankündigen musste. Einige Jahre war dann freundliche Ruhe. Als Pechstein Mitte 2009 des Dopings verdächtigt wird, geht Friesinger aber wieder auf Distanz. .........................

04 ***Ursula von der Leyen** vs. **Brigitte Zypries*** Die Familienministerin der Regierung Merkel, die seit ihrem Engagement für ein besser überwachtes Internet „*Zensursula*" genannt wird, und die Justizministerin Zypries können einander nicht leiden – und zeigen das gerne in aller Öffentlichkeit. Wenn die eine spricht, rollt die andere mit den Augen. .........................................

05 ***Victoria Beckham** vs. **Jennifer Lopez*** „*Dick ist gar kein Ausdruck – er ist fett*", sagt Victoria Beckham über den Hintern ihrer Bekannten. „*An Beckhams Frisur hat man wohl einen Blinden gelassen*", vermutet Jennifer Lopez.

06 ***Lindsay Lohan** vs. **Paris Hilton*** Die beiden haben den digitalen Zickenkrieg erfunden. Über die Internetplattform „Facebook" nennt die Hotelerbin Hilton die Schauspielerin Lohan „*jämmerliche rothaarige Schlampe*". Lohan behauptet, Hilton habe ein schwache Blase, die sie überall entleere – unter anderem in einem Taxi oder in der Sauna. Versöhnen sich später. ................

07 ***Tonya Harding** vs. **Nancy Karrington*** Am 6. Januar 1994 wird die Eisläuferin Nancy Karrington während des Trainings zu den nationalen Meisterschaften von einem Mann mit einer Eisenstange so am Knie verletzt, dass sie den Wettkampf nicht bestreiten kann. Später kommt heraus, dass ihre größte Konkurrentin um den Titel, Tonya Harding, das Attentat in Auftrag

gegeben und bezahlt hat. Harding wird lebenslänglich gesperrt und ist inzwischen – nach einem kurzen Ausflug in die Catcherszene – als Preisboxerin in den USA tätig. ........................................................................

08 ***Elton John** vs. **Lily Allen*** Bei einer Preisverleihung in London (es ging um den „Men of the Year Award“), auf der beide Musiker eine gemeinsame Laudatio halten, kommt es zu einem überraschenden Dialog:

Allen (schon leicht angetrunken): *„Mach schneller, Elton, lass uns zum wichtigen Teil des Abends kommen!“* • John (verwundert): *„Wie? Willst du etwa noch mehr trinken?“* • Allen: *„Fuck you, Elton! Ich bin vierzig Jahre jünger als du und habe noch das ganze Leben vor mir!“* • John: *„Ich könnte dich locker immer noch unter den Tisch koksen!“* ........................................

# 088 ZERSTRITTEN SEIN

*... wie*

*Jakob und Esau*

01 ***Erstes Kennenlernen*** Das erste Kennenlernen der beiden ist bestens dokumentiert, man kann es in der Bibel nachlesen: *„Abraham zeugte Isaak. Isaak aber war vierzig Jahre alt, da er Rebekka zum Weibe nahm“*, doch *„sie war unfruchtbar. Und der Herr ließ sich erbitten, und Rebekka, sein Weib, ward schwanger. Und die Kinder stießen sich miteinander in ihrem Leibe“*, es waren also Zwillinge. *„Und der Herr sprach zu ihr: Zwei Völker sind in deinem Leibe, und zweierlei Leute werden sich scheiden aus deinem Leibe; und ein Volk wird dem andern überlegen sein, und der Ältere wird dem Jüngeren dienen. Da nun die Zeit kam, dass sie gebären sollte, siehe, da waren Zwillinge*

*in ihrem Leibe. Der erste, der herauskam, war rötlich, ganz rau wie ein Fell; und sie nannten ihn Esau. Darnach kam heraus sein Bruder, der hielt mit seiner Hand die Ferse des Esau; und sie hießen ihn Jakob."*

02 **Zerstrittene sein** *„Und da nun die Knaben groß wurden, ward Esau ein Jäger und streifte auf dem Felde, Jakob aber ein sanfter Mann und blieb in*

*Mittel zum Tausch*

•••

*seinen Hütten. Und Isaak hatte Esau lieb und aß gern von seinem Waidwerk; Rebekka aber hatte Jakob lieb."*

So hätte die Geschichte friedlich ihren Lauf nehmen können. Doch der schlaue Jakob luchste seinem Bruder Esau das Recht des Erstgeborenen ab. Es ist die Geschichte vom Linsengericht: Esau hatte einen Mordshunger und bat Jakob um einen Teller Linsen. Jakob erkannte die Chance und sagte zu Esau, den Teller Linsen könne er haben – wenn er dafür das Erstgeburtsrecht abgebe.

Das Erstgeborenenrecht war damals so wichtig, weil in der Regel das Prinzip der Primogenitur galt, ein Prinzip der Erbfolge, bei dem der Erstgeborene alles erbt und die anderen Geschwister nichts.

Eines Tages, *„da Isaak alt war geworden und seine Augen dunkel wurden zu sehen, rief er Esau, seinen älteren Sohn, und sprach zu ihm: Mein Sohn!"* Und er bat ihn, ihm ein Wildbret zu fangen und ihm Essen zu bereiten, anschließend wolle er ihm den Segen des Erstgeborenen erteilen. *„Rebekka aber hörte solche Worte, die Isaak zu seinem Sohn Esau sagte. Und Esau ging hin aufs Feld, dass er ein Wildbret jagte und heimbrächte. Da sprach Rebekka zu Jakob, ihrem Sohn"* – und sie erzählte ihm die Geschichte. Dann fädelten Rebekka und Jakob alles so ein, dass Isaak nicht Esau, sondern Jakob den Segen spendete.

Isaak war zwar nahezu blind, aber er konnte hören und fühlen, und also sprach Jakob zu seiner Mutter Rebekka: *„Siehe, mein Bruder Esau ist rau, und ich glatt; so möchte vielleicht mein Vater mich betasten, und ich würde vor ihm geachtet, als ob ich ihn betrügen wollte, und brächte über*

*Mittel zur Täuschung*

•••

*mich einen Fluch und nicht einen Segen.*" Rebekka aber hatte sich für diesen Fall schon etwas ausgedacht, *„die Felle von den Böcklein tat sie um seine Hände, und wo er glatt war am Halse"*. So trat Jakob vor Isaak und sagte: *„Ich bin Esau, dein erstgeborener Sohn; ich habe getan, wie du mir gesagt hast. Steh auf, setze dich und iss von meinem Wildbret, auf dass mich deine Seele segne."* Und das tat Isaak dann und sprach:

*„Gott gebe dir vom Tau des Himmels und von der Fettigkeit der Erde und Korn und Wein die Fülle. Völker müssen dir dienen, und Leute müssen dir zu Fuße fallen. Sei ein Herr über deine Brüder, und deiner Mutter Kinder müssen dir zu Fuße fallen. Verflucht sei, wer dir flucht; gesegnet sei, wer dich segnet."*

Kurz darauf kam Esau zurück, doch da es nur einen Erstgeborenen geben kann, hatte Isaak nur noch einen anderen Segen für ihn übrig, nämlich diesen: *„Siehe da, du wirst eine Wohnung haben ohne Fettigkeit der Erde und ohne Tau des Himmels von obenher. Von deinem Schwerte wirst du dich nähren und deinem Bruder dienen. Und es wird geschehen, dass du auch ein Herr sein und sein Joch von deinem Halse reißen wirst."* Anders gesagt: Für Esau blieb nur noch ein Zweitgeborenensegen.

*„Und Esau war Jakob gram um des Segens willen, mit dem ihn sein Vater gesegnet hatte, und sprach in seinem Herzen: Es wird die Zeit bald kommen, da man um meinen Vater Leid tragen muss; dann will ich meinen Bruder Jakob erwürgen.“* Das klang ernst.

03 ***Gemeinsame Bekannte: Rebekka*** Rebekka ist die Mutter der beiden. Und wie das bei Müttern eben manchmal so ist, mag sie einen ihrer Söhne etwas lieber als den anderen.

04 ***Zahl des Paares: 1*** Der ganze Streit entzündet sich am Erstgeborenenrecht, also daran, wer von den beiden die Nummer eins ist.

05 ***Sonst so*** Jakob und Esau sind nicht die ersten Bibelbrüder, die miteinander streiten – den Urbruderstreit führen Kain und Abel. Abel, Kain (der Abel bekanntlich umbrachte), Jakob und Esau sind miteinander verwandt. Man kann also sagen, dass es häufiger Streitereien in der Familie gab. Hier noch mal kurz zur Auffrischung der Stammbaum:

Adam und Eva zeugten Kain und Abel, und dann noch den Set. Set zeugte auch einen Sohn und hieß ihn Enos. Enos zeugte Kenan, Kenan zeugte Mahalaleel, Mahalaleel zeugte Jared, Jared zeugte Henoch, Henoch zeugte Methusalah, Methusalah zeugte Lamech, Lamech zeugte Noah, Noah zeugte Sem, Sem zeugte Arphachsad, Arphachsad zeugte Salah, Salah zeugte Eber, Eber zeugte Peleg, Peleg zeugte Regu, Regu zeugte Serug, Serug zeugte Nahor, Nahor zeugte Tharah, Tharah zeugte Abram. Abrams Frau hieß Sarai, war aber unfruchtbar. Dann aber war sie doch nicht mehr unfruchtbar. Abram hieß fortan Abraham, Sarai hieß fortan Sara, und sie gebar den Isaak, und Isaak zeugte den Jakob und den Esau.

06 ***Was aus dem Paar wurde*** Jakob floh vor der Rache Esaus, und zwar gen Haran (dem heutigen Harran in der Türkei) zu Rebekkas Bruder Laban. Aber das war noch längst nicht alles (siehe Kapitel *Paar verträgt sich,* Rubrik *Sich versöhnen wie Jakob und Esau).*

07 *Bleibende Werte* ..........................................................................................

*Anspruch* ●●●●○ / *Gefühl* ●○○○○ / *Action* ●●●○○ / *Erotik* ○○○○○ / *Glamour* ●○○○○

# 089 MÄNNER BOXEN

Der Faustkampf zwischen Männern ist eine so archaische Form der Auseinandersetzung, dass sich stets ein vielfältiges Publikum dafür interessierte: der Mob, die einfachen Leute, verschiedenste Schriftsteller, die High-Society. Die ganz großen Kämpfe verfolgten viele Millionen Menschen in aller Welt.

•••

01 *19. Juni 1936* • Max Schmeling *vs.* Joe Louis • *Schmeling hatte erkannt, dass Louis nach Schlägen mit der Linken stets die linke Gesichtshälfte ungedeckt ließ. Also landet er dort immer wieder seine Rechte und gewinnt durch K.o. in der 12. Runde* ....................

02 *25. Februar 1964* • Cassius Clay (später: Muhammad Ali) *vs.* Sonny Liston • *Ali gewinnt als Außenseiter: Der Favorit Liston gibt in der siebten Runde entnervt auf* ............

03 *25. Mai 1965* • Muhammad Ali (früher: Cassius Clay) *vs.* Sonny Liston • *Der Rückkampf. Ali gewinnt – mit einem unglaublichen K.o. in der ersten Runde. Niemand kann den unglaublich schnellen Schlag sehen, der als „Phantom Punch" berühmt wird* ..............

04 *8. März 1971* • Muhammad Ali *vs.* Joe Frazier • *Der „Kampf des Jahrhunderts". Frazier gewinnt nach 15 Runden und nach Punkten* ..................................................

05 *30. Oktober 1974* • Muhammad Ali *vs.* George Foreman • *Der „Rumble in the Jungle". In Kinshasa perfektioniert Ali seine „Rope-A-Dope"-Technik: Er lässt sich immer wieder in die Seile treiben, weicht dort allen Schlägen aus und ermüdet so den Gegner. In der achten Runde geht Foreman K.o.* ..........................................................................

06 *1. Oktober 1975* • Muhammad Ali *vs.* Joe Frazier • *Der „Thrilla in Manila". Zwei, die einander hassen, treffen sich in der Mittagshitze auf den Philippinen. Nachdem*

*Ali in der 14. Runde durch technischen K.o. gewonnen hat, verbringen beide den Nachmittag im Krankenhaus* ..........

07 ***22. November 1986*** • Mike Tyson *vs.* Trevor Berbick • ***Tysons Triumphzug: Die Geburt des, wie es hieß, „jüngsten Weltmeisters aller Zeiten“*** ..........

08 ***11. Februar 1990*** • MikeTyson *vs.* James „Buster“ Douglas • ***Der eigentlich damals unbesiegbare, aber viel zu überhebliche Tyson verliert gegen einen Außenseiter*** ........

09 ***9. November 1996*** • Mike Tyson *vs.* Evander Holyfield • ***Tyson, inzwischen zurück und erneut Weltmeister, verliert zum ersten Mal gegen Holyfield*** ..........

10 ***28. Juni 1997*** • Evander Holyfield *vs.* Mike Tyson • ***Der Rückkampf: Tyson verliert erneut: Er wird in der dritten Runde disqualifiziert, nachdem er Holyfield einen Teil des linken Ohres abgebissen hat*** ..........

# 090 SICH ÖFTER MAL SCHEIDEN LASSEN

*... wie Richard Burton und Liz Taylor*

01 ***Erstes Kennenlernen*** Wann sie einander zum ersten Mal über den Weg liefen, ist schwer zu rekonstruieren, aber näher kennen gelernt, also, etwas salopp gesagt, mit allem Drum und Dran, haben sich die beiden bei den Dreharbeiten zum Monumentalfilm „Cleopatra“, im Jahr 1962 in Rom (siehe auch Kapitel *Paar verträgt sich*, Rubrik *Öfter mal heiraten wie Liz Taylor und Richard Burton).*

Nun waren beide damals noch lose mit anderen Menschen liiert (juristisch betrachtet: verheiratet) und hatten Kinder, und so verursachte es ein wenig Wirbel, als bekannt wurde, dass die Oscar-Preisträgerin und der einigermaßen berühmte Schauspieler einander nahe gekommen waren. Nun ja, vielleicht ist die Formulierung „ein wenig Wirbel“ ein wenig untertrieben.

Burton nannte die Angelegenheit „le scandale“. Dem US-Kongress wurde geraten, Burton und Taylor wegen ungebührlichen Verhaltens aus den USA zu verbannen; in Wales, Burtons Heimat, schlug man sich auf die Seite seiner walisischen Frau, die bald seine Ex-Frau sein sollte. Auch der Vatikan meldete sich: Er gab seinen Segen. Kleiner Scherz. Er äußerte sich tadelnd.

02 ***Sich öfter mal scheiden lassen*** Richard Burton und Liz Taylor ließen sich öfter mal scheiden, in der Regel von Menschen, die sich selbst öfter mal scheiden ließen, und zwar von Menschen, die sich ebenfalls dann und wann scheiden ließen. Vor allem aber ließen sich Taylor und Burton gleich zweimal voneinander scheiden. Voraussetzung für eine Scheidung ist bekanntlich die Heirat, weshalb sie 1964 und 1975 erst einmal heirateten, damit sie 1974 und 1976 ihre Trennungen vollziehen konnten. Es gibt viele Geschichten über die Liebe zwischen Taylor und Burton, deren Leben weitgehend in der Öffentlichkeit spielte, und so gut wie alle handeln von Alkohol, Abscheu, Beleidigungen, Besessenheit, Liebestollheit. Lassen wir die beiden also selber sprechen:

Burton über die Monogamie: *„Wir alle sind mit der Vorstellung aufgezogen worden, dass man des Sexualakts wegen einem anderen Menschen absolut treu bleiben sollte. Stimmt's? In dem Augenblick, in dem man gegen diese Vorstellung verstößt (...), bekommt man zwangsläufig ein paar Schuldgefühle. Es ist faszinierend, wenn man so vorgeht wie ich, das heißt, die Vorstellung von der Monogamie hinter sich zu lassen, ohne körperlich in den anderen Menschen etwas zu investieren, das mir Schuldgefühle einjagen könnte. Deshalb bleibe ich unangetastet, unberührt.“*

Taylor über Treue: *„Ich habe nur mit Männern geschlafen, mit denen ich auch verheiratet war. Wie viele Frauen können das von sich behaupten?“*

Burton während der Dreharbeiten zu „Cleopatra“ über Liz Taylor: *„Ich glaube, sie muss sich rasieren.“* Burton, wenig später: *„Ich werde diese Frau heiraten.“* • Taylor über Burton in „Cleopatra“: Er sah *„aus wie ein besoffener Wermutbruder auf einer Studentenbühne“*. • Burton über Taylor kurz nach dem Kennenlernen über die Dreharbeiten mir ihr: *„Ich muss wieder mal die Rüstung anlegen, wenn ich gegen Miss Titten spiele.“*

Burton 1968: *„Ich hatte mein ganzes Leben lang ein außergewöhnliches Glück, aber der größte Glücksfall von allen war Elizabeth. Sie ist eine unerschöpflich aufregende Geliebte. Sie ist schön, dass es fast an Pornographie grenzt. Und ich werde sie lieben, bis ich sterbe.“*

Burton 1969: *„Wie könnte ich ohne sie leben? Wohin sollte ich gehen? Was würde ich tun? Im Vergleich zu ihr verblassen alle. Es hat keinen Zweck, ein 18-jähriges, miniberocktes Küken aufzugabeln – mit so etwas würde ich es keine Woche lang aushalten. Ich nehme an, ich würde sterben, mit hoher Beschleunigung zur Grube fahren.“* • Taylor: *„Richard ist ungeheuer sexy. Er hat dieses gewisse Dschungel-Etwas, das man spüren kann.“* • Taylor: *„Ich verlasse mich völlig auf ihn, ich frage ihn in allen Dingen um Rat. Ich frage ihn sogar, welches Kleid ihm am besten gefällt. Es ist herrlich, nicht ich, Elizabeth Taylor, zu sein, sondern Richards Frau.“* • Taylor: *„Manchmal ist es nicht leicht mit Richard, vor allem wenn er wütend ist. Dann glaube ich, dass er zu fast allem fähig ist. Manchmal trinkt er zu viel. Richard ist sehr unabhängig. Ich lasse ihn machen, was er will.“*

Ihr gemeinsamer, mit fünf Oscars ausgezeichneter Film „Wer hat Angst vor Virginia Woolf?“ von 1966 wird heute gemeinhin als öffentliche Aufführung ihrer Ehe betrachtet. Er handelt von George und Martha. George ist Zyniker, Martha wird alt und dick. Beide trinken, besser: Sie saufen. Vor Gästen beginnen sie, sich zu streiten; sie reden über all das, sie brüllen von all dem, was sich über Jahre an Frustrationen angesammelt hatte, es ist ein intensiver, bisweilen beängstigender Film.

Burton zu Taylor, die für die Rolle doch etwas zunehmen musste: *„Affentitte!“* Burton über George: *„Ich bin George!“* Taylor nach der zweiten Trennung von Burton: Ich habe es *„satt gehabt, die Martha zu spielen“*.

*„Ich glaube, Sie muss sich rasieren."*

Burton zu Taylor: *„Müssen wir denn immerzu gemeinsam Filme machen? Wir werden noch enden wie Dick und Doof."* Taylor: *„Was hast du gegen Dick und Doof?"*

03 ***Gemeinsame Bekannte*** Für Regisseur Mike Nichols waren sie die Idealbesetzung als streitsüchtiges Paar in „Wer hat Angst vor Virginia Woolf?".

04 ***Zahl des Paares: 4/12.*** Insgesamt ließen sich Taylor und Burton zwölf Mal scheiden, Taylor acht Mal, Burton vier Mal. Zwei von ihren acht Malen trennte sich Taylor von Burton, zwei von seinen vier Malen trennte sich Burton von Taylor. In vier von zwölf Fällen ließen sie sich also voneinander scheiden, was bedeutet, dass 4/12 so etwas ist wie die Quote ihrer gegenseitigen Abneigung. Könnte schlimmer sein.

05 ***Sonst so*** Liz Taylor erhielt für ihre Rolle in „Telefon Butterfield 8" aus dem Jahr 1960 den Oscar und für „Cleopatra" erstmals eine Millionengage. Für „Wer hat Angst vor Virginia Woolf?" (von 1966) erhielt sie den zweiten Oscar. 1994 gab sie Fred Feuersteins Schwiegermutter in „The Flintstones". Richard Jenkins nannte sich nach seinem Lehrer Philipp Burton, der die Liebe zum Schauspiel in ihm geweckt hatte.

06 ***Was aus dem Paar wurde*** Richard Burton starb 1984. Liz Taylor wurde 1999 von der englischen Queen in den Adelsstand erhoben.

07 ***Bleibende Werte*** ...........................................................................

***Anspruch*** ●●○○○ / ***Gefühl*** ●●●●○ / ***Action*** ●●●○○ / ***Erotik*** ●○○○○ / ***Glamour*** ●●●●○

# PAAR VERTRÄGT SICH

*... wie Liz Taylor und Richard Burton*

01 ***Erstes Kennenlernen*** Wann sie einander zum ersten Mal über den Weg liefen, ist schwer zu rekonstruieren, aber näher kennen gelernt haben sich die beiden bei den Dreharbeiten zum Film „Cleopatra“, 1962 in Rom (siehe auch Kapitel *Paar schlägt sich*, Rubrik *Sich öfter mal scheiden lassen wie Liz Taylor und Richard Burton).*

02 ***Öfter mal heiraten*** Richard Burton und Liz Taylor heirateten öfter mal, und zwar in der Regel Menschen, die ebenfalls öfter mal heirateten (wiederum gern Menschen, die selbst öfter mal heirateten), wie folgende, unter Umständen etwas wahnwitzig anmutende Aufzählung erschöpfend zeigt.

***Liz Taylor war verheiratet mit: 1. Hotelerbe Conrad Nicholson Hilton jr.,*** genannt Nick oder Nicky, der im Ruf stand, ein ziemlicher Schlawiner zu sein (und von der Hotelfachschule flog), dessen Vater unter anderem mit Zsa Zsa Gabor verheiratet war, die auch Burhan Belge heiratete, George Sanders (der auch mit Magda Gabor und Benita Hume verheiratet war, die auch Eric Otto Siepman und Ronald Colman heiratete), Herbert Hunter, Joshua Cosden, Jack Ryan (einer der Designer der Barbie-Puppe), Michael O'Hara und Frederic Prinz von Anhalt. Conrad Nicholson Hilton sen., Nicky Hiltons Vater, heiratete auch Mary Frances und Mary Adelaide Barron, mit der er drei Söhne hatte, neben besagtem Nicky Hilton auch Erik Hilton und William Baron Hilton, welcher Marilyn Hawley heiratete, mit der er acht Kinder bekam (Vorsicht, lange Aufzählung, aber am Ende wird's spannend): William Barron Hilton jr., Hawley Anne Hilton, Stephen

Michael Hilton, David Alan Hilton, Sharon Constance Hilton, Daniel Kevin Hilton, Ronald Jeffrey Hilton und Richard Howard Hilton, der Kathy Richards heiratete, mit der er vier Kinder bekam (Sorry, noch eine kleine Aufzählung, aber gleich ist es geschafft): Barron Nicolas Hilton (geboren 1989), Conrad Hughes Hilton (1994) sowie die Töchter Nicolai – ebenfalls genannt Nicky – Hilton (1983), die am 15. August 2004 in einer Hochzeitskapelle in Las Vegas die Ehe mit Todd Andrew Meister schloss, eine Ehe, die am 9. November 2004 wieder annulliert wurde, und Paris Hilton (1981). So einfach gelingt der Sprung von der notorischen Liz Taylor zur notorischen Paris Hilton. Auswendig gelernt lässt sich damit auf Partys glänzen – aber ehrlich gesagt nur, wenn es sonst wirklich gar nichts zu reden gibt. Und nochmal ehrlich gesagt: Man kann seine Zeit natürlich besser nutzen, als diesen Wahnsinn auswendig zu lernen. Jetzt aber schnell doch dies (dann ist wirklich Schluss): Nicky Hilton (also Conrad Nicholson jr.) war natürlich auch noch einmal verheiratet, und zwar mit der Öl-Erbin Patricia Mc Clintock, genannt Trish. ***2. Schauspieler Michael Wilding,*** der zudem unter anderem Kay Young, Susan Neill und Margaret Leighton heiratete, welche es in Sachen Ehe auch mit Max Reinhardt und Laurence Harvey zu tun hatte, der wiederum auch Paulene Stone und Joan Perry zur Frau hatte, die auch mit Harry Kohn und Harry Karl verheiratet war. Schön zu wissen: Laurence Harvey spielte neben Liz Taylor in „Telefon Butterfield 8". ***3. Produzent Mike Todd,*** der auch Joan Blondell heiratete, die unter anderem auch Dick Powell heiratete, der auch June Allyson heiratete. Mike und Elizabeth Todd (bzw. Taylor) waren enge Freunde von Debbie Reynolds und Eddie Fisher, was umgehend zu Ehemann Nummer vier führt: ***4. Schlagersänger Eddie Fisher,*** der auch mit erwähnter Debbie Reynolds verheiratet war (die zudem mit Harry Karl und Richard Hamlett verheiratet war), mit der er die Kinder Todd Fisher und Carrie Fisher hat, die mit Paul Simon (der auch Edie Brickell und Bryan Lourd heiratete) – ach, das muss reichen. ***5. Richard Jenkins,*** besser bekannt als Richard Burton. ***6. Richard Jenkins,*** besser bekannt als Richard Burton. ***7. Politiker John Warner,*** der auch Catherine Mellon und Jeanne Vander Myde heiratete. ***8. Larry Fortensky,*** Bauarbeiter, der eine Abfindung dafür kassierte, dass er nach der Scheidung den Mund hielt. Ist in der Heiratsszene sonst nicht weiter auffällig geworden, zumindest nicht öffentlich.

***Richard Burton war verheirat mit: 1. Sybil Williams,*** die auch Jordan Christopher heiratete, den Sänger der Hausband der Diskothek Arthur, die sie nach ihrer Scheidung von Richard Burton eröffnet hatte. Diese Hausband hieß Wild Ones und spielte die erste Version des Songs „Wild Thing" ein, den Chip Taylor komponiert hatte, der allerdings nicht mit Liz Taylor verwandt ist, aber mit – es ist sein Bruder – Jon Voight, der nacheinander Lauri Peters und Marcheline Bertrand heiratete, mit der er die Kinder James Haven Voight und Angelina Jolie Voight bekam, die bekannter ist als eine Hälfte von Brangelina (siehe Kapitel *Das Paar in Gesellschaft,* Rubrik *Öffentlich eins sein wie Brangelina)* und die, in dieser Reihenfolge, Jonny Lee Miller heiratete, den Enkel von Bernard Lee, der durch die Rolle des „M" in James-Bond-Filmen bekannt wurde, Billy Bob Thornton, der auch Melissa Gaithers, Pietra Cherniak, Toni Lawrence und Cynda Williams heiratete (die wiederum auch Arthur Louis Fuller und Roderick Plummer heiratete), und Brad Pitt, der zuvor mit Jennifer Aniston verheiratet war. ***2. Liz Taylor,*** die auch ... – kleiner Scherz. ***3. Liz Taylor. 4. Susan Hunt,*** die auch James Hunt heiratete, der auch Sarah Lomax heiratete. **5. Sally Hay.**

03 ***Gemeinsame Bekannte*** Joseph L. Mankiewicz (der übrigens dreimal verheirat war) führte Regie beim Film „Cleopatra". Bei den Dreharbeiten lernten die beiden einander lieben.

04 ***Zahl des Paares: 4/13.*** Insgesamt heirateten Taylor und Burton 13 Mal; Taylor acht Mal, Burton fünf Mal. Da sie einander je zweimal heirateten, heiratete Taylor Burton zwei von ihren acht Malen, und Burton heiratete Taylor zwei von seinen fünf Malen. In vier von 13 Fällen heirateten sie also einander, was bedeutet, dass 4/13 so etwas ist wie die Quote ihrer großen Liebe.

05 ***Sonst so*** Richard Burton hatte deutlich mehr Geschwister als Ehefrauen, zum Beispiel Thomas Henry Jenkins (1901 geboren), Cecilia Jenkins (1905), Ifor

Jenkins (1906), zwei Mädchen, die beide Margaret Hannah Jenkins getauft wurden, aber beide früh starben, William Jenkins (1911), David Jenkins (1914), Verdun Jenkins (1916), Hilda Jenkins (1918), Catherine Jenkins (1921), Edith Jenkins (1922) und Graham Jenkins (1927). Richard, 1925 geboren, wuchs mit ihnen allen im kleinen walisischen Dorf Pontrhydyfen im Afan Valley auf, 2,9 Kilometer nördlich von Cwmafan. Nantyffyllon, Llangynwyd und Blaenhonddan sind auch nicht weit.

06 ***Was aus dem Paar wurde*** Als Richard Burton 1984 starb, lebte Liz Taylor einfach ohne ihn weiter.

07 ***Bleibende Werte*** ....................................................................................

***Anspruch*** ●●○○○ / ***Gefühl*** ●●○○○ / ***Action*** ●○○○○ / ***Erotik*** ●●●●○ / ***Glamour*** ●●●●●

## 092 DAMENGEDECK

*Kaffee und Kuchen*

*Pony*

*Modelfrühstück*

Ein Damengedeck besteht aus einem alkoholischen Getränk wie Sekt oder Wein und aus einem alkoholfreien Getränk, meist Saft. Manchmal wird das Glas Sekt aber auch mit einem Kurzen mit geringem Alkoholgehalt – Likör oder Bitter – kombiniert. Im Gegensatz zum Herrengedeck wird das Damengedeck als Mischgetränk serviert, also in nur einem Glas. Ein Damengedeck aus Orangensaft und Sekt heißt „Pony“, mit frisch gepresstem Orangensaft heißt es „Mimosa“. Wird beim Kaffeekranz zum Kaffee ein Stück Torte gereicht, gilt das auch als Damengedeck. Ein weiteres Gedeck – eine Tasse Kaffee und eine Zigarette – wird als „Modelfrühstück“ bezeichnet.

# 093 LESBISCH SEIN

*… wie Cornelia Scheel und Hella von Sinnen*

01 ***Erstes Kennenlernen*** Deutschland war gerade wiedervereinigt, da teilte das Outing von Cornelia Scheel das Land wieder in zwei Lager. Mitte Januar 1991 wurde bekannt, dass sie mit Hella Kemper liiert ist, besser bekannt als Hella von Sinnen.

Als Hella von Sinnen 1990 den Fernsehpreis „Bambi“ erhielt, bedankte sie sich in der Dankesrede bei ihrer *„Gattin Sabine“* – ihrer Lebensgefährtin vor Cornelia Scheel. RTL schnitt die Szene heraus, was nichts daran änderte, dass die anwesenden Journalisten trotzdem davon berichteten.

Damit wusste auch der Letzte, was schon viele vorher gewusst hatten, weil sie nie ein Hehl daraus gemacht hatte: dass Frau von Sinnen lesbisch ist. Von Sinnen wurde auf diese Art die erste öffentlich homosexuelle Frau im deutschen Fernsehen. Da sie allerdings seit 1988 beim Sender RTL plus in wilden Kostümen auftrat und in der Sendung „Alles Nichts Oder?!“ mit Torten beworfen wurde, war das im Grunde nicht so schlimm – sie war ja eh schon Teil der öffentlichen Unordnung. Scheel allerdings war die Adoptivtochter des ehemaligen Bundespräsidenten Walter Scheel. Das berührte die öffentliche Ordnung.

Scheel war seit 1988 Repräsentantin der Deutschen Krebshilfe und führte die Arbeit ihrer verstorbenen Mutter Mildred fort, die als Bundespräsidentengattin die Krebshilfe 1974 ins Leben gerufen hatte. Doch nun drohten einige Spender, sie würden ihre Spendenzusagen zurückziehen, *„wenn Frau Scheel ihr Leben weiterhin öffentlich verbreitet"*. Die Krebshilfe werde mit Protestbriefen zugeschüttet, hieß es, und Geschäftsführer Achim Ebert legte Scheel nahe, abzutauchen, bis sich der Presserummel über ihr *„schrilles Privatleben"* gelegt habe. Scheel verließ die Krebshilfe *„enttäuscht und schwer verletzt"* von der *„frauenfeindlichen"* Organisation.

02 ***Lesbisch sein*** Hella von Sinnen und Cornelia Scheel übernahmen 1992 eine Vorreiterrolle der Lesben- und Schwulenbewegung. Im Mai kündigten sie an, heiraten zu wollen, und bestellten am Standesamt Köln-Mitte das Aufgebot. Der Leiter der Kölner Behörde, Bernhard Kusch, kündigte im Kölner „Express" die Ablehnung der gewünschten Bestellung an, weshalb das Paar vor Gericht ging.

Die „Aktion Standesamt" war vom Lesben- und Schwulenverband in Deutschland initiiert worden. Nicht nur von Sinnen und Scheel, sondern zirka 250 Paare beteiligten sich daran. Etwa 100 von ihnen klagten gegen die Ablehnung der Standesämter, und alle verloren vor Gericht. Am Ende entschied das Bundesverfassungsgericht in Karlsruhe. *„Wenn Homos und Lesben heiraten dürften, dann wäre die Ehe womöglich nicht mehr dieses Schnarch-mich-an-Programm, sondern bekäme eine frische Lackierung"*, sagte von Sinnen in einem Interview. Es gab Anfang der neunziger Jahre bereits eine breite öffentliche Debatte über die rechtliche Gleichstellung gleichgeschlechtlicher Paare. Um das Niveau zu verdeutlichen, auf dem man damals noch punkten konnte, hier ein Zitat des damaligen bayerischen Innenministers Edmund Stoiber, der zur Kenntnis gab: Wenn man über die steuerrechtliche Gleichstellung homosexueller Paare zu diskutieren beginne, könne man ja auch gleich *„über Teufelsanbetung diskutieren"*.

Im Oktober 1993 entschieden die Karlsruher Richter, dass *„Geschlechtsverschiedenheit"* zu *„den prägenden Merkmalen"* der Ehe gehöre, weshalb sie die Klage ablehnten. Die Richter wiesen aber auch darauf hin, dass *„vielfältige Benachteiligungen"* homosexueller Paare sehr wohl *„grundsätzliche Bedeutung"* haben könnten.

Erst 1994 wurde (nach Novellierungen 1969 und 1973) der so genannte Schandparagraph gestrichen, der Paragraph 175, der homosexuelle Handlungen unter Strafe stellte.

1992 war die RTL-Show, die von Sinnen mit Hugo Egon Balder (auch Moderator von „Tutti Frutti") präsentiert hatte, eingestellt worden, und allen, die in ihrem Engagement und ihrem Berufsleben einen Widerspruch entdecken wollten, sagte sie: *„Ich moderiere eben keinen Weiberkanal auf Lesbos. Ich lebe nun mal im Patriarchat mit seinen allgegenwärtigen Sexismen, die uns Frauen täglich vergrätzen."*

Als das Magazin „Spiegel" fragte: *„Hat es Ihnen geschadet, dass Sie als Propaganda-Lesbe durch alle Medien gezogen sind?"*, antwortete sie: *„Ich bin nun mal die einzige deutsche TV-Person, die mit ihrem Coming-out kokettiert hat. Zur Staatsaffäre wurde es erst, als ich mich in Cornelia Scheel verliebte. Das war plötzlich fast so ein Wirbel wie bei Prinz Charles und seiner Tampax-Camilla und gar nicht immer lustig. In der ganzen Zeit habe ich trotzdem tapfer mein breites Kreuz als Galionsfigur für die Bewegung hingehalten."*

Neben ihr sprachen in dieser Zeit nur wenige lesbische Frauen öffentlich über ihre Sexualität. In einem Buch, das „Biographien lesbischer Journalistinnen" behandelte, wurden 19 Frauen porträtiert, die von Berufs wegen mit der Herstellung von Öffentlichkeit zu tun haben – nur fünf der 19 erlaubten die Nennung ihrer echten Namen, darunter Hella von Sinnen.

03 ***Gemeinsame Bekannte: Maria Sabine Augstein*** Der Gründer des „Spiegels", Rudolf Augstein, hatte vier Kinder von drei Frauen. Das am wenigsten bekannte Kind, das er 1949 mit seiner ersten Frau Lore Ostermann bekam, heißt Maria Sabine Augstein.

Augstein ist Anwältin, die sich für die Rechte von Transsexuellen, Lesben und Schwulen einsetzt; und sie war auch die Anwältin von Hella von Sinnen und Cornelia Scheel, als die beiden das Aufgebot bestellten und schließlich vor das Bundesverfassungsgericht zogen. Augstein trug zur Schaffung des Lebenspartnerschaftsgesetzes im Jahr 2001 bei.

Maria Sabine Augstein war als Junge geboren worden und bekannte sich 1977 als eine der Ersten zu ihrer Geschlechtsumwandlung.

04 ***Zahl des Paares: 6*** Artikel 6 des Grundgesetzes besagt unter (1): *„Ehe und Familie stehen unter dem besonderen Schutze der staatlichen Ordnung."* Das ist insofern die Zahl des Paares, als dass ihr politisches Engagement um diesen Paragraphen kreist – und um die Frage: Was macht die Ehe aus?

05 ***Sonst so*** Der Künstlername „von Sinnen" soll seinen Ursprung in Comics haben, die von der Zeitschrift „MAD" abgedruckt wurden. In diesen Comics, im Original gezeichnet von Don Martin, gab es in der deutschen Version Figuren wie „Konrad Kaputtnick", „Friedemann Frön" und „Maffalda von Sinnen". Der Übersetzer der Comics war seinerzeit Herbert Feuerstein, der damals als Chefredakteur der Zeitschrift wirkte.

Cornelia Scheel und Hella von Sinnen spielten 1999 im Musikvideo zum Lied „Ja, ich will" der Gruppe Rosenstolz mit, einem Lied, das eine Stellungnahme zur Gleichstellungsdiskussion ist.

06 ***Was aus dem Paar wurde*** Von Sinnen und Scheel heirateten nicht, selbst als es gleichgeschlechtlichen Paaren schließlich ermöglicht wurde, eine „eingetragene Lebenspartnerschaft" einzugehen. Sie habe sich zwar für Gleichberechtigung eingesetzt, sagte von Sinnen 2009. Als Kind geschiedener Eltern sei sie aber eigentlich gar keine Anhängerin der Institution Ehe. Das Paar lebt in Köln.

07 ***Bleibende Werte*** ..........................................................................

*Anspruch* ●●●●○ / *Gefühl* ●●●●○ / *Action* ●●○○○ / *Erotik* ●●●○○ / *Glamour* ●●○○○

# 094 HERRENGEDECK

Ein Herrengedeck besteht aus einem Getränk mit einem eher niedrigen Alkoholgehalt, in der Regel einem Bier (je nach Region zum Beispiel Pils, Helles, Kölsch, Alt oder Lager), und einem hochprozentigen Kurzen, meist einem Korn. In Bayern nennt man das Herrengedeck „Oans und oans", in der Rotlichtszene firmiert es als „umsatzsicherndes Getränkedoppel". In Teilen Ostdeutschlands versteht man unter einem Herrengedeck ein Pils mit Sekt –

*Liegt gut in der Hand: Hannoveraner Traditions-Getränkepaar Lüttje Lage*

entweder wird der Sekt vorsichtig mit ins Bierglas gegeben (auch bekannt als Charlottenburger Pils), oder Sekt und Bier werden getrennt serviert und getrunken.

Eine Spezialität unter den Herrengedecken ist das Hannoveraner Traditions-Getränkepaar „Lüttje Lage". Es besteht aus obergärigem, dunklen Bier (Alkoholgehalt 2,8 Prozent) und Kornbrand (Alkoholgehalt 32 Prozent). Die Lage wird in zwei verschiedenen Gläsern serviert, aber dennoch in einem Zug getrunken. Dazu müssen die Finger auf besondere Weise um die Gläser gelegt werden, was eine gewisse Geschicklichkeit erfordert. Werden die Gläser gehoben, soll der Schnaps zunächst ins Bier fließen – und erst dann soll das Gemisch in den Mund gelangen. Da zum Brauch selbstverständlich auch gehört, dass nichts daneben gehen darf, empfiehlt sich ein wenig Übung. Man darf allerdings nicht erwarten, dass dieses spezielle Herrengedeck besonders lecker schmeckt.

*... wie*
*Klaus Wowereit*
*und*
*Jörn Kubicki*

01 ***Erstes Kennenlernen*** In seiner Autobiographie schreibt Klaus Wowereit: *„Kaum hatte ich meine Partnersuche eingestellt, da stand plötzlich Jörn in meinem Leben, in der Bar Centrale an der Yorckstrasse (sic).“*

02 ***Schwul sein*** Klaus Wowereit und Jörn Kubicki sind offen schwul. Dass es auch andere Möglichkeiten gibt, schreibt Wowereit selbst: *„Mochte ich in Lichtenrade“*, seinem Berliner Herkunftsviertel, *„als Womanizer gelten, so war mir immer klar, dass ich mir nichts vormachen konnte. (...) Ich kannte so viele Homosexuelle, die eine bürgerliche Existenz führten, mit Ehe, Kindern und Reihenhaus, und in dieser Situation endlos litten. Ich wollte kein Leben führen, das auf Angst und Verstellung basierte.“*

Nun mag man einwenden: Ist er halt schwul, na und? Aber erstens war es damals keineswegs selbstverständlich, offen schwul zu sein, und zweitens ist es das immer noch nicht so wirklich.

Wowereit schreibt: *„Viele Schwule und Lesben haben schlichtweg Angst davor, sich öffentlich zu bekennen. Wer als Banker oder Geschäftsmann arbeitet, wer im Spitzensport oder in der Kultur tätig ist, der bewegt sich oftmals in einem Umfeld, das mit Unverständnis, manchmal mit Ablehnung, seltener auch mit Ekel reagiert.“*

Heterosexuellen Paaren gleichgestellt sind homosexuelle Paare bis heute nicht. Die so genannte Homo-Ehe ist zum Beispiel gar keine Ehe, sondern eine eheähnliche Gemeinschaft, was im Vergleich zur Ehe, nur zum Beispiel, zu Unterschieden im Steuerrecht führt.

Das Gesetz über die Eingetragene Lebenspartnerschaft wurde 2001 von der rot-grünen Bundesregierung verabschiedet; im selben Jahr setzte Klaus Wowereit, Mitglied der SPD, ein Zeichen, kurz bevor er zum Regierenden Bürgermeister von Berlin gewählt wurde: Er sagte, auf dem Berliner Landesparteitag am Rednerpult stehend, die Worte: *„Ich bin schwul, und das ist auch gut so, liebe Genossinnen und Genossen."* Worauf Applaus aufbrandete.

Dass Wowereit schwul war, hatte er nicht in seinen Briefkopf geschrieben, so wie auch die wenigsten heterosexuellen Menschen an jeder Straßenkreuzung ihren Mitbürgern erzählen, dass sie heterosexuell seien. Aber er hatte es auch nie geleugnet, und er befürchtete wohl, dass seine politischen Gegner im Wahlkampf eine Kampagne gegen ihn planten. Der damalige Fraktionschef der Berliner CDU jedenfalls hatte gesagt: *„Ich halte Herrn Wowereit auf Grund seiner charakterlichen Struktur fast nicht dazu in der Lage, mit Menschen vertrauensvoll und partnerschaftlich zusammen zu arbeiten."*

Wie das gemeint war, sei mal dahingestellt, aber es gab Menschen, die in dieser Aussage ein Indiz erkennen mochten, dass eine Kampagne bevorstand – die eine oder andere Zeitung soll geplant haben, sich an der Kampagne zu beteiligen. Wowereit sagte dem Magazin „Stern": *„Ich wurde Sonntagvormittag beim Hemdenbügeln angerufen: Einige Blätter würden am Montag"*, also direkt nach seiner Parteitagsrede, *„groß damit rauskommen"*. Also kam er lieber selbst groß damit raus.

Vielleicht wäre es tatsächlich so gekommen, vielleicht wäre es nie so gekommen. „Bild"-Kolumnist Franz-Josef Wagner schrieb an besagtem Montag: *„Halten Sie es wirklich für möglich, dass politische Gegner in der Stadt der Love Parade plakatieren: Wählt Wowereit nicht, er küsst Männer"?*

Nachdem die Bild-Zeitung den Bürgermeister später einmal mit einer Frau bei einer Party gezeigt und die Zeile *„Wowereit nicht mehr schwul?"* dazu gestellt hatte, verteidigte sich Wowereit ausführlich und bezeichnete den Gedanken, den die „Bild" formuliert hatte – dass man nämlich Schwule einfach mit einer schönen Frau konfrontieren müsse, und schon könne man sie ändern – als diskriminierend. Wagner schrieb damals an Wowereit: *„Die Würde der Schwulen geht mir langsam auf den Keks – und Ihr Marken-*

*zeichen schwul auch. Schwulsein ist nicht besser.“* Was Wagner nicht bedacht hat: Hetero sein ist auch nicht besser. Auch weil diese Erkenntnis nicht selbstverständlich ist, ist Wowereits Outing historisch.

03 ***Gemeinsame Bekannte: Wolfgang Kubicki*** Klaus Wowereit ist Mitglied der SPD. Wolfgang Kubicki ist Mitglied der FDP. Klaus Wowereits Partner Jörn Kubicki ist mit Wolfgang Kubicki verwandt. Und Wowereit machte daher

*Wowereit in Litauen*

den kleinen Scherz: *„Wenn ich damals gewusst hätte, dass er (Jörn) mit dem schleswig-holsteinischen FDPler Wolfgang Kubicki verwandt ist, hätte ich es mir vielleicht noch anders überlegt.“*

04 ***Zahl des Paares: 29.3.1993*** Am 29. März 1993 lernten Wowereit und Kubicki einander kennen.

05 ***Sonst so*** Wowereit ist ein ostpreußischer Name und heißt im Litauischen *„das junge Eichhörnchen“*.

Am 16. Mai 2005 war Wowereit auf dem Titelblatt des Magazins „Time“ abgebildet – das finden Politiker so großartig wie es Schauspieler finden, einen Oscar zu gewinnen.

06 ***Was aus dem Paar wurde*** Ein Politiker und ein Neurochirurg, die – so weit sich das aus der Ferne beurteilen lässt – glücklich zusammenleben.

07 ***Bleibende Werte*** ..........................................................................

*Anspruch* ●●●○○ / *Gefühl* ●●●●○ / *Action* ●○○○○ / *Erotik* ●●●○○ / *Glamour* ●●●●○

## 096 SICH AUF DIE DREISAMKEIT VORBEREITEN

Man kann einen Geburtsvorbereitungskurs allein besuchen. Aber im Grunde ist das natürlich eine Sache für Paare, weil sich der werdende Vater durchaus dafür interessieren sollte, wie der Nachwuchs auf die Welt kommt – und wie es der Mutter dabei ergeht. Hilfreich ist ein solcher Kurs, weil man darin grob erfährt, was bei der Geburt passiert, und sich folglich einigermaßen darauf einstellen kann. Es gibt die Kurse in allen Variationen: Kurse nur für Mütter (wie gesagt), Kurse, bei denen zweimal nur Mütter, zweimal aber beide Elternteile teilnehmen, und Kurse, an denen immer beide teilnehmen. Es gibt zudem Kurse über mehrere Abende, Schnellkurse an einem halben Samstagnachmittag, Kurse, an denen fünf Paare und solche, an denen 15 Paare teilnehmen.

Welches Wissen vermittelt wird, variiert mehr oder weniger stark. Es gibt Kurse, in denen die helfende Kraft der Ingwerwurzel beschworen wird, Kurse, bei denen die schmerzmittelfreie Geburt gepriesen wird, und Kurse für Menschen, die einen Kaiserschnitt vorziehen. Allerdings wird bei Geburtsvorbereitungskursen selten über die politische Entwicklung in Nicaragua gesprochen – einen roten Faden gibt es also durchaus.

In der Regel werden körperliche Aspekte der Schwangerschaft angesprochen: Der Körper der Frau verändert sich. Sie bekommt nicht nur einen großen Bauch, es können auch unangenehme Begleiterscheinungen auftreten: Scheidenpilze, Hämorrhoiden, Sodbrennen oder Wassereinlagerungen in den Beinen, zum Beispiel.

Direkt nach der Geburt ist der Körper auch nicht umgehend wieder der alte. Ein eventuell aufgetretener Dammriss muss genäht werden und heilen. Der Damm mancher Frauen wird auch geschnitten, wenn Hebammen und Ärzte das bei der Geburt entscheiden. Außerdem scheidet der Körper, laienhaft gesagt, Schwangerschaftsüberbleibsel aus: den Wochenfluss, der aus der Wunde kommt, die die abgelöste Plazenta in der Gebärmutterinnenwand hinterlassen hat. Zudem muss sich der ausgeleierte Beckenboden wieder stabilisieren. All das lernt man im Kurs.

Da es sich dabei um vollkommen natürliche Dinge handelt, sind bei manchen Kursen die Väter dabei, damit sie erfahren, was die Mutter des gemeinsamen Kindes erlebt. Da es sich dabei aber auch um recht intime Dinge

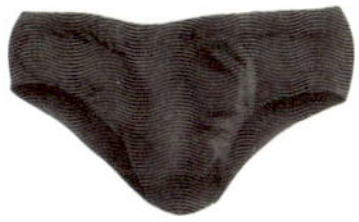

*Streikt die Hebamme, wenn der Vater in der Wanne keine Badehose tragen will?*

handelt, die Frauen vor fremden Männern vielleicht ungern besprechen, sind bei anderen Kursen, wenn es um diese Themen geht, Väter nicht erwünscht.

Wenn Sie zufällig einmal in einem Kreißsaal herumsitzen und plötzlich eine gemischgeschlechtliche Touristengruppe hereinschneit, wundern Sie sich nicht – es sind die Teilnehmer eines Geburtsvorbereitungskurses, die sich allmählich einstimmen. In den Geburtszimmern eines Kreißsaals stehen zahlreiche Gerätschaften, die sich auch auf Spielplätzen, in Turnhallen und in Hotelsuiten gut machen würden: Zum Beispiel können sich da ein großer Hüpfball, eine Sprossenwand, eine große, breite Badewanne, ein höhenverstellbares Bett oder ein Seil befinden, an dem man unter anderen Umständen wunderbar herumhängen könnte, das aber im Kreißsaal werdenden Müttern dabei hilft, eine möglichst angenehme und dennoch für die Geburt günstige Position zu finden.

Handwerklich können Väter bei der Geburt in der Regel wenig tun, dafür können sie emotional wichtig sein. Manche Väter steigen zur Wassergeburt – nach absolut glaubwürdigen Augenzeugenberichten – mit in die Wanne. Berichtet wird auch von Paaren, die während der Geburt über viele Stunden einen irischen Folksong in Dauerschleife hören wollten. Ein Kurs kann dazu dienen, Fragen zu klären wie: Ist ein CD-Player vorhanden? Darf man im Zweifelsfall einen anschließen? Gibt es eigentlich ein Heavy-Metal-Verbot im Kreißsaal? Oder: Streikt die Hebamme, wenn der Vater in der Wanne keine Badehose tragen will? Klingt etwas albern, aber bei Geburten passiert tatsächlich so dies und das – und es tauchen die tollsten Fragen auf.

... wie
Franz Beckenbauer
und
Robert Schwan

01 ***Erstes Kennenlernen*** 1964 machte sich Robert Schwan grundsätzliche Gedanken über sein Leben und entschloss sich, statt nur Versicherungen zu verkaufen, von nun an auch in Fußball zu machen. Er wurde Vereinsmitglied Nummer 514 und bald Spielausschussvorsitzender des FC Bayern München, was dem nahe kam, was man heute Manager nennt. Er fasste, als er den Spielern vorgestellt wurde, die wichtigsten Punkte seines beruflichen Strebens kurz zusammen: *„Ich werde darauf achten, dass die Kasse stimmt, auch eure."*

In dieser Zeit hatte der FC Bayern München noch deutlich andere Saisonziele als heute. Zum Beispiel: den Aufstieg von der Regionalliga in die Bundesliga. Am 6. Juni 1964 besiegte der FC Bayern im ersten Spiel der Aufstiegsrunde den FC St. Pauli 4:0. Es war das erste Pflichtspiel von Franz Beckenbauer. Der Aufstieg von Beckenbauer und Schwan verlief also ziemlich parallel.

Damals verdiente man noch nicht so viel Geld im Fußball, ungefähr einen dreistelligen Betrag im Monat. Beckenbauer arbeitete deshalb nebenbei beim Textilhändler Gottfried Dresbach, der allerdings mit dem TSV 1860 München sympathisierte – und versuchte, den begabten Beckenbauer für seinen Verein abzuwerben. Auf dem Münchner Sportlerball soll es zwischen Dresbach und Schwan daher beinahe zu Handgreiflichkeiten gekommen sein, wie Beckenbauers Biograph Torsten Körner berichtet. Bald drohte Schwan: *„Entweder hört Franz bei Dresbach auf, oder ich höre bei den Bayern auf."* Also hörte Franz bei Dresbach auf und fing bei Schwans Versicherungsagentur an.

02 ***Geld verdienen*** Robert Schwan, einst Obst- und Gemüsehändler auf dem Münchner Viktualienmarkt, war nicht nur ab 1966 der erste hauptamtliche Manager der Bundesliga (Monatsgehalt: 5000 Mark), sondern auch der Manager des ersten Bundesligaspielers, der einen Manager hatte. Beckenbauer schloss mit Schwan einen persönlichen Beratervertrag ab. *„Robert Schwan“*, sagte Beckenbauer 2002 der „Süddeutschen Zeitung“, *„begann, meine Popularität regelrecht zu vermarkten.“* Dabei hielten sich beide an ein paar einfache, aber grundsätzliche Regeln.

***Regel 1 des Geldverdienens wie Schwan und Beckenbauer: Erst einmal einen richtigen Verein aufbauen.*** Dass der FC Bayern München nicht sofort in der 1963 gegründeten Bundesliga starten durfte, empfand man in Teilen Münchens als Unverschämtheit. Also machte sich Robert Schwan daran, die Welt ein bisschen gerechter zu gestalten, indem er den heute erfolgreichsten deutschen Fußballverein mit aufbaute. Gut traf sich, dass ihm Wilhelm Neudecker als Präsident zur Hand ging; er war Bauunternehmer.

***Regel 2 des Geldverdienens wie Schwan und Beckenbauer: Nicht ohne meinen Manager.*** Als Franz Beckenbauer einen Werbevertrag mit einem Haarpflegehersteller unterschrieb, für 1000 Mark pro Jahr, kündigte Schwan diesen umgehend wieder. Der „Sport-Bild“ sagte Schwan 1995: *„Und während ich ein Jahr lang Uwe Seeler mit vollem Brisk-Haar in den Zeitungen sah, schlossen wir mit Knorr für 100.000 Mark ab, damals ein Riesengeld.“*

Andere Quellen berichten, dass Beckenbauer die fehlerfreie Aussprache des Werbeslogans „Kraft in den Teller, Knorr auf den Tisch“ nicht 100.000, sondern 12.000 Mark brachte, aber es waren in jedem Fall mehr als 1.000 Mark. Schwan erfand so im Prinzip die Fernsehwerbung als Geschäftsbereich.

Noch 1966 schloss Beckenbauer einen Vertrag als Schlagersänger ab. „Gute Freunde kann niemand trennen“ wurde ein Gassenhauer und stieg in die Hitparade. Die Plattenfirma kostete die Buchung des prominenten Sängers 100.000 Mark. Beckenbauers Suppenwerbespot sorgte noch während der Weltmeisterschaft 1986 für Spott, als Beckenbauer Teamchef der Nationalmannschaft war: Torwart Uli Stein nannte ihn einen *„Suppenkasper“* oder kurz *„SK“*, was dazu führte, dass Stein vorzeitig nach Hause musste.

***Regel 3 des Geldverdienens wie Schwan und Beckenbauer: Sich nie unter Wert verkaufen.*** Als Beckenbauer das Angebot bekam, in einem Spielfilm einen Taxifahrer zu mimen, gab er laut Torsten Körners Biographie zu Protokoll: *„Es zahlt sich schon aus, wenn man im Blickpunkt steht. Eine Gage unter 100.000 Mark kommt überhaupt nicht in Frage."* Es wurde nichts aus der Rolle, aber Beckenbauer hatte schon etwas gelernt.

***Regel 4 des Geldverdienens wie Schwan und Beckenbauer: Im Blickpunkt bleiben.*** Es schrieb dann bald jemand ein Buch, auf dem stand, dass

*„Klar, Walderdbeeren"*

*„Gute Freunde kann niemand trennen"*

Beckenbauer es geschrieben habe. Angeleitet von Schwan betrieb Beckenbauer eine recht professionelle Medienarbeit: positive Artikel, negative Artikel, egal, Hauptsache Artikel. Aus dieser Zeit, Ende der sechziger Jahre, stammt Beckenbauers gutes Verhältnis zur Publikation „Bild", in der heute noch Kolumnen stehen, die mit seinem Namen gezeichnet sind. Als er nach seiner aktiven Laufbahn mit Alfred Draxler, dem damaligen Sportchef der „Bild", einmal Golf spielte und seinen Ball ins Gebüsch geschlagen hatte, soll ihm Drexler zugerufen haben: *„Franz, suchst du was?"* Die Antwort, so stand es in der Zeitung „Welt", die im selben Verlag wie „Bild" erscheint: *„Klar, Walderdbeeren, du Arschloch."* So reden nur Freunde. 1982 unterschrieb Beckenbauer einen Vertrag mit „Bild". Schwan regelte übrigens auch andere Probleme mit Medienvertretern, so bekam zum Beispiel die „Bunte" den Zuschlag, die ersten Fotos von Franz Beckenbauer und seiner – mittlerweile Ex-Gattin – Sybille drucken zu dürfen.

***Regel 5 des Geldverdienens wie Schwan und Beckenbauer: Nicht politisch werden!*** 1969, mitten im Bundestagswahlkampf, drehte ein ZDF-Team eine Reportage über Beckenbauer, und der wurde darin indirekt mit der Ansicht zitiert, *„Willy Brandt sei ein nationales Unglück"*. Das ging selbst einigen Bayern-Fans zu weit. Schwan, der, wie die „Stuttgarter Zeitung" 2001 schrieb, zu einem Auswärtsspiel der Bayern in der DDR Essen und Köche von Feinkost-Käfer mitnahm, *„um von den Sozialisten nicht vergiftet zu werden"*, bemühte sich redlich um Schadensbegrenzung. Man hatte jedenfalls wieder etwas gelernt über das Geldverdienen: Den Mund zu halten hilft manchmal.

***Regel 6 des Geldverdienens wie Schwan und Beckenbauer: Interessenkonflikte im eigenen Sinne lösen.*** Robert Schwan war Manager des FC Bayern und Berater von Franz Beckenbauer. Das hatte große Vorteile, wenn Beckenbauer beim FC Bayern seinen Vertrag verlängern wollte, denn dann traf sich Robert Schwan mit sich selbst und handelte mit sich aus, was er für alle Seiten für das Beste hielt. Der „Schwäbischen Zeitung" sagte Schwan 2001: Um Franz Beckenbauer oder andere Spieler wie Gerd Müller oder Sepp Maier beim FC Bayern zu halten, habe er *„Beträge gezahlt, die nicht üblich waren, aber das hat sich ausgezahlt. Dass manche das anrüchig fanden, war mir vollkommen wurscht"*. Das hatte natürlich seine Gründe, zum Beispiel diesen: *„Wäre nur einer abgesprungen, dann wären andere gefolgt und der FC Bayern vielleicht auseinandergebrochen"*, sagte Schwan zur „Frankfurter Allgemeinen Zeitung".

Anfang der siebziger Jahre gab es allerdings ein paar Rebellen, zum Beispiel die Spieler Paul Breitner und Uli Hoeneß, die an der engen Verbindung von Schwan und Beckenbauer etwas auszusetzen hatten. Präsident Neudecker nahm die beiden jedoch ins Gebet und sagte ihnen: *„Meine Herren, wenn Ihnen etwas nicht passt, können Sie gehen."*

***Regel 7 des Geldverdienens wie Schwan und Beckenbauer: Zum richtigen Zeitpunkt auf das richtige Pferd setzen.*** 1977 riet Robert Schwan seinem Schützling, den FC Bayern München zu verlassen und zu Cosmos New York zu wechseln (auch aus privaten Gründen).

Cosmos New York war das, was man heute einen Karnevalsverein nennt, denn es ging dort vor allem um Spaß. Bezahlt wurde der Spaß vom Unterhaltungskonzern Warner Brothers, der zudem noch die Brasilianer Pelé und Carlos Alberto, die Niederländer Neeskens und Rijsbergen sowie den Kollegen Bogicevic einkaufte. Beckenbauer spielte in Spezialschuhen mit 114 Noppen.

Schwan wechselte gleich mit nach New York, denn er wurde von Präsident Neudecker beim FC Bayern entlassen. Der Vorwurf lautete auf Abwerbung zum eigenen Vorteil. Es soll auch Morddrohungen gegen Schwan, den – laut „Bild" – „Judas des deutschen Fußballs" gegeben haben. Andere Quellen berichten, dass Schwan nicht entlassen wurde, sondern seinen Job im Verein aufgegeben habe.

1980 kehrte Beckenbauer nach Deutschland zurück und ging zum Hamburger Sportverein. Beim HSV verdiente Beckenbauer 1,1 Millionen Mark, bezahlt unter anderem von British Petroleum und Adidas, einem Unternehmen, mit dem Beckenbauer ebenfalls einen Vertrag hatte. Der damals sehr junge Fußballfan Thomas Lembke gewann eine Eintrittskarte für ein Spiel, weil er bei einem Zweizeiler-Wettbewerb ein besonders schönes Gedicht eingereicht hatte: *„Franz Beckenbauer, der ist schlau / Holt sich die Rente vom HSV."*

***Regel 8 des Geldverdienens wie Schwan und Beckenbauer: Pflege die Landschaft.*** Schwan und Beckenbauer wohnten in Kitzbühel viele Jahre nebeneinander. Es war zunächst Schwan, der seinen Wohnsitz nach Reith bei Kitzbühel verlegt hatte. Beckenbauer hatte er danach von den vielen landschaftlichen Vorzügen überzeugt. Der ließ sich überzeugen, obwohl ein Wohnsitz in Österreich gegenüber einem Wohnsitz in Deutschland den deutlichen Nachteil hat, dass man in Deutschland mehr Steuern zahlen darf. Aber die Landschaft machte das wett.

*03* ***Gemeinsame Bekannte: Markus Wasmeier*** Markus Wasmeier wurde ebenfalls rund eineinhalb Jahrzehnte von Robert Schwan beraten, eine Verbindung, die nicht so erfolgreich war wie die zwischen Schwan und Beckenbauer, aber Skifahren ist eben nicht Fußball.

Im Februar 1985 wurde Wasmeier 22-jährig Weltmeister im Riesenslalom. Danach, sagte er dem „Bayerischen Rundfunk“, habe Schwan zu ihm gesagt: *„Du musst jetzt drei Jahre lang Weltspitze sein, erst dann kannst du wirklich Verträge abschließen. Und dann kannst du ins Profigeschäft einsteigen!“* Dass Wasmeier das Zeichen eines Kreditkartenunternehmens auf dem Stirnband trug, kostete das Unternehmen 100.000 Mark pro Jahr. Das fand Schwan laut einem „Spiegel“-Bericht von 1986 schon *„ganz fantastisch“*, bedauerte aber, dass Skifahren nicht Tennis ist, wirtschaftlich betrachtet.

04 ***Zahl des Paares: 20*** Robert Schwan wurde, wie die „Stuttgarter Zeitung“ 2002 schrieb, der *„Mister 20 Prozent“* genannt. Das könnte damit zu tun haben, dass er von allem 20 Prozent bekam.

05 ***Sonst so*** 2007 wurde Franz Beckenbauer von „Superbrands“ ausgezeichnet, einer Organisation, die die besten und stärksten Produkt- und Unternehmensmarken auszeichnet. In der Begründung hieß es: Die Jury kam *„schnell zur Überzeugung, dass Franz Beckenbauer seit Jahrzehnten die Persönlichkeits-Marke Deutschlands mit Weltruf ist“*.

06 ***Was aus dem Paar wurde*** Franz Beckenbauer wurde 1994 Präsident des FC Bayern München und eine Art Überinstanz des deutschen Fußballs. Robert Schwan saß von 1996 bis 2000 im Aufsichtsrat von Hertha BSC Berlin, zuletzt als Vorsitzender.

Im „Bayern-Magazin“ schrieb Franz Beckenbauer 2002, anlässlich des Todes von Robert Schwan: *„Für den FC Bayern war er einer der Architekten, die das Fundament legten, auf dem dieser Klub heute steht.“* Und: *„Er hatte mich seit fast 40 Jahren in meiner Karriere als Spieler, Trainer und Funktionär begleitet und geleitet.“*

07 ***Bleibende Werte*** ........................................................................

***Anspruch*** ●●●○○ / ***Gefühl*** ○○○○○ / ***Action*** ○○○○○ / ***Erotik*** ○○○○○ / ***Glamour*** ●●●●●

# 098

Nur noch wenige Deutsche greifen zum Hausmittel, bevor sie an den Arzneimittelschrank gehen. Dabei passt zu vielen alltäglichen kleinen Leiden ein Hausmittel, und es kann bisweilen die Einnahme von Medikamenten ersparen, die entsprechenden Paare zu kennen. In ernsten Fällen heißt es natürlich, zum Arzt zu gehen. Viele Hausmittel fördern die selbstheilenden Kräfte des Körpers, die Erstaunliches bewirken können.

•••

01 ***Gänseblümchen** und **Herpes*** Der Pflanzensaft frisch zerriebener Blätter hilft bei Herpes Simplex, aber auch bei Pubertätsakne. ......................................

02 ***Eichenrinde** und **Schweißfüsse*** 0,5 kg Eichenrinde in 3 Litern Wasser aufkochen, eine halbe Stunde bei geringer Temperatur ziehen lassen, abseihen und nach Abkühlung als Fußbad verwenden. Noch besser: einen Esslöffel Senfmehl und zwei Esslöffel Kümmel mitkochen lassen. .............................

03 ***Ingwer** und **Reisekrankheit*** Ingwer stärkt den Magen, regt die Produktion der Gallenflüssigkeit an und hilft gegen Übelkeit. Es reicht, ihn in kleinen Stückchen zu kauen. ...................................................................

04 ***Gewürznelken** und **Zahnweh*** Das vielleicht bekannteste Paar (auch wegen des Hollywood-Fims „Der Marathon-Mann“). Die antibakterielle Wirkung einer zwischen die Zähne geschobenen Nelke lindert akuten Zahnschmerz.

05 ***Buttermilch** und **Sonnenbrand*** Buttermilch mit Quark und/oder Joghurt mischen und auftragen. Die Milchsäure beruhigt die gereizte Haut und lindert die Schmerzen. ...........................................................................

06 ***Weißkohl** und **Entzündungen*** Kohl hat entzündungshemmende Wirkung und lindert Schmerzen in den Gelenken. Bei Bedarf einen Wickel mit warmen Kohlblättern anlegen. ...................................................................

07 ***Essig** und **Magenschmerzen*** Ein Glas Wasser mit einem Schuss lauwarmem Apfelessig hilft bei Verdauungsschwierigkeiten. ........................................

08 ***Knoblauch** und **Fußpilz*** Die mit Pilz befallenen Zehen werden mit einer Knoblauch-Zehe eingerieben. Wirkt antiseptisch und heilt zuverlässig. .......

09 ***Spargel** und **Blasenleiden*** Spargel fördert die Zelltätigkeit der Nieren und bringt die Blase in Schwung. Ein Cocktail aus Spargelwasser, Wacholderschnaps und Honig stärkt zudem die Herzmuskulatur. ................................

# 099 ZUSAMMENLEBEN

*... wie*

*Ernie und Bert*

01 ***Erstes Kennenlernen*** Ernie, geboren an einem 28. Januar, und Bert, geboren an einem 26. Juli, gründeten ihre Wohngemeinschaft im Jahr 1969. In diesem Jahr wurden die beiden Figuren zumindest entworfen. Sie sind nach dem Vorbild einer Orange (Ernie) und einer Banane (Bert) geformte Puppen und nehmen eine zentrale Rolle in der Kinderserie „Sesamstraße“ ein.

02 ***Zusammenleben*** Ernie und Bert leben miteinander in einer Wohngemeinschaft und kommen recht gut miteinander aus, allerdings sind sie sehr unterschiedlich: Da ist der Kronkorkensammler Bert, der Taubenwitzbücher liest und Blasmusik hört. Und da ist Ernie. Ihre Wohnsituation kann als typisch für Menschen gelten, die zusammenleben: Es gibt Momente, in denen sie einander auf den Keks gehen.

Man könnte vermuten, Ernie und Bert seien vielleicht unterschiedlich geratene Brüder, das ist allerdings nicht der Fall, Bert hat einen Bruder, der

*« Im Ohr «*

*» In der Wanne »*

gelegentlich zu Besuch kommt; in der deutschen Version heißt er Bernd. Wenn Bernd auch Ernies Bruder wäre, wüsste man das. Warum Ernie und Bert zusammengezogen sind, ist nicht bekannt.

Ein klassischer Dialog zwischen Ernie und Bert (der deshalb klassisch ist, weil er am Ende auf Berts Kosten geht) läuft folgendermaßen ab:

Bert: *„Hey, Ernie, äh …“* • Ernie: *„Oh, hi Bert!“* • Bert: *„Ernie, weißt du, dass du eine Banane im Ohr hast?“* • Ernie: *„WAS?“* • Bert: *„Ich sagte, du hast EINE BANANE IM OHR!“* • Ernie: *„Kannst du bitte ein bisschen lauter sprechen, Bert, ich habe eine Banane im Ohr!“*

Oder: Bert: *„Hey, Ernie, du hast eine Banane im Ohr.“* • Ernie: *„Oh, ich weiß, das ist gegen die Alligatoren.“* • Bert: *„Aber es gibt keine Alligatoren in der Sesamstraße.“* • Ernie: *„Siehst du, die Banane hilft.“*

Die Frage ist, ob Ernie und Bert vielleicht einfach eine Zweck-WG bilden und nur aus Gründen der Kostenersparnis zusammenleben. Das würde erklären, warum zwei so unterschiedliche Typen zusammenziehen. Zweck-WGs sind heute üblich, wobei das schönere Modell die WG ist, deren Mitglieder nicht nur aus wirtschaftlichen Erwägungen, sondern aus Sympathie zusammenleben.

Welches Modell man bevorzugt, hat auch Auswirkungen auf die Hierarchie, die in WGs meist flach ist. Je zweckmäßiger das Zusammenleben, desto höher dürfte die Notwendigkeit sein, sich auf Regeln zu einigen, zum Beispiel Putz- oder Lautstärkeregeln. Außergewöhnlich ist eine spezielle WG-

Form, das „Funktionale Wohnen". WGs, die funktional wohnen, teilen die einzelnen Zimmer einer Wohnung nicht einzelnen Mitgliedern zu, sondern Funktionen: Im einen Zimmer wird Musik gehört, im zweiten gegessen, im dritten gearbeitet. Ziel ist, die Idee des Privateigentums zu hinterfragen und Privateigentum zu reduzieren und zu Gemeinschaftseigentum umzudeklarieren – selbst Kleidung ist in funktionalen WGs nicht zwangsläufig Eigentum eines Einzelnen.

Mietrechtlich betrachtet sind die verschiedenen Modelle unterschiedslos zu betrachten; Wohngemeinschaften sind im Bürgerlichen Gesetzbuch nicht gesondert geregelt. Es ist möglich, dass ein Mieter als Hauptmieter fungiert und der Mitbewohner sein Untermieter ist. Der Hauptmieter haftet dann für die Zahlung der gesamten Miete. Denkbar ist aber auch, dass beide (bzw. alle) Bewohner einer WG Hauptmieter sind, was zur Folge hat, dass sie nur gemeinsam kündigen können. Jeder Hauptmieter haftet zudem für die gesamte Vertragsschuld gegenüber dem Vermieter.

Ernie und Bert sind nur insofern ein besonderer Fall einer WG, weil sie vom öffentlich-rechtlichen Rundfunk bezahlt werden, also von den Rundfunkgebühren. Üblich ist eher, dass Wohngemeinschaften Rundfunkgebühren entrichten müssen. Geregelt ist das im „Gebührenlexikon" der Gebühreneinzugszentrale im Eintrag 33: *„Jedes Mitglied einer Wohngemeinschaft muss für Rundfunkgeräte in seinem Wohnraum Rundfunkgebühren zahlen. Hat ein Mitglied nur ein Autoradio / Navigationsgerät mit Empfangsteil, so ist dieses als Erstgerät gebührenpflichtig. Für Rundfunkgeräte in gemeinschaftlich genutzten Räumen gelten alle Mitglieder als Rundfunkteilnehmer. Es genügt allerdings, wenn eines der Mitglieder diese Geräte anmeldet und die Gebühren zahlt."*

03 ***Gemeinsame Bekannte: das Quietsche-Entchen*** Ernie ist mit dem Quietsche-Entchen befreundet, das ebenfalls im Haushalt lebt, weshalb es auch zu Berts Bekannten zählt. In Ernies Verhalten gegenüber der kleinen gelben Ente wird jedoch auch das eine oder andere Beziehungsproblem offenbar. Laut Ernie ist das Entchen nämlich – und das wirft ein Schlaglicht auf sein

Verhältnis zu Bert – *„mein allerliebster kleiner Kumpel“* beziehungsweise *„der beste Freund, den es gibt“*. Was die Frage aufwirft, was Bert dann für Ernie ist. Ein Lied, das Ernie dem Entchen singt, geht so:

*„Jeden Tag, wenn ich baden mag oder spritzen*
*Seh' ich auf meinem Lieblingsplatz*
*Meinen kleinen Schatz sitzen*
*Pitsche pitsche patsch pitsch*
*Quietsche-Entchen, Du bist mein*
*Und gehörst nur mir allein*
*Quietsche-Entchen, ich habe Dich so furchtbar lieb.“*

Und er fragt es: *„Du, Quietscheentchen, soll ich dir mal mit meiner neuen Rückenschrubbbürste den Rücken schrubben?“* Bert fragt er das nie. Aufgrund solcher Szenen hält sich hartnäckig das Gerücht, dass Bert unter seiner unterdrückten Homosexualität leide. Diese Interpretation, der zufolge Ernie und Bert für eine Öffnung des traditionellen Familienmodells stehen, ist nicht nur gestattet, sondern auch nicht unsympathisch. Ob die Figuren schwul angelegt wurden, als sie erfunden wurden, ist aber fraglich. Die Hervorhebung der Verschiedenheit von Ernie und Bert kann auch einfach dramaturgische Gründe haben. Und auch aus pädagogischen Gründen leuchtet die Konstellation ein: Kinder können von Ernie und Bert lernen, dass nicht alle Menschen gleich sind, und dass man sich dennoch mit vielen von ihnen arrangieren muss und in der Regel auch kann.

04 ***Zahl des Paares: Graf Zahl*** Graf Zahl – auch er ist ein Bewohner der Sesamstraße, sieht aus wie ein Vampir und fällt dadurch auf, dass er, wann immer er auftritt, etwas zählt.

05 ***Sonst so*** Ernie und Bert gibt es in vielen Variationen, zum Beispiel in diesen: Bert und Ernie (USA, also in der umgekehrten Reihenfolge) • Bernie und Ert (deutsche Parodie) • Ênio und Beto (Brasilien) • Shadi und Hadi (Ägypten) •

Ernest und Bart (Frankreich) • Bentz und Arik (Israel) • Ernesto und Berto (Italien) • Beto und Enrique (Mexiko) • Erling und Bernt (Norwegen) • Egas und Becas (Portugal) • Yenik und Vlas (Russland) • Epi und Blas (Spanien) • Edi und Büdü (Türkei)

06 ***Was aus dem Paar wurde*** 2001 wurde Bert in Bangladesch auf einer Demonstration gesichtet, deren Teilnehmer lautstark ihre Sympathie für Osama bin Laden bekundeten. Auf Plakaten, die unter anderem bin Ladens Gesicht zeigten, war tatsächlich klein, neben dem Terroristen, Bert abgebildet. Offenbar hatte der Demonstrant, der das Plakat gefertigt hatte, einfach ein im Internet gefundenes Foto bin Ladens verwendet. Gefunden hatte er es lustigerweise auf der Seite eines amerikanischen Computergrafikers, der damals die Homepage „Bert is Evil“ – „Bert ist böse“ – betrieb. Die Seite zeigt Bert beim Attentat auf Kennedy, mit Hitler oder eben zusammen mit Osama bin Laden.

Bert ist natürlich nicht böse, kein bisschen, er wohnt weiter mit Ernie in der Sesamstraße, wo alles seinen gewohnten Gang geht.

07 ***Bleibende Werte*** ..................................................

***Anspruch*** ●●●●○ / ***Gefühl*** ●●●○○ / ***Action*** ●●○○○ / ***Erotik*** ●○○○○ / ***Glamour*** ●●●●○

# 100 VON NULL AUF HUNDERT

| *Ehedauer* | *Name* |
|---|---|
| 0 | Trauung, grüne oder weiße Hochzeit |
| ½ | Traumhochzeit |
| ¾ | Bierhochzeit |
| 1 | Papierne Hochzeit |
| 2 | Baumwollene Hochzeit |
| 3 | Lederne Hochzeit |
| 4 | Seidene Hochzeit |
| 5 | Hölzerne Hochzeit |
| 6 | Zinnerne Hochzeit |
| 6 ¼ | Hammelhochzeit |
| 7 | Kupferne Hochzeit |
| 8 | Blecherne Hochzeit |
| 9 | Keramikhochzeit |
| 10 | Rosenhochzeit |

| *Ehedauer* | *Name* | *Ehedauer* | *Name* |
|---|---|---|---|
| … | | … | |
| 11 | Stählerne Hochzeit | 38 | Feuerhochzeit |
| 12 | Nickelhochzeit | 39 | Sonnenhochzeit |
| 12 ½ | Petersilienhochzeit | 40 | Rubinhochzeit |
| 13 | Veilchenhochzeit | 41 | Birkenhochzeit |
| 14 | Elfenbeinhochzeit | 42 | Granathochzeit |
| 15 | Kristallhochzeit | 43 | Bleierne Hochzeit |
| 16 | Saphirhochzeit | 44 | Sternenhochzeit |
| 17 | Orchideenhochzeit | 45 | Edelweißhochzeit |
| 18 | Türkishochzeit | 46 | Lavendelhochzeit |
| 19 | Perlmutthochzeit | 47 | Kaschmirhochzeit |
| 20 | Porzellanhochzeit | 48 | Amethysthochzeit |
| 21 | Buchenhochzeit | 49 | Uranushochzeit |
| 22 | Bronzene Hochzeit | 50 | Goldene Hochzeit |
| 23 | Beryllhochzeit | 51 | Weidenhochzeit |
| 24 | Satinhochzeit | 52 | Topashochzeit |
| 25 | Silberne Hochzeit | 53 | Uranhochzeit |
| 26 | Jadehochzeit | 54 | Zeushochzeit |
| 27 | Mahagonihochzeit | 55 | Platinhochzeit |
| 28 | Nelkenhochzeit | 60 | Diamantene Hochzeit |
| 29 | Ebenholzhochzeit | 61 | Ulmenhochzeit |
| 30 | Perlene Hochzeit | 62 | Aquamarinhochzeit |
| 31 | Lindenhochzeit | 63 | Quecksilberhochzeit |
| 32 | Seifenhochzeit | 64 | Himmelhochzeit |
| 33 | Porphyrhochzeit | 65 | Eiserne Hochzeit |
| 33 ½ | Knoblauchhochzeit | 67 ½ | Steinerne Hochzeit |
| 34 | Amberhochzeit | 70 | Gnadenhochzeit |
| 35 | Rubinhochzeit | 72 ½ | Juwelenhochzeit |
| 36 | Smaragdhochzeit | 75 | Kronjuwelenhochzeit |
| 37 | Malachithochzeit | 80 | Eichenhochzeit |
| 37 ½ | Aluminiumhochzeit | 100 | Himmelshochzeit |

*... wie*

*Jakob und Esau*

01 ***Erstes Kennenlernen*** Die beiden lernten einander noch vor der Geburt kennen, denn Jakob hielt sich schon im Mutterbauch an Esaus Ferse fest – so hat es jedenfalls ihr Biograph im Alten Testament aufgeschrieben (siehe Kapitel *Paar schlägt sich,* Rubrik *Zerstritten sein wie Jakob und Esau).*

02 ***Sich versöhnen*** Zur Erinnerung noch einmal in Kürze, was bisher geschah:

***Esau*** der erstgeborene Sohn • behaart und rau • Beruf: Jäger • emotionaler Typ • Liebling seines Vaters Isaak

***Jakob*** der zweitgeborene Sohn • unbehaart und glatt • Beruf: eine Art Hausmann • Talent als Stratege • Liebling seiner Mutter Rebekka

Jakob überlistete Esau zweimal. Erst luchste er ihm für ein Linsengericht das Erstgeborenenrecht ab. Dann brachte er, indem er sich als Esau verkleidete, seinen Vater Isaak dazu, ihm den Segen zu spenden, den der für Esau vorgesehen hatte. Wir erinnern uns: „*Und Esau war Jakob gram um des Segens willen, mit dem ihn sein Vater gesegnet hatte, und sprach in seinem Herzen: Es wird die Zeit bald kommen, da man um meinen Vater Leid tragen muss; dann will ich meinen Bruder Jakob erwürgen.*“

Rebekka hörte das und warnte Jakob, so dass er zu ihrem Bruder Laban gen Haran fliehen konnte, und sie sagte: „*Bleib eine Weile bei ihm, bis sich der Grimm deines Bruders legt und bis sich sein Zorn wider dich von dir wendet und er vergisst, was du an ihm getan hast.*“

Sieben Jahre zogen ins Land, Jakob arbeitete sehr hart für seinen Onkel, in dessen Tochter Rahel er verliebt war. Nach sieben Jahren legte ihn der listige Onkel rein und gab ihm die ältere Tochter Lea zur Frau, woraufhin Jakob noch einmal sieben Jahre sehr hart arbeiten musste, um auch Rahel zur Frau nehmen zu dürfen.

Eines Tages sagte Gott im Traum zu ihm: „*Ziehe wieder in deiner Väter Land und zu deiner Freundschaft; ich will mit dir sein.*" Und das tat er: mit Zelten, Kochgeschirr, Teppichen, Kleidern, Frauen, Kindern und Kamelen. Er hatte allerdings doch ein wenig Angst vor Esaus Rache.

Also schickte er „*Boten vor sich her zu seinem Bruder Esau ins Land Seir, in die Gegend Edoms*", und er befahl ihnen, ihm Folgendes auszurichten: „*Dein Knecht Jakob lässt dir sagen: Ich bin bis daher bei Laban lange außen gewesen und habe Rinder und Esel, Schafe, Knechte und Mägde; und habe ausgesandt, dir, meinem Herrn, anzusagen, dass ich Gnade vor deinen Augen fände.*"

Die Boten kamen wieder zu Jakob zurück und berichteten dies: „*Wir kamen zu deinem Bruder Esau; und er zieht dir auch entgegen mit vierhundert Mann. Da fürchtete sich Jakob sehr, und ihm ward bange.*" Allerdings, wie sich recht bald herausstellte, völlig grundlos: „*Jakob hob seine Augen auf und sah seinen Bruder Esau kommen mit vierhundert Mann. (...) Esau aber lief ihm entgegen und herzte ihn und fiel ihm um den Hals und küsste ihn; und sie weinten.*"

03 ***Gemeinsame Bekannte: Isaak*** Isaak ist der Vater der beiden. Und wie das bei Vätern eben manchmal so ist, mag er einen seiner Söhne etwas lieber als den anderen.

04 ***Zahl des Paares: 1*** Am Erstgeborenenrecht entzündete sich der Streit, der glücklicherweise nach so vielen Jahren beigelegt werden konnte.

05 ***Sonst so*** Jakob hatte dem Esau das Erstgeborenenrecht gegen ein Linsengericht abgeknöpft. Will man nun selber – trotz der möglichen Konsequenzen – jemandem das Erstgeborenenrecht abluchsen, sollte man immerhin wissen, wie man ein Linsengericht zubereitet.

Es reicht eine simple Suppe, die man für zwei (bis drei) Personen zum Beispiel so zubereiten kann:

***Zutaten:*** 150 Gramm Linsen • zirka 0,5 Liter Wasser • eine Zwiebel • 100 Gramm Suppengrün • 50 Gramm Bauchspeck • ein Lorbeerblatt • 0,25 Liter Rinderfond • 200 Gramm Kartoffeln • Wiener Würstchen (Anzahl nach Bedarf, normalerweise eine pro Person) • Salz • Pfeffer.

***Zubereitung:*** Die Arbeit beginnt schon einen Tag vor dem Essen, da die Linsen über Nacht eingeweicht werden müssen, und zwar in gerade soviel Wasser, dass sie bedeckt sind.

Am folgenden Tag den Bauchspeck würfeln und in einem Topf auslassen. Die Zwiebel würfeln und dünsten, bis sie glasig ist. Dann die Linsen (mit dem Einweichwasser!) hinzufügen. Das Suppengemüse kleinschneiden und in den Topf geben, ebenso das Lorbeerblatt. Den Rinderfond (am besten selbstgemachten) hinzufügen und alles einmal aufkochen lassen. Anschließend die Hitzezufuhr stark drosseln und die Suppe eine knappe Stunde vor sich hinköcheln lassen. Die Kartoffeln schälen und in kleine Würfel schneiden und gute zehn Minuten vor dem Servieren mit den Würstchen hinzufügen (und bis zum Servieren weiterköcheln lassen). Mit Salz und Pfeffer abschmecken, fertig. Ist übrigens auch ohne Hintergedanken lecker – und eignet sich zudem erneut als Gericht bei der späteren Versöhnung.

*06* ***Was aus dem Paar wurde*** Jakob und Esau gingen, obwohl sie sich versöhnt hatten, getrennte Wege: *„Dann zog Esau los und machte sich auf den Weg in den Süden des Landes. Jakob und seine Familie aber blieben im Norden und wurden dort sesshaft.“* Allerdings war ihre Bruderbeziehung wieder hergestellt, was sich auch daran zeigte, dass sie ihren Vater gemeinsam zu Grabe trugen: *„Isaak ward hundertundachtzig Jahre alt und nahm ab und starb und ward versammelt zu seinem Volk, alt und des Lebens satt. Und seine Söhne Esau und Jakob begruben ihn.“*

*07* ***Bleibende Werte*** ..........................................................................................

***Anspruch*** ●●●●○ / ***Gefühl*** ●●●●○ / ***Action*** ●●○○○ / ***Erotik*** ○○○○○ / ***Glamour*** ●○○○○

# DAS ALTE PAAR

# 102 FÜR DAS ALTER VORSORGEN

*... wie Anna Nicole Smith und James Howard Marshall II.*

01 ***Erstes Kennenlernen*** 1991 arbeitete Vickie Lynn Hogan, die sich Anna Nicole Smith nannte, in „Gigi's Cabaret" in Houston, Texas. Das „Gigi's" lag an der Kreuzung 34. Straße und Northwest Freeway. Heute befindet sich an dieser Stelle der „Pleasures Mens Club". Das Gigi's war ein ziemlich anständiges Striplokal, viel entspannter als die Clubs am Westheimer Strip und an der Richmond Avenue. Bezahlen konnte man mit Visa, MasterCard und American Express. Eines Abends, es war im Oktober, lernte Anna Nicole Smith hier J. Howard Marshall II. kennen. Die Legende will es, dass sie sich sofort in ihn verliebte.

02 ***Für das Alter vorsorgen*** Besteht zwischen einer jungen Frau und einem älteren Mann ein Altersunterschied von 20 Jahren, fällt häufig der Satz: *„Er könnte ihr Vater sein."* Bei einem Altersunterschied von 40 Jahren heißt es: *„Er könnte ihr Großvater sein."* Bestehen 60 Jahre Altersunterschied, bietet sich diese Version an: *„Er könnte ihr Urgroßvater sein."* James Howard Marshall II. hätte also der ältere Bruder von Anna Nicole Smiths Urgroßvater sein können, denn er war fast 63 Jahre älter als sie. Eine solche Liebe ist selten, kommt aber vor.

Anna Nicole Smith hatte sich konsequent und ehrgeizig nach oben gearbeitet; sie war eine Weile für Jim's Krispy Fried Chicken tätig, dann bei Wal-Mart, danach bei Red Lobster und hatte schließlich ihren eigentlichen Beruf ergriffen: Busenphänomen, zunächst in einer Tanzbar. J. Howard Marshall war kein Phänomen, er führte den schnöden Beinamen „Ölmilliardär".

Manche Beobachter befürchteten daher damals, Marshall habe es nur auf Smiths Brüste abgesehen.

J. Howard Marshall II., geboren am 24. Januar 1905, und Anna Nicole Smith, geboren am 28. November 1967, heirateten am 27. Juni 1994 nach einer gut zweijährigen Beziehung in der White Dove Wedding Chapel in Houston, nachdem sich Anna Nicole Smith von ihrem ersten Ehemann Billy am 3. Februar 1993 hatte scheiden lassen. Nach der Trauung gab es Champagner und Schokoladentorte. Marshall saß zum Zeitpunkt der Eheschließung im Rollstuhl und konnte wegen Altersschwäche angeblich nicht mehr lesen und schreiben. Smith trug Juwelen im Wert von einer Million Dollar und ein sehr tief ausgeschnittenes Satinkleid.

Man munkelt, Smith habe sich direkt nach der Hochzeit alleine auf eine Reise nach Griechenland begeben. Man munkelt auch, das Paar habe nie zusammengelebt. Aber: Smith sagte öffentlich, Alter spiele für sie keine Rolle, und sie liebe ihren Mann. Dass er zufällig einen mordsmäßigen Haufen Geld besaß – nun, das war eben so. J. Howard Marshall II. starb am 4. August 1995 in Houston. Smith erbte nichts, aber das machte ihr nichts aus, es war ja eine Liebesheirat gewesen.

03 ***Gemeinsame Bekannte: Everett Pierce Marshall*** Allerdings wollte sie sich die Unverschämtheiten von Everett Pierce Marshall dann doch nicht gefallen lassen. Nicht dass sie aufs Geld aus war – aber verhohnepiepeln wollte sie sich eben auch nicht lassen.

J. Howard Marshall II. hatte vor seiner Hochzeit mit Anna Nicole Smith bereits zwei Ehen hinter sich gebracht: die Ehe mit Eleanor Pierce und die Ehe mit Bettye Bohannon. Beide Ehen hatten etwa 30 Jahre Bestand, die erste endete mit Scheidung, die zweite mit dem Tod seiner Frau. Everett Pierce Marshall war einer von J. Howard Marshall II. Söhnen aus erster Ehe. Der zweite Sohn heißt J. Howard Marshall III.

E. Pierce Marshall, 1939 geboren, war also Anna Nicole Smiths 28 Jahre älterer Stiefsohn. Er spielte eine tragende Rolle im Streit, der nach dem Tod seines Vaters um dessen Erbe entbrannte. Die zweite Hauptrolle spielte

Anna Nicole Smith, die seit ihrer Hochzeit offiziell Vickie Lynn Marshall hieß. Und so ging der Streit in die Geschichte der amerikanischen Rechtssprechung unter dem Titel „Marshall vs. Marshall“ ein. Der Fall ging bis vor den Supreme Court, das höchste Gericht. In den „United States Reports“,

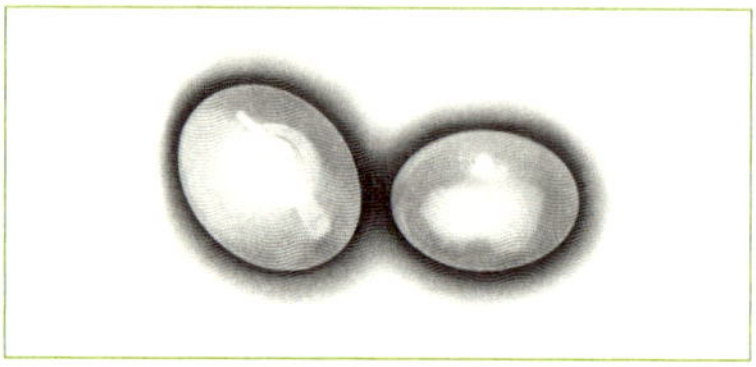

*Tuning-Kit für angehende Busenphänomene*

den offiziellen Aufzeichnungen über die den Supreme Court betreffenden Vorgänge, findet sich der Fall „Marshall vs. Marshall“ in Ausgabe 547/1.

Es ging um genau die Hälfte des von J. Howard Marshall II. hinterlassenen Vermögens. E. Pierce Marshall war von seinem Vater in dessen Testament als Alleinerbe eingesetzt worden. Smiths Anwälte argumentierten jedoch, J. Howard Marshall sei manipuliert worden, damit er seinen Letzten Willen vor seinem Tod nicht mehr ändere, und das wolle sich Smith – aus Prinzip – nicht bieten lassen. J. Howard Marshall III., der andere Sohn des verstorbenen Milliardärs, der nach einem Familiendisput enterbt worden war, trat als Fürsprecher Smiths auf und sagte vor Gericht aus, sein Vater habe sie *„die Liebe seines Lebens“* genannt.

Dieser Sachverhalt wurde von einem Gericht nach dem nächsten verhandelt; mal bekam Frau Smith Recht, dann wieder doch nicht, und so ging es eine Weile.

Konkret ging es folgendermaßen vonstatten: Ein texanisches Gericht bekräftigte zunächst die Richtigkeit des Testaments. Smith stand demnach nichts zu. Nachdem sie jedoch in Kalifornien Bankrott angemeldet hatte, wurden ihr 474 Millionen Dollar zuerkannt, eine Summe, die später auf 88 Millionen reduziert wurde, bevor die Frage aufkam, welches Gericht überhaupt zuständig war, und schließlich landete der Fall also – es ging um die Frage der Zuständigkeit in Insolvenzfällen – vor dem Supreme Court.

Am 28. Februar 2006 wurde der Fall verhandelt, und am 1. Mai gab es ein Urteil, das zugunsten Smiths ausfiel, wobei gesagt werden muss, dass das letzte Wort längst nicht gesprochen sein dürfte. E. Pierce Marshall starb überraschend 2006, und Anna Nicole Smith starb, ebenfalls überraschend, 2007. Doch sowohl die Hinterbliebenen von E. Pierce Marshall als auch die von Anna Nicole Smith dürften daran interessiert sein, Recht zu bekommen.

04 ***Zahl des Paares: 1.600.000.000.*** 1,6 Milliarden US-Dollar. Auf diese Summe belief sich nach US-Medienberichten das Vermögen von J. Howard Marshall II. Nur etwa 800 Millionen US-Dollar, also die Hälfte, wollte Anna Nicole Smith nach seinem Tod. Auch wenn es natürlich eine Liebesheirat war, in der Geld keine Rolle spielte.

05 ***Sonst so*** Der Supreme Court hatte um den 1. Mai 2006 herum noch weitere wichtige Urteile zu fällen, zum Beispiel im Fall „Kalifornien vs. Arizona“. Dies nur, um die Relevanz des Falls „Marshall vs. Marshall“ etwas besser einordnen zu können.

06 ***Was aus dem Paar wurde*** J. Howard Marshall II. starb, wie gesagt, gut 13 Monate nach der Hochzeit. Anna Nicole Smith überlebte ihn nur um zwölf Jahre und starb 2007 an einer Überdosis Medikamenten.

07 ***Bleibende Werte*** ..............................................................................

***Anspruch*** ○○○○○ / ***Gefühl*** ○○○○○ / ***Action*** ○○○○○ / ***Erotik*** ●○○○○ / ***Glamour*** ●○○○○

## 103 EINANDER TREU BEGLEITEN

Es sind besonders Männer, die in Hunden einen treuen Begleiter sehen, einen Freund. Als Boatswain starb, der Lieblingshund von Lord Byron, ließ der Dichter ein herrschaftliches Grab für seinen besten Freund anlegen. Den

Grabstein ziert eine Liebeserklärung: *„Hier ruhen die Überreste eines Wesens, das Schönheit ohne Eitelkeit besaß, Kraft ohne Überhebung, Mut ohne Wildheit und alle Tugenden des Menschen ohne Laster.“*

•••

Émile Zola ***Dichter*** ........ Fanfan ***Mischling***
Wilhelm I. ***Kaiser*** ........ Bella ***Dachshund***
Otto von Bismarck ***Reichskanzler*** ........ Tyras ***Dogge***
Richard Wagner ***Komponist*** ........ Russ ***Neufundländer***
J. F. Kennedy ***Präsident*** ........ Charlie, Shannon und Clipper ***Schäferhunde***
Ronald Reagan ***Präsident*** ........ Lucky ***Bouvier des Flandres***
Thomas Mann ***Schriftsteller*** ........ Bauschan ***Hühnerhundmischling***
Martin Luther ***Reformator*** ........ Belferlein ***Spitz***
Arthur Schopenhauer ***Philosoph*** ........ Atma ***Pudel***
Benjamin Franklin ***Präsident*** ........ Lincoln ***Golden Retriever***

# 104 TREPPENSTEIGEN

*... wie Miss Sophie und Butler James*

01 ***Erstes Kennenlernen*** Wann Miss Sophie und ihr Butler James einander kennen lernten, ist nicht bekannt. Sie kennen einander jedenfalls schon sehr lange. Denn James wird, wie im Prolog des Sketches „Dinner for One“ angekündigt wird, immer wieder fragen: *„The same procedure as last year?“*, auf Deutsch: *„Der gleiche Ablauf wie im letzten Jahr?“*, und Miss Sophie wird antworten: *„The same procedure as every year!“ – „Der gleiche Ablauf wie in jedem Jahr!“*, wobei bekanntlich eine besondere Betonung auf *„every year“ – „wie*

*in jedem Jahr"* – liegt. Das deutet darauf hin, dass sie einander nicht erst seit gestern kennen. Was zudem bekannt ist: Miss Sophie hat im Leben einige Männer kennen gelernt, zum Beispiel Sir Toby, Admiral von Schneider, Mr. Pommeroy und Mr. Winterbottom. Diese Männer hat sie zum Geburtstag eingeladen. Doch, wie es anfangs heißt, *„Miss Sophie ist nicht mehr die Allerjüngste"*, und *„sie hat ihre vier besten Freunde längst überlebt. Den Letzten hat sie vor 25 Jahren beerdigt"*.

02 ***Treppensteigen*** Der und die eine oder andere wird schon von dem berühmten Sketch namens „Dinner for One" gehört haben, für die anderen vielleicht eine kurze Zusammenfassung: Miss Sophies Butler muss die (bereits verstorbenen) Gäste vertreten – und stellvertretend für sie mit Miss Sophie anstoßen. Nach 18 Minuten ist er sturzbetrunken, und die beiden ziehen sich über die Treppe zurück nach oben. Fertig. Zugegeben: Es ist noch ein wenig witziger, wenn man es sieht.

Im Grunde ist alles über „Dinner for One" gesagt, das jedes Jahr an Silvester auf dem einen oder anderen Kanal ausgestrahlt wird. Noch nicht alles gesagt ist allerdings über die Frage, wie man so betrunken wie Butler James noch eine Treppe hochsteigen kann. Zu den Gängen des Dinners gibt es: sehr trockenen Sherry zur Suppe, Weißwein zum Fisch, Champagner zum Hühnchen und Portwein zum Obst. James trinkt jeweils vier Gläser (für Sir Toby stets ein besonders volles, andere Gläser kippt er dafür um). Das ergibt rund einen Liter Wein (11% Alkohol), 0,6 Liter Champagner (11%), 240 Milliliter Portwein (20%) und 0,2 Liter Sherry (17%). Während der Schauspieler Freddie Frinton erst Mitte 50 war, hatte der Butler das 60. Lebensjahr seinem Gang und seinem Habitus nach wohl erreicht. Er war ein Mann von maximal 1,70 Meter, dabei nicht dick. Geht man davon aus, dass James einen zu einem Viertel gefüllten Magen hatte, bevor er lostrank, und geht man von einer Dinnerdauer von zwei Stunden aus (der Sketch gibt natürlich nicht die echte Zeit des Dinners wieder, sondern rafft die Handlung), ergibt dies einen Wert von über drei Promille zu dem Zeitpunkt, als er mit Miss Sophie die Treppe hochstieg.

Nachdem James im Lauf des Dinners elf Mal über den Kopf des am Boden liegenden Tigerfells gestolpert oder gehüpft war, schaffte er auch die Treppe noch, allerdings in Zusammenarbeit mit Miss Sophie. Beim Paartreppensteigen ist – das kann man bei „Dinner for One" lernen – zu beachten: Der weniger betrunkene Partner stütze den betrunkeneren.

Die neunstufige Treppe, die Miss Sophie und James erklommen, hatte übrigens eine Besonderheit: Sie endete im Nichts. Am Ende der Treppe ging es zirka zwei Meter nach unten.

03 ***Gemeinsame Bekannte: Sonja Göth*** 1963 war Sonja Göth Telefonistin in der NDR-Telefonzentrale in Hamburg-Lokstedt. Sie saß im Publikum des Theaters am Besenbinderhof, als Warden und Frinton dort spielten und der Sketch aufgezeichnet wurde – und sie lachte wirklich sehr, sehr laut. Man hört sie Jahr für Jahr auf allen Kanälen.

04 ***Zahl des Paares: 90*** Es ist bekanntlich ihr 90. Geburtstag, den Miss Sophie mit James, aber ohne Gäste feiert.

05 ***Sonst so*** Erst seit 1972 wird der Sketch in Deutschland an Silvester gezeigt. Den Butler spielt Freddie Frinton, 1909 als Frederick Coo geboren, Miss Sophie wird gespielt von May Warden, 1891 geboren. Der Kameramann Frank Banuscher behauptete in einem Interview einmal, er habe gesehen, wie Frinton seiner Partnerin Warden über den Rücken streichelte. Sie habe gesagt: *„Freddie, stop it – I like it."* Frintons Sohn James Coo äußerte sich etwas anders: *„Über May Warden sagte er immer, ihr Gesicht sieht aus wie ein Sack Walnüsse."*

06 ***Was aus dem Paar wurde*** Es wurde mit „Dinner for One" nicht reich. Wie „Dinner for One"-Fachmann Stefan Mayr schreibt, erhielt Freddie Frinton für die Aufzeichnung beim NDR eine einmalige Zahlung von 3527,50 Mark netto plus Flugkosten und Diäten; eine Summe, die er mit May Warden teilen musste.

Frinton spielte von 1964 bis 1968 in der Serie „Meet the Wife" den trotteligen Klempner Fred Blacklock, eine Rolle, die ihn auch in Großbritannien bekannt machte. Im Juni 1968 hatte er bereits einen leichten Herzinfarkt, arbeitete aber trotzdem weiter. Am 16.Oktober 1968 brach Frinton nach einer Vorstellung zu Hause zusammen und starb im Alter von 59 Jahren.

May Warden spielte nach „Dinner for One" noch gelegentlich Fernsehrollen. In Stanley Kubricks „Uhrwerk Orange" spielte sie eine Obdachlose – allerdings ist es keine Sprechrolle. Sie starb 1978.

07 ***Bleibende Werte*** ........................................................................

***Anspruch*** ●●●○○ / ***Gefühl*** ●●●○○ / ***Action*** ●●○○○ / ***Erotik*** ●○○○○ / ***Glamour*** ●●○○○

## 105 KÄSE UND WEIN GENIESSEN

Es gibt sie, die großen, glücklichen Lieben bei Speis' und Trank – zwei, die einander gefunden haben wie Coq au Vin und Pinot Noir, Foie Gras und Sauternes, Austern und Champagner. Wie steht es nun um Käse und Wein? Beide sind Naturprodukte, die handwerklich entstehen und sich ständig verändern. Vielschichtig sind beide – allerdings zusammen oft zu vielschichtig.

Der Wein-Akademiker und Diplom-Sommelier Guido Walter sagt deshalb, dass es oft besser ist, sie einzeln zu verzehren, um den reinen Geschmack zu erfassen. Und dann kommt das große „Aber": Allzu gerne spielt man nämlich den Kuppler, um die beiden doch zusammenzuführen. Wie bei der menschlichen Partnersuche spielen Herkunft, Erziehung und Kultur eine große Rolle – manchmal passen die überraschendsten Kombinationen aufs Herrlichste zusammen, manchmal wird es nur ein flüchtiges Treffen mit bitterem Gaumenerwachen oder gar fahlem Nachgeschmack.

Ganz allgemein lässt sich sagen, dass regionale Kombinationen – sofern diese tatsächlich traditionell hergestellt werden – besser harmonieren, da sie Zeit hatten zusammenzufinden. Ziegenkäse und Sauvignon Blanc von der Loire zeigen diese gewachsene Innigkeit.

Bleiben wir noch kurz im Allgemeinen: Rotweine harmonieren meist weniger gut mit Käse als Weißweine. Es gilt, frischen, fruchtigen Weißweinen

*Eine schwierige, aber manchmal spektakuläre Begegnung*

den Vorzug zu geben. Wenn diese noch über eine lebendige Säure und moderaten Alkohol verfügen, sind sie Don Juans für viele Käsearten.

Zu Champagner (dann natürlich ohne Austern) passt Ziegen- und Weichkäse, gerne mit Weißschimmel.

Tanninreiche Rotweine benötigen kraftvollen, intensiven Käse als Widerpart. Hoher Alkohol im Wein und der damit verbundene Glyzeringehalt lassen diesen dann weicher und noch passender erscheinen.

Zu süßem und edelsüßem Wein passt am besten ein Blauschimmelkäse. Dabei ist darauf zu achten, dass genügend Säure im Wein vorhanden ist.

Eine Warnung: Beliebigkeit ist schwierig. Käse, Wurst und Obst auf einem Teller – dazu den passenden Wein einschenken zu wollen ist, wie beim Ballermann auf Mallorca nach dem richtigen Partner fürs Leben zu suchen.

Gehen wir nun vom Allgemeinen zum Speziellen, zu den spektakulären Begegnungen, den Traumpaaren, wie sie Käse-Wein-Gourmets empfehlen:

01 ***Tom Englhardt,*** Weinakademiker und Leiter der Unabhängigen Weinakademie München, hat einen persönlichen Hinweis: „*Grundsätzlich halte ich das Zusammenspiel von Käse und Wein für sehr schwierig, und man sollte fast nie einen sehr hochwertigen Wein servieren, da in den meisten Fällen der Wein verliert.*" Er empfiehlt folgende Kombinationen:

***Ziegenfrischkäse*** mit Kräutern oder ohne geht wunderbar mit einem Rieslingsekt brut, der ruhig 12 bis 18 g/l Restzuckergehalt haben darf.

***Manchego*** (span. Schafskäse) und kräftige Roséweine aus Spanien, Südfrankreich oder aus den Abruzzen sind ein Gedicht.

***Parmigiano Reggiano*** und Lambrusco Reggiano secco Antiche Traditioni Cantina Gualtieri sind ein Traum.

02 ***Janek Schumann,*** Weinakademiker aus Freiberg (La Vinotheque Weinhandel und Restaurant) nennt folgende drei Paare eine perfekte Liaison:

***Ossau-Iraty*** aus 100% Milch vom baskischen Schaf (Pyrenäen) und Domaine Brana 2000, AC Irouleguy, einem holzfassgereiften Cuvée aus Cabernet-Franc, Tannat und Cabernet-Sauvignon.

***Selles-sur-Cher*** aus 100% Ziegenkäse in Kombination mit einem Domaine aux Moines 1994, AC Savennieres aus 100% Chenin Blanc von alten Rebstöcken, der mineralisch geprägt ist und eine kräftige Säure besitzt.

***Comté*** 12 Monate gereift aus Milch vom Montbéliard-Rind, gemeinsam mit einem Domaine Jean Macle, Château Chalon 1989, AC Château Chalon. Dieser sherryartige Wein aus der Savagnintraube besitzt ausgeprägte nussige Aromen und Noten von Kaffee und Tabak.

03 ***Andi Thoma,*** Diplom-Sommelier und Gourmand, findet, dass diese beiden Paare das gewisse Extra haben:

***Gorgonzola*** (norditalienischer Weichkäse mit Blauschimmel) in Verbindung mit Recioto di Valpolicella, der aus angetrockneten Trauben produziert wird.

***Obazda*** (pikante Käsecreme und bayerische Spezialität) und Gaglioppo (rote Rebsorte, vorwiegend in Kalabrien zu finden). Der Käse und das zart kandierte Kirscharoma des Weins harmonieren großartig.

04 ***Und noch ein Traumpärchen von Guido Walter:*** Gereifter Allgäuer Bergkäse aus Rohmilch (von „jamei“, Kempten, Salzstraße) mit einem Pinot Blanc von Marcel Deiss aus dem Elsass oder mit einem ebenfalls gereiften Riesling Kabinett von der Mosel – hier bevorzugt von handwerklichen und traditionellen Betrieben wie denen von Daniel Vollenweider oder Willi Schaefer.

*... wie Waldorf und Statler*

01 ***Erstes Kennenlernen*** Waldorf und Statler kennen einander, seit es sie gibt, denn sie wurden als Paar erschaffen und sind nur als Paar denkbar. Und seit wann gibt es sie? Seit es die „Muppet Show“ gibt, also seit 1976. Waldorf und Statler sind die zwei alten Zausel, die eine Loge des Muppet Theaters besetzen, in dem die „Muppet Show“ aufgeführt wird, und die das Geschehen kommentieren.

Benannt wurden sie nach Hotels, dem Waldorf Astoria und dem Statler Hotel. Angeblich ähneln die Puppen zwei Professoren ihres Erschaffers Jim Henson.

02 ***Endlich granteln*** Eine „Muppet Show“ beginnt oft mit Kermit, dem Frosch. Und sie endet in der Regel mit Waldorf und Statler. Kermit ist der Conferencier der Show, er führt durchs Programm und stellt die prominenten Gäste vor, die den Muppets einen Besuch abstatten. Sein wohl bekanntester Satz lautet: *„Applaus, Applaus, Applaus!“*

Waldorf und Statler ticken etwas anders; sie sind Grantler. Hier sind einige ihrer Dialoge:

Statler: *„Mit den Jahren gefällt mir die Show immer besser.“* • Waldorf: *„Weil die Witze immer besser werden?“* • Statler: *„Nein, weil mein Gehör immer schlechter wird!“*

Statler: *„Jetzt weiß ich, was das Problem ist mit der Show.“* • Waldorf: *„Was?“* • Statler: *„Es ist das Theater.“* • Waldorf: *„Was ist das Problem damit?“* • Statler: *„Von den Sitzen aus sieht man die Bühne.“*

Statler: *„Weißt du, je älter ich werde, desto mehr lerne ich gute Musik zu schätzen."* • Waldorf: *„Was hat denn das mit dem zu tun, was wir gerade hören?"* • Statler: *„Nichts. Ich dachte nur, ich erwähne es mal."*

Waldorf: *„Was würdest du machen, wenn du reich wärst?"* • Statler: *„Ich würde den Sender kaufen und sofort unsere Show absetzen."*

Statler: *„Es gibt viel über diese Sendung zu sagen!"* • Waldorf: *„Zu schade, dass man es in einer Familiensendung nicht sagen darf."*

Waldorf: *„Gerade wenn man denkt, dass die Show furchtbar ist, passiert etwas Wundervolles."* • Statler: *„Was?"* • Waldorf: *„Sie ist aus."*

03 ***Gemeinsame Bekannte: Jim Henson*** Jim Henson, der 1990 im Alter von 53 Jahren starb, begann als Erfinder von Kermit: Er dachte sich während seines Studiums eine kleine Puppensendung aus, die „Sam and Friends" hieß, in der eine Kermit ähnelnde Figur auftrat. Er schuf noch viele weitere Puppen und gründete schließlich 1963 die „Muppets, Inc.". Einige Figuren waren zunächst Werbefiguren, zum Beispiel der Hund Rowlf (in der deutschen Version: Rolf). 1969 gab es die erste „Sesamstraße", für die Henson mit Frank Oz zusammenarbeitete. 1971 trat Kermit, der Frosch, erstmals in der Sesamstraße auf. Und die „Muppet Show" wurde dann ab 1976 die Puppensendung für die Erwachsenen. Waldorf und Statler waren zwei ihrer Stars.

04 ***Zahl des Paares: 120*** Zwischen 1976 und 1981 entstanden in fünf Staffeln 120 Folgen der „Muppet Show" – und damit 120 Auftritte für Waldorf und Statler. Denn obwohl sie kein gutes Wortes für die Show fanden, waren sie selbstverständlich jedes Mal dabei.

05 ***Sonst so*** Allerdings saßen sie lediglich 119 Mal in ihrer Loge. Als in der 16. Folge der dritten Staffel der Schauspieler, Komiker und Sänger Danny Kaye Gaststar ist, verlassen die beiden ihre Loge im Glauben, es handele sich um einen gewissen „Manny Kaye", der gestimmte Muscheln spielt und laut Waldorf und Statler der schlechteste Musiker der Geschichte ist – sogar noch etwas schlechter als Clive Cahuenga, der singende Beamte.

06 ***Was aus dem Paar wurde*** Neben der „Muppet Show" gab es für die beiden weitere Gelegenheiten zu granteln, zum Beispiel in einigen Muppet-Filmen und mittlerweile, nach dem Verkauf der Muppet-Rechte an die Walt-Disney-Company, auch im Internet: Es gibt einige kurze Episoden, in denen man Waldorf und Statler granteln sieht – allerdings nicht mehr in der Theaterloge, sondern vor einer Bücherwand.

Waldorf: *„Das Internet ist eine komplett andere Kultur, stimmt's?"* • Statler: *„So ist es. Auf alles hier gibt es sofort sarkastische Kommentare und schmutzige Antworten."* • Waldorf: *„Yep. Endlich sind wir da, wo wir hingehören!"*

07 ***Bleibende Werte*** ..........................................................................

***Anspruch*** ●●●●● / ***Gefühl*** ●●○○○ / ***Action*** ●○○○○ / ***Erotik*** ○○○○○ / ***Glamour*** ●●●●○

# 107 DIFFERENZEN ÜBERBRÜCKEN

Es gibt Männer, die im Alter mit einer jüngeren Frau leben. Mittlerweile gibt es aber auch viele Frauen, die eine Beziehung zu einem deutlich jüngeren Mann pflegen. Als der Schauspieler und Sänger Johannes Heesters 105 Jahre alt war, begann er sich Sorgen um seine 45 Jahre jüngere Frau Simone Rethel zu machen. Er fürchte, sagte er, dass sie *„vor ihm gehen könnte"*.

•••

Johannes Heesters *und* Simone Rethel ..................... *Altersdifferenz:* 45 Jahre
Franz Müntefering *und* Michelle Schumann ........... *Altersdifferenz:* 40 Jahre
Woody Allen *und* Soon-Yi Previn ........................... *Altersdifferenz:* 38 Jahre
Helmut Kohl *und* Maike Richter ............................ *Altersdifferenz:* 37 Jahre
Karel Gott *und* Ivana Ivana Machácková ................ *Altersdifferenz:* 37 Jahre
Flavio Briatore *und* Elisabetta Gregoraci ................ *Altersdifferenz:* 29 Jahre
Joschka Fischer *und* Minu Barati ........................... *Altersdifferenz:* 28 Jahre
Lothar Matthäus *und* Kristina Liliana Tchoudinova *Altersdifferenz:* 26 Jahre
Nicolas Sarkozy *und* Carla Bruni-Tedeschi ............. *Altersdifferenz:* 12 Jahre

Madonna *und* Jesus Luz ........................................ *Altersdifferenz:* 29 Jahre
Sharon Stone *und* Chase Dreyfous .......................... *Altersdifferenz:* 26 Jahre
Hannelore Hoger *und* Siegfried Gerlach ................. *Altersdifferenz:* 25 Jahre
Vivienne Westwood *und* Andreas Kronthaler .......... *Altersdifferenz:* 25 Jahre
Kim Cattrall *und* Alan Wyse ................................... *Altersdifferenz:* 23 Jahre
Nina Hagen *und* Lucas Alexander Breinholm .......... *Altersdifferenz:* 22 Jahre
Lisa Fitz *und* Peter Knirsch ..................................... *Altersdifferenz:* 21 Jahre
Susan Sarandon *und* Tim Robbins ........................... *Altersdifferenz:* 17 Jahre
Brigitte Nielsen *und* Mattia Dessi ............................ *Altersdifferenz:* 16 Jahre
Caroline Beil *und* Pete Dwojak ............................... *Altersdifferenz:* 16 Jahre
Demi Moore *und* Ashton Kutcher ............................ *Altersdifferenz:* 15 Jahre
Sadie Frost *und* Evgeny Lebedev ............................. *Altersdifferenz:* 14 Jahre
Nena *und* Philipp Palm ........................................... *Altersdifferenz:* 12 Jahre
Iris Berben *und* Heiko Kiesow ................................ *Altersdifferenz:* 10 Jahre
Desiree Nosbusch *und* Mehmet Kurtulus ................ *Altersdifferenz:* 7 Jahre
Sylvie *und* Rafael van der Vaart .............................. *Altersdifferenz:* 5 Jahre

## 108 ÜBER DEN TOD HINAUS ZUSAMMENBLEIBEN

*... wie*
*Philemon und Baucis*

01 ***Erstes Kennenlernen*** Wann Philemon und Baucis einander kennen lernten ist unbekannt, auf jeden Fall ist es lange her. Philemon ist ein freundlicher Greis und Baucis seine Gattin. Sie heirateten in ihrer Jugend, nun aber sind sie alt und grau geworden, doch sie sind zufrieden und leben miteinander in der kleinen Hütte, in der sie einst ihre Ehe schlossen.

02 ***Über den Tod hinaus zusammenbleiben*** Philemon und Baucis entstammen der antiken Sagenwelt, und zwar der römischen und der griechischen – sie tauchen in beiden Sagenwelten auf. Das liegt daran, dass die Römer die griechische Mythologie in ihre Sagenwelt übertrugen. Mal treffen Philemon und Baucis daher auf Zeus und Hermes (griechisch), mal auf Jupiter und Merkur.

Wie kommt es nun zu ihrer Begegnung mit Zeus / Jupiter und Hermes / Merkur? Zeus bzw. Jupiter, der Himmelsvater, und sein Sohn Hermes bzw. Merkur, der Götterbote, kommen in Menschengestalt auf die Erde, um zu prüfen, wie gastfreundlich die Menschen sind. Sie begehren bei vielen Einlass, doch nur Philemon und Baucis nehmen sie auf. Die beiden heißen ihre Gäste herzlich willkommen.

Baucis scharrt die noch glimmenden Funken aus der Asche und entfacht eine Flamme, so dass Zeus / Jupiter und Hermes / Merkur es schön warm haben. Dann gibt es Kohl und ein bescheidenes Stück vom Schweinerücken, Oliven dazu, und ein Fußbad für die müden Fremden sowie gemütliche Gelagestätten aus weichem Sumpfgras. Auch der klapprige Tisch wird repariert und abgerieben, es gibt Wein und Milch, und Philemon und Baucis sind darüber hinaus so freundlich, ihre Gäste auch zu unterhalten.

Zeus / Jupiter und Hermes / Merkur geben sich schließlich als Götter zu erkennen, indem sie bewirken, dass Milch und Wein nie ausgehen. Während Philemon und Baucis sich für die schlechte Bewirtung vielmals entschuldigen, kündigen die Götter an, zwar die Nachbarn zu strafen, die sie nicht aufnahmen, Philemon und Baucis aber reich zu belohnen. Das Tal wird geflutet, die Hütte der Alten aber wird zu einem Tempel aus Gold und Marmor. Zudem haben Philemon und Baucis einen Wunsch frei. Sie wünschen sich nach einer kleinen Besprechung, als Priester den Tempel zu hüten, und, so Philemon weiter, *„weil wir so lange in Eintracht miteinander gelebt haben, o so lasset uns beide in einer Stunde dahinsterben; dann schau ich niemals das Grab des lieben Weibes, noch muss mich jene bestatten“*.

Ihr Wunsch wird erfüllt. Viele Jahre hüten sie den Tempel. Als sie dann wirklich sehr alt sind, stehen sie eines Tages gemeinsam vor den Tempelstufen, und Philemon sieht, wie Baucis sich mit grünem Laub überdeckt, während

Baucis sieht, wie mit Philemon gleichzeitig dasselbe geschieht. Sie wechseln noch Worte der Liebe, bis sie zugewachsen sind, dann deckt ihnen dichtes Laub den Mund, und so stehen sie als zwei Bäume nebeneinander vor dem Tempel, auf Ewigkeit in Nähe vereint.

Es ist der Wunsch vieler Paare, wie Philemon und Baucis auch nach dem Tod vereint zu sein, und viele Paare kümmern sich – sobald sie bereit sind, über das Thema zu sprechen – zu Lebzeiten um ihre Beerdigung.

Möglich ist es, die Wünsche für die eigene Beerdigung gemeinsam zu besprechen, so dass sich nach dem Tod des ersten Partners der andere nur noch um die Organisation, aber nicht um den Stil, die richtige Musik, die angemessene Atmosphäre und die Wahl eines Sarges kümmern muss. Möglich ist jedoch auch, die Wünsche in einem Vorsorgevertrag mit einem Bestatter festzuhalten, der sich dann nach dem Tod eines Partners um die Organisation der Beerdigung kümmert.

Darin können geregelt sein, unter anderem: die Präferenz für Erd- oder Feuerbestattung • die Auswahl des Sarges, die auch insofern wichtig ist, als der Sarg, der für eine Erdbestattung verwendet wird, etwa zwei Tonnen Erde tragen muss – das ist beim Sarg für die Feuerbestattung nicht so. • die Wahl des Friedhofs – in Großstädten ist das wichtiger als in Kleinstädten; in Hamburg zum Beispiel gibt es zirka 50 verschiedene Friedhöfe • Musikwünsche • Grabsteinauswahl und -inschriften • die Grabpflege.

Für Paare gibt es auch Paargrabstätten. Paare sterben nur selten gemeinsam, weshalb es die Möglichkeit gibt, eine solche Stätte bis zur Bestattung des zweiten Partners freizuhalten. Von Friedhof zu Friedhof sind die Konditionen unterschiedlich.

Einige Friedhöfe ermöglichen es, zu Lebzeiten eine Grabstätte zu erwerben – dann muss in der Regel auch der Beitrag an den Friedhof sofort bezahlt werden. Der übliche Weg ist, erst beim Tod des ersten Partners ein Doppelgrab zu übernehmen, in dem später auch der hinterbliebene Partner bestattet wird. Durch eine Veränderung in der Bestattungskultur – es gibt seit Jahren eine Tendenz zur Feuerbestattung – werden immer wieder Doppelgrabplätze frei; allerdings gibt es regionale Unterschiede.

Ein Grab darf für eine bestimmte Zeit nicht erneut belegt werden – es ist schließlich die Stätte der letzten Ruhe. Wie lange die Ruhezeit für ein Grab ist, hängt vom Friedhof ab. Bei der Widmung des Friedhofs, sozusagen vor der Inbetriebnahme, wird ein Bodengutachten erstellt, das ausschlaggebend für die Dauer der Mindestruhezeit sein kann. Es handelt sich in vielen Fällen um 25 Jahre, bei besonderen Bodenbedingungen kann das variieren.

Es ist möglich, verschiedene Bestattungsformen zu wählen und dennoch in einer Grabstätte vereint zu sein. Denkbar ist, dass sich der erste Partner erd- und der zweite Partner sich später feuerbestatten lässt; die Urne würde dann im Grab des ersten Partners bestattet. Wollen sich beide Partner feuerbestatten lassen, gibt es Paarfächer in der Urnenwand vieler Friedhöfe. Manche Friedhöfe unterscheiden auch zwischen Reihen- und Wahlgräbern. In einem Wahlgrab können mehrere Personen bestattet werden; sie haben eine bessere Lage, außerdem wird ein längeres Nutzungsrecht gewährt.

Selten sind Tiefengräber, also nicht nebeneinander liegende Paargräber, sondern Gräber, in denen ein Verstorbener tief, der zweite über ihm bestattet wird. Solche Tiefengräber gibt es vor allem auf alten Friedhöfen mit kleiner Grundfläche.

03 ***Gemeinsame Bekannte: Zeus*** Zeus ist der Göttervater in der griechischen Mythologie. Er nahm Menschengestalt an, bevor er Philemon und Baucis begegnete, aber er steckte hin und wieder auch in anderen Verkleidungen. Er zeigte sich zum Beispiel als Kuckuck, als Regen, als Adler, als Stier, als Schwan, als Hirte oder als Schlange.

04 ***Zahl des Paares: 8,611–724*** Der bei Rom geborene Dichter Ovid (43 vor bis 17 nach Christus), der seine ersten Gedichte veröffentlichte, als er der Überlieferung nach *„noch kaum ein- oder zweimal rasiert“* war, hat sich im Achelous-Kapitel im achten Buch seiner „Metamorphosen“ der Sage angenommen und sie in Worte und Reimschema gekleidet, wie kein Sterblicher vor oder nach ihm. Wenn man sich fragt, wo man die Sage von Philemon und Baucis bei ihm findet: nun, bei 8,611–724 (was steht für: achtes Buch,

« *Philemon* «

•••

» *Baucis* »

Vers 611 bis 724). In Gustav Schwabs „Sagen des klassischen Altertums" steht die Geschichte von Philemon und Baucis übrigens in Kapitel 239.

05 ***Sonst so*** Hier Ovids Finish, der Einfachheit halber in Johann Heinrich Voß' Übersetzung aus dem 18. Jahrhundert:

*„Und wie nun beider Gesicht der laubige Wipfel emporwuchs:*
*Leb', o Trautester, wohl! und o Trauteste! riefen sie wechselnd,*
*Weil sie noch konnten, zugleich; und zugleich umhüllte das Antlitz*
*Beiden Gebüsch. Noch zeigt der tyanischen Fluren Bewohner*
*Dort das heilige Paar als nachbarlich grünende Bäume.*
*Wahrheit liebende Greise (warum auch sollten sie täuschen?)*
*Haben mir solches erzählt. Auch sah ich die hängenden Kränze,*
*Selbst an den Ästen umher; und hängend den meinigen sagt ich:*
*‚Fromme sind Himmlischen wert, und Ehrende werden geehret.'"*

06 ***Was aus dem Paar wurde*** Philemon wurde eine Eiche, Baucis eine Linde. Sie stehen auf Phrygiens Hügeln und sind von einer kleinen Mauer umgeben, in der Nähe liegt ein See, belebt unter anderem von Sumpfhühnern. Die niederen Zweige der Eiche und der Linde schmückt, der Sage nach, *„mancher Kranz, den fromme Hände mit heiliger Scheu darangehängt"*.

07 ***Bleibende Werte*** ........................................................................

***Anspruch*** ●●●●● / ***Gefühl*** ●●●●● / ***Action*** ●○○○○ / ***Erotik*** ●○○○○ / ***Glamour*** ●○○○○

# GALERIE

ENDLICH GRANTELN

*... wie Waldorf und Statler* • *Seite 344*

ÜBER DEN TOD HINAUS ZUSAMMENBLEIBEN

*... wie Philemon und Baucis* • *Seite 347*

# DANK

## WIR DANKEN


***Viktor Augustin,*** *Berlin, dem genauen, peniblen und akribischen Leser, fürs genaue, penible und akribische Lesen. Und für den erfrischenden Hinweis, dass ihn das Kapitel über Paris Hilton und Nicole Richie wirklich so was von kein bisschen interessiere.*

***Michael Carbuhn,*** *Bestattermeister, Friedhof-Informations-Zentrum Hamburg, für die Informationen über Gräber, Friedhöfe und das Bestatten allgemein. Denn es hilft ja nichts: Man muss auch an die letzten Dinge denken.*

***Heike Feldhaar,*** *Universität Osnabrück, für den höchst interessanten Einblick in die Welt der Verhaltensbiologie.*

***Gergely Farkas,*** *alias „the devilishly handsome Greg", Gärtnergenie aus Ungarn, der halb England mit seiner Gartenkunst verzückt, halb Italien sowieso. Der uns seine Gärten zeigte und für uns auf ein Dach kletterte, damit die Verbindung zur Welt nicht abriss.*

***Nicola Galliani,*** *Psychiater aus Rom, für den inspirierenden Besuch auf unserer Schreibinsel. Fürs Reden, Denken und Kochen (großer Gott, was kann der Mann reden, denken und kochen).*

***Christian Geistdörfer,*** *ehemals Rallye-Weltmeister und heute Unternehmer, für die so umfängliche wie freundliche Einführung ins Rallyefahren. Und dafür, dass er uns eins seiner Kunstwerke zur Verfügung gestellt hat: eine Seite aus seinem Gebetbuch zur Rallye Portugal – zweifelsohne ein Meisterwerk, wenn auch ein für Laien durchaus verwirrendes.*

***Jutta Heeß,*** *für die Einführung in einige Geheimnisse des Tennissports. Mit dem im Buch auftauchenden und – zugegeben – nicht mehr ganz frischen Witz über den „weißen Sport“ hat sie natürlich überhaupt nichts zu tun. Das waren wir als notorische Nostalgiker selbst.*

***Frank Karlheim,*** *München, Architekt im Hauptberuf, Herumschrauber an Fahrrädern aller Art im Nebenberuf. Ein Tandem bauen? Erklärte er gelassen, sehr münchnerisch, in sieben Schritten.*

***Imke von Keisenberg,*** *Traunstein, Klavierlehrerin, fürs Schwärmen von der Klavierliteratur für vier Hände.*

***Julia von Keisenberg,*** *fürs Suchen, Finden, Planen, Bauen, für ihren untrüglichen Sinn für das Schöne – und für alles.*

***Christian Kern,*** *Tierpark Berlin-Friedrichsfelde, fürs geduldige Erzählen darüber, wie man Tiger hält und was Tiger so anstellen, essen und brauchen. Zudem dem Tierpark Berlin-Friedrichsfelde für das umfassende Anschauungsmaterial – man kann einfach nie genug über Tiere wissen.*

***Alexander Menden,*** *London, Kritiker und Gentleman, für eine mit Geist, Witz und Esprit komponierte Auswahl an Büchern für das Paar.*

*Den Mitarbeiterinnen und Mitarbeitern der Helene-Nathan-Bibliothek, Berlin-Neukölln, und der Amerika-Gedenkbibliothek, Berlin, die gelassen ertrugen, dass wir ungefähr den kompletten Bestand ausgeliehen haben – na gut, das ist ein klein bisschen übertrieben (aber nicht viel). Sowie allen Bibliotheken, die uns per Fernleihe Literatur zur Verfügung stellten.*

*Allen Mitarbeitern der Abteilung „Neue Produkte“ des Süddeutschen Verlages, insbesondere* **Marion Meyer** *und* **Sabine Sternagel,** *für die Geduld, das Vertrauen und die vielen, stets äußerst unterhaltsamen Telefonkonferenzen.*

**Ralf Niemczyk,** *Köln, Mann der Musik, der viele Stunden mit* **Rolf Witteler,** *dem Betreiber des Labels „Le Pop“, und dann auch mit* **Detlef Diederichsen,** *dem Bereichsleiter für Musik, Tanz und Theater im Haus der Kulturen der Welt in Berlin, in Bars verbrachte, um Liebeslieder zu hören. Und die schönsten auszuwählen.*

**Nandine Meyden,** *Berlin, Etikette-Trainerin und Buchautorin („Lexikon der Benimm-Irrtümer. Populäre Fettnäpfchen und wie man sie umgeht“, Ullstein; „Tisch-Manieren“, Humboldt), dafür, dass sie uns erklärt hat, wie man sich als Teil eines Paares benimmt. In den Weiten des Internets ist sie zu finden unter www.etikette-und-mehr.de. Wir haben sie persönlich in Berlin gefunden.*

**Milan Pavlovic,** *Brühl und München, einem großen Liebhaber und Kenner des Kinos, für seine Auswahl an Liebesfilmen und Buddy-Movies. Geprüft hat er, gesucht und gefunden. Wie es nur große Suchende können.*

**Christine Raab,** *für den Grundkurs Musik. So gern wir musizieren, so faszinierend ist es immer wieder zu hören, wie das Leute anstellen, die sich wirklich damit auskennen.*

**Klaus Raab,** *Berlin, Journalist, dem unermüdlichen Sucher, Wühler und Frager, für seine wie immer grandiosen Recherchearbeiten. Bei fast allen unseren Büchern hat er gesucht, gewühlt und gefragt. Lieber Klaus, wir verneigen uns.*

***Karl Rieth,*** *München, Kfz-Meister und Sammler von Oldtimern, der eine Werkstatt betreibt (auri-muenchen.de), dafür, dass er uns mit sehr viel Freude ein paar Autos gezeigt hat, die für Paare gemacht sind.*

***Dirk Rumberg,*** *München-Pasing, dem immer noch ungedopten Langstreckenradler, der uns selbstverständlich die Treue hielt und ein Freund blieb, der uns beriet, bequatschte und eine ziemlich gute Idee hatte. Die wenigen Zeilen reichen nicht an dieser Stelle, deshalb nur dies: für die Anfänge, für die Gegenwart, für die Zukunft.*

***Evelyn Sand,*** *für alles.*

***Sigrid Schlegel,*** *für etwas im Grunde vollkommen Wahnsinniges: den gestrickten Partnerhandschuh.*

***Guido Walter,*** *München, Diplom-Sommelier und Wein-Akademiker, für seine wie immer erleuchtenden Ausführungen über den Genuss – in diesem Fall den von Käse und Wein. Und* ***Tom Englhardt, Janek Schumann*** *sowie* ***Andi Thoma,*** *weil sie verrieten, wie der Genuss von Käse und Wein ein Fest werden kann.*

***Katharina Ziegler,*** *für alles.*

***Alex Zoebisch,*** *München, Illustrator und Künstler, für seinen feinen Strich. Und dafür, dass er ein Vollprofi ist: unkompliziert, schnell, zuverlässig und einfach richtig gut. Wie schön, dass* ***Ferdinand Neumayr*** *seine Telefonnummer hatte.*

*Ein Buch von*

*Eduard Augustin • Philipp von Keisenberg • Christian Zaschke*

*Idee und Konzeption: Eduard Augustin • Christian Zaschke*

*Gestaltung: Philipp von Keisenberg*

*Illustrationen: Justin von Keisenberg*

*Portraits: Alex Zoebisch*

*Recherche und Archiv: Klaus Raab*

*Herstellung: H. Weixler, H. Schiffers*

*Druck und Bindearbeiten: CPI • Ebner & Spiegel, Ulm*

*• Bibliografische Information •*

*Die Süddeutsche Zeitung Edition verzeichnet diese Publikation*
*in der Deutschen Nationalbibliografie.*
*Detaillierte bibliografische Daten sind im Internet über*
*http://dnb.ddb.de abrufbar.*

*1. Auflage*

*• Printed in Germany •*

*ISBN: 978-3-86615-725-5*